卍曼陀羅

倉橋　寛

風媒社

尾張、美濃地図

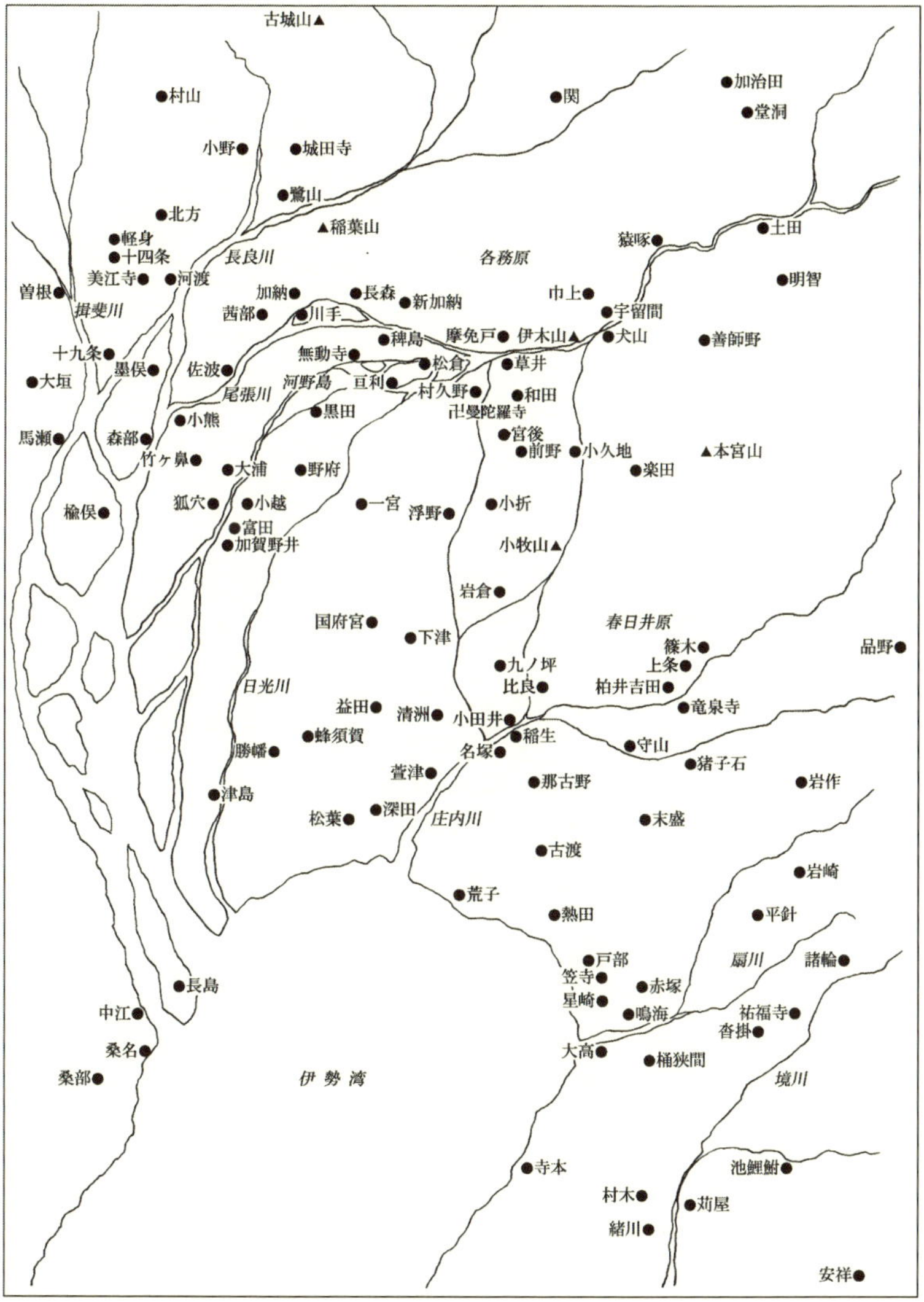

古城山
村山
関
加治田
堂洞
小野
城田寺
鷺山
北方
稲葉山
土田
軽身
十四条
長良川
各務原
猿啄
美江寺
河渡
明智
曽根
加納
長森
新加納
市上
揖斐川
茜部
川手
宇留間
十九条
無動寺
稗島
摩免戸
伊木山
犬山
善師野
墨俣
佐波
松倉
草井
大垣
河野島
亘利
尾張川
村久野
和田
卍曼陀羅寺
小熊
黒田
馬瀬
森部
宮後
竹ヶ鼻
大浦
野府
前野
小久地
本宮山
楽田
狐穴
小越
一宮
浮野
小折
楡俣
富田
加賀野井
小牧山
岩倉
国府宮
下津
春日井原
篠木
品野
九ノ坪
上条
日光川
比良
柏井吉田
益田
清洲
小田井
竜泉寺
稲生
守山
勝幡
蜂須賀
名塚
猪子石
萱津
那古野
岩作
津島
松葉
深田
庄内川
末盛
古渡
岩崎
荒子
熱田
平針
戸部
扇川
諸輪
笠寺
赤塚
長島
星崎
鳴海
祐福寺
中江
沓掛
大高
桑名
桶狭間
桑部
伊勢湾
境川
寺本
池鯉鮒
村木
苅屋
緒川
安祥

<蜂須賀氏系図>

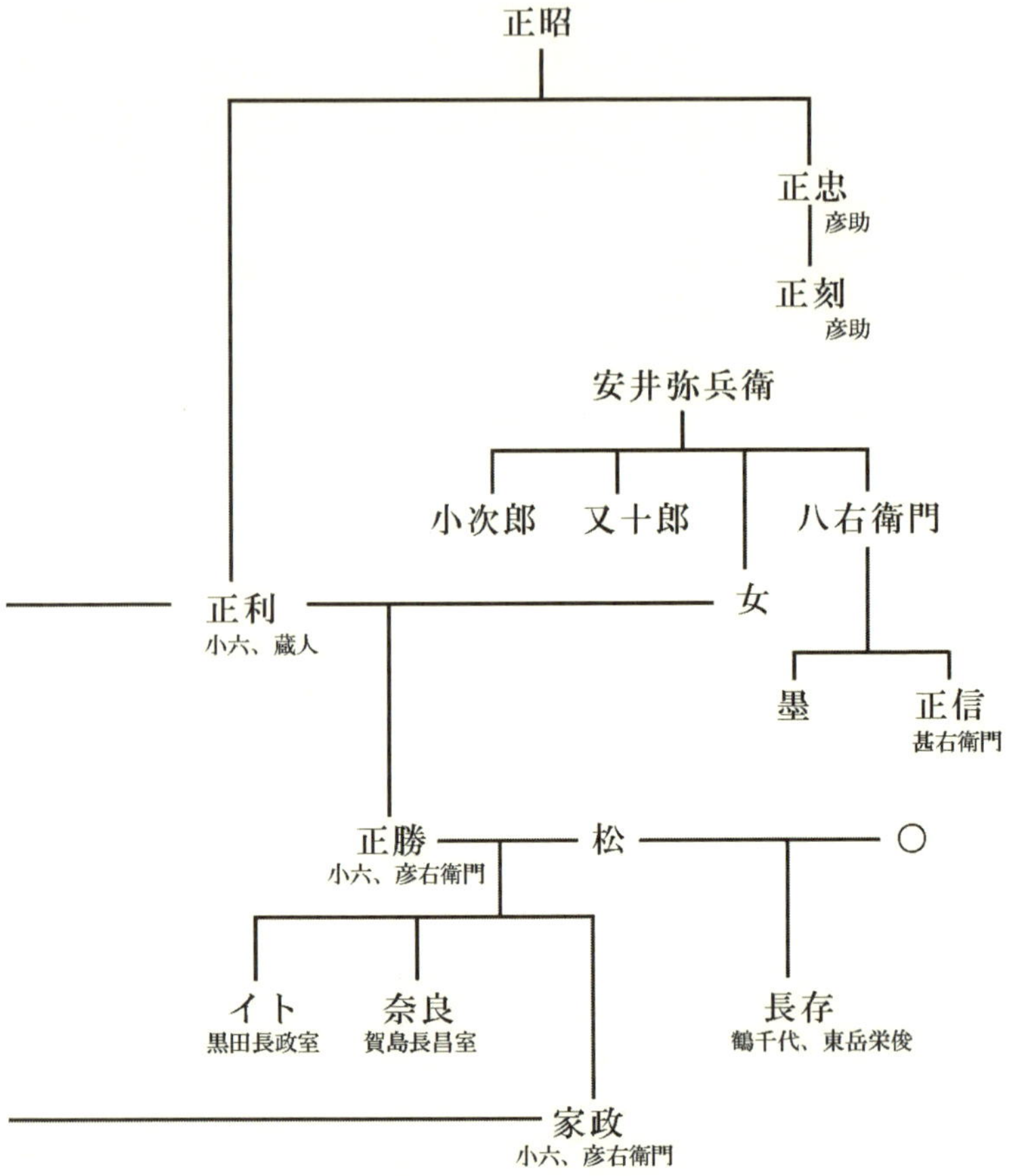

正勝の兄弟については作者の見解による。
「蜂須賀家記」では正勝の兄弟は、正勝、又十郎、正信、墨、正元、女の順である。
また「武功夜話」では八右衛門、正勝、又十郎、小十郎の兄弟があり、正信、墨は前妻（安井氏）に「従い来る」と記述、正元と女は後妻（大橋氏）の子とする。

＜生駒氏系図＞

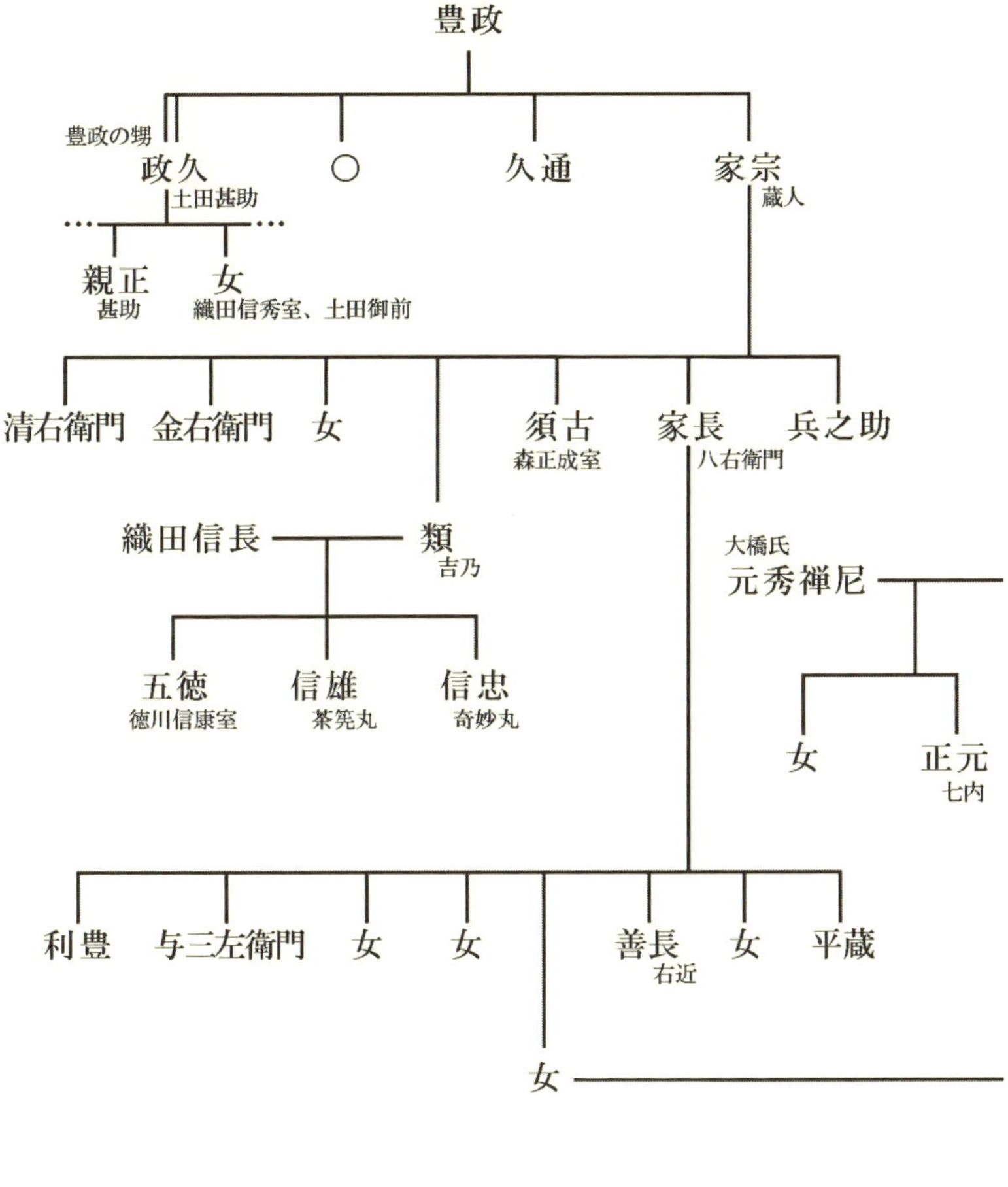
豊政
豊政の甥
政久
土田甚助
○
久通
家宗
蔵人
親正
甚助
女
織田信秀室、土田御前
清右衛門
金右衛門
女
須古
森正成室
家長
八右衛門
兵之助
織田信長
類
吉乃
五徳
徳川信康室
信雄
茶筅丸
信忠
奇妙丸
大橋氏
元秀禅尼
女
正元
七内
利豊
与三左衛門
女
女
善長
右近
女
平蔵
女

＜前野氏系図＞

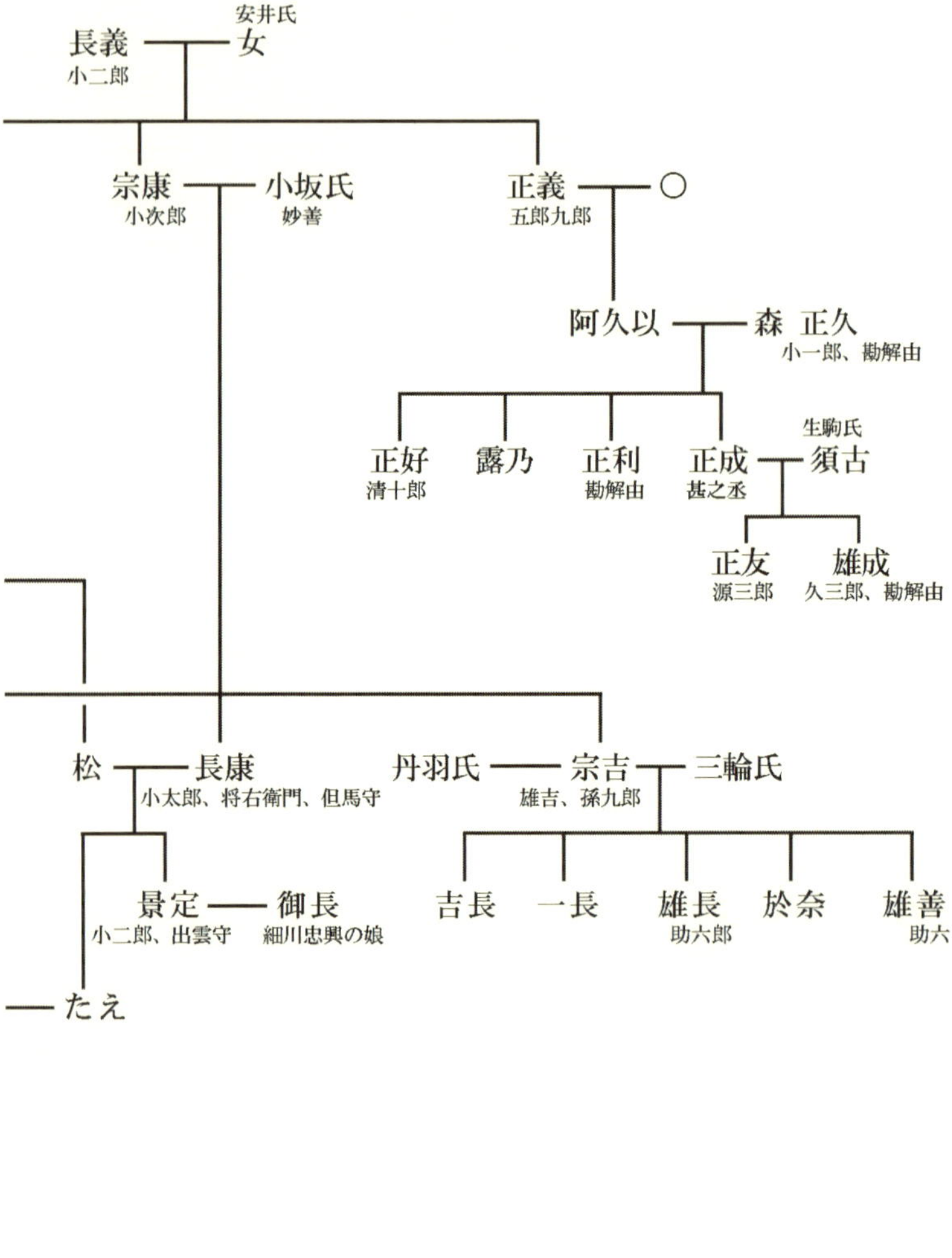
長義
小二郎
安井氏
女
宗康
小次郎
小坂氏
妙善
正義
五郎九郎
○
阿久以
森　正久
小一郎、勘解由
正好
清十郎
露乃
正利
勘解由
正成
甚之丞
生駒氏
須古
正友
源三郎
雄成
久三郎、勘解由
松
長康
小太郎、将右衛門、但馬守
丹羽氏
宗吉
雄吉、孫九郎
三輪氏
景定
小二郎、出雲守
御長
細川忠興の娘
吉長
一長
雄長
助六郎
於奈
雄善
助六
たえ

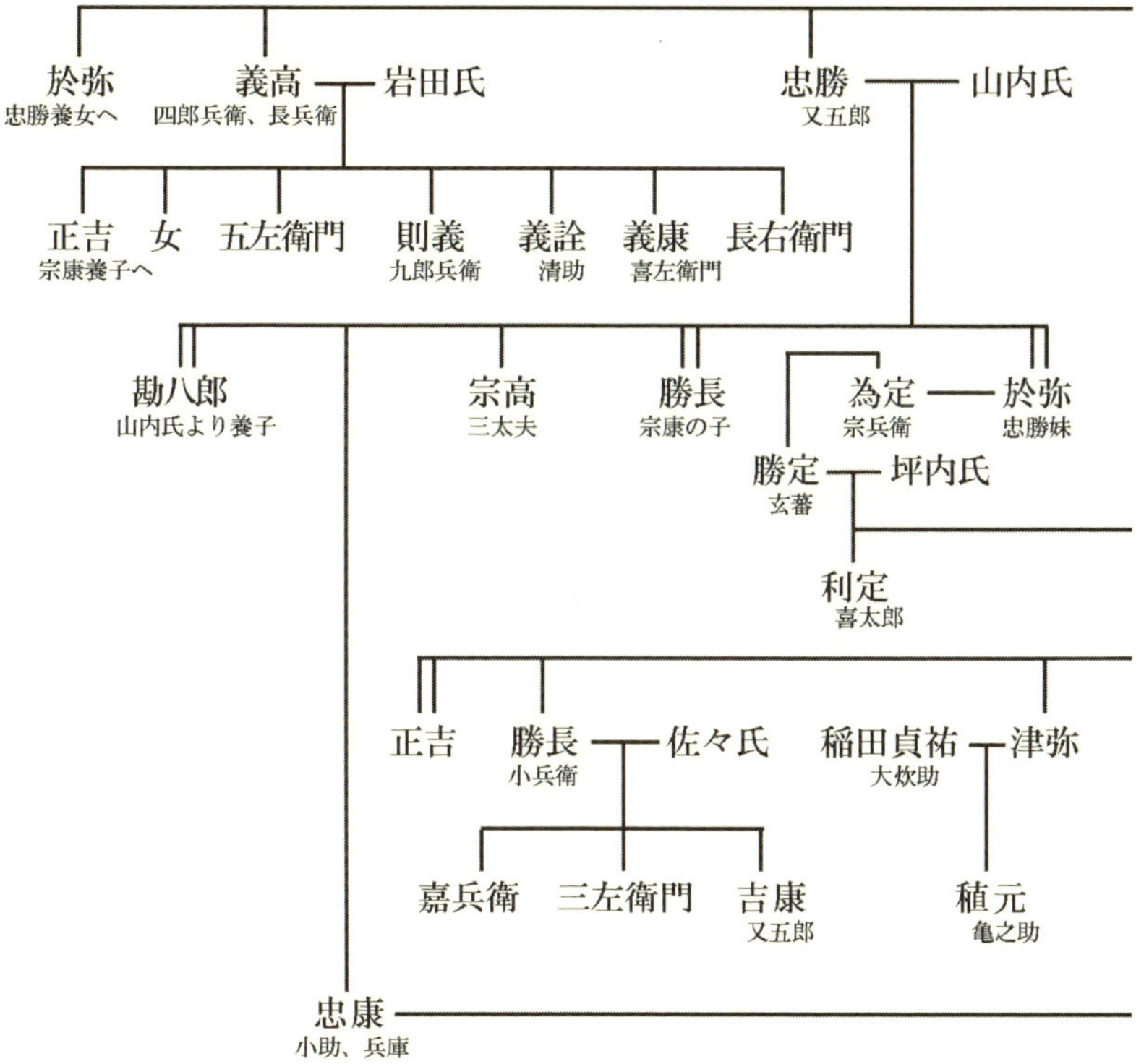
於弥
忠勝養女へ
義高
四郎兵衛、長兵衛
岩田氏
忠勝
又五郎
山内氏
正吉
宗康養子へ
女
五左衛門
則義
九郎兵衛
義詮
清助
義康
喜左衛門
長右衛門
勘八郎
山内氏より養子
宗高
三太夫
勝長
宗康の子
為定
宗兵衛
於弥
忠勝妹
勝定
玄蕃
坪内氏
利定
喜太郎
正吉
勝長
小兵衛
佐々氏
稲田貞祐
大炊助
津弥
嘉兵衛
三左衛門
吉康
又五郎
稙元
亀之助
忠康
小助、兵庫

<織田氏略系図>

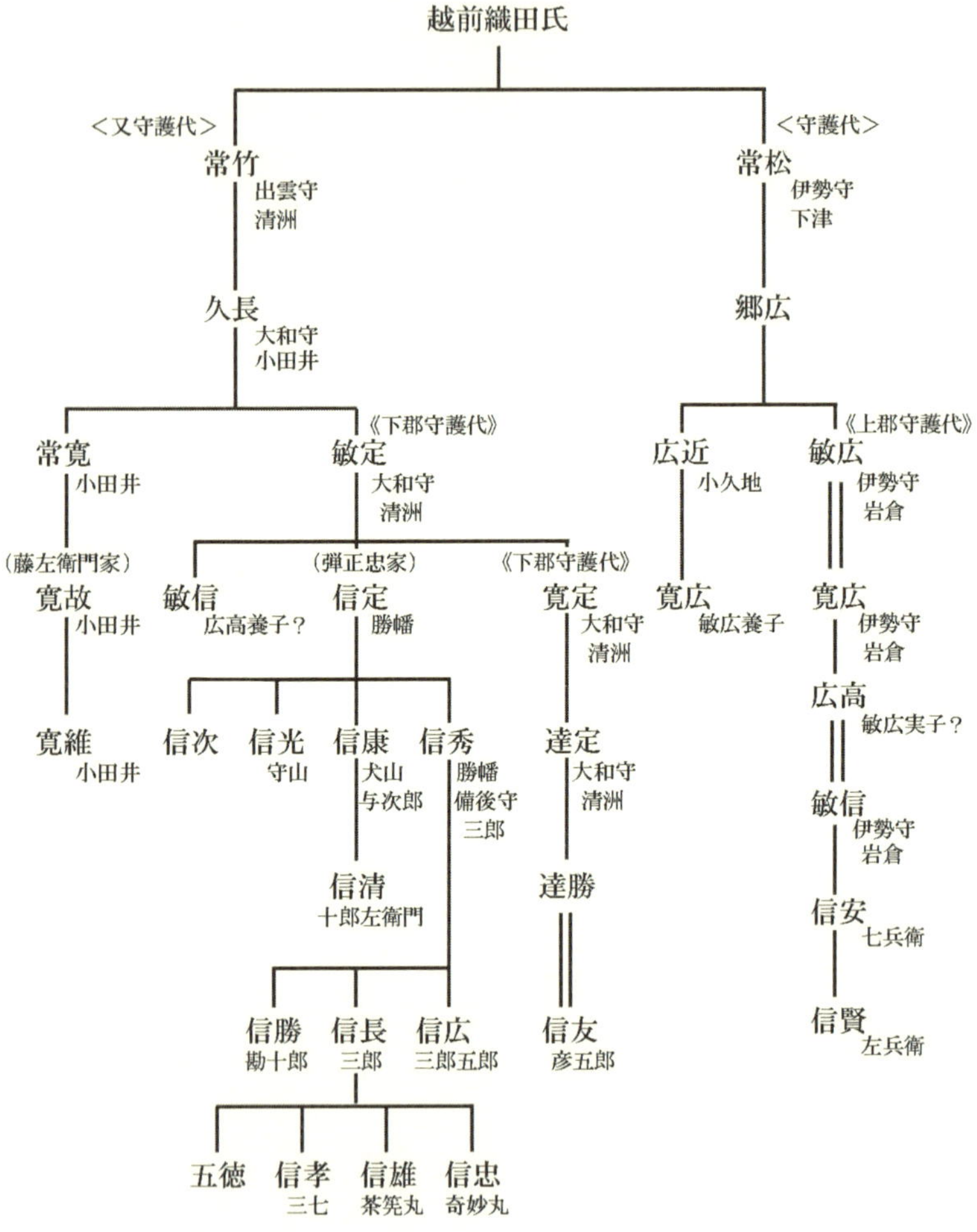

※清洲三奉行のうち、因幡守家は初期に分かれた流れとも言うが詳細は不明である。

卍曼陀羅

一

夏の日差しに照らされた川沿いの草むらを、数人の子供たちが疾走している。

先頭を駆ける一番体の大きい子供は十二、三歳だろうか。それを追いかけて背の順のように一列に連なって夏草の中を走っていく。

子供たちの向こうに広がる大河は尾張川。

このところの晴天続きで水量は半分ほどになっているが、それでも対岸は遥かに遠く、深い青緑色の流れは人が渡るのを拒むように勢いよく流れている。

川筋は髪のように乱れてあちこちに大小の中洲を作っている。大きなものは島と言っても良いほどで、そこに自然に樹木が茂って林のようになっている。

渡り鳥の列のように子供たちは川岸へ向かうと、その中洲めがけて河原の石の上を飛び跳ねていく。一番水の流れの幅が狭いところを渡って、茂みの中に吸い込まれるように姿を消した。

この尾張川は木曽山中を水源とする現在の木曽川で、東美濃の山中を抜けて濃尾平野に出たあたりから尾張川と呼ばれていた。豊富な水量を持って流れるこの川は、濃尾平野に木の根のように幾筋もの流れを描いて南へ流れていた。この当時は、現在の岐阜県各務原市前渡《かかみがはらしまえど》を過ぎたあたりから北上し、そのまま西へ流れて墨俣《すのまた》で長良川に合流する最北の流路が本流とされ、この流れをもって美濃と尾張の境とされていた。

中洲の林の中に入っていった子供たちは、迷うことなく中洲中央にある小屋にたどり着いた。木々に隠れて川岸からは見えないが、畳にして三畳ほどの広さのある板張りの小屋が作られている。

「この中におるんか」

入口に下がった筵《むしろ》の隙間をのぞきながら、一番大柄な子供が振り返って聞いた。

「ああ、寝とった」

後ろをついてきた子供が、警戒しながら答えた。

大柄な子供が筵を慎重に開けると、暗がりの中に人の足らしきものが見えた。その大きさから大人の足だと思えた。

(流人か)

そばに落ちていた手ごろな流木を拾い上げると、小屋の中に向かって声を張り上げた。

「おい、何者だ！　出てこい！」

しかし反応はない。もう一度筵をめくると、さっきまで見えていた足が消えている。起き上がって隠れているらしい。脅《おど》してやろうと入口に流木を突き入れた。

何度か突き入れたそのとき、流木ががっしりと受け止められた。中の者がつかんだのだろう。それならば引き出してやろうと両手で引いてみるが、少しも動かない。力には自信のあった大柄な子供は、初めて不安になった。

「こしゃくな！」

と、叫んで腰を落として力を入れた途端、流木の先の力が消え、子供は後ろへ大きく転がった。取り巻いていた他の子供たちも、わっと驚いて飛びのいた。

皆が見つめる中、ゆっくりと筵をめくって出てきたのは、意外にも子供だった。しかし流木を突き入れた子供よりもさらに大きい体格をしている。年も少しは上であろう。薄汚れた着物の腰を荒縄で結んでいる。鼻の下や顎に、うっすらと髭《ひげ》らしきものも生《は》え始めている。このあたりでは見たこともない顔であった。

「お前、俺たちの城に入り込むとはどういうつもりじゃ！」

転がったほうの子供が立ち上がり、流木を地面に突き立てた。自分より大きな相手だが、率いている子供たちの手前もあってひるむわけにもいかない。両足を踏ん張って相手を睨《にら》みつけた。

睨まれたほうの子供は、ついさっきまで眠っていたのか大きな欠伸《あくび》をして小屋を振り返った。

「城かえ、これが」

傍《かたわ》らの木の葉が揺れるほど、噴き出して笑った。

「こんな城で、誰と戦うんじゃ。まさか蛙《かえる》と戦《いくさ》でもしとるんか」

笑いつつ乱れた髪を掻《か》き上げて、一同を見回した。

「お前は土地の者じゃねえな。どこから来た！」

流木を持った子供は、それを両手に握り直し腰を落として構えた。

「そっちこそ何者だ。昼寝を邪魔されて大いに迷惑だわ。眠気覚ましに相撲でも取るか」

小屋から出てきた子供は、すでに相手を呑《の》んでかかっている。誘うように笑みを浮かべた。

「ようし、投げ飛ばしたる。こっちへこい」

子供たちは茂みの中から出て、川岸のやや広い草むらに出た。

「それっ」

真夏の日差しの下、二人の子供が組み合った。子供とはいえ、青年に成りかけた体格の二人である。なかなかに力強い勝負となった。両者とも顔から汗が粒になって噴き出している。体格では劣るほうも力は負けぬほどに強靭《きょうじん》で、舐《な》めてかかっていた一方も、もはや眠気覚ましなどという余裕はない。しばらく体を入れ替えてもみ合いが続いたあと、徐々に川べりに近づいていく。

「危ねえ！」

取り巻きの子供が叫んだとき、大柄の子供が投げを打った。相手の体が宙に舞うと、一瞬ときが止まったように見えて、やがてその体は白い水しぶきを上げて川の中に落ちた。投げたほうも投げられたほうも息が上がっている。

やがて投げた子供が、流れの中に落ちた子供に手を差し出した。

「俺は蜂須賀村から来た小六《ころく》じゃ」

そう言って人懐っこい笑みを浮かべた。それを見上げた子供は、逆光に眩《まぶ》しそうに顔をしかめたが、やがてこちらも笑みをつくった。

「俺は前野の小太郎じゃ」

手を差し出し、双方の大きな手が重なった。互いの力を認め合った瞬間であった。

蜂須賀村は尾張国の西部、海東郡にあった。

　小六はその村の土豪、蜂須賀正利の子として大永六年（一五二六）に生まれたとされている。母は『蜂須賀家譜』では安井弥二郎の娘となっているが、『武功夜話』では安井弥兵衛の娘とされ、同腹の兄弟に八右衛門という兄がいたと記されている。さらに母の連れ子と思われる甚右衛門、墨という弟妹がいたという。

　小六の母は小六が六歳のときに死去したため、父の正利は大橋貞広の娘を後妻として又十郎、小十郎、正元の子を成したとされる。『蜂須賀家記』では、この辺りを簡略化し甚右衛門を含めて同列に小六の兄弟としていたりして、実際のところは判然としない。

　正利は蜂須賀村で二百貫の領地を得ていたが、清洲三奉行の一人、勝幡《しょばた》城主の織田信秀が勢力を増したことから、次第に対立するようになった。

　この当時の尾張国は斯波《しば》氏が守護ではあったが、かつては室町幕府の三管領《かんれい》筆頭と言われ越前、尾張、遠江を領した足利の名門も衰退が著しく、越前を守護代の朝倉氏に、遠江を駿河守護の今川氏に奪われ、残る尾張でかろうじて命脈を繋いでいる状態であった。

　当主の斯波義統《よしむね》は、父の義達が今川との戦いで捕虜《ほりょ》になり、剃髪《ていはつ》させられ送り返されるという恥辱を受けたため、三歳にして守護職を譲られた。義達は失意のまま五年後に病没した。

　守護を継いだ幼い義統は清洲《きよす》城にあって、守護代である織田達勝《みちかつ》によって操られるがままで、すでに守護としての実権は失っていた。実質的に尾張八郡は、上《かみ》四郡を岩倉城の織田信安、下《しも》四郡を清洲城の織田達勝という二人の守護代が支配していた。

　さらにこの清洲には清洲三奉行と呼ばれる重臣がいて、織田一族の藤左衛門《とうざえもん》家、因幡守《いなばのかみ》家、弾《だん》正忠《じょうのちゅう》家が守護代を補佐してきた。その一人、弾正忠家の当主、信秀がこのところ急速に力を増してきたのである。

　弾正忠家はすでに信秀の父の信定の時代に、水上交易で賑わう津島を手に入れ、清洲より木曽川河口に近い勝幡に城を築いた。そうやって徐々に蓄えた富が弾正忠家の力の基礎となっていった。

信秀は大永七年（一五二七）に十八歳で当主を継ぐと、五年後の天文元年に今川氏豊の那古野《なごや》城を奪い居城を移して、さらに東へと勢力を拡大しつつあった。勝幡城には家臣の武藤雄政を入れ、地盤を固めた。天文二年（一五三二）に勝幡城に招かれた公卿の山科言継《やましなときつぐ》は『言継卿記』に勝幡城の規模の大きさと繁栄ぶりを驚きをもって記している。

そういう状況にあって、清洲と勝幡に挟まれた蜂須賀村の正利は、微妙な状況に追い込まれた。

もともと正利は浜、斎藤と名乗った時期もあったようで、繋《つな》がりとしては美濃の斎藤家との縁が深い。尾張守護の斯波氏に従ってきたが、守護代のさらに家臣の信秀に臣従しようとは思わない。しかし次第に勢力を増す信秀に抗することもできず、ついに蜂須賀村を離れざるを得なくなった。

正利には正忠という兄がいて、こちらは蜂須賀村に留まったらしい。そして信秀に従う道を選んだようだが、のちの天文十七年（一五四八）に五十九歳で病没。その子、正刻《まさとき》は父母を亡くし正利のもとで養育されることになる。

さて故郷を追われた正利は、すでに亡くなっていた前妻の実家の安井家を頼った。頼るならば後妻の実家のほうが筋が通っているように思われるが、後妻の実家は津島の大橋家で、こちらは信秀の勢力下にあり、信秀の娘が大橋清兵衛重長に嫁いでいて血縁関係もある。これも信秀が津島を掌握しておくために打った布石の一つであった。そのため正利は、後妻やその子供も含めて前妻の里に頼ることになったのである。

その安井の家が、尾張北部の尾張川に近い丹羽郡宮後《みやうしろ》村にあった。

その日、小六が川で出会った子供たちを連れて帰ると、門の内では正利が畑の作物を収穫してきて汗を拭いているところだった。

「なんじゃ、もう連れができたか。皆こっちへ来て瓜《うり》でも食わんか」

子供たちは物珍しそうに屋敷の中を見回している。

正利は井戸水で洗った瓜をいくつか切って、縁先で子供たちに振る舞った。

「皆はこのあたりの子供か」

「俺はすぐ隣の前野村の小太郎じゃ。こいつらも前野の者ばかりじゃ」

年長の小太郎が瓜を食べながら答えた。

「前野というと小次郎殿の屋形があるが」

「小次郎は俺の親父《おやじ》だわ」

小次郎というのは前野小次郎宗康のことで、その父長義は、やはり安井から嫁をもらっている。安井家をはさんで前野家と蜂須賀家は縁者ということになる。

「さようか。早うに前野に挨拶に行かねばと思っておったが、子供同士が先に知り合うとはのう」

子供たちを見ながら正利は笑った。きょとんとした顔で小六と小太郎は、互いの顔と正利を見つめたが訳が判らない。それでも何故だか嬉しくて、日焼けした顔で笑い合った。

翌日の夕刻、正利は小六を連れて前野屋敷を訪ねた。

安井屋敷からは東南へ一キロほどの場所にある。当主の前野宗康は五十を過ぎた年齢で、正利よりも十五、六も年上である。岩倉城にいる上四郡の守護代、織田信安の家老であった。

すでに下城し在宅していた宗康は、正利親子と対面した。

「安井の屋敷に世話になったのか。あそこは敷地も広いゆえ、いくらでも住まえよう。老いた弥兵衛と子供らだけで不用心じゃったが、ちょうどええ。しっかり屋敷の番をしてくれ」

宗康は大柄な体を揺らして笑いながら、正利に酒を勧めた。

もともと安井氏は美濃の土岐氏の家臣で、これより百年ほど前の応永年間に尾張への侵攻の足掛かりとして宮後に出城を築き、安井小次郎を入れたのが安井屋敷の始まりであった。そのため屋敷は南北八十有余間、東西六十有余間という広さで、屋敷の東を流れる古川が枝分かれし屋敷の東西を流れ、その流れを引き入れた堀も深く、さらに土塁を築き竹林や沼沢などもあって実に堅固な砦であった。

「ときに弾正忠家の三郎じゃが、あの若造、ますます勢いを増しておる。どうやら那古野の次は古渡《ふるわたり》に城を築くらしい。もはや下四郡は弾正忠家が切り盛りしておる有様だわ」

「先年、三河の松平二郎三郎が守山崩れで身罷《みまか》って、ここが三河へ押し出す好機と考えてのことでございましょうな」

三郎とは信秀のこと。二郎三郎とは松平清康のことである。

「それは判るが、しかし、ちと増長が目につきすぎる。今に清洲の守護代様に取って代わろうとするのではないか」

苦々しげな顔で宗康が盃をあおった。

たしかに清洲城内で、信秀の存在はもはや他の奉行衆をしのぎ、守護代に迫る存在となっている。美濃や三河との小競《こぜ》り合《あ》いでは主にこの信秀が出陣し、そのたびに他の尾張勢を引き連れて戦うために、その武威は知れ渡り傘下に入る者も増えている。へそ曲りな正利のような頑固者は従属を嫌い、土地を離れることになる。

「そなたは美濃の斎藤と好《よしみ》があると聞いたが」

宗康が酒を勧めつつ尋ねた。

「はい、蜂須賀村では川の舟荷を扱《あつこ》うておりました。それゆえ美濃方とも始終やり取りがありまして、美濃の荷を任されることも多うございました」

蜂須賀家と美濃斎藤家との関係については、こんな逸話《いつわ》がある。

あるとき蜂須賀村で行き倒れの旅人があり、これを正利の父、正昭が助けた。旅人は西村勘九郎と名乗ったが、しばらくして正昭のもとに毎年、米三石が送られて来るようになったという。西村勘九郎は若き日の斎藤道三である。道三ならば行き倒れを装って、尾張方に味方を作ろうとしたかもしれないが、おそらくは作り話であろう。

しかし、なにかしら蜂須賀家と美濃とは縁があったようで、それは蜂須賀村が長良川、尾張川の河口に近く、水上交易に関わることで関係ができたのではなかろうか。尾張側に美濃の荷を扱う者がいれば重宝がられる。蜂須賀が一時、斎藤の姓を名乗ったというのも、荷を扱う上で美濃方からお墨付きをもらった証だったのかもしれない。

「岩倉城の織田伊勢守家も美濃とのつながりは深い。そうでなくともこの上四郡は美濃の息のかかった者が多いゆえ、そなたも蜂須賀村よりは安堵して暮らせるであろう。ただ犬山は三郎の弟ゆえ、気をつけねばならぬ」

宗康が与えてくれる注意に正利はうなずいていたが、宗康の視線で、後ろに控えていた小六が居眠りをしていることに気付いた。振り返り叱《しか》ろうとする正利を宗康が止めた。

「よいよい、子供は子供で疲れておるんじゃろう」

「申し訳ございませぬ」

正利の咳《せき》払いで小六は目を覚ました。

「そなたも舟は得意か、小六。今じょうずに舟を漕《こ》いでおったが」

宗康の冗談に小六は真顔でうなずいた。

「はい、蜂須賀村におった頃は、一人でどこまでも行き来しておりました」

「そうか、それほど舟が使えるなら草井の渡しで船頭でもやらぬか。ぶらぶらと力を持て余しておるより、よい小遣《こづか》い稼ぎにもなろう。草井の長兵衛に取り次いでやっても良いぞ」

さっきまでの眠気が一気に吹き飛んで、小六は目を見開いた。

「ようございますか、父上」

「まあ、しばらくは暮らしも厳しいゆえ、少しの稼ぎも有難いが。しかし、このような子供に務《つと》まりますでしょうか」

「なあに、これだけ立派な体をしておれば、もはや大人と変わらぬ。文《ふみ》を書くゆえ草井村の長兵衛を訪ねるがええ」

思わぬことになったと思いながらも正利は、宗康に礼を言って前野屋敷を辞した。


こうして小六の船頭稼業が始まった。

草井村は宮後村より北へ三キロほど行った尾張川沿いの村である。洪水のたびに土地が流され畑に川砂が入るため、たいした作物もできず雑草が生い茂るばかりで人家もまばらである。ただ、川幅が狭くなっているために美濃へ渡る渡し場があった。南北に延びる街道の先に粗末ではあるが舟待ちの茶屋などもあって、草の茂る河原に、そこだけ人の姿が見える。

宗康の紹介状を持ってきた子供を、草井長兵衛は怪《あや》しげな目つきで眺めたが、断るわけにもいかず、やむなく舟に乗せてみた。意外にも達者な竿《さお》使いで、小六は小舟を軽快に操《あやつ》ってみせた。

「よし、今日からこの渡しに詰めて船頭をやれ。渡し賃は一人十文だ。ちゃんと俺に渡せ。誤魔化《ごまか》すんじゃねえぞ。半分はお前に呉《く》れてやる」

長兵衛は深く日に焼けた顔で笑って、小六の頭を軽く叩いた。

長兵衛はまだ二十代後半で、小六の兄のような歳と言っていい。草井の渡しを取り仕切っていた父親が死んだばかりで、若いながらも跡を継いでいる。船頭を数十名配下に置き、渡し舟だけでなく上流の犬山方面から下流の津島や熱田、ときには伊勢まで荷を運んでいる。この尾張川にはこうした稼業をしている者が数多くいて、彼らは川並衆とか川筋衆と呼ばれていた。


行き来する荷船を眺めながら、小六は黙々と渡し舟の仕事に精を出した。

水量が多く流れの速い雨の後などは舟が流され難渋《なんじゅう》するが、流れの穏やかなときは長閑《のどか》なものである。次第に要領もつかんで、ひと月も経つ頃には長兵衛も安心して渡しを任せるようになった。年の割に大人びた体格と風貌《ふうぼう》のためか小六には妙な貫禄があって、渡しの客から因縁をつけられることも少なかった。

　夏の燃えるような日差しが和《やわ》らぎ始め、川面を渡る風に秋を感じる頃には、すっかり渡し場の主のような顔になっていた。

　草井の渡しの対岸には、小六の働きぶりを見守るかのように前渡《まえど》の不動山が静かに座っている。渡す客もなく川端に座って手持ち無沙汰《ぶさた》の小六に、様子を見に来た長兵衛が話しかけた。

「ここはなあ、その昔、鎌倉の幕府方と京の朝廷方が戦をした場所なんだぜ。摩免戸《まめど》の戦いと言ってな、美濃側に布陣した朝廷方に、川を渡った幕府の武者が攻めかかり大勝した。その勢いで京まで攻め上《のぼ》ったんだわ」

　長兵衛の言葉に、小六は川向こうの不動山を眺めた。

「川を渡ったほうが勝ったってことは、よほどの大軍だったんか」

　小六の言葉に長兵衛は少し驚いた顔をした。

「判るんか、お前。その通りよ。この川の上から下にかけて幕府方が一斉に渡ったもんだから、兵の少ない朝廷方は驚いて、ろくに戦わずに逃げ出したんだわ」

　通常、敵前で川を渡るのは大いに危険な行為で、そこを攻められれば壊滅的な痛手《いたで》を受ける。にもかかわらず勝ったということは、よほどの兵力差があったのではと小六は想像したのである。

　長兵衛の言う摩免戸の戦いとは、鎌倉時代の初期に起きた承久の乱の折の戦いである。

　三代将軍の実朝が殺害され動揺する幕府に付け込むように、後鳥羽上皇らが討幕の兵を挙げた。これに対して鎌倉執権の北条義時は東海道、東山道、北陸道の三手から総勢十九万の兵を京に向け進発。これに驚いた朝廷は、尾張川で幕府軍を防ごうと藤原秀康を総大将に一万八千弱の兵を美濃へ送り、摩免戸に一万の兵で布陣し、各地に兵を分散させた。そこへ北条泰時、時房率いる東海道軍十万と、武田信光率いる東山道軍五万が殺到し、各所で渡河したため防ぎきれるものではない。朝廷方は総崩れとなり、その後、攻め上った幕府軍は京を制圧し勝利した。これ以後、一時的に後醍醐天皇が鎌倉幕府を倒し政権を握ったこともあったが、大きくは武士の時代が続いている。

「こんな長閑《のどか》な川で、そんな戦いがあったんだな」

小六は独り言のように言った。

「幕府がいいのか朝廷がいいのか判らねえが、俺たちはこの川で暮らしを立てるしかねえんだ。こんな土地じゃ何も作れねえしな。誰にも邪魔されずに気ままに生きるのが一番よ」

長兵衛が立ち上がって背伸びをした。はるか上空では鳶《とび》が静かに円を描いて飛んでいる。

そのとき川の上流から旗を立てた筏《いかだ》が来るのが見えた。

「ありゃあ犬山の船頭衆だな」

小六も立ち上がって目を凝《こ》らすと、たしかに白旗に犬山の字が読める。

「たぶん犬山の与次郎様から勝幡《しょばた》へ送る材木だわ。弾正忠家の三郎様が近々また新しい城を建てるという噂だでな」

織田与次郎信康は三郎信秀の弟で、犬山城主となっている。信秀にとって敵の多い織田一門の中で気を許せるのは兄弟だけである。今川方から那古野城を奪った信秀が、さらに東へ出城を築くために資材を信康に頼んだのだろう。

「弾正忠家の三郎」

小六にとってその名前は、忌々《いまいま》しいものであった。小六の一家が故郷の蜂須賀村を捨てなければいけなかったのは、すべてその男のせいである。

目の前を通って下流へ流れていく筏を、まるで信秀そのものでもあるかのように小六は睨《にら》みつけた。

「親方は信秀を見たことがあるのか」

「いんや、見たことはねえなあ」

小六の様子が変わったことを不審に思いながらも、長兵衛は気づかぬふりで消えていく筏を見送った。

やがてまた静かな川面が戻った。

「ただこの不甲斐ない尾張の国を、何とか守ろうとしているようだな。今のままでは大国の美濃や駿河に遠からず呑み込まれてしまう。かといって守護も守護代も何もせん。弾正忠家は奉行の一つに過ぎんが、力と意気がある者がやらねば仕方なかろうよ。もはや家柄だけでは何ともならん世になったということだわ」

「親方は信秀の味方なのか」

小六は鋭い目を長兵衛に向けた。

「俺は川並衆じゃ。この川で生きるだけで誰の下にも入らん。ただこの川にしても、ここいらは犬山様の領地じゃ。そこらへんはうまいこと、あっちへ付いたり、こっちへ付いたり川の流れのように流れるばかりよ」

そういって長兵衛は大きく笑った。

納得がいかぬといった顔で睨んでいる小六に、さらに言った。

「大きい川の流れには逆らえんぞ。俺らも何度、家屋敷を流されたことか。それでもどうにかして生きていくことを考えなあかん。川に流されるままに生きるか、それが嫌なら自分が大きな川になって流れるかじゃ」

長兵衛が尻の土を叩きながら、河原の土手を上って行った。

「流されるままに生きるか、自分が大きな川になって流れるか」

小六は、長兵衛の残した言葉をつぶやいた。

渡しの船頭になった小六のもとには、前野の小太郎をはじめとして年の近い子供らが、始終訪れるようになった。

小太郎の弟の小兵衛など前野の血縁の者や、近隣の子供たちが何かしら群れ集った。一人前に船頭として働く小六が、他の子供の目には眩しく映ったのかもしれない。何よりも自分たちの頭領の小太郎が、小六に対して親近感を持って交わったために、皆も小六の周囲に群れるようになった。

「お前たちも遊んでいるより銭を稼いだらどうだ。

渡しの客に瓜や柿でも売れれば、少しは銭になるがや」

小六は長兵衛に許しを得て、小太郎らに渡し場で食べ物を売らせた。大した儲けにはならなかったが、子供らにしてみれば元手もかからず、なにより一人前になったようで面白かった。大人ならばとてもそんな稼ぎでは続けられないが、子供には良い小遣いになった。

「小六は商売の才があるかもしれんな。商《あきな》いをやったらどうだ」

長兵衛が小六に言った。

「俺が商いかえ」

「親父も蜂須賀村じゃ川荷を扱ったというじゃねえか。お前にもその血が流れているはずだ。前野の倅《せがれ》と一緒なら一度、生駒屋敷に行ってみるといいかもしれねえな」

正直なところ、安井の屋敷で世話になっているとはいえ、蜂須賀家の遣り繰《やく》りは厳しい。父の正利は故郷を捨てたためにかつてのような収入もない。小六の船頭の稼ぎだけでは、とても家族が暮らしてはいけない。他に稼ぎ口があれば何でもやりたかった。

「何だえ、その生駒屋敷てのは」

「ここいらじゃ一番手広く商《あきな》っている商家よ。犬山や岩倉ともうまく付き合って、美濃、飛騨から三河、駿河、伊勢まで荷をやり取りしとるんだ。お前らのような子供では荷駄《にだ》の警護はできんが、なんぞ働き口があるかもしれんぞ」

生駒家は小六の住む宮後村から三キロほど南へ行った小折《こおり》村にあった。

生駒氏はもとは大和国平群《へぐり》郡生駒に住んだ藤原氏の流れという。

承久年間に前野の遠祖、宗安、時綱が六波羅《ろくはら》の詮《せん》議《ぎ》を逃れるために大和や河内を流浪中に生駒の家に世話になったことがある。その後、前野氏は尾張で住み着くことになるが、生駒家もまた南北朝の戦火を逃れるため、縁を頼って尾張国丹羽郡に住みつき土豪となった。

現在の当主は生駒家宗で、一応は犬山城配下ということになっているが、岩倉城にも近いことから商売としては双方に出入りして、巧みに利を重ねている。

　ある日、小六は小太郎らと生駒屋敷へ行ってみた。老樹立ち並ぶさまは十有余町先より遠望するところ城地のごとし、と『武功夜話』にあるように宮後の安井屋敷以上に広大で、この頃は小折城とも呼ばれた。周囲に堀をめぐらし水を溜《た》めて、本丸、二の丸と称される屋敷が建っている。そのほか三棟の土蔵が立ち並び、門の中では人足が荷を運ぶ姿が見える。小六らが門前で呆気《あっけ》に取られて眺めているうちにも荷車が到着し、屋敷内に勢いよく入っていく。

「なんじゃ、お前ら。邪魔になるから他所《よそ》へ行け。荷車に轢《ひ》かれても知らんぞ」

　人足の一人が怒鳴《どな》った。

「何ぞ仕事をさせてくれ」

　小六の言葉に人足が呆《あき》れた顔をした。

「子供にできる仕事なんぞあるか。帰って畑仕事でも手伝え」

　人足は背中を向けて門の内へ消えようとした。小六は追いかけて門の内に入ると、傍らにあった俵に手をかけた。

「これでどうじゃ！」

　その言葉と同時に、両手に一つずつ俵をつかんで持ち上げた。

　中身は炭であったろうか、それでも相当な重さである。それを片手で持ち上げたのを見て、周囲にいた人足たちは目を丸くした。小六の黒い顔が逆流した血で赤く膨《ふく》れて、今にも破裂しそうになっている。人足たちが静まりかえる中、パチパチと手を打つ音が響いた。

「見事、見事。大した強力《ごうりき》じゃ」

　屋敷の縁先に、背の高い男が立っていた。この屋敷の当主、生駒家宗である。

　小六の父と同じくらいの年齢であろう。武家商人ではあるが、やはり柔らかな物腰で生活の豊かさを身辺に漂わせている。

「近在の子か。名は何というのじゃ」

「宮後村の蜂須賀小六」

両手の俵を降ろして小六が答えた。

「ほう、蜂須賀というと海東郡じゃな。なんで宮後村におる」

小六は黙った。

「まあええ。いろいろ事情はあろうな。仕事がしたければ雇《やと》うてやってもええが、まずは屋敷の下働きからじゃ。どうじゃな、大人しく勤まるか」

下働きと聞いて小六は一瞬迷ったが、渡しの仕事も大して稼げず飽きてきたころでもある。この裕福そうな屋敷なら給金も良いであろう。勢いで「はい」と答えてしまった。

門の付近では小太郎らが心配そうに成り行きをうかがっている。家宗はそれに気が付いた。

「これは前野の小太郎ではないか。なんじゃ、お前の知り人か」

岩倉城へも出入りしている生駒家宗は、当然のことながら家老の前野宗康を知っている。屋敷も近いことから子供の顔も覚えていた。

声をかけられて小太郎が体裁《ていさい》の悪そうに屋敷の内に入ってきた。

「小六は俺の義兄弟じゃ。よろしゅう頼みます」

子供ながら神妙な顔で頭を下げた。

「そうか、それでは邪険《じゃけん》にはできんな」

家宗はそう言って笑った。

「せっかく来たのじゃ。菓子でも食べていくがええ。仲間も招き入れてやれ」

家宗は家人に命じて子供たちに饅頭《まんじゅう》を与えてやった。甘い餡《あん》の入った食べたこともないような美味《うま》さだった。子供たちは驚きながらも黙々と食べた。

「お前たちは逞《たくま》しいのう。我が息子の八右衛門も少しは野山を駆け回らせねば、いざというときに役に立たんわい」

家宗は子供たちを眺めながら腕組みをした。富める者は富める者で、また違う悩み事があるものだと小六は饅頭をかじりながら思った。

「そうじゃ、しばらくお前たちに八右衛門を預けよう。連れまわして遊んでやってくれ。その分の給金も出してやる」

小六と小次郎は顔を見合わせたが、家宗はもう奥に向かって子供の名前を呼んでいる。

出てきたのは、なるほど日に焼けておらぬ生白い顔の青年と、それに二人の娘もついてきた。

「これが八右衛門じゃ。よろしゅう頼む」

さらに娘も引き寄せて紹介した。

「こちらは八右衛門の妹で須古《すこ》と類《るい》じゃ」

八右衛門は小六より三つほど年上だろうか。須古は小六のやや下、類は五つになったほどの幼子である。いずれにしろ三人とも小六や小次郎とほぼ同年代の子供だが、着ている着物がまったく違う別世界の物である。小さな子供たちは娘の着物の美しさに目を奪われ、ぽかんと口を開いたままである。その口に、幼子の類が手の中の飴《あめ》菓子を一つずつ入れてやった。

子供たちは驚いて目を丸くしながらも、食べたことのない甘さに口をもごもごさせるばかりで、まるで鳥の雛《ひな》である。その様を見て、類は可笑《おか》しそうに笑った。

この類が、やがて織田信長の室となり吉乃《きつの》と呼ばれるのだが、そんな将来が待っていることなど類も家宗も、ましてや小六などは知るはずもない。

いかに糊口《ここう》をしのぐか、今の小六の頭の中はそのことばかりである。

二

天文十年（一五四一）三月。

つかの間の平穏が続いていた美濃に、再び土煙《つちけむり》が上がった。

守護の土岐頼芸《よりなり》の嫡子、太郎法師丸がいる方県郡村山城を、斎藤利政が攻めたのである。

美濃ではこの二十数年間、守護の座をめぐって頼《より》武《たけ》と頼芸の兄弟が争っていた。二人の父の政房が長子の頼武よりも次男の頼芸を守護に就けようとしたことから起こった争いである。この政房もまた弟と守護と戦って自害させた経緯があり、こうした長い国内の乱れは、徐々に守護である土岐氏の力を弱めることになっていった。

兄の頼武を守護代の斎藤利良《としなが》が助け、弟の頼芸を小守護代の長井長弘が支え戦った。さらに周辺国の越前の朝倉氏、近江の六角氏、浅井氏も加わって二十数年間も内戦が続いたが、頼武が死去し子の頼純《よりずみ》が立つに至って、ようやく頼芸方の優勢が確実になった。

しかしこの間、頼芸を支えていた小守護代の長井長弘は、家臣の長井新左衛門尉によって殺害されたらしい。そしてその新左衛門尉も、同じころ死亡したようである。代わって台頭したのは新左衛門尉の子の長井新九郎規秀《のりひで》である。規秀は守護代の斎藤利良が死ぬと名跡を奪い、斎藤新九郎利政と名乗る。そうして守護の頼芸を補佐するようになった。

この表面上は平穏な時期が数年続いたが、成り上がり者の利政の専横に不満を抱く土岐一族との確執は、次第に深まっていった。

利政の讒言によって頼芸は十二歳になる嫡子の太郎法師丸を除こうとしたが、頼芸の弟、光親《みつちか》はこれを怪しみ、村山芸重《よりしげ》の守る要害、村山城へ太郎法師丸を入れた。これに対し利政は頼芸の命令と偽って諸将を集め、村山城を攻めたのである。

利政に従って村山城を攻める軍勢は五千。危急を聞きつけ太郎法師丸を救おうと駆けつけた光親らは二千以上で、合戦となった。長引く戦いを聞きつけた尾張の織田信秀が仲裁に乗り出し、戦を止めさせた。信秀は土岐の縁者である近江の六角定頼《さだより》と越前の朝倉孝景も間に入れ、両軍を和睦させた。

これにより太郎法師丸は元服して、頼芸と信秀から一字をもらい土岐頼秀と名乗った。また斎藤利政は謹慎の姿勢を取って出家し、道三と号する。戦国下剋上の典型として知られる斎藤道三である。

斎藤道三は京の妙覚寺の僧から始まり、油売り商人を経て美濃の西村家へ仕官し、長井、斎藤と苗字を変えながら美濃守護になったとされてきたが、近年ではこれは父の長井新左衛門尉と二代に渡る国盗り物語であることが明らかになった。

すでに父、長井新左衛門尉の代に小守護代長井家に入り込み、主の長井長弘を殺害し名跡を奪ったらしい。直後に新左衛門尉も死去し、その後に登場するのが子の道三ということになる。いずれにしろ道三の登場で、美濃はまた新たな動乱の中に突入していく。

美濃の動乱の余波は、尾張国宮後村の蜂須賀家にも届いている。

「あの斎藤家に入り込んだ長井新九郎という男、とんだ食わせ者だわい。せっかく収まっておった美濃に、また諍《いさか》いの種を蒔《ま》いておる」

朝の膳を前にして、正利が眉間にしわを寄せていた。

「長井新九郎ではございませぬ。すでに名を変えて斎藤新九郎利政、そして入道して斎藤道三です」

居並んだ家族は黙って聞いていたが、飯をかき込みながら小六が言った。

「やかましい。飯を食いながら話すでない」

不機嫌そうに正利が叱った。小六の兄弟たちは肩をすくめて、黙々と麦飯を口に運んでいる。

蜂須賀家が宮後村に来た年、道三こと長井規秀は斎藤の名跡を奪い斎藤利政と名を変え、斎藤家の居城である稲葉山城を手に入れた。そして翌年には稲葉山城の大改修を行った。

かねてから美濃守護代の斎藤家と縁のあった正利は、少ないながらも郎党を引き連れて、この改修を手伝った。宮後村に越した挨拶もあったが、一族の食い扶持《ぶち》を稼ぐためというのが切羽《せっぱ》詰った目的であった。

正利は蜂須賀の以前に斎藤を名乗った一時期があったというが、それが海東郡の蜂須賀村にいたころの話ならば、好《よしみ》を通じていた斎藤家は利良や利茂《とししげ》が守護代の時期ということになる。つまり新たに斎藤を名乗り出した道三との好はない。

正利が斎藤道三に仕えた時期があり、そのときに斎藤を名乗ったというならば宮後村に移ってからということになるが、その後に蜂須賀に改名するというのは少々遅い気がする。

おそらく前者の解釈が妥当だろう。

稲葉山城の改修の折に会った斎藤利政の尊大な様子を思い出して、正利は眉をしかめて箸《はし》を置いた。

身を低くして挨拶をする正利に、

「蜂須賀村を逃げ出して、食い扶持に困って寄って来たか。飯は食わせるが、食った分だけは働いてもらわねばの」

そう言って利政は薄ら笑いで見下ろした。

人の心の内を見透かす眼力は鋭いが、思いやるといったような気配りは一切ない。人を人と思わず、牛馬か道具のように自分にとって使えるかどうかとしか見ていない。正利はそんな嫌な冷たさを感じた。

そして今年に入っての村山城攻めには、正利は参陣していない。簡単に事が終わると踏んでいた斎藤利政は、周辺の諸将に触れを出しただけで、正利の許にまでは届いていなかったのである。思わぬ長期戦になり、織田や朝倉、六角まで巻き込むことになるとは利政にとって予想外の事態であっただろう。

斎藤道三というと策謀家というイメージがあるが、その策略が思い通りにならなかった場合が意外に多い。一つには成り上がりで独自の兵が少なかったために無理な手を取らねばならなかったこともあろう。

道三の特筆すべきは、たとえ失敗してもそれに懲りず、成就するまで何度も挑みかかる執念深さだろう。そのためには一旦は頭を下げ和睦することも、出家することも意に介さない。どこまでも獲物を狙い続け、ついには仕留める、まさに蝮《まむし》の執念深さである。

「出家して、このまま大人しくすれば良いが、とてもそのような殊勝《しゅしょう》な心は持ち合わせておるまい」

「また戦ですか。それならば蜂須賀も兵を集めておかねば。良い働きをして褒美《ほうび》をもらう好機です」

小六は飯を食い終わって碗を置いた。

この年、小六は十六になっていた。もう大人と同じほどの体格になり、鼻の下には黒々と無精髭まで生やしている。相変わらず生駒屋敷に出入りして、今では大人の人足に交じって荷駄に付き従い、尾張のみならず三河や美濃、飛騨あたりまで出かけることもある。

しかし、ときどきふいっと姿を消したかと思うと、草井長兵衛の荷船に乗って熱田あたりまで行ったりしている。もはや正利も小六が何をしているか判らなかった。ただ、小六が時折持ってくる銭や米で、蜂須賀家の生活が支えられているのは事実だった。

「次に斎藤からの命があれば、俺も戦《いくさ》に出ますよ」

小六は歯の隙間《すきま》をせせりながら正利に言った。

「しかし我が家が斎藤と縁があるとはいえ、あのような者に従うのはいかがなものか。随分と悪い噂も聞こえておる」

「どのような者でも、飯が食えねばどうにもならんでしょう。盗賊でも極悪人でも役に立つのなら使えば良いのです」

そういって小六は立ち上がった。

その姿を見ながら正利は、息子がひと回り大きくなったように感じた。

「お前も来年には元服せねばのう。いつまでも小六の名では人に軽んじられよう」

立ち上がった小六の大きな背中を見上げながら、正利は声をかけた。

「されば」

一呼吸おいて小六は振り返った。

「名は彦右衛門正勝にいたします」

「彦右衛門正勝か。良いではないか」

すでに自分の名を考えていたらしい。息子の申し出を正利は、あっさり受け入れた。

特段、理由を聞く必要もなかった。蜂須賀の通字《つうじ》である正の字も入っている。

実はこの正利も幼名は小六といい、その父、正昭も小六。正勝と、さらに正勝の子の家政もまた小六である。つまり四代に渡って幼少期は小六を名乗った。

また彦右衛門という通り名も『尾張群書系図部集』によると、正利、正勝、家政が使っており、正利の伯父の広俊も彦右衛門を名乗っている。嫡子の証として名を継ぐということもあるが、正利は次男で小六と彦右衛門を名乗り、正昭も三男で小六を名乗っている。名は代々継いでいくものという単純な思想で、さほど執着はなかったのであろう。

小六は家を出ると、尾張川に向かった。


季節は再び夏である。すれ違う風が肌に心地よい。

草井の渡しの少し上流に大きな中洲がある。小六が初めて前野の小太郎と出会って相撲を取った中洲である。あの頃、その中洲に小太郎たちは粗末な小屋を作って遊んでいたが、小六はそれを大きくして自分らの隠れ家とした。

草井長兵衛にも許しをもらって、人が二十人ほどは寝泊まりできる板屋根の小屋を拵《こしら》えた。小六や小太郎、それに互いの兄弟や親戚の子供たち、あるいは村の子供たちが屯《たむろ》して、なにやら小さな梁山泊《りょうざんぱく》といったところである。

この日も小六が顔を出すと、すでに小太郎ら数名が小屋の中で円座を作っていた。

「遅いぞ、小六」

「小六ではない。来年からは蜂須賀彦右衛門正勝様だわ」

そういって子供たちの中へ割り込んだ。

「なにっ、彦右衛門正勝？」

「ああ、元服して名前を変える」

小太郎たちは、にやにやして顔を見合わせた。

「しかし小六のほうが呼びやすいぞ」

小太郎がそう言うと小太郎の弟、小兵衛も調子に乗って、

「そうじゃ、小六は小六じゃ」

と叫んだ。

「こいつ！」

小六は小兵衛の頭を抱え込んで押さえつけたが、すぐに解放して、

「まあ俺も小六のほうがいいな」

と笑った。つられて他の子供も大笑いした。

「ときに彦右衛門よ」

「小六でええわい」

小太郎の冗談にまた皆が湧《わ》いた。

「聞いたか。美濃でまた戦があったそうじゃ。守護代を乗っ取った男が、織田信秀に諫《いさ》められて出家したらしいぞ。この先、美濃も織田の領地になるんじゃねえかって噂だ」

小太郎の話を小六は黙って聞いていたが、やがて口を開いた。

「いや、そんな容易《たやす》くはいかんぞ。美濃の兵力は尾張の倍はある。今は守護の土岐家と斎藤道三が反目しておるから織田に付け入られたが、一つにまとまれば信秀に負けるわけがない」

「それじゃあ尾張が美濃に負けるってことか」

横から小兵衛が口をはさんだ。

「信秀は今、三河に攻め入って今川と顔を突き合わせておる。そんなときに美濃と戦ができるわけがない」

したり顔で小六は皆を見回した。

確かにこの前年の天文九年（一五四〇）、織田信秀は三河松平氏の居城、安祥《あんしょう》城を攻略した。これにより松平広忠は岡崎に逃れ、今川氏への従属を深めることとなった。信秀がさらに進めば大国の今川と直接対決せざるをえない。美濃の混乱に仲介には入ったが、自分一人で収めず朝倉や六角を引き入れたのは、全力で美濃に当たるわけにはいかない、そうした事情があった。

「美濃が一つにまとまれば尾張に勝つということか。しかし守護の土岐家がまとめられるのか。鷹《たか》の絵ばかり描いておる腑抜《ふぬ》けと聞いたぞ」

小太郎のような子供の耳にも、頼芸の無能ぶりは届いている。

「土岐はもう無理だわ。出てくるとすれば斎藤道三じゃ」

にやりと笑って小六が言った。

「出家したというに、まだ懲りずに国主を狙っておるのか」

「出家など何の意味もない。今にまた鎌首《かまくび》を持ち上げて国を奪おうとするはずだわ」

小六の話に、皆は半信半疑といった面持《おもも》ちで黙った。

やがて小太郎が口を開いた。

「それで小六はどうするというんじゃ。何ぞ言いたいことがあるんじゃろう」

「そのことじゃ。俺は斎藤に加勢しようと思うとる。そのためにここに蜂須賀党を作ろうと思うが、どうじゃ」

にやにやして鼻の下の髭《ひげ》をこすりながら、小六は皆の顔を眺めまわした。今朝からそんなことを考えていたらしい。蜂須賀家としては遺恨《いこん》のある信秀に味方は出来ない。美濃方に加勢して一矢《いっし》を報いようという狙いもある。それよりも何よりも一族が生活していく糧《かて》が必要であった。

「それは困ったぞい。我が父は岩倉の家老じゃ。俺が美濃へ走るわけにはいかぬわい」

小太郎が腕組みをして小六を見た。

「それはそうじゃな。よし、小太郎は前野党を作れ。お前と俺で競い合おうではないか。気が向けば一緒に事を起こせばええ。俺も美濃の家来になろうとは思わぬ。誰にも流されぬ蜂須賀党を作るのよ」

小六は両手で、胡坐《あぐら》をかいた両膝《ひざ》を叩いて立ち上がった。

「どうするんじゃ」

小太郎たちが小六を見上げた。

「仲間を増やさねばならん。そのためには仕事を増やさねば。長兵衛や生駒に頼んで仕事を増やしてもらうんじゃ。さあ、忙《いそが》しゅうなるぞ」

小六たちは暑くなった小屋を出た。青い夏空の下、西の方角に稲葉山が見えた。

あの城に斎藤道三がいる。

その稲葉山の、はるか上空に白い入道雲が盛り上がって、こちらを見下ろしている。小六には、それがまだ見ぬ道三の姿に見えた。


斎藤道三が再び鎌首を持ち上げるという小六の予想は当たった。

道三は土岐頼芸の兄弟、七郎頼満《よりみつ》に養女を嫁がせ婿としたが、宴《うたげ》に誘った折に頼満を毒殺したのである。これによって道三を頼りにしてきた頼芸は、やっとその本性に気づき道三と敵対した。

天文十一年（一五四二）、五月二日のこと、道三は突然に大桑城の頼芸を攻めた。

前回の失敗に懲りたのか、今回は周到に手配りして事前に一万余の兵を集めた。


蜂須賀家にもその知らせは届いた。美濃と尾張の境界、尾張国葉栗《はぐり》郡松原村の松原源吾が道三からの触《ふ》れを持って安井屋敷を訪ねてきた。

松原源吾はまだ二十代中頃の若者で、弟の内匠《たくみ》も連れていた。内匠はまだ十を越したばかりの少年である。

「同じ斎藤家に連なる者同士、ご挨拶をと思いまかり越しました。我ら兄弟、若輩ですが宜《よろ》しゅうお付き合いくだされ」

源吾は日に焼けた四角い顔を、笑みで一杯にしながら頭を下げた。

草井の渡しから四キロほど下流に行ったところに松原村はある。草井の渡しを過ぎると尾張川の流れは網の目のようになり、大小いくつもの中洲ができている。その中でも島と言っても良いほどの大きな中洲に、松原氏は亘利《わたり》城と呼ばれる館を築いている。普段は主に尾張川の支流を使って荷舟を運行している川並衆である。

「こたび道三様は土岐のお館《やかた》様を攻める覚悟をな

されて、国内に触れをお出しになり申した。我ら尾張におる者も参集せよとのご命令でござる。御当家さえ宜しければ我ら尾張衆の陣に加わって参陣されてはいかがと」

源吾は人なつっこい笑みで、正利に言った。

蜂須賀のような小人数で参陣しても働きが目に留まらぬであろうという源吾の配慮であった。

「有難いお申し出、いたみ入ります。されどこたびは思うところあって当家は出陣いたしませぬ」

正利の言葉に松原兄弟だけでなく、隣の部屋に控えていた小六も驚いた。

「出陣されぬとは、どういうことか」

笑みが消えた途端、源吾の顔は人が変わったように怖い表情になった。しかし正利はそんなことには気づかぬふりで静かに言った。

「斎藤道三という御仁《ごじん》、斎藤を名乗るも元来は他家の者で、隙《すき》をついて守護代家に入り込んだにすぎませぬ。守護代にしても職にあるのは未だ斎藤帯刀《たてわき》様のはず。道三なる御仁が国主様を討つなどとは笑止千万。とてもそのような企《くわだ》てに当家は加われませぬ」

「失礼ながら蜂須賀殿は美濃家中のことをご存じない。今や守護の土岐家は何の力もござらぬ。さらに守護代の帯刀様も、かつては道三様と敵対しておったがすでに和を結んでおる。我らも長年、土岐家に従ってきたが、これからは道三様をおいて美濃を束《たば》ねられる者はおりますまい。美濃に従うのであれば今、道三様に付いたが得策でござる」

源吾は再び愛想笑いを浮かべた。

「松原殿の申されることは良う判り申す。されど筋の通らぬことには従えぬ無骨者ゆえ、こたびはお許しいただきたい」

一見、柔和そうな正利だが、織田信秀に従うことを良しとせずに故郷を捨てたほどの頑固者である。一度口にしたら気持ちを変える素振りは、ちらとも見せない。

ついに松原源吾もあきらめて仕方なく帰って行ったが、それを見送った後、今度は小六が正利に噛《か》みついた。

「参陣せぬとはどういうことですか。ひと稼ぎする好機ではありませぬか。食うにも困っておるというに筋が通るも通らぬもないでしょう。すでに二十人ほど人も集めてあります」

昨年から小六は近隣の若者や、生駒の荷駄を警護して歩く先々でこれと目を付けた若者に、いざ事があったときは蜂須賀党に参集するよう声をかけてある。すでに何人かは尾張川の中洲の小屋に屯《たむろ》していた。

「お前もこの先、一軍の長となろうと思うのなら、このことだけは心がけよ」

正利が、まっすぐ小六を見つめて言った。

「一度でも信義に反することをした者に、人は付いて来ぬ。たとえ家臣であっても、そのような主《あるじ》を誰も心の底から信じようとはせぬ」

いつにない正利の重い言葉に、小六は黙るしかなかった。


道三の大桑城攻めにより、土岐頼芸は尾張へと落ちて行った。

これにより実質的に道三が美濃国主となった。しかし敵対した者は当然のことながら、味方した者の中にも内心では道三が国主となることを快く思わぬ者はいる。道三もそれを見越して、長子の義龍に左京太夫と美濃守の官位を朝廷より得た。

この義龍は道三の側室、深芳野《みよしの》が産んだ子であるが、それ以前に深芳野は頼芸の寵妃《ちょうき》であり、道三に譲られたときにはすでに義龍を腹に宿していたのではと言われている。

単なる噂にすぎないが道三はこれを逆に利用し、ゆくゆくは義龍に守護を譲ると見せることで、国内の不満を鎮めようとしたのである。頼芸の子が守護になるならばと、敵対した者たちも仕方なく道三に服するようになった。

一方、頼芸に頼られた尾張の織田信秀もこの時期、多忙であった。

美濃にかまっている暇はなく、とりあえず頼芸、頼秀親子を熱田の寺に入れることにした。

信秀は天文九年に三河松平氏の居城だった安祥城を攻略したあと、大国の今川と顔を突き合わせるようになっていた。東へ領地を拡張する信秀に対し、今川義元も兵を出し、天文十一年（一五四二）八月、生田原《いくたはら》に布陣。一方の織田勢は信秀の弟の信康、信光、信実《のぶざね》が中心となり、安祥城から矢作川《やはぎ》を越え上和田に布陣した。岡崎城東南の小豆坂《あずきざか》で両軍は激突し、今川勢先陣の由原《よしはら》衆が清洲衆の那古野弥五郎を討ち取ったものの、佐々隼人正や山口左馬助の奮戦で織田方が勝利した格好になった。これが第一次小豆坂の戦いで、前野衆や生駒家も参陣している。

一方、出陣の機会を逃した小六は面白くない。

相変わらず生駒屋敷で人足仕事を続けるしかない毎日である。

「面白うなさそうな顔じゃな、小六」

生駒屋敷の片隅で、荷に腰かけていた小六に生駒八右衛門が声をかけた。

八右衛門は生駒家の当主、家宗の息子で、小六よりは数歳年上である。

ひ弱な息子を心配して、家宗が小六に遊び仲間になるように頼んだのが数年前。相変わらず育ちの良さそうな長者顔はしているものの、色白だった八右衛門も今では日に焼けて丈夫な若者に成長していた。

「力を持て余しておるんじゃ。美濃の戦にも出られず、集めた仲間は思うように稼ぎもできぬゆえ不満を言って去っていく。何ぞ良い手立てはないかの」

小六が各地で声をかけて集めた仲間は尾張川の中洲に住んでいたが、草井長兵衛や生駒屋敷の荷運びの仕事をもらうだけでは大した稼ぎにもならず、徐々に姿を消す者も出てきた。

「もっと大きな仕事をせぬことには大人数を養うことができんわい」

小六が腰かけていた木箱を大きな拳で叩いた。

砕《くだ》けた木箱の板を見つめながら八右衛門が言った。

「近頃、津島湊《みなと》の商いが多うなって急ぎの荷も増えたゆえ、川舟で運べぬものかと親父殿が言っておった。それはどうじゃ」

小折《こおり》村の生駒屋敷から津島へ荷を運ぶのは、通常は陸路を荷車で行くしかない。五条川という尾張川の支流が生駒屋敷近くを南北に流れているが、荷を運べるような流れではない。川舟を使うとなれば尾張川の本流か、あるいは支流の佐屋川か日光川である。

「日光川ならば何とか舟も通れるだろう。津島湊に揚《あ》げるには一番手っ取り早い。しかしのう」

それができない理由があった。本流にしろ支流にしろ、それを支配する土地の川並衆がいる。彼らとの利害の調整が必要になってくる。

「だから親父殿もできずにおる。もし叶《かな》うなら大きな稼ぎになるぞ」

「たしかにのう。だが大変な仕事じゃ」

小六は天を見上げた。生駒屋敷の上は、すっかり秋の空である。

「どうせやることもない。やってみるか」

そういって小六は立ち上がって、大きな伸びをした。

小六はまず草井長兵衛に相談を持ちかけた。

「生駒の荷を津島まで流すのか、お前が」

長兵衛は驚いた顔で小六を見つめた。

「舟はどうするんじゃ」

「長兵衛に借りる。無論、借り賃は払う」

「船頭も要るだろ」

「足りねば貸してもらう」

小六の返事に長兵衛は苦笑した。

「そんなことなら俺の身内の仕事にすりゃ良えがや。新顔が津島まで荷を運ぶといっても、川筋の衆は容易に許してくれんぞ」

「それでは駄目なんじゃ。蜂須賀党の旗揚げにならん」

長兵衛は頭を掻《か》いた。

「お前の気持ちも判らんでもないが、しかし蜂須賀党をでかしたとしてよ、俺の仕事の邪魔をされちゃ困るぜ」

川並衆はそれぞれに縄張《なわば》りがある。ここで小六が舟荷稼業を始めるとなると、長兵衛は庇《ひさし》を貸して母屋を奪われることにもなりかねない。

「そんな心配は無用じゃ。俺はいつまでも舟荷を運ぶつもりはない。ただ仲間を集め食わせていくために生駒の荷で稼ごうと思うとるだけじゃ」

小六の真剣なまなざしは、嘘のようには見えなかった。

「しかしお前、それじゃ蜂須賀党で何をするつもりよ」

「俺も判らん。だが以前に長兵衛が言うたように、川に流されるか、自分が大河になるかじゃろう。男と生まれたからには大河になりたいんじゃ。大河になるには仲間を集めて力を持たねば何もできん」

長兵衛はしばらく黙って小六を見つめていたが、やがて口を開いた。

「そういうことなら仕方がねえ。俺が言ったことだし舟も船頭も貸してやる。しっかり稼いで借り賃を払えよ」

小六は深々と頭を下げた。

「ただお前、川筋の衆を承知させるのは難儀だぜ。俺の顔が利く奴らには話を通してやるが、あとはお前の力量次第だ。どこまでやれるか、やってみな」

長兵衛は笑みを浮かべた。


小六は手始めに草井の隣村、村久野村の川並衆、青山新七郎を訪ねた。

草井長兵衛とも懇意にしている新七郎は、年は三十代半ばの精悍《せいかん》な顔立ちの男だった。口数は少ないが、小六の話を熱心に聞いてくれた。

「生駒の荷を運ぶに川銭《かわぜに》を払って通してくれというだけでは、足元を見られるばかりだわ」

一通り小六の話を聞き終わると、やっと新七郎は口を開いた。長兵衛の口利きもあって、すでに小六の身になって心配してくれている。

「どうせ津島まで通さねばならんのなら、すべての川並衆に等分に利を分けるほうが不満も出ず、丸く収まるんじゃねえか。このあたりの衆で話をまとめて、それで下流の衆に話をつけるのが上策だわ」

たしかに各々で交渉して条件に相違があっては後々もめる恐れもある。新七郎の話に小六は納得した。

「それにしても若造は無茶なことを思いつくものよ。相当に扱う荷が多くなきゃ割に合わんが、できるんか」

新七郎は呆れたように笑った。川銭を払う分だけ小六の利は薄くなる。薄利《はくり》でやっていくには荷を増やすしかない。

「荷車を轢《ひ》くよりは人手もかからず速く運べるゆえ、生駒にしても舟のほうが良いはず。あとは我らの仲間で汗をかきます」

「どこまでできるか知らんが、人手がいるときは言うがええ」

「有難《ありがた》し！」

無愛想に言う新七郎の温かい言葉に、小六は両手を打って頭を下げた。

長兵衛と新七郎の口利きで、さらに下流の川並衆、日比野六太夫、松原源吾、和田新助と順番に話を進めていった。元来、同じ川を稼ぎ場としている者たちであり、横のつながりは強い。隣の者が納得している条件ならば、あえて異を唱えて関係を悪化させることは望まない。多少の曲折はあったものの、尾張北部の川並衆と話がまとまったことで、下流域の川並衆らも同じ条件で承知した。当初、小六の思っていたよりもはるかに容易《たやす》く事が運んだ。小六の力量というよりは生駒の名前が効いたとも言える。

正月も近い十二月のある日、蜂須賀党の最初の舟荷が尾張川に浮かんだ。

舟先に立てた長い竿《さお》の先に旗がひるがえり、そこには卍の印が書かれている。

卍は小六正勝以前から蜂須賀家の紋の一つとして使用されていたらしい。正勝の祖父、広俊が斯波家に仕えていた折、軍功により斯波家の竹丸紋を付けることを許されたが、それは嫡家のみで使用し、次男であった正勝の父、正利は卍紋、あるいは桐塔、柏丸を用いたという。

　小六は書きやすい卍を、墨で黒々と旗に書いた。それが各舟の舳《へ》先《さき》に立っている。通過するときに、川沿いの川並衆が舟数を数えやすいようにという配慮である。

「行くぞ！」

　小六の声で順に船が岸を離れた。

　伊吹山から吹く冷たい西風を受けて、卍の旗が千切れるようにはためいた。水しぶきを上げて進む先頭の舟では、小六が腕組みをしながら旗を見上げている。

「なかなか壮観だわ。見てみろ小六」

　小六の後ろで前野小太郎が笑った。

　小六が振り返ると卍の旗を掲げた舟が、上流にかけて後ろが見えぬほどに連なっている。長兵衛からは二十艘ほどの舟と船頭を借りた。人足は小六の集めた者たちである。おそらく当初はほとんど利益は見込めないが、徐々に自前の舟と船頭を増やすつもりである。とにかく持て余している力を何かにぶつけたい、そんな思いで小六は走り始めた。

　この先、何が待っているのか。

　伊吹降ろしの刺すような寒風に向かいながら、体内から湧き出る熱気を小六は感じていた。

三

小六が舟荷仕事に没頭している間、少々ややこしいことに触れたいと思う。

それは彼の兄弟についてである。

蜂須賀家の記録『蜂須賀家記』には、正利の子として正勝（小六）、又十郎、正信、女（墨）、正元、女と、四男二女があったとしている。正利は前妻の死後に後妻を持ったが、ここでは子供らがどちらの妻の子かは明らかではない。

『蜂須賀氏系譜』の正利夫人の記述では「正勝は前の夫人に生まれ、正元は後の夫人に生まれる」とある。そして「正信と墨は前夫人に従い来る。青女名シャクと云うに出生と云々」とある。

また『尾張群書系図部集』では女子は省略されているのか、正信、正勝、正元の順に三人兄弟で、正信は異母兄と記されている。

さらに愛知県江南市の前野氏の子孫の土蔵で発見された『武功夜話』では、八右衛門という兄がおり、次が正勝、弟に又十郎、小十郎がいたとされる。不思議なことにここでは正信、正元の名前は出てこない。

この複雑なパズルのような問題をどう解釈すればよいのか。

のちに蜂須賀家の所領となった徳島県では『蜂須賀家記』の公式記録を採用しているが、出身地の蜂須賀村があった愛知県あま市（二〇一〇年に合併。以前は美和町）の『美和町史』では『武功夜話』を取り入れ、前妻の子として正信、墨、八右衛門、正勝（正信、墨は前妻の連れ子）、後妻の子に又十郎、小十郎、正元としていて、大きな隔《へだ》たりがある。

諸家の家系図が整備されたのは江戸期に入ってからで、それ以前の系図は正確とは言い難い部分が多い。秀吉はもちろん、信長、家康でさえ数代前は不明確であり、江戸期の各大名家も出自が不確かなのは当然であろう。その不確かな出自を装飾する場合も多く、幕府に提出された公式記録ほど、きれいに塗り固め整備されている可能性が高い。前妻後妻の子の区別などは、わざわざ記す必要もないことであったろう。

　残っている資料が公式記録のみであればそれに従うしかないが、他の資料がある以上は無視することもできない。


　このパズルを解くには二つの鍵があるように思う。一つは『蜂須賀氏系譜』にある「正信と墨は前夫人に従い来る。青女名シャクと云うに出生と云々」という記述である。

　これにより正信と墨は前夫人の連れ子と解釈される場合が多いが、「従い来る」とあるだけで「連れ子」と判断はできない。記述の後半に「青女名シャクと云うに出生と云々」とあるのはシャクという女が産んだと読める。青女というのは侍女や下女など身分の低い女性をいう。


　そして正信について『蜂須賀氏系譜』では、天文十二年（一五四三）に十七歳で戦死したとある。ということは大永七年（一五二七）生まれであり、大永六年生まれの正勝より一年年下になる。正勝の生母の連れ子が年下というのは不自然で、やはり何か事情があって正勝が生まれた後に、正信、墨は生まれていると思われる。

　二つ目の鍵は『武功夜話』の記述である。

「蜂須賀小六こと彦右衛門尉、（略）親は蔵人《くろうど》と申し海東郡蜂須賀村の名主の家、武衛《ぶえい》様被官人《ひかんにん》なり。弾正《だんじょう》様、清須を御取り込みの時隙《すき》あるにより、母方由縁の安井屋敷へ寄食《きしょく》候。兄は八右衛門という妻女は郡《こおり》村の生駒の女なり。舎弟は又十郎と小十郎というなり」。

　この記述によって小六には八右衛門という兄と、又十郎、小十郎という弟がいたと解釈されている。

　これと類似した記述が他の箇所にもあり、「安井屋敷内に寓居《ぐうきょ》仕る勇侠蜂須賀小六なる者あり。（略）この家、元は尾州海東郡蜂須賀村なり。その先は蔵人なる者武衛公の被官人なり。（略）親蔵人の代、織田備後《びんご》様と隙あり。蔵人亡き後蜂須賀の郷退去、御袋《おふくろ》様御在所なる尾州上郡宮後村安井弥兵衛の家へ退れ寓居罷《まか》りあり候ところ。小六殿の舎兄八右衛門尉成《な》る人、同郡郡村生駒蔵人の女を女房と成すなり。小六殿また生駒屋敷へ寄り付きの所以《ゆえん》なり」とする。

また別の記述に、「蜂須賀小六殿、備後様の御世、故あって海東郡蜂須賀村を退去、御袋様の在所、丹羽郡宮後郷安井氏を相頼り寓居仕るなり。小六伯《お》父御《じご》八右衛門なる者あり。同郡の内郡村の生駒の女を室となすなり」とある。

前の二つは八右衛門を小六の兄といい、三番目の記述では伯父と言う。非常に不確かな存在であるが、この後、ほとんど登場しないということで兄にしては存在が軽く、あるいは伯父だったのではとも言われる。

この二つの鍵を眺めていて、思いついたことがある。

それは『武功夜話』の記述についてであるが、本当にそうとしか読めないのか、ということである。一番目の記述の「兄は八右衛門という」の前に「母方由縁の安井屋敷へ寄食候」と母の話が出ているということは、もしかしたらこれは小六の兄弟ではなく、母親の兄弟ではなかろうか。

『武功夜話』は、この物語ではまだ小太郎である前野長康の兄、雄吉《かつよし》の孫に当たる吉田雄翟《かつかね》が編纂したもので、寛永十五年までに完成したという。

もともとは松平忠吉の家臣だった父、雄善《かつまさ》が清洲城中で不祥事を起こし浪人となって前野村に蟄居したのち、前野氏の業績をとどめるために古文書を整理し筆を執ったのが始まりで、雄善の死後、その遺志を引き継いで雄翟が完成させたものである。

これに用いた古文書は前野宗康と、その嫡男である小坂雄吉、次男の前野長康、さらに雄吉の子の雄善の残した書留などで、さらに存命の前野氏家臣から聞き取った証言なども含まれている。重複部分もあり、必ずしも理路整然と書かれているわけではない。

問題のこの部分も母方の安井屋敷の話になり、その流れで母の兄弟を紹介したのではないだろうか。そう解釈してみると、小六の母の兄弟に八右衛門、又十郎、小十郎がいて、小六にとっては八右衛門は伯父に当たる。三番目の記述の「小六伯父御八右衛門なる者あり」という記述とも一致する。

二番目の記述では確かに「小六殿の舎兄」と書いているが、これは一番目の記述を書き写す際に拡大解釈したものではないだろうか。正利の死去後、宮後村へ来たという事実誤認もあることから、この記述は当時のことに不明の者が記した可能性が高い。正利の死去は天文二十二年であり、蜂須賀家が宮後村に来たのは天文年間の初めというから、遅くとも天文十年までであろう。

この八右衛門を、名前が同じということで生駒八右衛門家長と同一人物とする説もある。「妻女は郡村の生駒の女なり」とあり、生駒氏の妻を持っていたことは確かなようである。生駒の女を妻とし養子に入ったという解釈だが、これも疑問である。

生駒氏の系図を見ると家宗には兵之助、家長、金右衛門、清右衛門の男子がいて、わざわざ婿に家督を継がせるというのは極めて可能性は低いであろう。仮に八右衛門が小六の兄だとして、富豪の生駒家が海東郡から逃れてきた一家と縁組して家督を譲るというのも考えにくい。

おそらく八右衛門は生駒八右衛門家長とは同名の別人と思われる。「生駒の女」という妻も家宗の娘ではなく、系図に残らぬ庶流の娘ではなかろうか。

そして前妻に「従い来る」と記された正信、墨の二人は、当然のことながら正利の子ではない。下女の「シャク」が母だとすれば前妻の子でもなく、正利夫婦には縁のない子ということになる。

それをなぜ育てたかとなると、蜂須賀一家が安井屋敷に身をよせた当時を想像してみると、おぼろげながら見えてくる気がする。

先の解釈が正しいとすれば、安井屋敷には老齢の安井弥兵衛と、その子の八右衛門、又十郎、小十郎がいる。そしてそこに正信と墨の二人がいたのではないか。弥兵衛の子か八右衛門の子か判らないが、下女のシャクに産ませたのだろう。安井家で育てるのが当然だが、それができずに蜂須賀家で養育することになった。

安井家で育てられなかったのは、老齢の弥兵衛はともかく、八右衛門夫婦も死没していた可能性がある。少なくとも八右衛門の妻がいなかったのだろう。下女に子を産ませたことで怒って里へ帰ったかもしれない。生母の下女も育てるだけの力はない。困っているところへ蜂須賀家が寄宿してきた。

すでに正利の前妻である安井氏も死去していたが、女手は後妻の大橋氏のみであれば、同居する以上は育てることにもなるであろう。この間の事情を知らない後世から見れば、前妻に「従い来る」という記述になってしまったのではないか。

以上のようだとすると前妻の安井氏が、小六よりも後に生まれる正信と墨を連れて蜂須賀家に嫁ぐという矛盾も解決する。

おそらく年齢順に並べると、八右衛門、又十郎、小十郎、小六、正信、墨、そして後妻が産んだ正元と女児の順に、年齢の近い者たちが安井屋敷にいた。小十郎はもう少し若い可能性もある。これを他人から見れば兄弟にも見えたであろう。『武功夜話』ではこの後、八右衛門の姿はほぼ見られないが、又十郎や小十郎は蜂須賀を名乗り正勝の身内衆として名が記されている。

『蜂須賀氏系譜』では、のちに又十郎は尾張国稲垣村の台蔵院の養子となりその家を継いでいる。さらにその嫡男が和泉《いずみ》国谷川に住んでいたところ、蜂須賀家政より阿波《あわ》へ招かれ、田川忠右衛門重家と名を改めたと『稲垣軍兵衛成立書』にある。

その記述に「秀月様御舎弟蜂須賀又十郎、尾州稲垣村ニ住居仕候」とある。秀月様というのは蜂須賀正利のことで、又十郎が正利の妻の弟であれば、正利にとっては義弟ということになり、先の推測とも合致する。

又十郎が正勝の実の兄弟ならば蜂須賀を名乗り続けるだろうし、阿波国主となった蜂須賀家政の叔父として重用されても不思議はないが、稲垣家へ養子に出た上に嫡男は和泉に移っている。窮状を見かねた家政が、昔の縁で阿波へ招き家臣としたのだろう。

小十郎のほうは、その後どうなったか記述はない。

以上、長々と推論を書いてきたが、この小説は蜂須賀小六正勝の青年期を描くことを主眼としているために、家族や兄弟を曖昧にしたままでは霧に包まれたような話になってしまう。独断ではあるけれど、私の見解ということでご了解いただいて、以上述べたような家族構成で書き進めたいと思う。

小六の舟荷仕事は、徐々にではあるが軌道に乗ってきていた。

生駒屋敷から津島湊への荷は、主として小六の蜂須賀党が請け負《う》う形になった。それに従い、小六配下の者たちも次第に人数が増えてきた。扱う荷の量を増やすことで利益も増え、さらに人も増える。うまく歯車が回り出していた。

安井屋敷の又十郎や小十郎、さらには下女の子である甚右衛門正信も、蜂須賀の身内として小六の下で働くようになった。三人とも小六に近い年齢であり、小六の分身となって他の者を指揮するのに好都合であった。

生駒屋敷に使われていた人足からも、小六の下へ移る者が出てきた。生駒家としても人足を抱えて養うよりは小六に任せて、荷の商い利益を取るほうが効率がいい。小六の蜂須賀党は翌年の夏には五十人近くになっていた。

そんな小六のもとへ松原源吾が訪れた。

源吾は今回の小六の舟荷仕事を認めてくれた川並衆の一人で、昨年は斎藤道三の大桑城攻めの知らせを届けに安井屋敷を訪れている。そのときは正利の拒否により、道三に合力はできなかった。そのこともあって今回は安井屋敷ではなく、草井村にできた小六の詰所《つめしょ》を訪ねた。

「生駒の舟荷は、うまくいっとるようじゃの」

四角い顔をほころばせて、源吾は小六に話しかけた。

小六の始めた仕事は、尾張川の川並衆らの新たな収入となっている。通行を認めるだけで汗をかくこともなく利益が手許《てもと》に入るために、誰もが小六たちに好意的であった。監視役を兼ねてはいたが、配下の人足を都合してくれる川並衆もいた。

「川並衆の皆々のおかげで、つつがなく続いております。今日はわざわざ何事でございますか、このようなところまで」

詰所とはいっても川岸に建てた粗末な小屋である。初秋の暑さの残る陽気で、小六も単衣《ひとえ》の前を広げて昼寝をしていたところであった。

「実はまた道三様より参陣の触れが来ての。昨年は親父殿に断られたゆえ、此度《こたび》はお主《ぬし》に知らせようと思うて来たのじゃ」

源吾の顔が、ずる賢そうな笑みに変わった。道三に肩入れする源吾は、尾張国内で仲間を増やすことで道三に認めてもらおうという下心がある。

「参陣とは、誰を攻めるのです」

「さあ、それは知らぬ。が、おそらく大桑城に残る頼純《よりずみ》様を落とすのではないかな」

土岐頼純は、頼芸が争った兄の頼武の子で、昨年、頼芸が尾張追放になった後も大桑城に置かれたままでいた。

「大した戦にもならぬであろう。お主の初陣には丁度《ちょうど》手頃かと思うてな」

「しかし父が何と言うか」

「なあに、物見遊山《ゆさん》のつもりで我が陣におればよいのじゃ。道三様には蜂須賀が参陣したとご挨拶すれば、今後の覚えもよかろう。今後は親父殿よりお主の世代じゃ。いつまでも舟仕事をするつもりでもなかろう」

松原源吾の誘いに、小六の心は揺れた。

たしかに、いつまでも生駒の荷を運んでいるつもりはない。ついに正利には内緒で参陣することを決め、源吾に伝えた。

集めた蜂須賀党の中から、屈強の三十人ほどを選んで松原の陣に加わった。

「やはり大桑城攻めかの」

西へ向かう行軍の途中、正信が嬉しそうな顔で小六に言った。蜂須賀の身内では正信だけを連れてきた。小六の一つ年下の正信とは気心も通じて、小六の良い右腕となっている。

簡単な胴丸を着けただけの雑兵姿であったが、小六も正信も初めての戦闘に心が浮き立っていた。

稲葉山城下に集まった軍は五千余りであったが、小六たちには初めて見る大軍であった。松原源吾の計《はか》らいで道三に参陣の挨拶をすることになった。

「これなるは尾張国宮後村、蜂須賀党の新頭《しんがしら》にて蜂須賀小六殿と申します。親父殿に代わって此度《こたび》より旗下にて陣働《じんばたら》きいたしまする。さあ、小六殿」

源吾の紹介で小六が口を開いた。

「それがしは蜂須賀小六、彦右衛門正勝と申しまする。よろしゅうお見知りおきを」

小六の野太い声が二頭波頭《にとうなみがしら》の陣幕の内に響いた。

「顔を見せよ」

正面で床几《しょうぎ》に座っていた道三が小六に言った。

小六は顔を上げて、初めて道三という男を見た。思っていたほどの大男ではない。いつしか大入道のように小六の頭の中では虚像が出来上がっていたが、剃《そ》り上げた頭は意外に小さい。それでも鋭い目と黒々と伸ばした髭は獲物を狙う獣のように小六には思えた。

「ほう、親父より老《ふ》けた顔じゃな。そのほう幾つじゃ」

「十八にございまする」

「十八には見えん面構《つらがま》えじゃな。見かけ倒しにならぬよう、しっかり働け。遊山のつもりでは命を落とすぞ」

道三の目には小六の浮付《うわつ》いた心が見えているようである。小六は、どきりとした。

「お前、人を斬ったことはあるか」

「いえ、ございませぬ」

周辺にいた道三の家臣らが薄ら笑いを浮かべたのを見て、小六は眉間《みけん》にしわを寄せた。

「まあ良い。誰もが初めての時を経て一人前になるものじゃ。人を斬らぬうちに己が斬られぬようにせい」

道三にしては思いやりのある言葉が口から出た。この若者に多少の好感を持ったらしい。

大桑城は稲葉山から北へ十キロほど行ったところの古城山《こじょうざん》の山頂にあった。

古城山は標高四〇八メートルと、稲葉山より八〇メートルほど高い。南山麓の谷間に城下が広がり土塁や堀が造られていたが、攻め寄せた道三の軍勢を防ぎ切れるものではない。

瞬く間に城下へ兵がなだれ込み、山頂を目指して山道を登り始めた。

小六の蜂須賀党も卍の旗を掲げて山道を進んだが、敵兵は少なく彼方《かなた》の樹間を逃げる姿が見えるばかりで、刃を交えることもない。

「戦うまでもないのう」

汗を拭きつつ、小六は振り向いて正信に笑った。

「これでは手柄を立てようもないがや」

正信も笑って卍の旗を振った。

たしかに参陣するだけでは大した褒美にはありつけない。小六は皆を励まして山道を駆け上がった。

山頂の城付近では寡兵《かへい》ながら頼純方の兵も踏み止まって応戦している。その一角に小六は手槍を構えて踏み込んだ。他の蜂須賀党の者たちもそれに続いた。

どこをどう戦ったのかは判らない。小六は無我夢中で目の前の相手を槍で叩き伏せた。槍が折れると太刀を抜いて、さらに叩き伏せた。斬るなどという悠長《ゆうちょう》な余裕はない。ただ力一杯に腕を振るって敵を叩くのである。鎧兜《よろいかぶと》の相手には太刀も通じないが、そんなことはお構いなしに叩きまくった。

鬼の形相《ぎょうそう》の小六に相手はひるんで逃げ出した。それを追って小六は城門の前まで迫った。すると頭の上から矢の雨が降ってきた。初めて自分が深追いしたことに気づいた。

振り向くと正信が卍の旗を振るって敵の目を誘っている。小六を助けようというつもりらしい。

「逃げよ、正信!」

駆け出そうとして斜面で足をすべらせ、小六は転倒した。転倒しつつも地面を転がりながら、やっとのことで小六は正信の傍《そば》まで這《は》い寄った。

小六が戻ったのを見て、正信が泥だらけの顔で笑った。

そのとき飛んできた矢が正信の胸板を貫《つらぬ》いた。笑顔のまま、旗を持った正信が崩れ落ちた。

大桑城はその日のうちに落ち、土岐頼純は越前の朝倉を頼って落ちて行った。

戦い自体は大した激戦でもなく、道三にしてみれば己の手のひらで兵を動かした練兵《れんぺい》ほどのことにすぎない。わずかばかりの褒美銭をもらって、小六たちは宮後村へ帰った。


正信の遺骸《いがい》は村の墓地に葬った。享年《きょうねん》十七。

正利は小六には何も言わなかったが、母屋の安井弥兵衛に事情を話して詫《わ》びた。

「しようがない。早死にする運命《さだめ》じゃったのよ。不憫《ふびん》な生まれゆえのう」

老齢の弥兵衛は、そう言って頷《うなず》くばかりであった。小六にとって初めての戦が苦い経験になった。


小六は寡黙になった。

己の未熟さを知ったためである。

黙々と川仕事に打ち込む日々が続いた。死んだ正信が持っていた卍の旗を、小六は舟の舳先《へさき》に立てた。正信の血痕がついたその旗を必ず先頭にして、その舟に小六が乗り込んだ。せめてもの供養のつもりだった。

ある初冬の日、いつものように舟荷を津島湊《みなと》まで運ぶことになった。

荷は油である。生駒家が扱うのは主に田畑の肥料となる灰と照明用の燈油《とうゆ》だが、近頃はいろいろな物に手を広げ、米や炭、薪、農産物から特産品まで扱うようになっている。

市の発達によって物資の流通も盛んになり、特に今まで手に入らなかった遠方の産物などは珍重されるようになる。大量には売れなくても灰や油のついでに少量でも運べば商売になる。生駒家のような運送業者は、ますます利益を上げる時代になってきた。

津島まで運んだあと、帰りの荷が揃《そろ》うまでに間ができた小六は、仲間と別れて津島の市《いち》をひとり歩いていた。

生まれ故郷の蜂須賀村に近いこの津島で、幼い記憶を確かめるように小六はときおり逍遥《しょうよう》することがあった。

蜂須賀村を出てから五年ほどになり、童《わらべ》だった小六も青年に変わった。もはや小六に気づく人もなく、小六も見知った顔は見当たらなかったが、それでも何かを探して小六は彷徨《さまよ》った。

湊に集まる各地の商人と人足たち、それに近隣の村人たちで市は賑わっていた。数多くの露店が立ち、さまざまな物を並べて売っている。何か食べ物の焼ける香ばしい臭いが、冬の冷たい空気にいくつか混ざり合って鼻をくすぐる。

この雑踏の中では武士も町人も農民も、男も女も子供までもが身分を忘れて、ただ目を凝らして店頭の品々に見入っている。懐手《ふところで》した小六も、そんな人の波に押されながら、市の中を漂《ただよ》った。

そのとき前方の人込みから男の罵声《ばせい》が聞こえた。

何事かと近づいていくと、露店の主らしき男が六つ七つほどの痩《や》せた子供を取り押さえている。

「こいつ、うちの団子《だんご》を盗みおって、とんでもねえ餓鬼《がき》だ！」

見ると男に襟首《えりくび》をつかまれた子供は、もう団子を口の中に入れたらしく頰《ほお》が膨らんでいる。怒鳴《どな》る男と視線を合わせようともせず無表情に揺さぶられるままで、それでも口は団子を咀嚼《そしゃく》している。もはや着物とは言えぬような穴の開いた汚い着物で、赤茶けた髪も虱《しらみ》が湧《わ》いているようである。

「この薄汚ねえ餓鬼の親はどいつだ！　出てきて団

子の代《しろ》を払いやがれ！」

怒った男が子供をつかんだまま周囲の人垣を見回したが、誰も出てくる様子はない。

男は困って再び子供に怒鳴った。

「てめえ、親はどこにおるんだ！」

顔を近づけた男に、それまで無表情だった子供は突然、唾《つば》を引っかけた。

「うわっ！」

男がひるんだ隙《すき》に、子供は手を振り払って逃げた。逃げるついでに店先にあった味噌餅《もち》を素早く奪った。

なかなかやるわいと小六が笑みを浮かべたとき、走って行った子供が人垣の中で再び転んだ。見ると誰かにぶつかったようである。今度はそこに人の輪ができた。

悪いことにぶつかった相手は身綺麗《みぎれい》な若い武士で、すでに怒りに満ちた目で子供を睨《にら》みつけている。年は十五、六であろうか。着物の腹のあたりに、子供が持っていた餅の味噌がべったりとついている。

「斬り捨ててもようございますか」

若い武士は振り返った。

小六が背伸びして見ると、武士の背後に馬に乗った少年がいる。どうやらそれが主《あるじ》のようである。馬上の少年は何も言わずに、小さく頷《うなず》いたように見えた。それを許可と解釈した若い武士は、向き直って腰の太刀に手をかけた。

周囲の人の輪が、すばやく広がった。

（いかん。斬られる）

そう思ったとき、小六は思わず走り出した。

自分でもなぜそうするのか判らなかったが、正信を失った後悔から、小さな命が目の前で消えるのを見過ごせなかったのかもしれない。人波をかき分け突進すると、いつしか人の輪の中に走り出てしまった。

小六も驚いたが、太刀を抜き放った若い武士も突然の乱入者に驚いた。しかし再び眉間にしわを寄せて小六を睨みつけた。

「邪魔立てすると、お前も斬り捨てるぞ」

若いだけに衆人の中で恥をかかされることに敏感

である。もはや抜いた太刀を何事もなく収めることは若者の矜持《きょうじ》が許さない。

「こんな幼な児《ご》を斬ったところで、お前様の名が上がるわけでもあるまい。かえって城下に悪名を広めるばかりだぞ」

小六は自分より年若の武士に、諭《さと》すように言った。一見して身分が高そうな相手であるだけに、喧嘩《けんか》するのは得策ではない。何とかなだめようと言葉を尽くしたが、激した若者の耳には届かぬようであった。

「幼な児を斬るなと言うのなら、代わりにお前を斬ろうか。そこをどけ！」

「まったく判らぬ若造《わかぞう》じゃ」

ついに小六の堪忍袋《かんにんぶくろ》の緒《お》が切れた。

「なにっ」

武士のほうも本気で小六を相手に見定めた。

二人の間の空気が急速に熱を帯び、双方が戦う構えを取った。が、小六は素手《すで》である。

見まわすと取り巻いている人垣の中に、天秤棒《てんびんぼう》を持った男が目に入った。間合いを測りつつ少しずつその男のほうへ小六は近づいていく。

「やあっ！」

と叫んで相手が斬り込んできたのを、小六は大きく飛び避《の》けた。

地面を転がりつつ目指す男から天秤棒を奪うと、構えて立ち上がった。

ところが構えてみるとそれは天秤棒ではなく肥《こえ》柄杓《びしゃく》だった。突き出した先に汚れた柄杓が付いている。若い武士は一層表情をゆがめた。

小六も驚いたが仕方がない。相手のひるんだ様子を見て、さらに柄杓を突き出した。

劣勢だった小六が盛り返すと、周囲の見物人たちからも加勢する声が上がった。ますます若い武士は顔を怒りで赤くし、逆に小六は不敵な笑みを浮かべて迫る。

「おのれっ！」

武士は柄杓をはね上げて斬り込んできた。

身をかわしつつ小六は柄杓で武士の頭を叩こうと振り下ろした。すると叩いた柄杓の底が抜けて、すっぽりと武士の頭にはまってしまった。そのまま小六が武士の周りをぐるぐる走り回ると、周囲がよく見えない武士は足元がふらついて、ついには仰向《あおむ》けに倒れた。それを見て見物人から大きな笑いと歓声が上がった。

その隙に小六は逃げようと周囲を見回したが、あの団子を盗んだ子供の姿はない。すでに逃げたようである。

人込みの中に逃げ込もうとした小六の鼻先に太刀が光った。

「その方、我らに恥をかかせて逃げられると思うか」

いつの間にか、供をしていた他の武士が小六の背後に立っていた。

「織田弾正忠家のご嫡男、三郎様であるぞ」

小六は驚いて馬上の子供を振り返った。

(信秀の子か)

馬上の子供は十を越えたほどの年に見えたが、小六を見据《みす》える切れ長の目には、鋭利な刃のような光が宿っていた。

その眼光に一瞬呑まれた小六は、気を取り直して向き直った。

「三郎様を知らぬとは、その方、他国の者か。まさか駿河か美濃の間者《かんじゃ》ではあるまいな」

頭を下げぬ小六を不審に思った武士は、切っ先を小六に向けた。

そのとき甲高い声が響いた。

「やめよ、信盛。わざわざ人目を引く間者などおらぬわ」

馬上の少年が武士の太刀を引かせた。

「名は何というか」

少年が小六に問うた。正直に名を明かしたものか迷ったが、小六は意を決して答えた。

「蜂須賀小六正勝！」

「なにっ、海東郡の蜂須賀か」

小六の傍にいた武士が、再び小六を睨みつけた。

海東郡にはまだ小六の伯父の正忠が残っている。

正忠に災いが及ぶことは避けたかった。

「俺は丹羽郡宮後村の蜂須賀小六じゃ！　用があるなら宮後村まで来い！」

そう大声で言うと、小六は身をひるがえし人垣の中へ飛び込んだ。悲鳴が上がって、それが次第に遠ざかる。

信盛と呼ばれた武士は追いかけようと主を見たが、馬上の少年は気のない様子で、

「やめておけ。ただのうつけじゃ」

と手綱《たづな》を引いて馬首を返した。供《とも》の者も主に従って引き返していく。

張りつめていた冬の空気が緩《ゆる》むのと同時に人の輪が崩れ、また元の雑踏に変わった。

しばらく露店の陰に隠れていた小六は、騒ぎが収まったのを見届けると息を整え、再び歩き出した。

すると目の前に子供が飛び出した。騒ぎの発端をつくった団子泥棒である。身を隠してどこからか様子を窺《うかが》っていたらしい。

その子供が小六に向かって手を差し出した。見ると新しい団子が三つ四つ握られている。騒動の中でまた盗んできたと見える。

「なんじゃ、それを俺に呉《く》れるというのか」

よく見ると差し出した子供の右手には親指が二本ある。驚いた小六の様子に、子供は汚い顔に初めて笑みを作った。まるで小猿のようである。

「たわけ、俺は盗人《ぬすっと》ではないぞ。お前と一緒にするな」

そう言って子供の頭を叩こうとして、その汚さに思い直した。それがまた可笑《おか》しかったのか、子供は再び笑みで顔をくしゃくしゃにした。

「今度からは捕まらぬようにしろ。もう俺は知らぬぞ」

帰りの荷の刻限が迫っているのを小六は思い出し、急ぎ足で歩き出した。

猿のような子供はきょとんとした顔で、消えていく小六の背中を見送った。

四

土岐頼芸に次いで頼純も追い出し、美濃は完全に斎藤道三の手に落ちたかと思えたが、翌年の秋、再び戦乱が起こった。

頼芸を保護した尾張の織田信秀と、頼純を受け入れた越前の朝倉孝景とが手を組み、南北から美濃を挟《はさ》み撃ちにしようと動き出したのである。道三にとっては、これまでにない危機であった。

事前にこの動きを察知した道三は国内の兵を動員し、迎え撃つ構えを取った。

宮後村の蜂須賀家にも触れが届き、今度ばかりは正利も参陣の決意を固めた。

「此度《こたび》は美濃存亡の危機じゃ。これまでの恩を果たさねばなるまい」

正利はそう言って小六や又十郎、小十郎をはじめ郎党を引き連れ、八月中旬に美濃へ向かった。小六が集めた配下の者も五十人ばかり従い、総勢八十人ほどになった。

昨年、正利に内緒で出陣したときとは違い、小六も伝来の鎧兜《よろいかぶと》を身に着けて槍や旗指物《はたさしもの》もそろい、小身《しょうしん》ながらも見栄《みば》えのする出陣である。

一行は尾張川の中洲にある亘利《わたり》城を訪ねた。川並衆の一人で美濃方に組する松原源吾の城である。すでにここでも戦支度で人の動きが慌ただしい。

「おう、此度は親父殿も御出陣か。これは心強い。見事な戦支度でござるな」

松原源吾は、正利が率いる蜂須賀衆を見渡して笑った。

「小六殿も立派な武者姿で」

小六と目が合った源吾は、そう言った後に言葉がなく、ただ頷《うなず》いた。

昨年、自分が誘った初陣で正信が落命した一件が心の片隅にある。しかしそれはこの時代、不運というほかなく、あえて言えば命を落とした者の落ち度である。正利も小六もそれは承知している。

「道三様より無動寺城を守るよう御指示が出ており申す。我らとともに無動寺城に入られませ」

源吾は正利に告げた。

「はて、無動寺城とは」

「無動寺村の光得寺でござるよ」

無動寺城は亘利城の北西二キロほどのところにある。亘利城と同じく、ここもまた尾張川の中洲である。もともとは光得寺という寺であったが、道三はこの戦いのために急きょ砦に拵《こしら》えて、土岐頼芸の弟である八郎頼香《よりか》を入れていた。

松原勢と蜂須賀勢は、浅瀬を渡って無動寺城に向かった。

川風はすでに秋の涼しさである。赤蜻蛉《とんぼ》の群れが背の高い草むらの上を飛び交っている。

「松倉の坪内勢は、犬山の織田勢を待っておるようで未《いま》だ動きませぬ」

物見が馬上の松原源吾に報告した。

亘利城の北方の松倉村は坪内氏の拠点で、当主の坪内将監《しょうげん》は犬山城の織田信康の重臣である。信康は先年の三河小豆坂の戦いでも出陣して、兄の織田信秀を助けている。今回の美濃攻めでも信秀とともに美濃へ攻め入るはずである。

無動寺城にはすでに土岐の水色桔梗《ききょう》の旗が数多く翻《ひるがえ》っていた。鮮やかな水色の生地に白の桔梗が描かれている。鎌倉時代初期、土岐氏の祖とも言われる土岐光衡《みつひら》が兜《かぶと》に桔梗の花を挟《はさ》んで戦ったのが由来とされる。

「松原党、蜂須賀党、ただいま着陣いたしました」

源吾と正利が、大将の土岐頼香に挨拶した。

「ご苦労である。よしなに頼む」

頼香は三十を越えたばかりの年齢で、ひ弱そうな細面の顔をしている。落ち着かぬ様子で床几《しょうぎ》に腰を下ろしていた。

道三はこの頼香に娘を嫁がせ懐柔していた。兄の七郎頼満も道三の養女を妻としていたが、すでに毒殺されている。頼香も道三を信用しているわけではないが、抵抗するだけの意志もなく、ただ流されるままに道三の手駒として生きている。

小六らが無動寺城に入った翌日、北の尾張川本流を渡ってやってくる一団があった。

旗印は水色桔梗である。

「あれはたぶん明智殿であろうよ」

松原源吾が遠目で、かたわらにいた小六に教えた。

土岐一族はいくつかの庶流に分かれ、そのうちの幾流かが本家と同じ家紋を用いている。可児郡長山の明智氏もその一つであった。

無動寺城の門前で明智光安は馬を降りた。

「土岐の旗が見えたゆえ、ご挨拶に立ち寄り申した。どなたがお出ましになっておられるのか」

「八郎様でございまする」

「ほう、八郎様が」

光安は数名の重臣らと城内に入り、頼香に拝謁した。

「此度《こたび》は尾張境《ざかい》までの御出陣、ご大儀にございまする。我らも稲葉山へ向かう途中でござったが、旗印が見えたゆえ素通りもならぬと思い、ご挨拶に立ち寄り申した」

光安は四十をいくつか越えた壮健な男である。兄の光綱が数年前に死去したため、隠居していた父の光継《みつつぐ》に命じられて当主となっていた。

「光安殿も遠方よりご苦労。此度は当家にとっては難しき戦なれど、他国勢に攻め入られるのは防がねばならぬ。よしなに頼む」

「ははっ、早速に稲葉山に駆けつけまする。ここへ参る途中、犬山城下では兵が屯《たむろ》しておりましたゆえ、数日のうちには押し出して来ましょう。ご用心あれ」

そう言った後、光安は後ろに控える若者を示して言葉を続けた。

「これにおりますのは我が兄、光綱の嫡男で十兵衛光秀にございまする。これまで京に出て学問、武術の修業をしておりましたが、昨年戻って参りました。ゆくゆくは明智の頭領を継ぐ者でござりますれば、よろしゅうお見知りおきを」

光安の背後に控えていた若者が頭を下げた。

「明智十兵衛光秀にございます。土岐一門の隆盛のため粉骨砕身する所存にございまする。よろしゅうお導きくださりませ」

「これは賢そうな若者じゃ。そうか光綱殿の子か。光安殿も心強かろう」

頼香は幾度もうなづいた。

「されどのう、土岐の隆盛と言うても難しいのじゃ。特に此度は」

困った表情になった頼香を光安が励ました。

「寄せ手に左京太夫様、左衛門尉様がいらっしゃるとはいえ、美濃を守ることが先決。他国の者に領国内を踏み荒らされるのを見過ごすわけにはまいりませぬ。万が一のときは八郎様が守護職となられたら良うございます」

左京太夫は頼芸、左衛門尉は頼純のことである。

「わ、儂《わし》が守護職か」

「他国の者に頼り国内を乱すようでは、もはや守護とは言えませぬ。五郎様、六郎様も尾張に肩入れされておるようでは御同様でござる」

土岐頼芸の兄弟は五郎光親《みつちか》、六郎光教《みつのり》も斎藤道三に敵対して、頼香のみが道三の手元に留まる形になっている。

土岐家を思うのなら頼芸、あるいは頼純を盛り立てるのが筋かもしれないが、すでに美濃の国人たちも長引く土岐家の紛争には嫌気がさしている。どうせ飾り物の守護ならば頼香でも構わない。有力な道三が守護代になれば、とりあえずは国内は治まるという思いの者が増えている。特に明智家は光安の妹を道三の妻に入れており、早くから道三の力に着目し接近していた。

「八郎様は守護と聞いて、目の色を変えておったな」

頼香の前を退出した光安は、小声で重臣らに言って苦笑した。

「本来ならご自身も兄達に従って道三入道を討つべきところ、その甲斐性《かいしょう》もない。情けないことよ」

「叔父上、申し訳ございませぬ。厠《かわや》へ行ってまいります」

光秀が緊張した面持ちで、光安の背後から声をかけた。

「またか、早うせよ」

小走りに駆けて行く光秀を見つめながら、光安は苦虫を噛みつぶしたような顔をした。

「十兵衛も今少し胆《きも》が太ければのう。どうも兄上に似て気の細いところがある」

「初陣ゆえ仕方ございませぬ」

重臣の一人がそう慰めた。

兵のための厠は野外に穴を掘り設けてあったが、光秀はそれを使う気にならず屋内の厠を探した。やっとのこと厠を見つけて引き戸を開けようとした瞬間、勢いよく戸が開いて中から人が出てきた。

「おっと、危ない！」

もともとが寺であるため、庫裏《くり》の脇にある厠は幅の細い濡れ縁《えん》を渡っていくことになる。

どうにか人がすれ違えるほどの幅で、そこに鎧《よろい》を着た二人が出くわしたために避けようがない。細身の光秀は思わず避けようとして縁から庭へ落ちそうになった。その腕を厠から出てきた大男が、がっしりと掴《つか》んで支えた。小六である。

「これはご無礼。危のうござる」

光秀は小六より年下で体も小さい。易々《やすやす》と縁の上へ引き戻された。

「それがし、尾張国丹羽郡宮後村の蜂須賀小六正勝にござる。お手前は確か先ほど明智様の」

「明智光綱が嫡男、十兵衛光秀にござる。腕を離されよ」

迷惑そうに言う光秀に、小六はむっとした。

土岐一門とは言っても庶流の、しかも年下の若者である。その上、今は縁から落ちるところを助けたのである。

「離されよとは、ちと邪険な言いようではないかの。腕を取らねば落ちるところでござったぞ」

「そなた、厠を出て、まだ手も洗わずではないか」

手水鉢《ちょうずばち》は厠を出た脇にあり、当然まだ洗う前である。小六は呆れた。

「そのようなこと、戦のときに言っておられぬぞ、御曹司《おんぞうし》」

からかうような小六の口調に、光秀の頬に赤みが差し表情が険しくなった。

「蜂須賀殿と言われたか。わが明智は土岐家の一門にござる。若輩とはいえ、いささかぞんざいな物言いではござらぬか」

「ぞんざいに聞こえましたらお詫びいたしまするが、戦となれば手など洗うておる暇はございませぬぞ。糞甕《くそがめ》に落ちても戦わねばならぬ時がございまする」

小六とてまだ二度目の出陣であったが、年下の光秀の前で先輩風を吹かせた。

「そのようなこと判っておる。それがしも京で幾度か戦を見て参った。いざ命の駆け引きとなれば身の汚れなど気にするはずもない」

光秀が京にいた頃、将軍足利義晴と管領細川晴元の争いに三好、六角、一向衆などが絡み合って戦が続いていた。それを見てきたというのである。

「されどこれは明智本宗家重代《じゅうだい》の甲冑ゆえ、つまらぬことで汚すわけには参らぬのじゃ」

小六はもうこの粘着質の若者から逃れたくなった。

「さようでござるか。つまらぬことでご無礼いたした。何やらお急ぎのご様子じゃったが、もう用はお済みか」

「あっ」

と言って光秀は厠の中へ走り込んだ。

「ごゆるりと」

わざと水音を立てて手を洗うと、小六は立ち去った。

数日して犬山の織田信康が動いた。

織田信秀本隊は清洲に集結した後、尾張国中島郡から尾張川を越えて南から美濃領へなだれ込む手筈《てはず》であったが、これとは別に犬山の織田勢は東から稲葉山城下を目指した。道三が南の織田本隊に向けて出陣すると、その横腹を突き、稲葉山との間を遮断することもできる。

道三もこの犬山勢に備えて、無動寺城などいくつかの砦を尾張川周辺に配備していた。織田信康としてはこの砦を攻略しなければ進めないが、敵兵だけでなく、いくつもの川筋が行く手を阻んでいる。

「まずは無動寺の敵を破らねばなりませぬが、敵前で川を渡るとなると必ず仕掛けて参りましょう。兵の損失を防ぐには夜襲がようございます」

重臣の坪内将監が信康に献策した。

信康はそれを容《い》れて、周辺の川並衆らに下知した。夜間に舟で中洲に乗り付け、火をかける作戦である。犬山の川並衆をはじめ葉栗郡の草井長兵衛や青山新七郎らにも命令が下った。

「無動寺には小六が入っているそうじゃねえか」

舟の手配をしながら新七郎が長兵衛に言った。

「ああ、蜂須賀の家は美濃方と好があると言うておったから、向こうへ加わっておるんじゃろう。織田の弾正忠家に海東郡を追われた恨みもあるらしい」

長兵衛が説明した。

「小六の身内と斬り合いたくはねえなあ。どうするよ」

「まあ夜のことだ。火をかけりゃ大騒ぎで斬り合いも何もねえだろ。うまく誤魔化《ごまか》すさ」

「小六に知らせてやらんでもいいんか」

「そんなことで死ぬような奴じゃねえよ。何かあったら運が悪かったと思うしかあるめえ」

長兵衛は川向うを眺めながら鼻で笑った。

八月十四日の夜、五十艘《そう》近い舟に乗った織田勢が犬山から川を下り、無動寺城の中洲に取り付いた。月光を頼りに周辺に薪《まき》を積み上げると一斉に火をつけた。

気付いた城方が応戦に出たが、南風にあおられた火が城に迫り防ぎようがない。長兵衛の言った通り大騒ぎとなった。

「くそっ、夜襲じゃ！」

織田方が舟を使ったため、敵が近づくことさえ察知していなかった美濃方は、まさに寝耳に水どころか、寝かかったところを猛火で攻められ大混乱に陥《おちい》った。

小六ら蜂須賀党も慌てて門前まで駆け出たが、どうしようもない。熱風で鼻の奥が焦げつきそうになるのを堪《こら》えて、斬り込んでくる敵に備えた。

やがて燃え落ちた柵を越えて織田勢が突入すると、各所で兵がぶつかり刀や槍を合わせた。

鐘楼の高みに上って小六が敵方を眺めると、煙の切れ間の闇に大挙して川を渡る軍勢が見えた。織田方は舟を使って先兵を送り込み、火をかけて敵が混乱する隙に本隊を渡河《とか》させていたのである。

「これはいかん。多勢に無勢じゃ」

鐘楼から飛び降りた小六は正利の元へ駆け寄った。

「織田の本隊が川を渡っておる。もはや防ぐのは無理じゃ。川向うへ退《ひ》きましょう！」

たしかにこの小さい中洲に敵が殺到しては、寺を砦にしただけの無動寺城は持ち堪えられない。渡河してくる敵を川岸で叩くことが唯一の勝機であったが、もはやそれも叶わない。

「八郎様はどうしておられる、何の下知もないが。松原殿はどうした」

正利は本陣を振り返ったが、すでにそこも敵味方の兵が入り乱れ切り結んでいる。

「やむを得ぬ。北へ退く！」

正利は蜂須賀党をまとめて、炎と煙の中を脱出した。

追っ手を振り切って川を渡り、尾張川の本流近くまで辿《たど》り着いたとき、暗闇の中で一団の兵が留まっていた。月明かりに目を凝らすと、騎馬武者の顔に見覚えがあった。

「松原殿の御舎弟か」

正利が声をかけた。

松原源吾の弟で、まだ少年の内匠《たくみ》が物の怪《け》でも見たような顔で正利を見た。負け戦に年若の内匠が心を乱しているのだろうと正利は思った。

「御無事でようござった。八郎様や源吾殿はどうされた」

内匠を労わりつつ尋ねたが、答えがない。内匠に従っていた家臣が代わって答えた。

「八郎様は寝所《しんじょ》を襲われ御落命なされました」

「なにっ、落命じゃと？　敵が寝所に入ったと言うのか」

正利や小六らは唖然とした。

猛火で攻められたとはいえ、斬り込んでくる敵には必死に応戦したつもりであった。その隙に頼香らには対応する暇《いとま》はあったはずである。退去する中で討ち取られたならば、まだ合点もゆくが、寝所を襲われたというのが納得できなかった。

小六は燃え上がる無動寺城を振り返った。大将を討たれて逃げる惨敗であった。


小六たちは、道三が尾張川沿いにいくつか築いた砦に依ったが、いずれも犬山勢に攻略され、九月には稲葉山城まで退いた。

道三は織田信秀軍が渡河するところを叩こうと、尾張国中島郡の大浦辺《おおうらべ》まで出陣していたが、犬山方の侵入の報を聞いて稲葉山城に戻った。犬山勢だけならまだしも、北から朝倉勢が攻め寄せることも道三の耳に入っていたのである。

美濃勢が退いたのを見計らって織田信秀は尾張川を渡り、川手城の西の加納口に陣を布《し》いた。尾張守護の斯波義統《しばよしむね》の名で国内に出陣の命を出したが、犬山勢も合わせて総勢五千という規模であった。三河方面を手薄にすることもできず、下四郡の兵は美濃攻めにはあまり動員できない。上四郡の兵をかき集めてやっとこの人数になった。

眼前にそびえる稲葉山を見上げつつ、信秀は苛立《いらだ》たしげに髭《ひげ》をねじった。

「朝倉勢はまだ来ぬか」

「いまだ国ざかいにも見えぬ由《よし》にございまする」

重臣の平手政秀が答えた。

「早うせぬと蝮が穴に籠《こも》ってしまうわい」

織田の五千の兵だけでは、到底攻め落とせる城ではない。朝倉勢と共同したとしても難しい、それほどに天険の要害であった。

「今なら道三も我らを小勢と侮《あなど》っておるだろう。ひとつ仕掛けてみるか」

信秀は織田寛近《ひろちか》に先陣を命じ、稲葉山城下に進ませた。

稲葉山の南に瑞龍寺という寺がある。斎藤妙椿《みょうちん》が土岐成頼の菩提所として建立した寺であるが、この寺の西南に開けた広野で織田勢と斎藤勢がぶつかった。現在の岐阜駅一帯であろう。

織田方を少兵と見た道三が山陰から兵を繰り出し、寛近の軍を襲った。しかし精鋭を集めた寛近の軍は強く、大いに斎藤勢を破って過半数の兵を討ち取った。

数日して朝倉勢が温見《ぬくみ》峠を越えて根尾《ねお》方面から南下してきた。兵を率いるのは他国にも武名を轟かせている朝倉宗滴《そうてき》である。

宗滴は、当主の朝倉孝景の父貞景の従兄弟に当たる。諱《いみな》を教景というが、朝倉家五代目の当主も教景であり、また宗滴の兄も教景を名乗ったため、紛らわしさを避けるために出家後の宗滴の名で知られる。このとき宗滴は六十を越える老齢ではあったが、かつて九頭竜川の戦いで三十万の一向宗徒を一万強の軍勢で破った猛将であり、長年にわたって朝倉家を差配《さはい》してきた人物である。

「老齢ゆえ、ちと山越えに難儀した。織田殿はすでに道三入道と一戦交わされたとか」

信秀の陣を訪れた宗滴は、赤ら顔で挨拶した。

「朝倉殿を待ちくたびれて、蝮の頭を叩いてやり申した。此度《こたび》は息の根を止めてやらねばなりませぬ」

信秀の鼻息の荒さに宗滴は笑った。が、すぐに鋭い目つきで信秀を見た。

「勘違いなさるなよ、弾正忠殿。此度は美濃国主の土岐家をお助けする戦じゃ。そなたが美濃を奪おうとすれば我らは尾張と戦うことになる」

「そは重々承知のこと。我らはこの左京太夫様を美濃にお戻しすれば、それで良い」

信秀は奥に座った土岐頼純をかついでいたが、今ここ朝倉としては土岐頼芸を振り返った。

でそれを主張してもまとまる話ではない。それを散らすように、信秀と宗滴の間に重い空気が流れた。

「それでは遅参の詫びに我らもひと戦《いくさ》いたそう。西の野に道三方の兵が集まっておるのをご存知かな。

うっかりしておると背後から蝮に噛《か》まれますぞ」

と、宗滴は笑った。

九月十九日、不破郡赤坂で朝倉勢は美濃勢と戦い、これを破った。

朝倉軍が関ヶ原から来るのを想定して道三が配備していたのか、あるいは西美濃の諸将が遅れて兵を挙げたのか不明だが、いずれにしろ七千の兵力の朝倉軍が勝利し、稲葉山の道三に援軍の見込みはなくなった。

これに合わせて織田信秀は連日、稲葉山城下に放火して攻め立てた。

「この窮地を道三様は如何《いか》にされるのか」

眼下に広がる敵陣を見下ろしながら、稲葉山に立て籠もる諸将はささやき合った。

「この稲葉山が容易《たやす》く落ちることはあるまいが、しかしいつまでも籠るわけにもいくまい。いずれは打って出るほかなかろう」

城のやぐら下に腰かけて、小六は握り飯をかじりながら織田、朝倉の陣を眺めていた。稲葉山の南に織田、西に朝倉が陣を布いている。密かに下山しようと思えば東に延びる尾根伝いに降りるか、北の長良川に出るか、いずれにしろ方策はある。織田勢五千、朝倉勢七千の軍で包囲できるほど、小さい山ではない。

（おそらく道三は奇襲をしかけるだろう）

小六はそう思っていた。

そのとき目の前を見覚えのある若武者が通りかかった。無動寺城の厠で遭遇した明智光秀である。

「御曹司、今日は腹具合は良うござるか」

小六が飯を頬張りながら声をかけた。小六は口の軽い男ではなかったが、なぜだかこの真面目ぶった若者の顔を見てからかいたくなった。

声をかけられた光秀は小六を見て、明らかに不快な顔をした。が、その不快さを真っ直ぐにぶつけることはしない。

「蜂須賀殿と言われたか。そなたの腹具合は健勝そうでござるな」

悠々と握り飯をかじっている小六への当てつけのつもりである。

「いつ兵糧が切れるか判らぬゆえ、食えるうちに食っておかねば。じゃが腹の弱い者は食い溜《た》めても下るだけじゃ。御曹司はやめられたほうが良い」

「その呼び方はやめていただこう。十兵衛という名がある」

握り飯を食い終わって、小六は両手をはたいて飯の粘りを落とした。

「では十兵衛殿、ひとつ伺いたいが道三様はどうされるおつもりであろうかのう。このままいつまでも籠城もあるまい。いずれ打って出ると思うが軍議ではどうなっておろうか」

土岐一族の光秀なら軍議の内容も知っていると思ったのである。

「軍議を漏らすわけにはいかぬ」

「良いではないか、お味方でござるぞ。厠の縁から落ちるところをお助けした貸しもある」

光秀は呆れたように溜息をついて、細い目で小六を睨んだ。

「さればお話しするが、軍議は開かれておらぬ。道三殿がひとりで何か考えておるようじゃ」

それを聞いて小六は驚いた。この窮地に軍議も開かず己一人で方策を決めるとは、さすがに道三らしい。諸将の案など何の役にも立たぬと思っているのであろう。

「しかしいずれは打って出るしかあるまいに。十兵衛殿なら何とされる」

「拙者が道三殿ならば直ちに和議を結び、左京太夫様を守護にお戻しいたす」

「面白うもござらぬな」

小六は笑った。小六は暇つぶしにこの若者を引き留めている。

「面白いかどうかは知らぬが、それが正しき道でござろう。美濃守護は土岐家が代々守ってきたのじゃ」

光秀は顔を赤らめて抗弁した。

「その土岐家が頼りにならぬから国が乱れておるの

でござろう。力のある者が治めねば、いつまでも争いは続きますぞ」

「力のある者とて、いずれは衰え土に帰る。そのたびに争いになるよりは、正統たる流れの者が引き継ぐのが肝要。力ある者はその助けをするのが本道でござる」

光秀の言うことはもっともである。が、どうもこの若者の堅苦しさが小六の体質に合わない。

「まるで僧侶のようじゃのう。十兵衛殿はおいくつじゃ」

「十七になるが」

「それがしより二つ年若か。それにしては、ちと頭が硬すぎじゃ。そう硬うてはこの乱世を生きていかれませぬぞ」

小六がそう言ったとき、眼下で鬨《とき》の声が起こった。ここ数日続いている織田の焼き討ちである。城下から白煙が立ち上り始めた。

その煙を見つめる二人のもとへ、蜂須賀党の者が駆けてきて、

「山を下りる支度をせよとのことです」

と小六に告げた。

「東の峰をつたって敵の背後に回るのであろう」

そう言って小六は勢いよく立ち上がった。

「いえ、南へ下りて織田勢を追うのだそうで」

「なにっ、敵の正面を突くのか」

道三にしては無策な、と小六は思ったが従うしかない。

「まずはこの窮地を生き延びねば。命があればまた話の続きを」

小六が光秀に笑うと、光秀もまた硬い表情ではあったが頷《うなず》いた。


この数日、織田方は稲葉山城下の町々に火をつけ、斎藤方を誘っていたが一向に応じる様子もなく、この日もまた同じことだろうと兵たちに油断があった。秋の日が傾き夕暮れになったころ、織田の兵は挑発を止《や》めて帰陣し始めた。

立ち込める白煙と夕暮れの薄暗さの中、斎藤方の

兵は迅速に山を下りると、織田勢の背後に襲いかかった。意表を突かれた織田方は驚いて、態勢を立て直すこともできず潰走した。信秀の本陣近くまで美濃兵が押し寄せたが、織田信康の犬山勢が東から救援に駆けつけ激突した。

道三としてもこの機を狙って数日、織田の焼き討ちに手出しせず我慢をしていただけに、ここが勝負と見ていた。大半の兵をこの戦闘につぎ込み、形勢を大きく逆転するつもりでいた。長引けば朝倉軍が救援に来るであろうが、短時間であれば連絡が緊密でない両軍が機動的に動くことはない。道三の読みは当たった。

美濃方は犬山勢ともみ合ったが兵数に勝る美濃方が、やがてそれを突破した。さらに南の信秀の本陣にも襲いかかり、信秀の周辺でも矢に倒れる者や、切り結んで落命する者が続出した。信秀は踏み止まることができず、南へ逃げるほかなかった。

ようやく朝倉軍が救援に動いたときには、美濃方は日の落ちた闇の中を稲葉山へ駆け戻った。朝倉としても地理に不案内な上に夜の闇では思ったように動けず、あちこちで敵を追っただけで何もできぬまま兵を引いた。

かろうじて信秀は大垣城に織田信辰を城番として留める手当をして、わずかな兵とともに尾張まで逃げ帰った。

尾張勢が敗走したことにより、朝倉軍も単独では道三と戦うことはできず、土岐頼純を伴い越前へ帰還した。

「まったく詰《つ》まらん戦じゃった」

川舟の仕事に戻った小六が、詰所で仰向けに転がっていた。

「ほんでも無動寺での蜂須賀党の働きは、皆口々に褒めておったぞ。卍の旗がよう目立っておったと」

「ただ煙にいぶされて逃げ回っただけじゃ」

そばで慰める前野小太郎に、小六は無愛想に答えた。

「信秀を追い払ったのは痛快じゃったが、めぼしい首も取れずに何の稼ぎにもならん。せっかく目の前に犬山勢の名立たる諸将がおったものを」

小六は、あのような正面からの攻めで勝てるとは正直思ってもみなかった。それが山を駆け下りる小六の足を鈍らせていた。相手の心情も読んだ道三の策が、小六にはまだ理解できなかったということである。

蜂須賀党の得た首は雑兵ばかりで、道三から大した褒美はなかった。小六としては父と出陣した戦で、自分の集めた者たちの力を見せられなかったのが悔しかった。

そんな小六を、小太郎はうらやましそうに眺めている。

「ええのう。俺も兄者や小六のように早う戦に出てみたいが、許しが出んからのう」

十七歳の小太郎はすでに元服して小右衛門長康を名乗っているが、いまだ初陣の機会がない。小太郎の父、前野宗康が家老を務めている岩倉の織田家も今回の戦に参陣し、前野家でも宗康をはじめ長男の宗吉が出陣したが、小太郎は城の留守居を命じられていた。

「そうそう戦で手柄など立てられんぞ。生きて帰っただけでも良いと思え」

詰所の入り口で声がして、小六が顔を起こすと草井長兵衛が笑っていた。

「此度《こたび》は見事に蝮にやられて、我らこそただ働きじゃて」

長兵衛や青山新七郎が織田方として参陣していたことを小六も知っているが、それについて別に遺恨などはない。どちらかに付かざるを得ない事情は互いに承知している。

「それでも織田方には無動寺城で八郎様を討ち取って大手柄を挙げた奴がおるじゃろう」

小六は起き上がって胡坐《あぐら》をかいた。

「いや、それが誰も名乗り出ぬらしい。誰が討ったか皆、不思議がっておる。大将を討ち取って気づかぬ虚《うつ》け者がおるのかとな」

長兵衛も小六の前まできて胡坐をかいた。そうして顔を近づけて言った。

「ひょっとして美濃方の者じゃねえのかって噂だぞ」

「ええっ」

小六は驚いて目を丸くした。

たしかに防戦していた城の中で、寝所まで入って大将を討たれたというのが、小六にも妙に引っかかるものがあった。

しばらくして事の真相が判明した。

加納口の戦いでは、これといって手柄を上げていない松原源吾が道三より褒賞を与えられたのである。土岐頼香を討ち取った功だと噂が流れた。それを聞いた小六は、居ても立ってもおられず松原村の亘利《わたり》城まで出かけた。

応対に出た松原源吾は小六の話を聞いたあと、教え諭すように言った。

「たしかに八郎様を討ち取ったのは儂《わし》じゃ。しかし功名に逸《はや》ってのことではないぞ。道三様から内密に命じられておったのじゃ。主命ゆえ従うしかなかろう」

「なぜ我らに知らされなんだ」

怒りを含んだ小六の顔が赤黒くなった。

「まあまあ落着け。だから言うたであろう、内密に命じられたのじゃ。味方でも口外はできん」

「しかし我らは八郎様を守ろうとして敵を防いでおったのじゃ。今少し踏み止まっておれば命を落とすところじゃった」

「それは申し訳ない。じゃがそれも道三様が蜂須賀党に与えた役目であろう。我らはそれぞれに与えられた命令に従うしかあるまい」

「俺らは捨て駒か！」

「捨て駒になるかならぬかは御辺《ごへん》らの働き次第だろう。道三様とて初めから無動寺城を捨てるために造作されたのではない。まこと犬山勢を防ぐおつもりだったのじゃ」

源吾は膝を進めて言った。

「儂とて道三様に手放しで褒められたわけではないぞ。なぜ犬山勢を撃退した後に八郎様を始末せなんだと叱られたわ。あの火攻めゆえ撃退などできぬと思い、せめて密命だけは果たしたが、それではご不満のようであった」

あれだけの小勢で犬山勢を撃退せよという道三の強欲さに小六は呆れて物が言えなかった。

「小六殿。戦というものは敵と味方の戦いだけではないぞ。味方同士でも戦いはある。己の思いを遂げるために、将から兵までそれぞれが謀《はかりごと》を胸に秘めておる。他人の謀に怒っても仕方がない。それに気づかぬ自分が迂闊《うかつ》なのじゃ。今は腹が立っておるかもしれぬが、何度も戦場《いくさば》に出るうちに儂の言うた意味が判るようになるはずじゃ」

源吾の屋敷を辞して門を出たところで、源吾の弟の内匠《たくみ》に出会った。小六が出てくるのを待っていたらしい。

怒りが収まりきらぬ小六に、内匠は頭を下げた。

「小六殿のお怒りは当然じゃ。俺もあの夜、突然に兄者に打ち明けられて魂消《たまげ》ました。兄者は道三様に取り入ろうと懸命なのです。俺はこのあたりの川並衆の皆々と一団となったほうが良いと思うのですが」

あの夜、逃げる途中で出会った内匠が、物の怪でも見たような表情をしていたのを、小六は思い出した。兄が眼前で味方の大将を討ったのは、まだ十五歳ほどの少年には衝撃だったのであろう。

「いや、俺もよう判った。源吾殿の言うことが正しいのかもしれん。戦場では迂闊に他人を信じては命を落とすということだわ。それゆえに俺は信じられる仲間を増やしたいと思う。その仲間で蜂須賀党を大きゅうする」

内匠は目をしばつかせて小六を見た。

「俺もぜひ仲間に入れてくださいませ」

「そなたは兄者に従うしかなかろう」

驚いた小六はそう言ったが、内匠は真剣だった。

「俺は兄者についていくのが嫌になりました。ぜひお加えくだされ」

「よし、わかった。しかし今そなたが蜂須賀党に入っては、松原党との間がおかしゅうなる。いましばらくここに留まって力をつけよ。我らもまだまだ人を集めねばならぬ。そうしてそれぞれが大きゅうなったときに合力《ごうりき》して大仕事をすればよいではないか。それまで源吾殿には内緒だぞ」

笑みを浮かべた小六の言葉に、内匠も笑顔で頷《うなず》いた。

五

斎藤道三との戦いに敗れたものの、織田信秀は意気消沈するような男ではなかった。

尾張を取り巻く情勢が、その暇を与えなかったとも言える。

東の今川は常に三河から尾張へ侵食の隙《すき》をうかがっていたし、北の斎藤も守護を追い出し勢力基盤を堅固なものにしつつあった。

尾張国内を見ると、守護の斯波義統《よしむね》は凡庸で守護代の織田達勝《みちかつ》に操られるままで、達勝もまた高齢で、隣国からの脅威に対処する意志に乏しい。信秀がいなければ、尾張は北か東の大国に呑み込まれていたかもしれない。

今回の美濃と尾張の戦いでは、西美濃四人衆と呼ばれる安藤守就《もりなり》、氏家直元、不破光治、稲葉良通《よしみち》らが織田方に加勢し、頼芸の守護復帰に合力した。彼らとの繋《つな》がりを保持し、また道三から彼らを守るためにも、信秀は大垣城に織田信辰を入れて城番とし、かろうじて美濃国内に織田の勢力を残した。

また三河方面では、この前年に三河苅屋《かりや》の水野忠政が五十一歳で死去し、子の信元が跡を継いでいた。忠政は織田に恭順しつつも、岡崎の松平広忠や形原《かたはら》の松平家広らに娘を嫁がせ、両者の間で領地を保ってきた。しかし勢力を拡大したい信秀はこの機をとらえ、若い信元に帰趨《きすう》を明確にするよう迫った。

松平家は天文四年に守山崩れで当主の清康が家臣に殺害されて、跡を継いだ広忠もこの時期十九歳と年若い。水野家としては勢いを増す織田を選択することになる。

水野信元が織田についたことで、松平に嫁いでいた忠政の娘たちは離縁された。広忠に嫁いでいたのが於大《おだい》で、産んで間もない子と別れることとなった。この子供が家康である。

尾張の虎と呼ばれた織田信秀は、こうして美濃へ三河へと数々の火種をまき散らしながら、まさに一日千里を駆ける虎のように駆け巡っている。

この美濃での敗北直後の天文十三年十一月、都から関東へ向かう連歌師の宗牧《そうぼく》が信秀を訪ねている。前年の禁裏修復の費用献上に対する女房奉書を届けるのが訪問の目的であった。感状とともに古今集一部を賜った信秀は、

「此度《こたび》の戦で命拾いしたのは、これをお受けするためであったか。これこそ当家の誉れでござる」

と大笑いした。

「美濃攻めが叶《かな》いましたならば、再び禁裏御修理もお受けいたしまするとく御奏上くだされ」

敗残の様子も見せず、堂々としていたという。

この翌年、松平広忠は奪われていた安祥城を奪還しようと動き出す。

美濃で敗れた痛手から信秀が救援に来ぬものと思い込んでいた広忠は、織田方は六百の城兵のみと侮《あなど》っていた。松平勢の背後から、まさに虎のように密かに忍び寄った信秀の救援軍は、打って出た城

兵との挟み撃ちで松平勢を散々に討ち破った。家臣の本多忠豊が命を捨てて身代わりとなり、広忠は命からがら岡崎城まで逃げ帰ることができた。

この戦いで松平氏の勢力はますます衰え、今川に従属を深めることになる。小国は次々に大国に呑み込まれ力のある者が残る。次第に戦国の勢力図が集約しつつある時期であった。


そんな頃、小六の周辺でもある出来事があった。

その日、生駒八右衛門から使いの者が来て、すぐに屋敷へ来いと言われた小六は何事かと出かけた。まだ春先の肌寒いころであった。雪の残る道を行く途中、畑中の道を来る小右衛門に出くわした。

「おうい、小太郎」

大声で呼ばれて、小右衛門は困ったような顔をして手を上げて笑った。

「小太郎はやめろ。もう皆は小右衛門と呼んどるわい」

「ならば儂も彦右衛門と呼んでもらわねば」


「小六は小六でええじゃろ。小六の名のほうが知れ渡っとる」

「ちっ」

小六は舌打ちをしたが、別段気にしている風情《ふぜい》はない。自分でも小六のほうが簡単で良いと思っている。

「それより面白い見世物があると八右衛門からの知らせじゃ。何であろうか」

小右衛門が話を逸《そ》らせた。どうやら前野家にも使いが来たらしい。

二人が話しつつ歩いていると、はるか先の生駒屋敷の方角から雷が鳴ったような音がとどろいた。春雷にはまだ少し早い時期である。

「なんじゃ、あの音は」

二人は思わず駆け出した。

生駒屋敷の中は大勢の人で溢れていた。庭の一角に的《まと》が置かれているが、それを狙うのは弓ではなかった。

見知らぬ男が杖《つえ》のようなものを弓矢を射る格好で

頬《ほお》近くに構え、指先を動かすと何やら焦《こ》げくさい臭いがして、耳を突き破るほどの大音響と白煙を上げた。

見守る者たちが耳をふさいでいたために、訳も判らず小六や小右衛門も耳を覆《おお》ったが、それでもしばらく耳鳴りが残った。

人々が的のほうを見て声を上げたので小六も釣《つ》られてそちらを見ると、変わりはないと思っていた的板に小さな穴が開いている。

「おう、今度は当たったか」

縁先に座っていた生駒家宗が嬉しそうに笑った。

呆気にとられて眺めていた小六の傍《そば》に八右衛門が寄って来た。

「どうじゃ、面白かろう。種子島《たねがしま》というそうじゃ」

小六も小右衛門も訳が判らない。八右衛門が簡単に説明した。

「あの杖のようなものは、長い鉄の筒になっておる。その中に火薬《ひぐすり》と鉛の玉を入れて、手元で火をつけると、筒の先から鉛玉が飛び出すという仕組みだわ。弓矢と同じように離れた的を射ぬくことができる。南蛮人が持ってきたものを真似《まね》て、種子島で作った物らしい」

「なにっ、南蛮人の?」

小右衛門はそう言ってみたものの、南蛮人というものが判らない。

射手《しゃしゅ》の男は再び発射の準備をしている。筒先から火薬と鉛玉を入れ、細長い棒で奥へ突き固めたあと、手元の火皿にも火薬を注ぎ的を狙う。縄の先に赤く火がついているのが見え、それが火皿の火薬に引火して、やがて再び轟音が鳴った。今度は板が割れて弾けた。

「どうじゃ、誰ぞ試してみんか」

家宗が周囲の男たちを見回した。

生駒家には荷を運ぶ人足だけでなく、それを護衛するために腕の立つ武芸者たちが何人も寄宿している。彼らは顔を見合わせていたが、その内の一人が皆の視線に押されるように進み出た。

「拙者《せっしゃ》がやってみましょう」

そう言ったのは富樫惣兵衛為定《ためさだ》という加賀出身の武者である。年は三十をいくつか越えたところであろう。ずんぐりとした体格で首が太く、猪のようにも見える。

生駒屋敷に屯《たむろ》する強者の中でも一目置かれている存在で、弟の勝定とともに生駒家が出陣する際には犬山衆として目覚ましい働きをしている。近年それが認められて前野宗康の弟、忠勝の娘婿《むこ》となった。

前野忠勝は犬山の織田家に仕え、尾張国中島郡の野府《のふ》城の城代となっていた。いつもは為定も忠勝に従い野府城に詰めているが、じっとしているのが性に合わない質《たち》らしい。城を抜け出てはかつての仲間のいる生駒屋敷に顔を出している。

指南役の男に説明を受けて、いささか強張《こわば》った顔で為定が種子島を構え的を見据えた。

「撃ちまする！」

そう為定が叫んだあと、しばらくの間があって轟音が響いた。

白煙が上がる中、姿が消えたかと見えた為定が、地面にひっくり返っていた。

「しっかり持たねば危のうござる。顔に当たれば頭《ず》蓋《がい》が砕けますぞ」

放り出された種子島を、大事そうに指南役が拾い上げた。

「雷を封じ込めたような、何とも恐ろしき物でござるな」

為定が照れ隠しに笑いつつ、着物の裾《すそ》を払って起き上がった。弾はどこへ飛んだか判らない。

「どうじゃ、ほかに試す者は」

生駒家宗がそう言ったとき、正面にいた小六と目が合った。

「小六、どうじゃ」

そういって家宗が笑いかけた。

横にいた八右衛門と小右衛門が、ひじで小六をつついた。

「やってみます」

怒ったような顔で小六が進み出て、種子島を受け取った。ずしりと重い感触が、妙に手のひらに馴染《なじ》んだ。

指南役の説明を聞き流して、今しがた見たまま自分で勝手に弾を装填《そうてん》し火薬《ひぐすり》を注ぎ込んだ。

「それでは少々多すぎますぞ」

はらはらしながら指南役が手を出そうとするが構わない。さっさと構えた小六のそばを、指南役は恐れて小走りで離れた。

やがて轟音と白煙。これまでにない音が響き渡った。

白煙が薄れても小六は構えたままの姿で立っていた。皆が目を凝らして的を見るが、どうも当たった様子はない。

「はっはっは、音は大きいが大外《はず》れか」

家宗が笑うと、やっと小六は構えを降ろした。

「小太郎、松を見て来い」

小六はそう言って種子島の先で指し示した。駆けて行った小右衛門が、はるか的の後方にある松の幹を調べていたが、やがて振り向いた。

「ここに当たっておる！」

大人の胴ほどの太さで屋敷の屋根を越える松の木が、生駒屋敷には数本そびえているが、そのうちの一本に弾は埋まっていた。

「当家が大切にしておる松の木じゃぞ。何をしてくれる」

困ったような顔で家宗が腕を組んだ。

その声も小六の耳には届かないようで、小六はじっとその松を見つめたままだった。

実際、耳のそば近くで鉄砲を発射したために耳鳴りがして、小六の耳には小右衛門の叫び声も家宗の苦言も聞こえていなかった。しかし小右衛門の様子で、松まで弾が届いたことは判った。

（これは面白い）

冷えた空気の中、手の内にある種子島からは、ほのかに熱が伝わってくる。

何かが大きく変わるような予感が、小六の胸に湧《わ》き上がっていた。

鉄砲は天文十二年（一五四三）に種子島に中国船

が漂着したとき、乗っていたポルトガル人が所持していたのが、日本へ伝わった最初とされている。

領主の種子島恵時《しげとき》は金二千両という高価で二挺の火縄銃を譲り受け、一挺は島津家を通して将軍足利義晴に献上し、もう一挺は領内で複製するために使用した。種子島の鍛冶《かじ》職人、八板《やいた》金兵衛が中心となって研究し、当時日本にはなかった螺子《ねじ》の製法に手こずったものの、伝来の一年後には複製を完成させた。高値で売れることを期待した南蛮人が大量の銃を持って再び来航したときには、すでに日本製の火縄銃が完成しており、大いに落胆したという。

この種子島に琉球との貿易をしていた堺の商人、橘屋《たちばなや》又三郎が立ち寄り火縄銃を知る。衝撃を受けた彼は一年間滞在してその製法を学び、やがて堺へ帰り銃の製造を始める。

また紀州根来《ねごろ》の杉坊という僧が噂を聞きつけて種子島を訪れ、やはり銃と火薬の製法を持ち帰った。

一方、献上された銃を見た足利義晴は、近江の国友《くにとも》村の鍛冶職人に製造を命じた。ここでも伝来の翌年に完成させ、将軍に献上している。当時の日本の技術力の高さに驚かされる。

こうして日本各地で製造が始まった火縄銃は、高価で欠点もあったが次第に広まり、戦いの風景を大きく変えることになる。


それからしばらくして、尾張川の中洲から鉄砲の音が響き渡るようになった。

生駒家宗は荷駄《にだ》の警護用に数挺の火縄銃を買い取ったが、なにしろ雨に弱いやら、一発放つのに時間がかかりすぎるやら、実用するには欠点の多いことに気づいて次第に触る者がいなくなった。ただ一人、小六だけが飽きずに使い続け、今では自分の所有物のように始終身辺に置いていた。

最初は中洲に生えている木を的に撃っていたが、次第に腕が上がってくると枝にとまった鳥を狙った。尾張川には多くの鳥が飛来し、射撃の的には事欠かない。さらに腕が上がると、飛んでいる鳥を狙ったりした。これはなかなか当たらなかったが、それでも動くものを撃つ勘をつかむのには役立った。そのうち草井の渡し付近の尾張川には鳥も寄り付かなくなるほどであった。

あるとき対岸の伊木山《いぎやま》の城主、伊木清兵衛から使いが来た。

尾張川をはさんで美濃側のやや上流に伊木山という小山がある。人が横たわったような形をした東西に長い山で、頭を東、足先を西にしていたが、その膝あたりに平坦な場所があり砦が築かれている。その城主の清兵衛が火縄銃を見せてほしいという。

見たければ川中まで来いと言おうとしたが、伊木山からの眺《なが》めはどんなだろうと好奇心が動いて、小六は銃を手に対岸へ渡った。

清兵衛は三十歳前後の小柄な男で、笑顔で小六を迎えた。

「わざわざご足労をかけた。貴殿が放つ種子島とやらの音が、ここまでよう聞こえての。気になって一度見てみたいと思うたのじゃ。同じ美濃衆の好《よしみ》で無理を言うた」

「構いませぬ。何を撃てばよろしいか」

小六は辺りを見回し適当な木立を見つけると、手慣れた所作で弾と火薬を装填《そうてん》し何発か発射して見せた。見守っていた家臣らから驚きの声が上がり、当たった木を確かめる者、火縄銃に群がる者で騒然となった。

ひと通り説明をしたあと、小六は清兵衛に酒の歓待を受けた。

「このような武器が広まると、弓はもう要らぬようになりまするな」

清兵衛は小六に酌をしながら話かけた。

「いや、弓のように次々とは撃てぬ上に雨に弱うござる。物好きの遊び道具でしょう」

小六はそう言って杯を空けた。

「それに何しろ高価で、これも実は生駒からの借り物です」

「織田家中の生駒の鉄砲で、美濃衆の小六殿が修練しておるのか。いやいや、これは面白い」

酔いが加わって清兵衛の顔も赤みが増している。

「小六殿も御存じであろうが、このあたりの川並衆は時として尾張に付き、美濃に付きを繰り返しておる。今は犬山の力が強うなって大方は尾張に加勢しておるが、ひと昔前は皆、美濃に組しておった。しかし尾張も美濃も弾正忠や道三殿が出て、黒白をはっきりせねばならぬ時が近づいておる気がする。貴殿も尾張領内に留まるのは難しいかもしれませぬぞ。その時は当家の客分としてお招きしても良いが、いや、それだけの種子島の技量がござれば道三殿のもとで指南役もできましょうな。これは御無礼した」

清兵衛はそういって笑った。

山上から南を見ると、眼下に尾張川が流れ、対岸の東に顔を突き合わせるように犬山城がある。南に広がった草地の向こうに蜂須賀家の住む宮後村や前野家のある前野村、その向こうに生駒屋敷の木立が見え、遠くに小牧山、さらに岩倉城のあたりが霞んでいる。

西に目を転ずれば、尾張川の中洲に作った蜂須賀党の小屋が小さく見え、草井長兵衛の渡し場や、松原村のある松倉島、その北には稲葉山が見える。

しばらく小六は、この絶景に見とれた。が、やがて口を開いた。

「小さいのう、俺は」

尾張と美濃の境で日々を懸命に生きてきたつもりだったが、こうして見る世界の中では悲しいほどに小さな存在でしかない。そうして見ると尾張や美濃一国を動かしている信秀や道三は、やはり大きな存在である。小国ながら三河には小六と同年の松平広忠がいる。家柄の違いはあるが、せめてそれくらいにはなりたいと思う。

「あの伊吹山の向こうには近江の国、さらには京の都がありますぞ。なあに、行こうと思えば行ける。その昔、天武帝をお助けして、この辺りの若者が美濃尾張の兵を集めて関ヶ原を越え、大津の都を落としたそうじゃ。そういう大仕事をした者もこの地にはおる。そこまで遡《さかのぼ》らぬでも鎌倉の頼朝、木曽の義仲に、足利、新田もそうじゃ」

高みに上ると気も大きくなる。

話の止まらぬ清兵衛に小六は暇《いとま》を告げた。

「この眺めが見とうなったら、いつでも登ってこられよ」

伊木山を下りる小六の背中で清兵衛の声がした。


美濃での敗北のあと、織田信秀はさすがに大戦《おおいくさ》は控えて兵力の回復を図った。

天文十五年（一五四六）には十三歳になる嫡男の三郎が元服し、名を信長と改めた。この元服の宴は弾正忠家の威勢を見せつけるかのように、尾張国内だけでなく美濃三河の織田方の諸将も招いて盛大に行われた。再び求心力を高めることが目的であった。

そして天文十六年に入ると信秀は動き出す。

この年の七月に三河の松平広忠が叔父の松平信孝と矢作川で戦い敗れると、これに乗じる形で三河侵攻を画策した。織田方に通じていた佐々木城主の松平忠倫《ただみち》に、岡崎城の広忠を攻めるよう指示し、自らも出陣の準備をした。ところがこれが広忠に漏れ、先手を打たれて忠倫は暗殺されてしまう。

忠倫を殺されたことに怒り、織田信秀は出陣の触れを出した。これに対抗する兵力もなくなっていた広忠は今川に援軍を求めたが、今川は見返りとして六歳になる広忠の嫡男、竹千代を人質として要求。この竹千代が駿府へ送られる途中に田原城主、戸田康光の裏切りに遭《あ》い尾張へ送られてしまう。

嫡男を織田に奪われながらも、広忠は今川に従属を続けた。竹千代は殺されても仕方のないところであったが、信秀はこれを生かした。殺すよりは利用価値があると考えたのであろう。このとき殺されていたなら後の徳川家康は存在しなかったわけで歴史の妙味と言えるが、竹千代本人にしてみれば妙味どころではなく、いつ殺されてもおかしくない不安で心細い日々が続くことになる。

竹千代を織田へ売った戸田康光は、翌月には今川に攻められ嫡男とともに討死。しかし康光の弟の光忠と、康光の次男の宣光《のぶみつ》は今川方に付き、のちに徳川に仕えることになる。

こうして今川の勢力は渥美半島まで併呑《へいどん》した。

信秀にしてみても今川と戦えるほどの戦力が尾張にあるとは思ってはいない。そのために三河の松平を完全に攻め滅ぼすことまでは考えていなかった。緩衝材《かんしょうざい》として生かして、いくらかでも織田の支配地を増やすのが精一杯であったろう。信秀の本当の狙いは美濃にあった。


小六がその日、前野屋敷へ立ち寄ると、慌ただしく郎党が戦支度《したく》をしていた。

「おや、出陣かい」

縁先に甲冑を並べていたのは小右衛門の弟、小兵衛である。すでに小兵衛も元服を果たし勝長を名乗っている。

「おう、また三河表まで出張《でば》るそうじゃ。小六も暇なら加勢せんか」

「たわけ、なんで俺が信秀の加勢なんぞ」

小六が美濃方に付いていることは皆よく知っている。さすがに美濃と尾張が戦うときには微妙な空気になるが、今回は三河へ出陣ということで小兵衛も口が軽い。

「小右衛門も行くんか」

縁先に腰かけて兜《かぶと》をいじりながら小六は聞いた。

「ああ、今度は兄弟三人ともじゃ。今、又五郎叔父のところへ具足を借りに行っちょる」

小兵衛は嬉しそうに歯を見せた。そこへ長男の孫九郎宗吉《むねよし》が姿を見せた。

「どうじゃ小六、種子島の腕は上がったか」

孫九郎は、当時としては珍しい六尺もある大男である。年齢は小六より一つ上で二十三になるが、その強力《ごうりき》はすでに広く織田家中に知られていて長槍を使わせたら敵《かな》う者がない。

小六は肩にかけていた鉄砲を、くるりと回して構えると空に向けて狙いを定めるしぐさをして見せた。

「飛ぶ鳥はなかなか撃ち落とせんが、先だって中洲に迷い込んだ猪を仕留めて、皆で猪鍋にして食らいました」

「はっはっは、そりゃ良い。俺も戦場で小六に遭ったら鍋にされかねんな」

「孫九郎さんなら一発二発撃たれても、蚊に刺されたようなもんだわ」

大男の二人が笑い合うと、驚いて犬が吠《ほ》えた。

「弾正忠家でも種子島をぎょうさん買い付けとるという話じゃ。これからは戦も変わっていくかもしれんな」

「いやいや、弓が引けん者のためのもんじゃて」

孫九郎の話に小兵衛が口をはさんだ。

そこへ岩倉城からの小者が、汗を流して走り込んできた。

「御家老様より、早々に出陣の支度をせよとのお指図でございます。出立は明朝、向かうは黒田の渡しとのこと」

「なにっ、黒田と！」

一同の顔色が変わった。

黒田の渡しは尾張から美濃へ渡る渡し場の一つで、川を越えて北上すれば稲葉山城に最短で行くことができる。

「美濃攻めか」

孫九郎は小六と顔を見合わせた。

「どうする、小六」

小六はしばらく黙ったままであったが、静かに鉄砲を小兵衛に差し出した。

「聞いたからには俺も稲葉山へ行かねばならんが、生駒の鉄砲で尾張衆を撃つわけにはいかん。戦が終わるまで預かってくれ」

そう言い終わると、小六は前野屋敷を飛び出した。


織田信秀は尾張南部の諸将に岡崎城攻めの陣触れを出したが自身は出陣せず、前年に元服した信長に重臣の平手政秀をつけて向かわせた。信長にとっては初陣である。

十四歳の信長は安祥城で諸将と合流したあと岡崎には向かわず南へ下り、幡豆《はず》郡の吉良義安を攻めた。城の周囲に放火し攻め立てると、織田の襲来を予期していなかった吉良側は大した抵抗もできずに降伏した。すべて信秀が平手に授けておいた指示通りである。

この間に尾張国内の諸将には美濃攻めの本意を伝え、清洲、岩倉などの兵は黒田と小越《おこし》から、犬山の信康には草井から美濃へ攻め入ることを命じた。


小六は父の正利に織田の美濃攻めを知らせた。

正利はすぐに合戦の支度を整え、その日の夕刻近くには郎党とともに稲葉山へ向かった。

「道三様に早う知らせんでもええじゃろか」

馬を並べて進む小六が正利に言った。

「美濃の細作《さいさく》は隣国に大勢入り込んでおる。尾張兵が動いたことはすでに入道殿の耳に入っておるわい」

正利は平然として答えた。

正利はいまだ道三に対して良い感情を持っていない。しかしここに至っては美濃に肩入れするほかない。

蜂須賀党が稲葉山へ着いた頃には、すでに慌ただしく美濃兵が戦の準備に走り回っていた。二人が道三に参陣の挨拶に行くと、まだ道三は具足も着けぬまま茶を飲んでいた。

「蜂須賀か、早かったのう。宮後あたりでも尾張兵が動いておるか」

「はい、しかし三河へ出陣と思っていたようで、美濃攻めと聞いて驚いておりました」

小六が前野屋敷の様子を、そう伝えた。

「弾正め、三河攻めと思わせ儂を油断させておいて美濃を突くつもりだろうが、そのような小細工は逆に命取りじゃ。相手の虚を突いてこそ奇襲じゃが、こちらはもう準備万端整えておる。逆に尾張兵は動揺して浮き足立っておろう」

ゆっくりと茶を飲み終えると道三は小六に言った。

「お主、川の中洲で鉄砲を修練しておるそうじゃな。今日は鉄砲は持っておらぬのか」

「あれは借り物ゆえ、置いてきました」

「律儀な奴よ」

そう言って道三は側衆《そばしゅう》に命じて鉄砲を持ってこ

させ、小六に与えた。

「あの一番上の柿を撃ってみよ」

陣幕の向こう側に生えている柿の木に、たくさんの実が生っている。すでに九月も下旬ということで、どれも食べごろに赤く色づいている。その一番上の実を道三は扇で指した。

小六は鉄砲を受け取ると、慣れた手つきで弾を込め火薬を装填《そうてん》して狙いを定めた。雨が近いのか薄暗い空を背に、赤い柿の実がくっきりと見える。引き金を引くと轟音がして高い枝の上で柿の実がはじけた。周囲の木にとまっていた鳥たちが一斉に飛び立った。

はじけた実と背後の空を道三は細い目でしばし眺めていたが、

「よし、お主は鉄砲衆に入って川手の城へ行け。明日は鉄砲は難渋するかもしれんがの」

と命じた。

翌朝、織田の軍勢は草井、黒田、小越の三カ所から一斉に尾張川を渡った。

尾張上郡だけでなく下郡からも集結した兵は六千近く。これまでにない兵数で、先年の恨みを晴らそうという信秀の意気込みが表れていた。

清洲に集結した信秀の主力軍三千余は二手に分かれ黒田と小越で渡河、岩倉の織田信安の軍千五百は黒田から、犬山の織田信康の軍千三百は草井から、それぞれ渡河した。

信秀、信安軍が黒田から美濃領の川手へ侵入し川手城を攻略する間に、草井から摩免戸《まめど》へ渡った信康軍は先に稲葉山城に取り付き攻撃するという段取りであった。

前野小右衛門ら前野党の約三十名は、急きょ犬山勢に加わることになり、草井長兵衛、青山新七郎ら川並衆が一晩で架けた草井の舟橋を犬山勢とともに渡った。

摩免戸へ渡ると尾張川沿いに西へ向かい、中山道へ出るあたりで野府《のふ》の兵を率いる前野忠勝が加わった。忠勝は小右衛門の父宗康の弟で、犬山の織田信康に仕え野府城を預かっている。野府からは黒田の渡しが近いが、犬山勢に合流するために稗島《ひえじま》を渡り中山道筋で待っていた。

忠勝は馬を飛ばして主君の織田信康に報告したあと、前野衆のところへも挨拶に来た。

「無事、犬山勢に加わったか。重畳《ちょうじょう》、重畳。存分に手柄を立てるがええ」

そう言って馬上から小右衛門ら兄弟に笑った。

小右衛門らの父宗康は岩倉城の家老で、この日も織田信安に従い黒田に向かったが、前野党が犬山勢に加わったのは忠勝の好意とでもいうべきものであった。というのもこの日の先陣は犬山勢で、岩倉勢は後陣であったため手柄が立てやすいように岩倉方へ話を通したのである。表向きは先陣で多少でも戦力が欲しいという申し入れであった。

前野党の先を行くのは生駒党で、八右衛門も当主として出陣している。父の家宗はすでに戦からは身を引いて若い息子に任せていた。

街道筋に出るころから空模様が怪しくなり、やがて雨になった。

手力《てぢから》、長森で陣を整えると、眼前にそびえる稲葉山に向かって進軍を開始した。雨は次第に激しくなり、季節外れの雷まで光る荒れ模様となった。

「小六はどこにおるんじゃろうな」

霞《かす》む稲葉山を見上げながら小兵衛が小声で言った。

「さあな。しかしこの雨じゃ自慢の種子島も使えんじゃろ。運の悪い奴だわ。帰ったらまた奴の愚痴を聞かにゃならんぞ」

小右衛門が笑った。

大雨の中、すでに織田信秀の本隊が川手城に取り付いたとの知らせが入り、信康は遅れてはならじと稲葉山の南の支峰、瑞竜寺山に一斉攻撃を仕掛けた。

六

川手城は稲葉山から南へ二キロほどのところにある。

南北朝のころ美濃、尾張、伊勢の守護となった土岐頼康がここに城を築き、代々美濃守護の居城となった。応仁の乱で都が焼けると移住する貴族も多く、西の山口と並んで京風の文化が花咲き繁栄した。しかしその後の土岐家の内紛で城は焼け、再建はされたものの砦と言う程度の構えで、今は道三のいる稲葉山城が美濃の中心となっている。

その川手城へ織田信秀の率いる四千近い尾張勢が押し寄せた。

信秀としては川手城など一ひねりで押しつぶし、稲葉山に攻めかかることしか頭になかった。攻略せずに通過すると、背後を襲われる恐れがあるために攻め落とそうというだけのことであったろう。

川手城の守将は日根野弘就《ひろなり》。

武勇、機略に優れ、なによりも胆力が人一倍であったため、三十前後の年齢ながら道三の信任が厚く最前線を任されていた。のちにこの弘就は美濃斎藤家が信長によって滅ぼされると、今川、浅井と主を代え、長島一向一揆にも加わって信長に対抗するが、ついに降伏し信長、秀吉に仕えた。一時は一万六千石の知行を得るものの、関ヶ原の戦いで去就を明らかにせず減封、二年後に死去している。

その日根野の守る川手城に、道三は鉄砲衆を配置した。当時まだ希少で高価であったこの新兵器を、すでに道三は三十挺ほど揃えていた。一方の織田信秀も積極的に鉄砲を取り入れ、この戦いにも所持してきたが、この雨では早々に使用を断念していた。

小六ら鉄砲衆は砦の塀の数カ所に作られた望楼に上っていた。雨に霞む彼方から、ひたひたと寄せてくる尾張勢を眺めながら、小六は初めて体が震えるのを感じていた。

（あの軍勢の中に織田信秀がいる）

蜂須賀村を追われて以来、憎み続けてきた相手である。

先年の戦いでも織田を相手に戦ったがあのときの感情とは違う。あのときは無我夢中で信秀を討つなどとは思いも及ばなかったが、今は鉄砲という武器を手にしたことで何やら自信のようなものが、むらむらと体の内に湧き上がっていた。

「鉄砲を濡らすなよ」

同じ望楼に上った鉄砲衆の男が小六に言ったが、そんなことは承知している。

次第に激しく降る雨の中、望楼の屋根で雨粒はしのげるものの火薬が湿気っては鉄砲も使えない。鉄砲に雨が当たらぬよう注意しながら敵が近づくのを待った。

やがて顔が見えるほどの距離まで迫ると、尾張兵は散開して城を囲んだ。そして一斉に鬨《とき》の声を上げて攻め掛けた。

川手城の大手口には大河が流れており構えも堅固であったというから、おそらく西側の荒田川のことであろう。川を越えての攻撃は困難であるから守城側としては他の三方に備えればよかった。

塀際に迫ってくる敵兵を小六たちは撃った。が、やはり火薬の付きが悪い。発射までの時間がいつもの倍もかかるように感じる。鉄砲衆のほかに塀の上では弓衆が矢を放っているが、明らかに弓のほうが連射速度が速い。ただ鳴り響く轟音は敵に恐怖を感じさせ、一瞬寄せる勢いを鈍らせるようであった。

「儂らは賑やかしじゃな」

隣の男がそう言って笑った瞬間、敵の矢がその男の首筋に立った。

背後の稲葉山でも戦闘が始まっていた。

犬山勢を指揮する織田信康は、兄の信秀と同様に勇敢であった。この年、信秀は三十八歳であったから、弟の信康は数歳下であったろう。

打ちつける風雨も物ともせず、自らが第一陣の先頭に立ち突撃を敢行した。元服したばかりの年若い嫡男の信清《のぶきよ》も、父に遅れぬよう従っている。

稲葉山の南面は、西の瑞竜寺山と東の洞山が両手を広げた形で左右に構え、その間の谷間は深田になっている。そこに走る幅六尺ほどの一本道に、美濃勢は垣を作って三百ほどの兵で守っていたが、犬山勢の猛攻は立ちどころにその陣地を突き破った。そして瑞竜寺山の斜面に取り掛かった。

前野党がいる第二陣はやや遅れて七曲り口に取り付いた。ここでも美濃方と激戦となったが突き破って山道を押し上がった。しかし徐々に道は険しく急坂となり、足元には周囲から集まった谷水が川のように流れていく。足元が滑るため、やがて馬も登れぬほどになった。やむなく馬を捨て徒歩で進み始めたとき、四方から鬨《とき》の声が上がった。

「敵の罠《わな》じゃ！」

誰かの絶叫に小右衛門が顔を上げると、山道を取り囲むように竹垣が組まれて、雨と見分けがつかぬほどの矢が降ってきた。倒れる者が相次ぎ、身を伏せるのが精一杯であった。ようやく見つけた小さな窪《くぼ》みで踏み止まって抗戦したが、敵兵は数千、味方は前野党、生駒党、松倉党、川並衆などあわせて三百あまりで、次第に坂の下へ押し返され、ついには深田へ追い落とされた。坂を転げ落ちていく犬山勢を追って、美濃勢が雪崩《なだれ》のように押し出してきた。

大雨をため込んだ田は海のようで、落ちると臍《へそ》まで没して身動きができない。もがいているところを多数の者が討ち取られた。第二陣を率いていた犬山の家老、坪内将監も深田にはまって進退窮《きわ》まり、雑兵らに取り囲まれて槍で突き殺された。

小右衛門らは泥まみれになりながら具足を脱ぎ捨てると、這いつくばって畦道《あぜみち》を伝い、ようやく深田を脱することができた。迫り来る敵から逃れるため、もはや散り散りで南へ逃げるほかなかった。

やがて加納にある寺に逃げ込み一息ついていると、泥まみれで裸同然の味方の兵が次々と走り込んできた。それを追って美濃勢も攻め寄せたため、寺の内から必死で防戦した。もはや満足な武器もなく、落ちている石を拾って投げつける有様であったが、なんとか敵を追い払うことができた。

前野党の面々が九死に一生を得た思いでいると、騎馬武者が息も絶え絶えで走り込んできた。犬山衆の服部三平太という武将で、数カ所に傷を負って何か必死に話そうとしているが声にならない。水を飲ませて介抱すると、やっと声が出た。

「与二郎様は先刻、敵の隠し勢のため山下にて御落命。味方は総崩れで、もはや下知も届かぬゆえ速やかに退却されよ」

織田信康の落命と聞いて、小右衛門らは腰が抜けるほど驚いた。

「ここにいては命がねえぞ」

長兄の孫九郎が叫んだ。犬山勢を壊滅させて、稲葉山の主力軍が一斉に川手城へ向かって押し出せば、この小寺など一呑みである。

小右衛門ら生き残った者たちは慌てて寺を出て東に走った。走りつつ振り返ると、稲葉山を下りた美濃勢が大挙して南の織田信秀の軍に向かって行くのが見えた。


小右衛門たちが寺を脱した頃、信秀の主力軍はまだ川手城周辺にいた。

日根野弘就の指揮により城兵が奮戦し、侮《あなど》っていた織田勢は予想以上に時を費やしてしまった。

望楼では小六がまだ鉄砲を撃ち続けていた。撃ちながらもこの武器の使い勝手の悪さに、ほとほと嫌気が差してきた。

雨に弱いのは当然のことだが、連射していると火薬の滓《かす》が銃身の内にこびりついて、次第に弾が入らなくなる。十発も打てば一度は銃身内を濡れた布で掃除しなければならない。小六ほど手慣れた者でも一分間に三発も撃てば良いほうで、弓のようには連射できない。

「こんなことでは信秀は討てぬわ」

織田方の後方に翻る木瓜《もっこう》紋の旗を小六は睨《にら》んだ。おそらくあの辺りが信秀の本陣だろうが、鉄砲の届く距離ではない。とうとう業を煮やして望楼を下りようとしたとき、背後からどよめきが聞こえた。振り返ると稲葉山方面から軍勢が殺到しつつあった。

「おおっ、やっと援軍じゃ！」

城内に歓声が響いた。

織田勢は新たな敵の出現に浮き足立った。大雨のために視界が悪く、美濃勢に気づくのが遅れた。迎撃の態勢が整わぬまま戦闘が始まり、川手城周辺は大混乱となった。

尾張勢は踏み止まって奮戦したものの、やがて兵数に勝る美濃勢が一角を突き崩すと、そこから堰《せき》を切ったように尾張勢の潰走《かいそう》が始まった。一度起きた流れは容易に止めることはできない。潮が引くように尾張勢は南へ走り、美濃勢もそれを追った。

望楼から降りた小六は裸馬を捕えて飛び乗ると、織田勢に向かって駆けた。これを逃しては信秀を討つ機会はない。しかし望楼の上からは見えていた織田の旗が、地上に降りてしまうと見えなくなった。雨はまだ激しく降っている。

他の美濃勢とともに追って行くと尾張川の河原に出た。この大雨で水かさが増し、恐ろしいほどの濁流になって流れている。多くの織田の兵が川岸に追い詰められ次々と討ち取られていく。もはや逃げ場もなく、目の前の急流に多くの兵が飛び込んだ。普段でも渡ることのできない大河である。もがく間もなく土色の濁流の中に消えていった。小六は馬を止め、その光景を見つめていた。

信秀は生きているのか、それとも死んだのか。生きているとしても、もはや小六には追いかけようもない。

そのとき急に小右衛門の顔が浮かんだ。

（あいつは生きておるのかな）

川手城に押し寄せた織田勢の中には前野党の旗は見えなかった。稲葉山攻めの犬山勢に加わったのかもしれぬ。小六は振り返って見たが、雨の中ですでに稲葉山は静まり返っている。

この日の戦死者は、戦闘で討たれた者以上に、敗走時の溺死者《できししゃ》が多かった。

『信長公記』では織田方の戦死者五千人と記すが、それは多すぎるとしても討たれた者と川で溺れた者で相当数の死者が出た。

清洲三奉行の一人である織田因幡守をはじめとして織田主水正、青山与三右衛門、千秋紀伊守、毛利十郎、寺沢又八、毛利藤九郎、岩越喜三郎ら、さらに犬山城主の織田信康、家老の坪内将監らの重臣が命を落とした。岐阜市の街中にある円徳寺には、このときの織田の戦死者を弔《とむら》った織田塚が今も残っている。

逃れることができたのは包囲される前に、尾張川に沿って南へ走った一団のみで、その中に信秀はいた。わずかな兵とともに命からがら尾張まで逃げ帰った。

この激戦において三十数名の前野党の中からも、五郎兵衛、兵左、茂兵衛尉、吉之丞、右衛門など十数名が戦死した。いずれも退却時に討ち取られたという。

小右衛門ら一党は五日後に村に戻ったが、馬を失い、一人として具足をつけた者もなく、情けない有様であった。村ではまとめて葬儀が行われたが、村もまた今回の豪雨で古川が氾濫《はんらん》し、田畑が水没して惨憺《さんたん》たる状況であった。

小右衛門の父、前野宗康も手傷を負い、しばらくは屋敷で養生することとなった。

一方、小六は稲葉山に留まっていた。

父の正利は蜂須賀党を引き連れ宮後へ戻ったが、小六は鉄砲の腕を買われて道三より指南役を命じられた。

道三の所有する鉄砲はまだ三十挺ほどであったが、すでに近江の国友村へ製造注文し、この先は鉄砲隊を増強するつもりでいる。しかしこの新しい武器に関心を持つ各地の武将から国友や堺へ注文が殺到し、なかなか手に入りにくい状況になっている。

「いつになったら数が揃《そろ》うか判らぬわ。注文も多いゆえ値が釣り上がっておる」

屋敷の縁先に座って道三は、愚痴をこぼしながら手に持った鉄砲の銃口を小六に向けた。無論、弾も種火も装填してはいない。

「お前の家は織田の弾正忠に恨みがあると言うておったな。川手城では撃てなんだか」

「弾が届くところまで弾正忠が寄りつきませなんだ。潰走し始めてから馬で追いましたが、見失いました」

道三は鉄砲の構えを解き、それを庭先に控える小六に差し出した。小六は進み出て、無言のままそれを受け取った。

「近々また機をつくってやる。今度は逃すなよ」

「近々でございますか」

「ああ、大垣城あたりで狙い良い場所を探しておけ。その鉄砲はお主に呉れてやるわ」

そう言って道三は立ち上がった。

「ありがたき幸せ」

と言ったあと小六が顔を上げたときには、すでに道三の姿は消えていた。

十一月の中旬も過ぎた頃、道三は動いた。

中美濃の兵五千あまりで大垣城を取り囲んだのである。

九月の織田の大敗後も大垣城には織田信辰が城番として留まっており、道三にとっては目障《めざわ》りな存在になっていた。この織田勢力を頼みとして、西美濃三人衆も依然として道三と敵対している。信秀が弱っているうちに叩いておこうという算段であった。

伊吹山から吹きつける寒風の中、道三は兵を率い大垣城へ向かったが、なにかしら緩慢な動きに見えた。

大垣城の織田信辰は急いで使いを尾張へ走らせ、道三の襲来を伝えた。

古渡城にいた信秀は驚きながらも、直ちに集められるだけの兵をまとめ出陣した。二カ月前に渡った小越ではなく、さらに手前の加賀野井《かがのい》あたりから竹ヶ鼻方面へ侵入し、美濃方の砦をいくつか焼いた。

そのころ小六は長良川と揖斐川が入り混じる安八《あんぱち》郡の中洲の一つにいた。

雑木は葉を落とし細い枝だけになり、その下には夏の間に茂った葛《くず》がすっかり枯れて一面茶色になっている。膝下ほどの厚みのある枯れた葛の下に潜り込んで、小六は尾張勢が近づくのを待っていた。

目の前の揖斐川の流れは、馬瀬《うませ》という地名の通り、馬に乗ったまま渡れるほどである。冬でもあり水量も少ない。尾張から大垣城へ向かうにはこのあたりを通ると小六は予想した。

葛の枯葉の隙間から川の向こうを見ると、竹ヶ鼻の砦を焼いた煙が何本も立ち上り南へ流れている。やがて信秀は長良川を渡ってくるに違いない。小六は手にした鉄砲を握りしめた。

ところが尾張勢は一向に近づいてくる気配がない。かすかに聞こえていた人馬の声も次第に遠くなり、ただ冷たい北風が枯野原を撫でていく音がするばかりである。

とうとう小六は枯葉の中から立ち上がった。

「どうなっとるんじゃ。信秀は大垣城へ向かうんと違うのか」

そう怒鳴って、風の中で悔しまぎれに手鼻をかんだ。


織田信秀は竹ヶ鼻あたりの砦を襲ったあと、大垣城へは向かわず北の稲葉山城へと進路を変えた。

これには大垣城を囲んでいた道三も驚いた。道三が留守の間に稲葉山を襲おうというのである。二カ月前の稲葉山攻めよりも織田の兵数は少ないにもかかわらず、それでも再び稲葉山に挑もうとする信秀の勇敢さは見事と言ってよかった。

信秀としても、この少ない軍勢で稲葉山が落とせるとは思っていない。ただ道三が出陣している今、稲葉山の守備は手薄になっているはずである。たとえ攻略できなくても稲葉山と道三の軍を遮断すれば、道三としてもいつまでも呑気に大垣城を囲んでいるわけにはいかない。大垣城が救われれば当面の信秀の目的は達成できるのである。

「信秀め、息の根を止めてやろうと思うたが、やりおるわい。小六が地団駄《じたんだ》踏んでおるであろうよ」

そう言って道三は、側に控えた日根野弘就を見た。

「今日の風であれば、弾正忠に鉄砲を食らわせることも出来たでしょう。尾張の虎は鼻が利きますな」

先の川手城の戦いで、日根野も小六の鉄砲の腕前を知っている。

「しかしこのまま無事に尾張に戻れると思うたら大間違いじゃ」

道三は不敵な笑みを浮かべた。


織田信秀が竹ヶ鼻から北上し茜部《あかねべ》あたりの砦を攻撃している頃、大垣城を包囲していた道三軍が動き出したと知らせが届いた。

「蝮《まむし》め、やっと食いついた大垣城を放しおったわ」

馬上で指揮をしていた信秀は西方に目をやった。寒風の吹く薄《うす》ら日の中、長良川の川面が白く光っている。

道三の軍勢がこちらへ向かって来るとしても半刻はかかるに違いない。このまま加納まで攻め入り城下を焼き払うか、それとも早々に兵を退くか。稲葉山に攻めかかったとしても背後から道三軍に攻撃されればひとたまりもない。

信秀は一隊を加納へ向かわせ、城下に火を放った。二カ月前の戦闘で町々は荒れてはいたが、あのときは大雨のために燃えてはいない。尾張兵はその城下に火をつけて回った。この煙を見た道三は城下を守ろうと加納方面へ向かったものの、すでに尾張兵の姿はなく、そのまま稲葉山へ軍を退却させた。

信秀は茜部に数日とどまって、大垣城の無事を確認しつつ道三の動きに備えた。道三は兵を加納口に配備はしたが、攻めてくる様子はなく長対陣《ながたいじん》の構えとなった。

兵力ではかなわない信秀は、ここまでとして兵を退く決心をした。大垣城救援のために急ぎの出陣であったため長陣の備えもなく、寒さの中で兵を留めておくことはできなかったのである。

そこへ尾張から急ぎの伝令が来た。

「清洲勢が古渡の城を攻めておりまする！」

「なんとっ！」

信秀は絶句した。

清洲の守護代である大和守《やまとのかみ》家は、織田達勝が高齢となり養子の信友が跡を継いでいる。かつて達勝は信秀と戦ったこともあるが、その後は和睦し関係は悪くないはずであった。力は信秀の弾正忠家が圧倒していたが、守護代としての大和守家を信秀は立ててきた。おそらくは跡を継いだ若い信友に、道三からの働きかけがあったに違いない。大垣城攻めの真の目的はそこにあったのかと気づいて、信秀は体中の血が逆流する思いであった。

織田勢はただちに伊吹降ろしの風に背中を押されながら尾張へと駆け戻った。

馬上、信秀は一度だけ稲葉山を振り返った。巨大な山容が道三の姿のように見えた。

（次こそ必ず落としてやる）

火の出るようなまなざしで信秀は稲葉山の山頂を睨《にら》みつけた。これが最後の美濃攻めになるとは知るはずもなかった。

帰り際、小越の渡しにたどり着いたとき、信秀はふと二カ月前と同じ退却路であることに気づいて嫌な心持ちになった。しかし古渡城へ戻るにはこれが最短の道である。根拠のない不安を振り払うかのように頭を揺り動かした、そのときであった。

金属音とともに兜に強い衝撃を感じ、思わず信秀は身をすくめた。

同時に何かが目の前の河原に落ちてゆくのが見えた。兵が拾い上げると、それは信秀の兜の前立てであった。見れば鉄砲玉が貫通した跡がある。事態を了解した信秀は即座に川中へ馬を入れ浅瀬を渡った。従う兵たちも周辺に警戒しつつ、すばやく川を渡った。

尾張兵が去って静けさが戻ったあと、河原近くの枯草の中から立ち上がったのは小六だった。

「やはり無理だったかの」

小六は苦々しげな顔をして鼻をすすった。

茜部からの帰りはここを通るだろうと待ち伏せたが、石の河原が広がり身を隠す草むらがいささか遠すぎた。二十間以上も距離があって通常なら狙える距離ではない。しかし信秀が頭を動かさずにいたら当たっていたかもしれない。

「運の強い男じゃ」

小六は鉄砲を肩にかかえて草むらを出た。

正月に小六が宮後村に帰ると、聞きつけた前野小右衛門や弟の小兵衛らが訪ねてきた。

九月の美濃攻め以来会っていなかったために懐かしい気がした。考えてみれば小六が宮後村に来てから常に兄弟のように一緒にいて、これほど会わずにいたのは初めてのことであった。

「久しぶりだな。何年も会わずにいたような気がするぞ」

小右衛門が、にこにこと顔をほころばせて持参した酒を差し出した。

「おお、久しぶりに飲むか」

安井屋敷に上がりこんで、ささやかな酒宴が始まった。

「そうか、前野党も何人か死んだか。気の毒なことをした。それで親父殿は」

「もう傷も癒《い》えて、岩倉の城へ出ておる。それよりも又五郎叔父よ」

又五郎忠勝は小右衛門の父、宗康の弟で中島郡の野府の城を預かっていたが、先の美濃攻めで討死した犬山の重臣、坪内将監に世子《せいし》がなかったために、跡を継いで松倉城主となった。

犬山勢敗走のとき、忠勝は坪内将監とともに殿軍《しんがり》で踏み止まり、獅子奮迅のはたらきで時を稼いだ。将監もこのときに落命したが、忠勝はたいした傷も負わずに帰還した。

「松倉に又五郎殿が入ったということは、前野党も心強いではないか」

「犬山も殿様が亡くなって、若い十郎左様が当主となった。川並衆をまとめるために又五郎叔父を使おうということであろうな」

小右衛門は思いついたように盃を置いた。

「どうじゃ、これから松倉へ行ってみんか」

「俺は美濃の鉄砲指南だぞ。討たれては困るが」

「そのような叔父上ではないわい」

ほろ酔い加減の小六たちは、馬を連ねて松倉まで出かけた。

松倉城は宮後から北西へ四キロほどのところにある。尾張川の中洲の一つで、同じ中洲の西に松原源吾の亘利《わたり》城もある。

「小右衛門に小兵衛か。よう来た。それに小六も一緒か。稲葉山で鉄砲を指南しておるそうではないか。立派なものじゃ」

又五郎忠勝は豪快に笑った。子供のころから小右衛門と連なって遊んでいる小六のこともよく見知っている。

「儂も妻を美濃からもらっておる。このあたりの者は美濃と尾張に縁のある者ばかりじゃ。小六も美濃で取り立てられたのなら、それもやむを得まい。ただ我らに鉄砲玉を撃ち込むのは勘弁せえよ」

ここでも正月の酒宴になった。

又五郎の娘婿になっている富樫為定も挨拶に顔を出した。越前から流れてきて生駒屋敷に住みついた為定は、その力量を買われて又五郎の娘の婿となっている。

「いつぞやは生駒屋敷で種子島の試し撃ちをして、お恥ずかしいところをお見せした。小六殿はあれから随分腕を上げられたそうで、ちと我らにも指南していただきたいものじゃ」

猪武者のような為定は日ごろから赤ら顔だが、酒が入って一層顔が赤い。

「いやいや、鉄砲など遊び道具です。戦では使いづらいことばかりで大した役にも立ちませぬ」

小六は謙遜《けんそん》した。

「それでも先の大垣城の取り合いでは、弾正忠様の前立てを鉄砲玉が撃ち抜いたと聞き申した。あれほどの腕前は小六殿ではないかと噂が立っておりますぞ」

笑い顔ながら為定の目は探るように小六を見上げている。

「そのような大それたこと、儂ではございませぬ。美濃家中には鉄砲の巧者が何人もおりまする。彼らの仕業《しわざ》でしょう」

小六がそう答えたので、誰もそれ以上は追究せずに話は反《そ》れた。

「弾正忠様も正念場じゃな。清洲との諍《いさか》いはまだ収まりそうもない。尾張国内が乱れては美濃や三河どころではないと犬山の若殿も悩んでおられる」

忠勝が杯を空けた。

昨年十一月の大垣城の一件では、信秀の留守に清洲勢が古渡城へ押し寄せたが、留守を守っていた信秀の長男信広がなんとか防戦した。しかし城下が大きく焼失したために、信秀は新たに城を建設することにした。古渡城より東へ五キロほどの末森《すえもり》の高台に城地を決めたようである。清洲から遠い上に、守山城にいる弟の信光と近くなり連携もしやすく、三河への出陣にも便利であると考えたらしい。

「尾張の力が衰えれば、川並衆の中からも美濃へつく者が出てくるかもしれませんな」

為定が忠勝に酌をしつつ言った。

「美濃と尾張の力の傾きで、なびく先を変えるのは仕方のないことじゃ。一つ間違えば、それこそ身の終わりじゃからな」

「そんでも俺は小六と敵味方になるのは叶わんな。戦場で鉢合わせでもしたら斬りかかるわけにもいかん。何とか我らと同じに尾張方になれぬもんかな」

小右衛門が酔った勢いで、常々気にかかっていたことを吐き出した。

小六も、ううむと唸《うな》って腕組みをした。小六としても先の戦の最中に小右衛門らのことが気になったのを思い出した。

「今は鉄砲指南の役で稲葉山におるが、美濃の家中になったつもりはないぞ。心の内では俺は蜂須賀党として一本立ちしておる。ただ稼ぎが少のうては食ってゆけぬゆえ、やむを得ずじゃ」

「それならば川の稼ぎを増やすことを考えればよい。今、蜂須賀党がやっておる生駒の荷運びは利が薄すぎよう。多少ならば犬山の荷を蜂須賀党にも回してやることはできるぞ。その代わりに犬山の殿の旗下に入ってもらわねばならぬが」

忠勝の提案に小六は頭を下げた。

「それは願ってもないこと。我が党の者たちも喜びまする。ただ美濃から急に鞍替《くらが》えするのも心持ちが悪うござる。折を見て稲葉山を退こうと思いますが、それでもよろしゅうございますか」

「それで構わぬ。何ならしばらく美濃に留まって、道三入道の動きを伝えてもらえると好都合じゃ。まあそれは小六の腹次第で、強《し》いては頼まぬがの」

「判り申した。細作のようなことはできませぬが、耳に入ったことくらいは耳垢《みみあか》と一緒に小右衛門にこぼすやもしれませぬ」

「ああ、それでよい」

忠勝は小六の盃に酒を満たすと、笑顔で自らの盃を取り掲げた。小六もそれに倣《なら》って顔の前に盃を掲げると一気に飲み干した。

「ようし、これで小六も我らの仲間じゃ！」

小右衛門が膝を打って叫んだ。

「何を言っておる。これまでもずっと仲間じゃろうが」

小六が小右衛門の腕を叩いた。

「おう、やるか。久しぶりに相撲でも取るか」

「ようし、また川の中に投げ込んでやる」

小六と小右衛門は座敷から庭へ飛び出していった。


この年の三月、織田信秀は清洲の織田信友とのにらみ合いはそのままに、再び三河へ兵を出した。

四千の織田勢は安祥城に入り、松平広忠の岡崎城を奪うために矢作川を渡った。これに対して今川も松平救援のために一万の兵を送り、六年前と同様に小豆坂で衝突した。

織田方の先鋒は長男の信広で、必死に奮戦し織田優勢の局面も見られたが、兵数で劣っていたために次第に兵が戦い疲れ、今川の別働隊に横腹を突かれて敗走した。兵数で今川に劣る織田が、清洲との確執の影響でさらに兵が集められなかったのが響いた。安祥城を信広に守らせて、信秀は古渡城に帰還した。

美濃に続いて三河でも敗れ、その上に清洲とも対立したままで、さすがに信秀も進退が窮まった。このまま両国との戦を続ければ、尾張の国力は次第に細っていくに違いない。状況を好転させるためには、まずは尾張内の紛争を治めることが急務であった。

清洲との和議を結ぼうと重臣の平手政秀に当たらせたが、なかなか埒《らち》が明かない。清洲が強気でいるのは美濃の斎藤道三が後ろ盾でついているからで、それを切り離すことが必要だと平手は信秀に献策した。

そのために平手が考え出したのが三郎信長と道三の娘、胡蝶《こちょう》の縁組である。

信長はこのとき十五歳、胡蝶は一つ下とされる。

「弾正忠め、面白きことを言うてきたわい」

道三は思わぬ申し出に苦笑したが、悪い話とも思わなかった。縁を足掛かりにして尾張の内紛に介入し、国を奪うことも可能かもしれない。数度の折衝《せっしょう》のあと、道三は了解の返事を尾張に送った。胡蝶の輿入れは翌年ということに決まった。

信秀が道三と和睦したことで、清洲の守護代、織田信友も信秀との和睦に応じ、昨年来の尾張の内紛も一応は収まった。

この美濃と尾張の縁組は、両国の境に住む川並衆にとって大きな出来事であった。

ここ数年続いた戦と昨年の大水で、川筋の民は作物も出来ずに食うにも困るほどであった。美濃との戦が収まれば、苦しいながらも一息つくことができる。

小六にとっても稲葉山を離れる契機となった。

美濃と尾張に戦が無くなれば、織田信秀を討つ機会もない。道三という人物にはまだ多少の興味もあったが、城勤めの窮屈さに我慢が出来なくなってきた頃でもあった。鉄砲の技術はすでに教え尽くし、後は兵たちが弾数を撃つことで上達していくだろう。彼らがまた指南役となれば次第に技術は伝わっていく。

「犬山に籠絡《ろうらく》されたか」

暇《いとま》を告げると、見透かしたように道三が言った。

「まあ良かろう。そのうち尾張の上郡も美濃の内に取り込んでやるわい。それまで細作のつもりで宮後におれ」

通常の道三なら、このような物分かりの良さを示すことは滅多にない。側衆たちが驚いた眼で二人を見つめた。道三にしてみれば、松原源吾をはじめとした尾張川の川並衆を美濃方に取り込みたいという思惑《おもわく》がある。あまり苛烈な仕打ちをして離反されても意味がない。

だがそれだけではなくこの小六という若者に、何か魅かれるものがあった。誰もが恐れる自分に対して、若いながらも腹の座った振る舞いをしている。気を張ってそうしているというよりは、いかにも自然にできている。この若者の先が見たいという心情が道三のうちに生じていたかもしれない。

道三の前を下って部屋で身支度をしていると、明智十兵衛光秀が訪ねてきた。

「美濃家中を去ると聞きましたが誠ですか」

なにやら神妙な面持ちである。

手に持っていた荷物を葛篭《つづら》に放り込むと、小六は笑った。

「儂はもともと鉄砲の指南に呼ばれただけのこと。役目を終えて美濃の家中になった覚えはござらぬ。郷に帰るということでござる」

「織田方につくと言われるか。この先、織田は力を失いますぞ。美濃についたほうが得策ではござらぬか」

「儂は織田にも斎藤にもつかぬ。これからは蜂須賀小六の蜂須賀党に専念いたす」

「そのような気ままな。このまま美濃におれば蜂須賀殿なら侍大将ほどにはなれましょうに」

「はっはっは、道三殿の下で侍大将でござるか。細かいのう」

笑いながら小六は蓬髪《ほうはつ》を掻《か》きむしった。

「何が細こうござる」

「そのような小箱に押し込められると思うと、体中が痒《かゆ》くなるのじゃ。それゆえ、ちと尾張川の水で体を洗うて来ますわい」

小六の気が変わりそうもないのを悟って、光秀は口調を改めた。

「それがしは若年ゆえ腹を割って話す相手が稲葉山では少のうござった。蜂須賀殿とは多少なりとも心を打ち明けて話ができ申した。美濃を去られるのは残念ではありますが、またいずこかでお会いできるのを楽しみにしております」

「それはこちらも同じこと。明智殿は美濃の家中でご出世なされよ。上りつめて斎藤から再び土岐へ、国守の座を取り戻しなされ。そのときには儂も力を貸しましょうぞ」

「何を言われる」

光秀が慌てて周囲を見回した。そのような話が道三の耳に入ればただでは済まない。

「戯言《ざれごと》でござるよ。しかしながら先のことは判らぬゆえ、どうせなら大きい絵を描きとうはござらぬか」

小六はそういって大きく笑った。

七

宮後村に帰った小六は、やることもなく再び川仕事に戻った。

犬山の重臣となった坪内忠勝が川荷を回してくれるようになり、仕事はなかなかに忙しかった。安井屋敷にいる又十郎、小十郎もすでに蜂須賀党として働いており、小六が留守の間もつつがなく仕事をこなしていた。人手が足りぬときには前野党や草井長兵衛の配下を借りることもあった。

そしてこの年に、海東郡に残っていた蜂須賀家の当主、正忠が病死した。

正忠は小六の父、正利の兄である。織田信秀に従属して蜂須賀村に住み続けてきたが、ここ数年の美濃三河への出陣がたたったのか、病を得て五十九歳で死亡した。後を追うように妻も死んだために、子の正刻《まさとき》は叔父の正利を頼って宮後村にやってきた。正刻、通称は彦助。このとき十二歳であったという。安井屋敷の子供たちの中に紛れて成長することになる。小六にとっては小さな弟ができた気分であった。

年が明け天文十八年（一五四九）、正月が過ぎて間もないころ、宮後の小六のもとに草井長兵衛の使いが血相を変えてやってきた。

「犬山の若殿が春日井原《かすがいばら》へ出陣するそうじゃ」

「なにっ、春日井原だと」

小六も驚いた。

春日井原は現在の愛知県春日井市で、弾正忠家の領地である。庄内川をはさんで南には信秀の弟、織田信光のいる守山城があり、戦になることは目に見えている。

小六は長兵衛のもとへ走り事情を聞いた。

「先の美濃攻めで先代の殿をはじめ多くの家臣を失ったにもかかわらず、大した褒賞もなく、若殿はそれがご不満なんじゃ。これまで三河攻めにも再三出陣しておるし、弾正忠家には合力してきたからの。言い分も判らんでもない」

長兵衛は火鉢の炭をつつきながら説明した。火鉢の上には餅《もち》が乗っている。

「それにしても、なぜ今になって」

「これはまだ表立っては明かしておらぬが、又五郎殿の言われるところでは、実は昨年の暮れから備後殿が病で臥せっておるらしい」

「なにっ、信秀が病じゃと」

信秀は昨年に完成した末森城に入っていたが、長年の隣国との戦からか体調を崩し寝込んでいた。今年で四十歳になり、若い頃のように無理の利かない年齢になっていた。

「病に伏せったところを狙って戦を仕掛けるわけか」

「十郎左《じゅうろうざ》様とて弾正忠家に取って代わろうとは思っておらぬであろうよ。ただ犬山衆の忠勤に報いるものが欲しいのじゃ。春日井原のいくらかを領地に出来れば良いと考えてのことであろうが」

「それで我らはどうする」

「川並衆は美濃の抑えでもあるから参陣せずとも良いとのことじゃ」

「なんじゃ、そうか。又八が血相を変えて来たから出陣かと思うたわい」

小六は火鉢の上で膨らんできた餅を口の中に放り込んだ。

「おい、せっかく俺が焼いておるのに」

長兵衛は残りの一つを奪われぬように箸《はし》で押さえつけた。

「けち臭いことを言うな。しかし尾張もこれまで信秀が餅のようにつき上げてきたというに、病に倒れておっては誰ぞに食われてしまうぞ」

「それが清洲か犬山か、それとも美濃の蝮か、駿河の鷹か」

長兵衛は膨れ上がった餅を摘《つま》み上げて噛みついた。

犬山の織田信清は一月十七日、楽田《がくでん》の織田寛貞《ひろさだ》とともに春日井原へ出陣し、柏井《かしわい》あたりで放火して気勢を挙げた。寛貞は清洲三奉行の一つ、藤左衛門家の庶流である。

犬山勢の侵攻が伝わると、すぐさま守山城の織田信光が兵を出して迎え撃ち、末森からも信秀の兵が駆けつけた。信清としても全面対決を望んでのことではなく示威行動であったために、小競り合いで数十人が討たれた程度で退却した。

誰の仕業か、この退却ぶりを詠んだ歌が町々に立札にして立てられた。

やりなわを　引き摺《ず》りながら　広き野を
遠吠えしてぞ　逃ぐる犬山
おそらく織田信光が立てさせたものであったろう。

この一件は大きな騒動にもならず終息したが、犬山と末森の間はこじれたままになった。信秀の兵力の中核を担っていた信康、信光の兄弟の結束が、信康の死によって崩れたことに、あらためて病床の信秀は悄然《しょうぜん》とした。

（もはや自分の代のうちでは尾張をまとめ上げるの

は無理かもしれぬ）

信秀は平手政秀を枕元に呼び、信長と胡蝶の婚儀を急ぐように命じた。

「殿が御平癒なされた後でもよろしゅうはござりませぬか」

政秀は言ったが、信秀は聞かなかった。

「儂の命がいつまでもつか判らぬ。儂が死ねば道三は縁組を反古《ほご》にし、尾張へ兵を向けるだろう。その前に婚儀を挙げねばならぬ」

憔悴《しょうすい》した顔の信秀はそう言って目を閉じた。

道三の娘、胡蝶の輿入れは二月二十四日に行われた。

美濃方の媒酌人は明智光安が務めた。胡蝶の母は光安の妹の小見《おみ》の方であり、光安と胡蝶は伯父と姪の関係にあったが、さらに織田信秀の妻の土田氏は美濃国可児の出で、明智の家臣という縁もあった。

婚儀の席に信秀も姿を見せ、信長と胡蝶の並ぶさまを眺めた。

十六になった信長は、普段は蓬髪《ほうはつ》を麻紐《あさひも》で結わえ、女子の着るような赤い柄《がら》の着物をまとっていたが、さすがにこの日は裃《かみしも》を着けて身なりを整え、作法どおり大人しく盃を交わした。

信長は隣に座る新妻のことよりも信秀のことが気がかりで、父の様子ばかりを注視していた。数刻前までは弱々しい息で床に伏していた信秀が、今は何事もないように座っている。無論、美濃方の明智光安をはじめとした付き人らに、自分の健勝さを見せるためであったが、それにしても恐ろしい父だと信長は思った。

「備後殿は病だと耳にしましたが、もう御快気なされましたか」

宴の途中に光安が信秀に話しかけた。

「冬の寒さで、いささか風邪をこじらせ申した。四十にもなると治りも遅うなるようですな」

「何を言われる。それがしなどはもう五十になる。まだまだお若いゆえ、厄年《やくどし》を過ぎれば一層ご健勝になられましょう。美濃と尾張が手打ちをした上は、両家が手をたずさえて栄えていかねばなりませぬ」

光安は居並ぶ一同を見回して笑った。

「道三殿はおいくつになられるか」

信秀の問いに光安は首をひねった。

「はて、五十五は過ぎておるようだが、幾つになられるのか。あの御仁は判らぬことが多くてのう。蝮《まむし》ゆえ何度も皮を脱いで生まれ変わられる」

光安の冗談に一同が大笑いした。信秀もまた、穏やかな笑みを浮かべた。


婚儀を無事に終えた後、信秀の容態は一層重くなった。

そして月が替わった三月三日、ついに織田信秀は息を引き取った。

四十歳での死去は、当時としては早過ぎるというほどでもないが、それでもやはり度重なる戦で体を酷使したことが寿命を縮めることにつながったのだろう。

臨終の床で信秀は、三年の間は自分の死を隠し葬儀をせぬようにと指示した。縁組をしたからといって道三が尾張へ手を着けぬとは言い切れなかったし、逆に縁を口実に尾張へ介入することも充分に考えられた。また東の今川も尾張への進出を狙っている。せめて若い信長が家中を掌握するまで、隣国からの脅威を避ける必要があった。


この三日後の三月六日、三河でも当主の松平広忠が二十四歳の若さで死去した。

『三河物語』などでは病死と言うが、『岡崎領主古記』などでは岩松八弥により殺害されたとする説もあり、さらに『徳川実紀』では八弥に襲われたものの負傷のみであったとする。

広忠の父の清康も守山崩れで家臣に殺害されたことから、このような説が生まれたとも考えられるが、逆に二代にわたっての暗殺を忌み嫌って、病死と記したとも考えられる。

『徳川実紀』ではこれを天文十四年三月の出来事としているが、江戸幕府の公式記録に記述されていることから考えると、なにかしらの事件はあったようにも思える。「隣国より頼まれて刺客となりしという」と『徳川実紀』は記している。

いずれにしろ広忠は死去し、松平家でも尾張からの侵攻を恐れて、この死を隠した。信秀の強烈な執念が、広忠をも連れ去ったのかもしれない。

松平家は広忠の死を尾張には隠したものの、今川にまで隠すことはできず駿府に報告した。今川義元は松平家を取り込み、三河を完全に手中にする好機と考えたのであろう。すぐさま重臣の太原雪斎《たいげんせっさい》に命じて兵を繰り出し、松平勢を含め二万の大軍で矢作川を越え、織田信広が守る安祥城に攻め寄せた。

信広は少ない軍勢で死に物狂いの防戦をした。これまで尾張を支えてきた父の信秀はなく、犬山の織田信清も離反の色を見せている。安祥城を破られれば一気に尾張国内まで攻め入られるだろう。城兵たちには信秀の死は知らされてはいなかったが、常とは違う信広の鬼気迫る姿に奮い立った。

今川方も城方の十倍近い兵で攻撃し、特に松平勢がよく働いたが、主将の本多忠高が討たれたため動揺が走った。このため雪斎は兵を岡崎城まで退き、長期のにらみ合いに入った。

秋になって雪斎は再び兵を進め、まず岡崎から南の幡豆《はず》郡の織田方を攻めると、十月には再び安祥城に猛攻を加え、ついに織田信広を包囲し降伏させた。

『徳川実紀』では救援に向かっていた信長が鳴海まで来たところ、安祥落城を聞いて引き返そうとしたが、今川より使者が訪れ織田信広と松平竹千代との人質交換を申し出た。信長はこれを受け、十一月十日に笠寺にて両者を交換したという。竹千代は今度は駿府で今川の人質となり、岡崎城には今川の城代が入ったために松平家は完全に今川に併呑されてしまった。

この安祥合戦の結果、安祥城が今川方に落ち、今川の勢力は尾張三河の境界まで迫ることになった。

「尾三の国境《くにざかい》がきな臭うなっとるゆえ、荷駄の警護を頼みたいんじゃが」

年が明けた天文十九年（一五五〇）の一月、珍しく生駒八右衛門が安井屋敷を訪ねてきた。

父の家宗はまだ健在であったが、近頃は、ほぼこの八右衛門家長が家業を任されていて、そのため生駒屋敷から出歩くことも少なくなっている。

「なんじゃ、わざわざ。使いでもよこせば済むものを」

縁先に出た小六が笑った。

八右衛門も長者顔に穏やかな笑みを浮かべて、縁先に腰かけた。冬の日にしては暖かな日差しの気持ちの良い日である。

「なかなか一日中、屋敷に籠って商いの指図ばかりしておると息が詰まるものでな。外の風に当たりに来たわい」

縁先の二人に、墨《すみ》が白湯《さゆ》を運んできた。

「墨はもう幾つになる。そろそろ嫁に行く先を考えねばいかんじゃろう」

「どこぞ良い縁があったら探してくれ」

顔を赤らめて墨が奥へ消えたあと、小六は白湯を一口飲んで言った。

「それで本当の用はなんじゃい」

「判るか」

「判るわい」

八右衛門は眉根をよせて複雑な笑みを作った。

「犬山の十郎左様のご指示で、三河の今川の動きを探ることと、今一つ、備後殿の生き死にを見極めよとの仰《おお》せじゃ」

「なにっ、信秀の生き死ににじゃと。どういうことだ」

「この前の安祥の戦でも備後殿の出陣はなかったゆえ、あのような負け戦になった。長年、守ってきた安祥の城を奪われるとは、もしや備後殿はすでに死んでおるのではと十郎左様はお考えのようじゃ」

小六は口を固く結んで腕組みをした。仇《かたき》と目指していた信秀が、すでに死んでいるかもしれぬと聞いて心が波打った。

「犬山の家臣では顔が知れておるゆえ、小六に頼みたいということじゃ。受けてくれるか」

「褒美《ほうび》次第じゃが」

それは間違いない、と八右衛門は請け合った。

蜂須賀党の内から三十人ほどを選び、熱田まで荷駄を運ぶことになった。

通常なら生駒家の人足たちが運ぶところだが、前年の安祥合戦以来、すぐ南の鳴海、大高あたりまで今川の勢力が押し出してきており緊迫した情勢になっていた。

熱田の市に荷を届けたあと、小六は手の者を使って一帯を探らせた。

やがて戻った配下の者たちの報告では、すでに鳴海城の山口教継《のりつぐ》は今川方へ走ったらしいと言い、近くの大高城、沓掛《くつかけ》城へも手を伸ばしていると噂になっているという。今川方が流している噂とも思えたが、大軍の圧迫にさらされる地侍《じざむらい》たちが、織田を離反することは当然のことにも思える。いずれ今川が攻撃を再開すれば、これらの小城は瞬《また》く間に呑み込まれてしまうだろう。

これに対して織田方は目立って守りを固めているようにも見えない。

「まことに信秀は死んでしもうたのか」

覇気のない織田方の構えを眺めて、小六はつぶやいた。

小六自身も百姓の身なりに変装して鳴海、大高から苅屋あたりの様子を探ってみたが、あちこちに今川方が砦を築いて備えている。苅屋城の城主、水野信元は織田方であったが旗幟《きし》を鮮明にせず押し黙ったままである。

小六は苅屋から安祥へ向かったが、あまりの今川兵の多さに安祥城まで行くことを断念し、北上して池鯉鮒《ちりふ》へ出た。

池鯉鮒は江戸期に入って東海道が整備されると三十九番目の宿場町となるが、この当時はまだそれほどの賑わいはない。ただこの時代の幹線道である鎌倉街道が走っており、街道を行く人々に茶を振る舞う店などが、ぽつりぽつりとあった。

歩き疲れた小六は、そのうちの一軒に入り、鮒《ふな》めしを食った。鮒の煮つけを麦飯の上に乗せただけのものだが、当時としては贅沢《ぜいたく》な食事である。

知立は古代には「知利布」「知立」「智立」などと書かれたが、このころには池鯉鮒と記された。知立神社の池に鯉や鮒が多くいたことが由来という。

「池鯉鮒の鮒めしか。なかなか考えたな」

縁台で飯を食いながら小六が言うと、店の奥で四十近い丸顔の親爺《おやじ》が、にやりと笑った。

「まさかこれは知立神社の鮒じゃなかろうな」

「そんな罰当たりなことはせんわい。ちゃんと境川《さかいがわ》まで行って獲っちょるわ」

親爺が腰を上げ、店先まで出てきた。

「じゃが鯉や鮒より、昨今は今川の兵のほうが多そうじゃな。次は今川焼でも考えたらどうじゃ」

「今川焼か。それも面白いの。売れるかのう」

「今川が焼けては負けることになるか。それでは親爺、殺されるぞ」

「おお、そうじゃ。うかと乗るところじゃった。とんでもないことを言う若造じゃな」

二人がしゃべっているところへ西から子供が桶《おけ》をかついでやってきた。

十歳は越えていそうだが、その痩せて小柄な体に天秤棒《てんびんぼう》の桶は重そうである。

「獲って来たわい」

子供は叫ぶと親父の前へ苦しそうに桶を下ろした。両の桶に鮒が一匹ずつ入っている。

「ようし、よう獲ったの。これで許したる」

小六が見つめているのに気がついて、親爺は説明をした。

「この悪餓鬼《わるがき》が昨日、食い逃げしようとしたんで取っつかまえて、境川で鮒を取ってきたら許したると言うたんじゃ。まあこれならええじゃろ」

親爺はそう言うと店の奥から脇差《わきざし》を持ってきた。子供はそれを受け取ると渋い顔で腰紐《こしひも》に通した。どうやら質に取られていたものと見える。

「見とれよ。俺が出世したらこんな店、つぶしたる」

「たわけ、どうやってつぶすんじゃ」

「このあたりの鮒を全部買い占めて、干上《ひあ》がらせたるがや」

「小面憎《こづらにく》いことを言いやがる。さっさと行きゃがれ」

子供は店先に唾《つば》を吐いて行こうとしたが、小六はその姿に見覚えがある気がした。

「坊主、ちょっと待て」

呼び止められて振り返った顔を、小六はじっと見た。子供も何事かと目をすぼめて小六を睨《にら》んだ。その貧相な猿のような顔が、小六の記憶の中にあった。思い出して子供の右手を見ると、握りしめた拳《こぶし》には親指が二本ある。

「お前、いつぞや津島の市で団子を盗んで斬られそうになった坊主じゃろう」

子供は目をぱちぱちっとして、小六の顔をまじまじと見た。もう七年も前のことでもあり、普通なら子供の顔など変わってしまうが、それでも面影が残るほどその子供は猿に似た赤ら顔をしている。さらに六本指であれば間違いない。

「蜂須賀、小六かや」

あのとき名乗った名前を、子供は覚えていた。

「おお、そうじゃ。やっぱりあのときの坊主か。ようの名を覚えとったの」

子供の赤い顔が、ますます赤くなって泣き出しそうな表情になったが、それを口をへの字に曲げて押し殺している。

「こんなところで子供一人で何をしておるのだ。親とはぐれたか」

「親なんかいねえ!」

子供は叫んだ。

「なんでも駿府へ行って今川に仕官するそうだわ。こんな小僧のくせに」

すでに事情を聞いていた店の親爺が小六に教えた。

「仕官といってもお前のような子供を雇うような者はおらんぞ」

「子供じゃねえ!　もう十四じゃ」

体つきが貧弱なせいで十をいくつか越えたほどにしか見えないが、十四ならそろそろ元服してもおかしくない年齢ではある。

「しかし一人で行って、今川に当てでもあるのか」

「そんなものはねえ。だけんど織田はもう落ち目じゃ。これからは今川が上り調子じゃから今川で仕官するんじゃ」

こんな子供までが織田の負け勾配《こうばい》を口にするかと小六は呆れた。

「行くというものを止めはせんが、盗みや食い逃げをするような者は誰も雇わんぞ。大人しゅうせんと」

「ならばお前が俺を雇うか」

「なにっ、俺がお前を雇うだと」

小六は目を丸くして驚いた。

すでに何人も配下として持つ身ではあったが、こんなことを言った奴はいない。面白い小僧だと思ったものの、このような癖のある、また行いの悪い者を配下にしては蜂須賀党の内が乱れることが容易に想像できた。他人の荷を扱うことが多いために、盗み癖のある奴を引き入れては信用にもかかわる。

「お前のように盗み癖があっては俺の仕事をさせるわけにはいかん。心を入れ替えたら使ってやる」

そう言って小六は立ち上がると、飯代《めしだい》を縁台に置いた。

子供は小六を睨みつけていたが、やがて怒ったように背を向けて街道を東へ歩き出した。

小六もまた去っていく子供を見つめていたが、その背中に声をかけた。

「お前、名は何という。覚えておいてやろう」

子供は振り返って大声で答えた。

「俺は藤吉郎じゃ！　それからさっきの鮒《ふな》は神社の鮒じゃ！」

「なにっ！」

店の奥で鮒をさばいていた親爺が、包丁を持ったまま店先に飛び出して来た。

「この罰当たりめ！」

猿のような子供は道に唾を吐きつけてから、東へ向けて駆けていった。

小六は熱田の市まで戻ると、集まっていた蜂須賀党の配下の報告を聞いた。

尾張三河の境の情勢だけでなく、織田信秀についても探らせていたのである。

「昨年暮れには熱田の宮に、信秀ではなく信長の名で制札が立てられちょります」

又助という若い男が宮の方角を指さして報告した。

「儂は津島のほうを探って来たが、弾正忠家は昨年十一月に、津島神社の神職に周辺八カ村の代官を申し付けており、それは信秀の名で出されたそうだわ」

やや年配の九蔵という男が、落ち着いた声で言った。

「信秀の名で書状が書かれておるだけでは、生きておるとは決められん。死んだのを悟られんためには信秀の名を使うじゃろう」

小六は腕組みをして唸《うな》った。

「やはり末森の城へ入って、信秀の姿を見んことには生きておるとは言えんな」

「どうやって入るので」

「それは頭を使うのよ」

小六は額を拳で叩いて目をつぶった。

末森城は、熱田神宮からは北東へ五キロほどの小高い丘の上にあった。

織田信秀が美濃へ出陣した隙に、清洲の守護代、織田信友が古渡城下を焼いたために、新たに建てたのが末森城である。古渡城より一回り大きく、二重の堀を備えた堅固な城であった。末森城が完成すると信秀は、妻や子の信勝らとここに移り住んだが、嫡男の信長は那古野城に置き、清洲への抑えとしていた。

その末森城で織田信秀は病床にあることになっている。

小六たち数名の蜂須賀党は、城へ出入りする熱田の商人に取り入って荷を運ぶ人足となり忍び込むことにした。三河の情勢が切迫しているために、人や物の出入りも慌ただしい。なじみの商人の荷駄ということで、すんなりと城へ入り込むことができた。

城内の蔵へ米や炭の俵を運び込みながら、信秀が伏していそうな主殿に当たりをつけた。小六が目配せをすると、九蔵が荷車から俵を降ろすふりをして俵の山を崩した。

「うわっ、痛え！」

と大声で叫んだのは又助である。崩れてきた俵の下敷きになって、大げさにもがいている。

「大丈夫か！」

周囲の小六の配下が助けに集まった。わいわいと賑やかに騒ぎ立てると、見張りの小者らも集まってきた。

その隙に、小六は近くの縁下にすべり込んだ。


夜、皆が寝静まったの見計らって、小六は静かに縁下を移動した。

昼のうちに床の上を歩く足音でだいたいの見当をつけておいたが、屋敷の中心に際立って人の出入りの少ない場所があった。おそらくそのあたりが信秀の寝所にちがいない。

その真下まで移動すると、小六は息を殺して上の様子に感覚を集中した。

が、何の反応もない。意を決して床板を持ち上げてみることにした。探ってみると部屋の隅に、釘打ちされていない床板が見つかった。床下へ入るための口なのだろう。その板をゆっくり持ち上げて部屋の中を覗いた。

しかし部屋の中は暗いばかりで何も見えない。寝息らしいものも聞こえず、人の気配はなさそうである。

（ここではないのか）

どうしたものかと迷ったが、おそらくこの周辺であることには違いなかろう。板をどけて部屋の中へ入った。明かり障子《しょうじ》もない部屋で暗闇の中を探ってみても、やはり人の気配はない。

音を立てぬように注意深く襖《ふすま》を動かし、隣接の部屋も探ってみた。すると明かり障子から差し込む微《かす》かな月の光の中で、横たわっている人らしき姿が見えた。

（信秀か）

小六は鼓動が速くなるのを感じた。

（信秀ならばどうする。今ここで命を奪うことも出来よう）

小六は迷った。生存を確認するにも本人かどうかは近づいて、起こして聞かぬことには小六には判らない。それならばいっそ殺すほうが手っ取り早い。懐《ふところ》の短刀を確かめてから小六は襖を開けて、隣の部屋に忍び込んだ。

息を殺して近づき凝視して、小六は驚いた。どうやら寝ているのは女のようである。そういえば甘たるいような匂いも微かに漂っている。

一瞬の狼狽が体の緊張を崩し、小六は一歩後ずさりした。その振動が女に伝わった。

「殿《との》かえ」

まだ夢とうつつと半々の中にいる女は、そうつぶやいた。

声を出されるわけにはいかぬと、小六は女の側に近づき片膝《かたひざ》をついた。側で見ると女は年増《としま》で、信秀の妻かもしれぬ。信秀が忍んで来たとでも思ったのであろうか。

口をふさごうと近づけた小六の手を、ふっくらとした女の手が握った。

「殿、なんで妾《わらわ》をおいて行かれたのじゃ」

小六は愕然《がくぜん》とした。やはり信秀は死んだのか。

確かめようとして恐る恐る女に話しかけた。

「わ、儂は死んだのか」

「そうじゃ、亡くなられた…」

そこまで言って、女の意識がはっきりしたらしい。目をかっと見開いた。

「そなたは誰じゃ。曲者《くせもの》…」

体を起こして叫びかけた女の口を、小六の大きな掌が覆《おお》った。

「命が惜しければ答えよ。信秀はどこにおる」

黙したままの女に、やむをえず懐の短刀を出して見せた。女の目に恐怖の色が走った。

「殿は亡くなられた。ご遺体は万松寺《ばんしょうじ》に葬られた」

「いつの話じゃ」

「昨年の三月」

そこまで言うと女は観念したように目を閉じた。

小六も全身の力が抜けるのを感じた。すでに一年近くが経っている。

「そなたは誰じゃ。土田御前《どた》か」

女は黙ったまま頷《うなず》いた。信秀の継室で三郎信長の母ある。

「危害は加えぬ。が、しばらく大人しくしてもらおう」

小六は持っていた頬被《ほおかぶ》りを猿ぐつわにして噛ませ、腰紐《こしひも》を奪って手首を縛ると、姿を消した。


小六は見聞きしたことを生駒屋敷で生駒八右衛門に伝えた。

「万松寺の墓地の片隅に、目立たぬように土饅頭《どまんじゅう》が作られておった。掘り返しはせなんだが信秀の遺骸が埋まっておろう」

小六の言葉に八右衛門もうなずいた。

「さて犬山の殿に知らせねばなるまいが、殿はどうされるじゃろうな。また弾正忠家に戦を仕掛けることになるのか」

「今、織田が内輪もめをしていては今川がますます尾張に入り込んで、尾張下郡は奪われるじゃろう。その先は上郡も取り込まれて、ここいらも今川の領内になるやもしれぬ」

「そうなれば美濃の斎藤も黙ってはおらぬだろうよ。上郡は斎藤が取って、尾張は二分されようて。松平が今川に取り込まれたように、織田も消えてなくなるわい」

二人とも腕組みをして溜め息をついた。

やがて八右衛門が思いついたように口を開いた。

「弾正忠家の嫡男の三郎様はどのような御仁じゃろうな。奇妙な格好で城下をうろつく大たわけだと聞いたことがあるが」

その名は小六の記憶の中にもあった。

津島の市で、あの猿のような子供を斬ろうとした武士の後ろで馬上にいた子供を思い出した。あのとき十歳を越えたほどであったから、今では十八、九にはなっているだろう。斎藤道三の娘を嫁にしたのも聞いている。

「三郎様が備後殿に代わって尾張を切り盛りできる器量かどうか。それができぬときは犬山の殿か、岩倉の七兵衛様、あるいは清洲の彦五郎様ということになる」

犬山の織田十郎左衛門信清は三郎信長の従兄弟である。また岩倉の七兵衛信安は尾張上郡の守護代で、清洲の彦五郎信友は下郡の守護代である。

ついでながら名前について少し説明すると、平安から江戸期まで貴族や武士など上流階級の者は、正式な名前の諱《いみな》と、それとは別に字《あざな》という通称があった。たとえば三郎信長というのは三郎が字で、信長が諱である。

諱はその人の本質を表すものとして普段の生活では使用がはばかられ、書状など正式文書に記されるくらいで、通常は字であったり位や官職で呼び合っていた。つまり家来が「信長様」などと呼べば首が飛んだわけである。それを避けるために字である「三郎」であったり、官職である「上総介」や右大臣になれば「右府」という呼び方をする。無論、家来ならば「殿」や「上様」が無難であったろう。

悪意があって故意に失礼な呼び方をするときは諱を呼ぶこともあったろうし、親や主君が、子や家来を諱で呼ぶことはあったろう。それ以外は非常に無礼なことになったようである。現代人には判りにくいが、これは明治初年に通称が廃止され、一つの実名に統一されるまで続いた慣習である。

「犬山の殿は、お若いせいか性急でいかん。先代から弾正忠家に従って三河美濃と戦ばたらきをしてきたが、確かに大した褒美は貰わずじまいじゃ。しかし戦に勝って新たな領地が増えたわけでもなし、備後殿としても与えるものが無かったのじゃろう。なにも犬山だけに限ったことではなく岩倉も守山も、褒美らしい褒美はないはず。それを恨んで戦をしかけるのは短慮に過ぎると思うのじゃが」

八右衛門はそう言ってから、やや声をひそめた。

「大きな声では言えぬが、岩倉の七兵衛様も近年は猿楽《さるがく》なんぞにご執心で、政《まつりごと》に倦《う》んでおられるらしい。そろそろ隠居して嫡男の左兵衛様に家督を譲ってはという声も家中にあるようじゃ」

「あちらこちらで代替わりじゃな」

「そういうことじゃ。ここで良き当主が出た家筋が、次の尾張の覇者となろう。どこもその器量がなくば今川か、あるいは斎藤に食われることになる」

「道三入道のように家臣がのし上がっても良いのではないか。生駒はどうじゃ」

「儂なんぞにそんな器量はないわ。ずっと見渡してもそんな器量人は思い当たらんのう。小六こそ蜂須賀党を大きゅうして尾張の覇者になったらどうじゃ」

冗談で言った八右衛門であったが、小六は急に真顔になった。

「そうか、儂がそこまでやっても良いのか」

これまで蜂須賀党を大きくすることだけを考えていたが、その先に尾張という獲物があることなど本気で考えたことがなかった。それだけ織田信秀の権勢が強かったからであるが、今はその信秀もなく次の支配者も定かでない。

(ひょっとしたら儂でもなれるかもしれん)

指先であごをひねりながら小六は考えた。

しかしそのためには道三が歩んできたように、権謀術数を駆使して支配階級に取り入り、あるいは血を流さねばならぬ。あの道三のように血と恨みに塗《まみ》れることは、自分はとてもできそうもない。

「やはり儂も無理じゃな。野を駆け川を流れておるほうが気楽じゃわい」

小六が笑うと八右衛門も笑った。

八

織田信秀の死は犬山の織田信清の知るところとなったが、生駒八右衛門や坪内忠勝らが諫《いさ》めた結果、渋々ながら信清は弾正忠家への挑発を思いとどまった。

尾張と三河の境では依然として小競り合いが続いていて、そんなときに背後から弾正忠家を攻めては、尾張が総崩れとなることは信清にも理解できた。

昨年十一月に安祥城が奪われて以来、周辺の小城は次々に今川の手に落ち、織田方の苅屋《かりや》城も包囲され水野信元は降伏した。鳴海城の山口教継《のりつぐ》も今川への離反が確実となり、近隣の大高城、沓掛《くつかけ》城ともども今川の勢力下に入った。

織田方も八月には信長の家臣、佐久間甚四郎が大高城を攻め、三河勢を追い払い大高城を奪還した。しかしすぐに今川が大軍を発し知多郡まで侵攻した。大高城は再び今川のものとなったばかりか、知多半島の根元を抑えられ尾張領内へ今川勢力が大きく侵入することとなった。

迫る脅威に騒然となる織田家中であったが、もはや戦力では対抗する術がない。

やむなく朝廷に今川との和議を頼み込んだ。信秀の代には一国の守護をしのぐほどの莫大《ばくだい》な上納金を朝廷に献上しており、朝廷にもその恩義がある。やがて女房奉書という形で朝廷から今川へ、尾張との和議を結ぶよう要請が下された。

安祥攻めから尾張攻略の指揮を執ってきた太原雪斎は、この機を逃すことを悔しがったが朝廷の意向を無視することもできず、やむなく和議に応じた。攻略した鳴海、大高、沓掛などを今川領とする代わりに、苅屋城は解放することで戦闘は終結した。

信秀が行ってきた朝廷への献納策が、最後は物を言った形になった。死んだ信秀が信長を守ったようでもあった。

小六はこのところ犬山からの仕事が増え、さらに生駒の仕事も引き受けて、忙しく美濃、尾張、ときには飛騨や伊勢まで荷を運んだ。手が足りぬために前野小右衛門らも駆り出され、東へ西へと飛び回った。

前野村、宮後村、和田村といったあたりは数年前の洪水で田畑を流されたあと、相次いだ出兵で復旧に手が回らず、さらに流しの野盗や浮浪者が頻繁《ひんぱん》に村を襲ったりと落ち着いて農作業ができる状態ではなかった。

荒れた田畑では十分な収穫もなく、食うに困る者が多かったが、そういった者たちを小六は雇《やと》い入れてやった。荷の運搬で給金を得て、手っ取り早く生活の糧が手に入るために村の者たちは大いに喜んだ。こうして蜂須賀党は地元の者たちを多く取り入れて次第に人数を増やしていった。

もはや中洲の小屋や川岸に建てたあばら屋では収まりきらず、松倉の坪内忠勝の屋敷内の一角を借りて蜂須賀党の本拠とした。地元の者は自分の家があるが、そうでない二百人ほどはこの松倉城で寝泊まりした。

「どっちが主人か判らんのう」

あまりの人の多さに忠勝も渋い顔をしたが、一度許したものを追い出すわけにもいかず、やむなく領内の空いた土地に家を建て住まわせることにした。

この松倉城も尾張川の中洲にあるのだが、他のいくつかの中洲に蜂須賀党の村ができたような風景が現出した。

「ずいぶん出世じゃねえか。島をもらったのか」

草井長兵衛が荷舟で通りかかり、船着き場にいた小六をからかった。

「一国一城の主よ」

小六はそう言って笑った。

「一刻者《いっこくもの》の間違いじゃねえのか」

長兵衛の笑い声を残して、舟は下流へと下って行った。それを見送っていると前野小右衛門が馬を飛ばしてやってきた。

「今朝、親父から聞いたが、昨日織田信秀の葬儀があったらしい。僧が三百人も集められた盛大な葬儀だったそうじゃ」

「そうか」

小六は小さく答えた。

三年は死を隠せという信秀の遺言であったが、死から二年が経った天文二十年（一五五一）の三月、万松寺《ばんしょうじ》で盛大な葬儀が行われた。三回忌をもって三年という解釈だったかもしれない。

この葬儀での信長の行動は、参列した者たちを大いに驚かせた。喪主でありながら刻限に遅れたばかりか、読経《どきょう》の最中に現れた格好は普段のままで、髪を茶筅《ちゃせん》に巻き立て赤い柄の着物に袴《はかま》ははかず、長太刀と脇差は荒縄で腰に巻くという有様であった。

そして皆の前に進んだ信長は、抹香《まっこう》を一握りつかむと祭壇に向かって投げつけ、参列者が唖然《あぜん》とする中、そのまま姿を消した。

「まったく噂どおりの大たわけじゃて」

小右衛門が笑った。

しかし小六には、なぜか信長の心情が判るような気がした。

おそらく信長は父を大いに尊敬していたに違いない。父は守護代の家臣という身でありながら、隣国の斎藤や今川と戦って一歩も引かず尾張を守り続けた。その父が突然に死去し、重責を一気に自分の肩で背負うことになった。その泣きたいような心細さと悲しみと怒りで信長の心は一杯だったのだろう。

さらに信秀は二年前に死に、亡骸《なきがら》はとうに地面の下で朽《く》ちている。今さら見せ掛けだけの荘厳な祭壇に向かい、正装してかしこまっている参列者が馬鹿馬鹿しく見えたに違いない。そんな者たちの中に自分も着飾って混じることは、父を馬鹿にするようで信長には出来なかったのだろう。そう思ったが、小六は何も言わなかった。

「それは良いが、困ったことができた」

小右衛門は言いにくそうにしながら、川面に石を投げつけた。

「どうしたんじゃ」

「俺に縁組の話が来た」

「なにっ、縁組か」

小右衛門も、すでに二十五。小六は二十六歳である。妻を持つには遅いくらいであるが、身持ちの定まらぬ二人には、なかなか嫁の来手《きて》がいない。

「誰じゃ、相手は」

「清洲の家臣で益田内膳正《ないぜんのしょう》という仁《じん》の妹じゃ。松という名らしい」

「立派な名前じゃな。ごつごつして太い女子《おなご》か」

「いや、俺も知らん。万松寺の葬儀の席で、親父が知り合うて意気投合して決めて来たんじゃ」

益田内膳正は正忠という名で、清洲近くの益田荘に三千貫の領地を持つ大身である。二十数年前に父の宮内少輔《くないしょうゆう》持正が病没し、次男の正忠が家督を継いだ。松はその妹という。

「そんな大身が相手とは、親父殿もなかなかしたたかじゃな。良い縁組ではないか」

前野家も岩倉の家老職であり、家禄では劣るが、つり合いは取れていると言っていい。

すでに長男の孫九郎は、前野村の近隣の丹羽勘助の娘をもらっているが、こちらはさほど格のある家ではない。次男の小右衛門に三千貫の家から嫁が来れば、前野家としては願ってもないことである。

「それがのう」

小右衛門は言いにくそうである。

「なんじゃ、煮え切らんな。判った。他に好きな女子でもおるんか」

「そうじゃ、そうなんじゃ」

「誰じゃ、その相手は」

「それがのう」

「ええい、気持ちが悪いわ。はっきり言わんか！」

「お松じゃ」

小六は、ぽかんとした顔になった。

「なんじゃ、それは。縁組の相手はお松なんじゃろ。それで良いではないか」

「ち、違うわい。名前が一緒というだけじゃ」

「なにっ、他にお松というと…。もしや玄蕃《げんば》殿の娘か」

小右衛門は、口をへの字にした複雑な顔で頷《うなず》いた。

玄蕃殿とは、坪内忠勝の娘婿、坪内為定の弟の勝定のことである。

この兄弟は越前の出であるが、諸国を渡り歩いて生駒屋敷に世話になることになった。犬山城の家臣である生駒の旗下で働くうちに認められ、兄の為定は忠勝の婿となった。弟の勝定も兄に従い、忠勝のもとに身を寄せている。坪内昌家の娘を妻にして、松と利定という二人の子がある。小右衛門は松倉の忠勝のもとへ通ううちに、お松と恋仲になったらしい。

「そうか、それは気づかなんだが、それならそうと親父殿に言えばええじゃろ。三千貫は惜しいが、松倉と縁が深まるのは悪いことでもあるまい」

「その三千貫よ。前野の家のためには益田と縁を結ぶほうがええようにも思えてな」

「なんじゃお前、天秤《てんびん》にかけちょるのか。男らしゅうないぞ」

「俺もそう思うんじゃが、降って湧《わ》いたような良い話を無碍《むげ》に断るのも少々惜しゅうはないか」

「呆れた奴じゃ。三千貫につられて嫁にもろうても、お前に三千貫が転がり込むわけではないぞ。それにどんな気性の娘かもわからん。それよりは好き合うた相手と一緒になるのが良いではないか」

それでもまだ諦めきれない小右衛門の様子に、小六はこう言った。

「よし、これからその三千貫の松殿を拝んで来るか。大木のようなごつい女なら諦めもつくじゃろ」

二人は馬を飛ばして清洲へ向かった。

益田の荘というのは『尾張志』にも記述がなく場所が不明だが、現在の愛知県稲沢市の南東部に増田という地名が残っている。『尾張志』ではここに益田保という国衙領《こくがりょう》があったと記している。清洲城からは一キロほどの距離で、益田荘がこの地ならば清洲の膝元であり、三千貫ともなればかなり高格の家柄だと言えよう。

清洲城には尾張守護の斯波義統《よしむね》と、それを補佐する形で下四郡の守護代織田信友がいて、尾張の中心であった。城下には家臣の家や商家などが軒《のき》を連ねて、なかなかの賑わいである。ただ近くを流れる五条川などの尾張川の支流がときに氾濫《はんらん》し、城下にも水があふれるという欠点があった。清洲という地名の通り、かつては川沿いの洲であったのだろう。

　小六と小右衛門は城下を遠くに見つつ、いくつかの川を渡り益田村へ入った。

　村人に聞くと益田の屋敷はすぐに知れた。

「お前は顔を見られると後々が面倒だ。まずは俺が探ってくる」

　小六はそう言うと一人で屋敷に向かった。

　さすがに大身だけあって生駒屋敷にも負けぬ大きな構えで、田園が広がる中に土塀で囲われた屋敷が砦のように居座っている。

　実は小六にとってこの辺りは、全く知らぬ土地ではない。ここから西へ四キロほど行くと小六が生まれた海東郡の蜂須賀村がある。村を出たのが十代の前半であるから、このあたりまでは来たことはなかったが、それでも故郷の風景と似た趣《おもむき》はある。

　そんなことを思いながら門前まで来たが、さてどうしたものかと小六は馬を止めた。

　そのとき背後から声をかけられた。

「なんぞ当家に御用かな」

　小六が振り返ると、一人の若者が水桶を片手に立っていた。

「こちらのお屋敷では炭や灰はいらんかな。このあたりを商いで回っておる者だが」

　自分でも知らぬ間に口からそんな言葉が出た。

「商人《あきんど》か。裏門へ回られよ」

　どう見ても商人という格好ではないが、手代として働いている武士もいる。そうした口だろうと若者は思った。胡散《うさん》くさい目で眺めつつも、自分よりも強そうな小六に、つい言葉遣いが丁寧になった。

　裏門から入ると、先ほどの若者と年配の男が待っていた。

「炭と灰なら間に合うとるが、そなた、どこの者じゃ」

家宰《かさい》らしい年配の男が小六に尋ねた。

「それがしは丹羽郡稲木庄の生駒の荷を扱っておる者。通りがかりにこのお屋敷を見て、新たな商いが出来ぬものかと思いましてな。炭や灰がいらぬのならば、反物《たんもの》なぞはどうです。こちらに娘御はござらぬか」

「反物なども扱うておるのか」

家宰は若い男を振り返った。

「姫様は四人ござるが、一の姫様が近々縁組をされる。良い反物があれば見せてもらおうか」

「あいにく今は手元にないが、飛騨の生糸で織った見事なものじゃ。姫様の好みを聞いて持参しようと思うが御在宅か」

若い男が奥へ消えて、しばらくすると布ずれの音とともに若い娘が姿を現した。

「当家のご長女、松様じゃ」

家宰が紹介して、小六は頭を下げた。

頭を上げて松の姿をしげしげと見た小六は、言葉を失った。


（これはいかん。小右衛門に見せたなら乗り換えると言いかねんわい）

小六がそう思ったほどに凛《りん》とした美しい娘であった。

「反物の話と聞きましたが、どのようなことなのです」

いつまでも黙って見つめる小六に、とうとう松が声をかけた。

「いや、姫様にはどのような柄や色がお似合いかと思いましてな」

「それでどう思いました」

「そのお美しさを引き立てるには、やさしい桜色なぞがよろしいのではと」

「ほほほほ、お顔に似合わぬことを。稲木庄からと聞きましたが、前野様のお身内ではございませぬか」

うっと小六は言葉を呑んだ。

「いやいや、そのようなことはございませぬ。ではまた反物を持って伺《うかが》いまする」

家宰たちが呆気にとられているうちに、小六はそそくさと益田の屋敷を出た。

八幡社の前で待っていた小右衛門のもとへ引き返すと、小六は首を振った。

「あれはやめておいた方がええ。お前なんぞの手に負えんぞ」

「どういうことじゃ。気性の激しそうな女子か」

しばらく二人が話し合っているところへ、先ほどの益田屋敷の若者が馬を飛ばしてやってきた。

「そなたは真《まこと》に前野様のお身内の方か。我が姉から文を届けよと言われたが」

小六は小右衛門と顔を見合わせたが、やむを得ず身元を明かした。

「いかにも我らは前野の者。縁組のお相手をひと目拝見しようと、ご無礼なことをした」

「そうでしたか。商人にしては腕の立ちそうな御仁だと思いました」

若者は笑った。

「申し遅れましたが、拙者は益田内膳正の弟で一正《かずまさ》と申します。姉がこれを前野様にお渡し願いたいと」

一正と名乗った若者は、文を小六に差し出した。

「実はこれが縁組当人の前野小右衛門でござる。拙者は蜂須賀彦右衛門と申す者。今、拝見してもようござるか」

小六はそう断ってから文を小右衛門に渡した。

文を読んだ小右衛門の表情が曇《くも》り、渡された小六もそれを読んで驚いた。自分には好いた相手がいて夫婦《めおと》になる約束もしている。このたびは兄が勝手に縁談を決めてきて困っている。前野様にはご迷惑なことで申し訳もないが、この縁組は破談にしてもらえまいかという内容である。

この時代の縁組は、武士の場合は特に家同士の結びつきが重視され、当人たちの好き嫌いの感情など入る余地のないものであった。それをこの女人は自分の感情に重きを置いて、破談にしてくれという。珍しく行動力のある女だと小六は驚いた。

呆然としている小右衛門に代わって小六が、一正に返事をした。

「松殿の申されること、承知した。実は当方も好いた女子がおるのじゃ。縁談は無かったことにいたしましょうと、お伝えくだされ」

「おいおい、勝手にそのような」

小右衛門はまだ未練があるようであったが、小六が押し留めた。

「このような文までもらっては、諦《あきら》めるほかないぞ」

小声で小右衛門を納得させた。

一正は礼を言って引き返そうとしたが、ふと思いついたように、

「蜂須賀殿と言われると、海東郡の蜂須賀村の」

と尋ねた。小六が、そうだと答えると、一正は笑みを浮かべた。

「彦助とは子供のころ遊んだことがございます。今も達者ですか」

彦助とは小六の従兄弟に当たる正刻《まさとき》のことである。父の正忠が三年前に病死したために、正刻は宮後の安井屋敷に移り住んでいると小六は教えた。

「そうですか。彦助のお従兄弟ですか、よろしゅうお伝えください」

そう言って一正は帰って行った。

小右衛門は帰宅すると、父の宗康に縁組を破談にしてくれるよう頼んだ。同時に坪内勝定の娘と夫婦になることを告げた。

宗康は激怒し、小右衛門も家を飛び出すことになったが、やがて弟の坪内忠勝の取り成しもあって渋々ながら宗康は承知した。ただ父と顔を合わせづらい小右衛門はそれ以後、松倉で寝起きするようになり、勝定の娘の松が身辺の世話をして夫婦同前の形になった。忠勝が親代わりとなって祝言《しゅうげん》を上げさせ、晴れて二人は夫婦となった。

この機に忠勝は兄の宗康に、小右衛門を養子にくれるよう頼んだ。このころ忠勝の子は娘ばかりで後継ぎの心配があったのである。前野家には長男の孫九郎があり、小右衛門も幼少から忠勝に懐《なつ》いている

ために、宗康もこれを了承した。自分には手に余る小右衛門も、忠勝のもとなら一人前の男になるだろうという思惑もあった。

数年後に孫九郎が小坂家へ養子に入ったために小右衛門は再び前野家へ戻るが、その間の数年、小右衛門は坪内長康を名乗ることになる。


織田信秀の葬儀も終えて、十八歳の信長は晴れて弾正忠家の当主となった。

信秀の生存中と同様に、領内に安堵状を出すなど当主としての務めも果たしつつあったが行状は改まることなく、家臣らは信長を当主として担《かつ》いでよいものかと不安視していた。

そんな折、小さな騒動が起こった。

末盛城から東へ七キロほどのところに岩崎城という城がある。三河との国境に近く、松平清康に攻略されたこともあるが、このときは尾張方の丹羽氏清という武将が城主となっていた。氏清は七十近い高齢で、氏識《うじさと》という息子、さらに氏勝という孫がいた。

この岩崎城の東に藤島城という支城があり、一族の丹羽氏秀が守っていたが、この両者の間で水争いが起きた。力では勝てない氏秀は、信長に助けを求めたのである。

信長は仲裁を申し出たが、岩崎方はそれを無視して藤島城を攻めた。さらに出兵してきた信長軍を横山の麓《ふもと》で待ち受け、鉄砲三十挺を撃ちかけて撃退した。信長軍は南西の平針《ひらばり》まで敗走し、そのまま兵を退いたという。氏秀は三河へ逃れて、藤島城には氏識が入ることになった。

この丹羽氏識はのちに三河の家康の傘下となるが、信長と家康が同盟を結んだために尾張の支配下に戻った。息子の氏勝は信長の家臣として各地を転戦したあと、天正八年に佐久間信盛、林秀貞らとともに突然に追放処分となる。あるいはこの横山麓での合戦が、信長の中に傷となって残っていたのかもしれない。

ともあれ、この丹羽氏の内紛を抑えきれず敗走した信長に、尾張三河の境《さかい》に住む武将たちは動揺した。

とても今川に対峙《たいじ》できる器《うつわ》とは思えなかったのである。

翌、天文二十一年（一五五二）四月には、鳴海へ出兵した信長と、鳴海城の山口教吉《のりよし》との間で戦闘があった。

すでに教吉の父、山口教継は今川に寝返っていたが、教継は息子を鳴海城に残して、自らは鳴海城から北へ二・五キロの桜中村城へ入った。桜中村城は熱田神宮からは三キロほど、那古野城からも七キロほどの距離であり、かなり大胆な信長への挑発であった。

教継としては今川方に寝返ったものの朝廷の意を受け今川が停戦し、尾張への侵攻を控えている状況がもどかしかったのであろう。今川軍が動いたというよりは、山口親子が戦況を動かそうと信長に仕掛けた戦いであった。

信長としても先年の横山麓での敗戦もあり、威信を示す必要があった。自前の兵八百で出陣した信長は桜中村城を素通りし、鳴海城との中間にある三の山に陣取った。両城を分断し桜中村城を孤立させようという意図だったかもしれない。

これに対し鳴海城から山口教吉が千五百の兵で出陣して、鳴海城の北、三の山から五〇〇メートルという近さの赤塚へ進んだ。これを見て信長も赤塚へ進撃し合戦となった。午前中から昼過ぎにかけて四時間近く戦い、首を取る間もない混戦となった。信長方では騎馬武者三十騎が討ち取られる損害が出た。

かつては同じ尾張衆ということで敵味方、顔を知った者ばかりで、戦いの後は生け捕りの兵や馬を互いに返した。

またしても信長は芳しい戦果を挙げることなく、兵を退くこととなった。

こうした信長の不首尾に乗じて、鳴りを潜《ひそ》めていた清洲方が動き出した。

四年前、信秀の美濃攻めの留守中に古渡城を攻めたあと和睦して平静を保っていたが、後を継いだ信長に器量がないと見て、守護代の織田信友が権勢を奪い返そうとしたのである。

八月十五日、信友の重臣、坂井大膳らが清洲城の南七キロほどの位置にある松葉城、深田城に攻め寄せた。この両城は那古野城からは西へ庄内川を越えて、やはり七キロほどの位置にある。突然の襲撃に備える間もなく、松葉城主の織田伊賀守、深田城主の織田信次は人質として捕えられた。

知らせを聞いた信長は翌十六日の早朝に出陣、庄内河畔で守山城主で叔父の織田信光と合流すると、松葉口、三本木口、清洲口の三手に軍を分けたあと、信長と信光は清洲口を目指し、川を渡って萱津《かやつ》へ進んだ。

萱津は、清洲城と松葉、深田両城との中間地点にあり、清洲を攻められると思った坂井らは慌てて兵を萱津に向けた。両軍ぶつかりあって火花を散らしたが、やがて清洲方では重臣、坂井甚介が柴田権六らに討ち取られるなど主だった家臣五十騎が討ち死にした。

松葉城口でも昼近くには信長方が優勢となり、押し寄せた軍勢が城を奪還した。また深田城も同様に信長方が清洲方の主な家臣三十余人を討ち降参させた。

信長はさらに清洲城下まで進んで、取り入れ前の田畑をなぎ倒した。さすがに守護の斯波義統《よしむね》のいる城内には踏み込めず帰還したが、信長方の圧勝であった。

秋も深まった頃、小六は津島湊へ舟荷を届けたあと、一人で清洲まで足を延ばしてみた。先の信長との戦で城下のいくらかが焼けたと聞いて、様子が見たかったのである。

町屋は思ったほどの損害はなく、一角が焼けただけのことであった。攻める信長もあえて火攻めにしようとしたのではなく、戦いの中で偶発的に生じた失火のようであった。

ただ刈り入れ前の稲が荒らされ、その被害は大きいようで、城下の者たちの顔も曇りがちに見えた。

清洲の町を出たところで見知った顔に声をかけられた。

「これは蜂須賀殿ではございませぬか」

その声は益田屋敷で会った益田一正という若者だった。

「これは益田の。前野小右衛門のことでは、いろいろご迷惑をおかけした」

「いえ、こちらこそ姉の我が儘《まま》で、申し訳ないことでした」

二人は笑顔を交わした。小六は小右衛門が嫁をもらったことを告げた。

「その後、姉上のほうはどうじゃ。思うた相手と添《そ》われたか」

「それが」

一正の顔が曇った。

言いにくそうに、ぽつりぽつりと一正が語ったところによると、姉の松と相愛だった相手は、先の信長と清洲方との戦で落命したらしい。松が相手の名を明かさぬゆえ詳細は家族にも判らぬようだが、数日泣き続けた松の様子から確かであろうということである。

さらに不幸なことに松は懐妊しているという。嫁入りもせずに子を産むのは益田家としても甚《はなは》だ体裁が悪いが、すでに三月も過ぎ本人も産むと言って譲らぬらしい。なんとか出産前にどこかへ縁付けたいが、いくら富家でもそんな事情があっては相手を見つけづらい。もはや家族は諦めている状態という。

「それは気の毒な。儂が余計なことをして前野との縁組を破談にしたためかもしれぬ」

「蜂須賀殿に責めはございませぬ。我が姉が自分で仕出かしたこと。普通の女子《おなご》のように従順であれば、このような目にも合わずに済んだものを」

夕暮れの中、一正はそう言って帰って行った。

小六は数日もやもやとした気分を抱いて過ごしたが、やがて決心して父の正利に告げた。

「父上、私は嫁を貰《もら》うことにしました」

正利は四十九歳になるが、すでに家のことは小六に任せて畑仕事をするなど悠々自適に暮らしている。このときもほとんど表情を変えず簡単に承諾した。

「そうか、お前が決めたのならそれで良い。もうとっくに何処《どこ》ぞに女がいると思っておったが」

「そんな遊び女《め》ではありゃせん。三千貫の家の娘じゃ」

小六が先方の家の説明をすると、正利も郷里に近いために益田の家を知っていた。

「そんな家の娘がお前の嫁になるかの」

「少々事情があるんじゃ」

松が相手の分からぬ子を身ごもっていることを小六は明かした。さすがに正利は驚いたようであったが、やがて笑顔になった。

「それでもお前が良いと言うなら儂に文句はない。先方に掛け合ってみるがええ」

父の許しを得て、小六は再び清洲へ向かった。

小六の突然の申し出に、益田の者たちは驚いた。

松の兄、正忠が当主であったが、話をしてみて小六という男に損得勘定などはないように感じた。ただ自分が関わったことで不幸な境遇に陥った松に同情していることが伝わった。また益田荘に近い蜂須賀村の出身ということも親しみを感じる一助《いちじょ》になった。

「当方としては、傷のある妹を何処ぞに片づけたいというのが偽りのないところであるが、さりとて本人の好まぬ相手へ押し付けようとは思っておりませぬ。あとは本人が諾《うん》と言えば我らも異存はござらぬ」

正忠はそう言うと松を呼んだ。当時の武家の縁組からすれば甚だ異例の形であったが、松の気持ちが一番肝心であることは、この場の誰もが同じ気持ちである。

やがて座敷に現れた松は、帯を締めた腹が、やや膨《ふく》れているように見えた。

静かに座ると松は小六に頭を下げた。

「勿体《もったい》ないお申し出ではございますが、情《なさ》けをかけてのことならばご遠慮くださいませ。そのようなことではこの子が生まれた後に、きっと後悔なされます」

松はそう言って小六を見据えた。

小六は驚いたが、ここまで来て退くわけにもいかない。

「はっはっは、ご心配無用。我が屋敷には今も誰の子か判らぬような者が、兄弟のように暮らしておりまする。一人二人増えたところで何の障《さわ》りがありましょうや」

話しながら自分でも酷《ひど》いことを言うものだと思ったが、口から出た言葉は戻らない。益田の家族も眉《まゆ》をひそめたような顔をした。

「そうそう、忘れるところだった。前に伺《うかが》ったときにお約束した絹織物を持参しました。これならきっとお似合いでしょう」

傍らの布包みをほどいて、小六は数本の反物を差し出した。桜色の地に小花が散って淡い濃淡が広がっている。

「まあ、本当にお持ちいただいたのですか。我が家を訪ねる方便《ほうべん》で商人のふりをされたかと」

「お約束したことは守りまする。それに時には商人のようなこともやっておりますのでな。あの折もまったく嘘をついたわけでもない」

小六は少しも笑わずそう言った。その様子が可笑しかったのか、松は口元を隠して笑った。

「判りました。あなた様のもとへ参りましょう。よろしゅうございますか、兄上」

「あ、ああ、お前がそういうのなら構わぬ。よろしいか、蜂須賀殿」

「無論のこと。腹の子ともども松殿をいただきまする」

一同の顔が明るくなった。

「おめでとうございまする、姉上、義兄上《あにうえ》」

一正が二人に声をかけた。

「義兄上は、ちと早いじゃろう」

小六がそう言って照れたので、皆が笑った。

松は腹の子が生まれるまで益田に留まることにして、小六のもとへの輿入《こしい》れは来年ということになった。

益田正忠は後年、小六の子、家政の阿波入国に伴って、阿波国撫養《むや》城の城番として五千石を与えられ、代々蜂須賀家の家老を務める家の一つになる。

一正もまた蜂須賀家で家老を務めたが、その子の長行が益田豊後事件というお家騒動を起こし一正の家系は途絶える。いずれにしろ蜂須賀家と縁づいたために、益田本家は阿波国で栄え後世にまで残った。

小六の妻については、『武功夜話』では三輪吉高の娘ということになっているが、三輪氏の阿波国での処遇を見ると、藩祖家政の母の家系とは考えにくいものがある。関白秀次事件が関係しているとも言われるが、三輪氏の妻は側室である可能性が高いのではないだろうか。

九

年が明けて天文二十二年(一五五三)、小六の父、正利が病で寝込んだ。冬の寒さで風邪をこじらせたようであった。

「正勝の祝言までには治さねばのう」

咳き込みつつ正利は言った。

「二月中には子も産まれるようで、祝言は三月の末でしょう。ゆっくり養生してくだされ」

正利の枕元に座っていた小六は、そう言って立ち上がった。

正利は今年で五十歳になり、多少は老いたようにも見えるが、それでも数年前には女児をもうけている。小六の下にずい分離れて七内《しちない》という弟と、まだやっと歩きかけたばかりの妹が出来ていた。どちらも小六の子供と言っても良いくらいである。

家の者に看病を任せて、小六は屋敷を出た。

宮後村から北の尾張川までの間は、人家もまばらで草が茫々《ぼうぼう》と生える荒れ地が広がっている。尾張川から分かれた支流も幾本か横切っており、増水のたびに水があふれて一帯が湖沼のようになる。

田畑も作れず、馬の放牧に使うのがやっとという土地である。死んだ馬の骨があちこちに散らばっており、馬捨て河原と呼ぶ者もいる。

太い流木に腰を下ろして、小六は背中の種子島を下ろした。犬山の山並みや、対岸の伊木山、はるかに遠い稲葉山を見渡したが特に動きはない。

美濃と尾張の同盟が結ばれてからは、この川筋一帯も静かになった。が、それもいつまで続くことか判らない。信秀から信長へ代替わりして、これまでのように弾正忠家が尾張を束ねていけるのか、美濃の斎藤道三や犬山の織田信清、さらに岩倉や清州も注視している。

冷たい空気の中で息を静かにして待つと、やがて遠くの茂みで動くものを感じた。弾を装填《そうてん》しつつ獲物を確認した。狙いを定めて引き金を引くと、轟音が冬の空に響き渡った。

仕留めたのは狸《たぬき》であった。病床の正利に食わせようと思ったのである。

獲物を下げて引き返す小六に村人が声をかけた。このあたりの和田村に住む新左という男である。

「おめえのその種子島のせいで、とんと鶴が来んようになったがや。縁起の良え鶴が姿を見せんから、この村も一向に良《え》えことがねえ」

大男の小六に言いがかりをつけるだけ、気骨のある男と言えるのかもしれない。しかし現状に不満を言うだけでは何も好転はしない。しかめ面で悪態をつく相手を小六は鼻で笑った。

「鶴に頼って待っとるだけでは何の吉事もやって来んぞ。いずれこの荒れ地に骨を晒《さら》すだけじゃ。それより暇《ひま》なら蜂須賀党に入れ。汗を流しただけ金が手に入るぞ」

そう言い残して小六は立ち去った。

軽い病と思っていた正利の容態は一向に回復せず、次第に弱っていった。

食べ物も口にせぬようになると、さらに衰弱が進んだ。

「食べねば力がつかんぞ」

小六たちがそう言っても正利は黙ったままで、自分の生涯の終末を悟っているようであった。

やがて二月の十五日に蜂須賀正利は息を引き取った。

「五十年も生きたなら十分じゃ」

と笑ったのが最期の言葉だった。

葬儀には周辺の村人や蜂須賀党の面々をはじめとして、川並衆の草井長兵衛、青山新七郎、松原内匠、日比野六太夫、和田新助ら、また前野党や生駒家につながる者など大勢が参列した。蜂須賀親子が宮後村に来て十数年の間にできた人脈を見るようであった。

葬儀も終わり膳を囲む人々の話題は、知らず知らずこの先、尾張の実権を誰が握るかという話になった。誰に従うかということは自分たちの存亡に大きく関わることで、地下《じげ》の武士たちにとっては死活問題である。

「弾正忠家の上総介様は相変わらずのご奇行ぶりで、とうとう先月、守役だった平手殿が性根尽き果てて腹を切ったそうじゃ」

「なにっ、平手殿が腹を！　よほどのことがあったのじゃろうな」

生駒八右衛門の話に、川並衆らは驚いた。

平手政秀といえば弾正忠家の重臣で、長く織田信秀の片腕として家中をまとめてきた存在である。戦場の働きは当然ながら、近年では清洲との和睦や美濃との縁組、さらには京の朝廷との折衝など、外交面でも大きな功績があった。見込まれて若い信長の守役を命じられたが、これればかりは政秀の思うとおりにならなかった。

ちょうどこの少し前に、信長が政秀の長男五郎右衛門の愛馬を所望したところ、五郎右衛門が、

「それがしは武者にござる。御免そうらえ」

と拒絶したという。武士とは思えない砕けた格好を好む信長への当てつけだったかもしれない。

信長としてみれば萱津《かやつ》の戦いで清洲方を破り、初めて家中に自分を力を示すことができた高揚感があったのだろう。家臣らは皆、自分に従うものと思い込んだ驕《おご》りがあった。

その後、信長は五郎右衛門だけでなく政秀にまで苛立《いらだ》ちをぶつける態度を取った。これまで信長をかばい支えてきた政秀は深い失望感を抱き、最後に自分の命をもって信長を諫《いさ》めようとしたのである。

「それで行状が収まったのかの」

高齢の前野宗康が誰に聞くともなくつぶやいた。

岩倉城の家老である宗康にすれば、弾正忠家が力を落とし岩倉の織田伊勢守家が盛り返すことが好ましい。だが伊勢守家も当主の織田信安と嫡男の信賢との確執があって、宗康も心を痛めているところである。もう一人の家老である稲田貞祐《さだすけ》は宗康よりも若いだけあって、新しく台頭してきた信長に魅かれるようで、盛んに信長との関係修復を家中で唱えているが、正直なところ宗康はどうしてよいものか迷っている。

「聞いたところでは、上総介様は平手様の死を非常に嘆いてお怒りになったということです。例の格好で市中を出歩くことは以前のままですが、されど我らには気兼ねなく声をかけてくださる気さくな若殿でございまする」

宗康の長男で長身の孫九郎が父に答えた。

孫九郎は母の実家である柏井の小坂家に仕え、今は柏井の吉田に移り住んでいる。柏井には古くから弾正忠家の御台地《みだいち》があって、小坂家はその管理を任されているために、孫九郎もときおりは信長に会う機会がある。

「弾正忠家では弟の勘十郎様を推《お》す声もあると聞くが、どうじゃろうのう」

坪内忠勝が皆の顔を見回した。

「勘十郎様は先のご葬儀の折も、身なりも正しく礼に従い立派に務められた。上総介様とは天地の差よと皆が噂《うわさ》しとったわい。今のままの行状では皆愛想《あいそ》を尽かして、勘十郎様を立てる声が大きくなるに違いない」

宗康が弟の忠勝にそう教えた。

「されどこの先、今川や斎藤から尾張を守るには、相当な気骨の御仁でなくば難しゅうござる。那古野か末森か、あるいは清洲か、岩倉、犬山か。誰が覇権を握るかで尾張の命運も決まるというもの。我らも力を一つにして盛り立てる方を決めたほうが良いかもしれませぬぞ」

生駒八右衛門が策士のような顔で声をひそめた。

座敷の隅で皆の話を黙って聞いていた前野小右衛門は、いつの間にか小六の姿が消えていることに気づいた。そっと立って裏口から出たが見当たらない。門を出て周辺を捜すと、屋敷の東を流れる川の岸辺に座る人影を見つけた。

「良《え》え月じゃのう」

近づきつつ小右衛門は小六に声をかけた。

川の向こうの空に十七日の月が浮かんで、川面に影を落としている。

「尾張川まで泣きに行ったかと思ったぞ」

小六は、ふっと笑った。

「そんな子供と違うわい」

小六は持っていた茶碗の酒を飲み干すと、小右衛門に渡して酌《しゃく》をした。

「あんまり生臭い話を聞く気分にならんから月見酒をしとるのよ」

寒さがわずかに緩んだ春の空気が、夜の闇の中を流れている。

「親父殿と二人でか」

小右衛門は月に盃を捧《ささ》げてから口をつけた。

「まあ親父殿も現世の話はどうでも良かろうな。信秀も死んで自分も死んで、後腐《あとくさ》れも無《の》うなったじゃろう。小六が祝言を挙げると言うから安堵したに違いないぞ」

小右衛門は笑った。

「しかしお前、松殿に子が生まれるというが良かったのか、嫁にもろうて。俺の尻拭《しりぬぐ》いをさせとるようで申し訳ないが」

「そんなことはない。儂が口を突っ込んだがために出来《しゅったい》したようなものじゃ。皆が良かれと思ってやったことが、たまたま裏目になっただけのこと。これがまた表に変わることもあるじゃろう」

「そうか、三千貫であったな」

「たわけ、そんなものは眼中にないわ。それよりなかなか良い女でな」

「なんじゃ、惚れたのか」

「勘の良い面白い女じゃ。惚れたと言えば惚れたかな」

「なんじゃなんじゃ。心配しただけ損したわい」

月の光に照らされながら二人は笑った。どこからか梅の花の香りが流れて来るようであった。


三月の末に小六と松は祝言を挙げた。

すでに松は出産し、赤子も宮後《みやうしろ》で育てることになった。正利が死んで寂しかった安井屋敷はまた賑やかになった。

「蔵人《くろうど》殿の生まれ変わりじゃて」

高齢の安井弥兵衛が、歯の抜けた口で笑った。

「名は何といたしましょう」

松に聞かれて小六は、

「鶴」

と答えた。いつか和田村の新左が言った、鶴が来ぬようになったという話を思い浮かべていた。この赤ん坊が鶴のように幸運をもたらしてくれるような気がしたのである。

「鶴、でございますか。女子のようですが」

「ならば鶴千代でどうじゃ」

「立派な名でございますこと」

松は抱いた赤子に微笑んだ。

「そうでもなかろう。儂も幼名は鶴松であった」

「まあ」

松は、わざと驚いた顔を作ってみせた。

この鶴千代について『蜂須賀家記』では小六の義子であるが「未だ誰氏の子たるを詳《つまび》らかにせず」とある。そして一説として興源寺に伝わるところによれば、松は伊勢国司、北畠具教の愛妾となり懐妊したが、正室が嫉妬深かったために鈴鹿の関氏のもとに逃れたという。そして妻のなかった蜂須賀小六に娶《めあわ》せたとする。

鶴千代はのちに出家して長存《ちょうそん》と名乗り、さらに東岳禅師と号する。蜂須賀家が阿波に入国後は、異父弟で藩主の家政を盛り立てていくことになる。その東岳が蜂須賀家の菩提寺として開いたのが福聚寺《ふくじゅじ》で、小六正勝の戒名である福聚院からつけた寺名である。二代藩主忠英がこれを興源寺と改め、蜂須賀家代々の墓所となった。

東岳禅師を開山とする興源寺にすれば、父親未詳では落ち着きの悪いところがあったろう。秀吉が京の公家の落とし種だとするような貴種伝説は、巷《ちまた》にいくつもある。北畠親房から連なる名家北畠の血を引くという伝説ができたとしても何ら不思議ではない。

当時の阿波国にあっては尾張伊勢の事情は判りにくかったであろうから通用したかもしれないが、尾張国の清洲城下に三千貫の領地を持つ益田家が、伊勢国司の北畠具教に側室を差し出すことがあるとは思えない。政略的なものだとしても伊勢国司と釣り合うのは尾張守護の斯波家か、守護代の織田大和守家で、その家臣が娘を差し出しても同盟の証にはならないだろう。この鶴千代が北畠の種であるという可能性は、かなり低いと思わざるを得ない。

小六が祝言を挙げた直後の三月二十七日、岩倉城では一つの凶事が起こった。

信長との連携を唱えていた家老の稲田貞祐《さだすけ》が、主君織田信安の怒りを買い切腹させられたのである。

織田信秀が健在なころには岩倉も犬山も弾正忠家に従って、美濃三河への出兵にも応じていたが、信秀が死ぬとそれぞれに野心が顔を出し、ここ数年は兵も出さず関係が悪化していた。当初信長が思うような戦果を挙げられなかったのは、彼らの協力がなく思うように兵が集まらなかったせいもあるが、それも萱津の戦いでは何とか克服した。そうした成長ぶりを見て、信長を次の盟主と認める者たちも出てきていた。

稲田貞祐もその一人で、主君の織田信安にも盛んに信長と手を組むよう進言していた。ところがやはり年配の者ほど前例を無視した振る舞いをする信長に対し嫌悪感がある。かつて信長が少年のころは城に招いて猿楽などを共に楽しんだ信安も、成人してからの信長の行動は理解できないことが多く、とても信秀のときと同様には従えない。

家柄からしても清洲の信友と並んで岩倉の信安は、それぞれ尾張下郡上郡の守護代である。三奉行の一つに過ぎない弾正忠家に従う理由もない。とうとう貞祐を信長に内通している謀反人《むほんにん》として捕え、切腹させてしまった。清洲守護代の衰退を自らに重ね合わせてのことであろう。

哀れなことにその二日後には貞祐の嫡男景元《かげもと》も命を落とした。父の汚名をそそごうと主君に訴えたのか、あるいは怒りが収まらない信安が嫡男にも死を命じたのか定かではないが、「三月二十九日、自刭《じけい》、行年二十一」と『稲田家譜』にある。


数日して松倉にいた小六のもとに、前野宗康から使いが来た。

「親父殿が前野屋敷まで来いと言うが何じゃろう。お前のことで俺が怒られるのかもしれぬ。割が合わんぞ」

「今さら何を怒ることがあるんじゃ。儂は何にもやっちゃおらんぞ」

一緒にいた小右衛門も同道して前野まで出かけた。前野屋敷では宗康のほかに、七十近い老人が座敷に座って待っていた。

「こちらは岩倉の家老職であった稲田修理亮《しゅりのすけ》殿じゃ」

宗康が小六に紹介した。

小六は老人に軽く頭を下げたが、呼ばれた理由が判らない。

「先日、岩倉家中で修理亮殿のご子息の大炊介《おおいのすけ》殿が、謀反の咎《とが》を受けて腹を切ったのは聞いておろう。さらに殿のお怒りがあるやもしれぬゆえ、大炊介殿のご子息らの身を急ぎ隠したいのじゃ。大炊介殿の嫁は我が娘で、子らは儂にとっても可愛い孫じゃ。すでに景元殿は父の後を追って落命してしもうた。残る男子は二男と三男の二人のみで、なんとしても生かしたい。そこで頼みじゃが、二人を預かってはくれぬか」

「それがし、がですか」

小六は驚いて、自分の顔を自分で指差した。

「前野屋敷でかくまえばよろしゅうござろうに」

「たわけめ。儂がかくまえるのなら、こんなことは頼まぬ。濡《ぬ》れ衣《ぎぬ》ではあっても家中の罪人になってしまった者の子供を、家老の儂がかくまうわけにいかんのじゃ」

口をはさんだ小右衛門を宗康は怒鳴りつけた。

「殿の目の届かぬところへ置かねば、探し出されてまた命を奪われよう。川並衆の中ならば人目にもつくまい」

「御家老の御子息に荷運びをさせるわけにもいかぬでしょう。元服されている御次男は美濃へ逃れて難を避けてはいかが。美濃家中には知り人も多いので当たってみましょう。年端《としは》もゆかぬ御三男はやむをえませぬ。我が屋敷で預かりまする」

小六の提案に皆は同意して、すべて小六に委ねることになった。次男の景継は結局、道三のもとに身を置くことになり、三男で元服前の亀之助は蜂須賀家で預かることとなった。

宮後の安井屋敷には小六の弟の七内や又十郎、小十郎の兄弟、また蜂須賀村から来た従兄弟の正刻、生まれたばかりの鶴千代、ほかに墨ら女たちもいて、誰が誰の子やら判らない有様で、さらに九歳の亀之助が加わった。近頃は近隣の者も、この屋敷を蜂須賀屋敷と呼び始めている。それほどに蜂須賀の身内の者が増えてしまった。

祝言を挙げたばかりの小六は松に悪い気もしたが、引き受けた以上はやむをえない。

松もまた笑いながら、

「鶴千代に亀之助とは、縁起の良いこと」

と気にする風もない。

賢《かしこ》い女だと小六は感心した。

小六がむずがゆいような新婚生活に慣れ始めた頃、ある出来事があった。

その日の昼近く、松倉の前野小右衛門からの使いが安井屋敷に馬で駆けつけた。黒田の川並衆である和田新助からの連絡で、斎藤道三が兵を引き連れて尾張川を渡ったという。

小六はただちに松倉城へ走って子細を聞いた。ちょうど和田新助もやってきて、その後の様子を小六に報告した。

新助の言うところでは、小越《おこし》を渡った斎藤勢は千五百余りとのことだが戦《いくさ》の様子ではないらしい。主だった家臣らは甲冑ではなく直垂《ひたたれ》に袴《はかま》を着けており、道三もまた自ら馬を進めていたが、大黒頭巾《だいこくずきん》をかぶり萌黄《もえぎ》色の直垂姿で物見遊山《ものみゆさん》のような風情《ふぜい》であったという。一行はそのまま南へ向かったとのことであった。

「何事《なにごと》じゃろうの。まさか戦支度をしておらぬように見せて、謀《たばか》るつもりではなかろうか」

小右衛門が小六に言った。

「尾張とは手を結んだはずじゃ。いかに道三でもそのような小勢で尾張を攻め取れるとは思うておるまい。娘にでも会いに行くかもしれぬ」

そう言ってから小六は気がついた。娘に会うというなら、当然その婿《むこ》に会うのが筋であろう。

（信長と会うのか）

小六は興味が湧いて、小右衛門と和田新助を連れて小越まで川を下った。途中で新助の手下の舟と出逢い、道三は富田《とだ》の聖徳寺《しょうとくじ》に入ったと知らされた。

小越あたりの両岸には美濃兵が待機し、帰路を確保しているのが見えた。縁組をしたと言っても警戒は怠らない道三の周到さである。卍の旗を立てた小六らの舟は、止められることもなく通過した。美濃兵の中には小六に向かって手を振る者もいる。数年前まで小六は美濃方に組していたために見覚えがあるのであろう。小越を過ぎた辺りの岸辺に舟を着けると、小六らは河原へ上がり聖徳寺を目指した。

この辺りは現在は木曽川本流の左岸で愛知県一宮市富田という地名が残っているが、この当時、尾張川の本流は墨俣で長良川に合流しており、聖徳寺付近の流れは支流であった。聖徳寺も鎌倉期の後半に創建された当初は、この支流の右岸で本流に近い大浦にあったが水害を避けるために富田に移ったという。のちにこの富田から清洲に移るなど転々としたらしく、さらに寛永年間には名古屋城下へ移転している。

初夏の空の下、雑草の伸びた河原の向こうに聖徳寺の甍《いらか》はすぐに見つかった。富田村は家々が七百軒余りもあり、聖徳寺にも大坂の本願寺より代坊主を迎え、美濃尾張から不輸不入の判形をもらうなど、両国の間の中立地帯として独立性をもった地域であった。

すでに聖徳寺周辺では美濃と尾張の兵が、互いに威勢を示すかのように立ち並んでいる。堂内では道三と信長の会見が行われているらしい。小六たち三人は怪しまれぬよう距離を置いて、町屋の角からその様子をうかがった。

半刻も経たぬうちに寺の内に動きがあって、やがて山門を出てきたのは大黒頭巾をかぶった道三と、褐色の直垂を着て侍《さむらい》烏帽子《えぼし》を着けた信長であった。

信長がこれほど整った身なりでいるのを織田の兵たちも見たことがなく、馬上の信長に驚きの声が上がった。実際、今朝はいつもどおりの茶筅《ちゃせん》に結い上げた髷《まげ》に、赤い柄の単衣《ひとえ》をまとっただけの姿で聖徳寺まで来たのである。腰には瓢箪《ひょうたん》やら革袋をいくつもぶら下げ、大小の太刀を荒縄で巻いていた。

そんな信長が寺に入ってから、持参してきた直垂に長袴まで着けた正装に着替え、髪も結い直して道三の前に現れたのである。すでに来る途中の信長を、町屋の中から見ていた道三はその変わりように驚いた。さらに少しも気後れせぬ常人離れした信長の態度に、同様に常人離れした道三は感じるところがあったのだろう。大いに気に入ってしまった。

信長としては引き連れた兵に五百の弓鉄砲と、同じく朱色に塗り上げた長槍五百を持たせたのは織田の武威を示す意味もあったが、服装については特段に意味はなかった。

初夏の暑い中を窮屈な格好で二十キロもの道のりを馬に揺られては、身なりも着崩れるし気分も悪いだろう。それよりは到着後に着替えるほうが理に適《かな》っているというだけのことであった。

小六も久しぶりに信長を見た。

いつだったか津島の市で十歳前後の信長に出会って以来であった。噂に聞いていた奇妙な格好の信長を見たことがないので、正装姿を見ても特に驚きはなかったが、あのときの子供がこれほどに成長したのかと時の流れを感じた。このとき信長は二十歳。整った顔立ちと均整のとれた体格で、見るからに富裕な境遇で育ったことを感じさせる威厳を備えている。

寺から出ると信長は、道三と馬を並べて北へ向かった。途中まで道三を見送るようである。二人に従って家臣の馬が続き、足軽が従った。

足軽の列が動き始めて小六たちも後を追おうとしたとき、美濃家中の家臣一人が馬で戻ってきた。辺りを見回すようにしていたが、やがて村人に紛れていた小六たちを見つけてやってきた。

見れば日根野弘就であった。六年前、織田と斎藤が加納口で激戦を繰り広げたとき、川手城に籠って織田勢を引きつけた城将である。小六は弘就の下で鉄砲を撃ち続けた。

「久しいのう、蜂須賀殿。達者か」

「これは日根野様。御無沙汰しておりまする」

弘就は馬上のまま笑顔を見せた。が、表情を改めて言った。

「お館様からの言伝《ことづて》である。わが婿を狙うなよとの仰せじゃ」

「えっ」

小六たちは驚いて目を丸くした。

「そなたらが門前の人垣に紛れているのを見かけられたようじゃ。小六が鉄砲を担いでおったとな」

たしかに常日頃から鉄砲を背負うのが小六の習慣になっている。信長を狙うつもりに道三には見えたかもしれない。信秀を付け狙っていた小六が、その子の信長に標的を変えたとしても不思議はない。

「お館様は上総殿《かずさ》を、いたく気に入られたようでな。入《い》り用《よう》なら兵も貸そうと仰せであった。美濃の後《うし》ろ盾《だて》があれば、尾張は上総殿が平《ひら》ならしするかもしれぬぞ」

弘就はそう言うと馬首をめぐらせた。

「また、いずれ会おう」

と言い残して去っていった。

あとに小六たち三人が残った。

「上総介《かずさのすけ》が尾張を平ならしじゃと。岩倉も犬山も清洲も弾正忠家に従うことになるのかの」

黙ったままの小六に小右衛門が話しかけた。

「あの若造に、我ら川並衆が従わねばならんようになるのかや」

和田新助も首をひねって笑った。この乱れた尾張が一人の手に掌握されることが、気ままに生きてきた新助には想像できないようである。

小六は黙ったままで、また別のことを考えていた。

道三が信長の命を狙うなと言ったことである。小六が撃つ撃たぬは別にして、信長が命を落として尾張の内が混沌《こんとん》とすれば、道三にとっては尾張侵攻の機会が増えて都合が良いはずである。それをするなということは尾張を諦《あきら》めたか、あるいは信長を自らの分身のように思い、託《たく》す気持ちになったのか。いずれにしろあの道三がそこまでの気持ちになったことが小六には驚きであり、また一抹《いちまつ》の寂しさもあった。どこかに自分は道三に認められた者という自負があったのである。

自分よりはるかに若い信長を道三が認めたことは、小六の中で複雑な思いとなってこの先も消えずに残ることになる。

道三が信長に約束した派兵の一件は、その翌年の天文二十三年（一五五四）一月に現実になった。

しばらくは目立った動きがなかった今川が、知多郡の緒川《おがわ》城を攻めるために緒川城の北方の村木に砦を構築した。同じく知多郡の寺本城が今川方に寝返り、西から知多半島の口を閉ざしたために、緒川城は那古野との連絡を遮断されてしまった。

信長はこれを救援しようとしたが清洲との間もまだくすぶり続けており、留守の間に那古野城を攻められる恐れがあった。このための警護を道三に依頼したのである。

美濃の援軍は西美濃四人衆の一人、安藤守就が一千の兵を率いてやってきた。寒風の吹く中、那古野城外に陣を張った安藤に対し、信長は丁重に礼を言った。

この援軍の将に安藤守就を選んだことにも、道三の配慮が見て取れる。織田信秀の代に西美濃四人衆は尾張方に付いて道三と敵対した経緯があり、織田としては馴染み深い人物である。当然ながら織田家中には完全に美濃方を信用できぬ者もいて、留守の間に美濃兵が那古野城を奪うのではと怪しむ声もあった。その警戒を解くために道三は安藤守就を派遣したのである。

信長は那古野城へ入ることを勧めたが、安藤は断《ことわ》って城の北東の志賀、田端に陣を張って清洲方に備えると言った。これもまた道三の指示であった。

安藤が着陣した翌日の一月二十一日、信長は出陣を告げたが、宿老の林佐渡と美作《みまさか》の兄弟が異を唱えて出陣を拒んだ。美濃勢に那古野城の警護を任せることに不安があったのかもしれない。

信長はこれに構わずに出陣して二十一日は熱田に泊り、二十二日に舟で知多半島を回って伊勢湾から三河湾へ入った。この日は北からの風が強く、海も荒れて船頭たちは出港を拒んだが、

「かつて屋島の戦いでも暴風雨の中、義経は舟を出して勝ったのじゃ」

と信長は意を決して舟を出させた。この強風に押されて織田勢は距離にして七十キロほどをわずか一時間ほどで移動した。

その日は海岸端で野営し、二十三日に緒川城で水野信元と対面。二十四日の明け方に出陣して村木砦を攻めた。東の大手口を水野勢、西の搦め手を織田信光、攻めにくい南の大堀を信長が請《う》け、自ら堀端

で指揮を執った。今川方も激しく抗戦し双方に死傷者が続出したが、信長は攻撃の手を緩めず、夕刻ついに今川方が降参した。

信長側近の小姓衆も多くが討ち死にして、本陣に戻った信長は涙を流したという。多大な損害を出してでも、どうしても勝たねばならない戦いであった。

翌二十五日、寺本城へも兵を向けて城下を焼き、信長は那古野へ戻った。二十六日には安藤守就の陣に赴《おもむ》いて、信長はこのたびの礼を告げた。二十七日に美濃へ戻った安藤が信長の戦の様子を細かく報告すると、

「すさまじき男よ。もはや立派な武者に成りおった」

と道三は嘆息したという。

自分が見込んだとおりに成長しつつある若者に満足する気持ちなのか、あるいは残り少ない人生しかない自分と、これから羽化しようとする若者を比べての嫉妬と寂寥感《せきりょうかん》なのか。おそらく両方であっただろう。


こうして信秀の死以来、乱れつつあった尾張に一つの新たな燈明《とうみょう》が灯《とも》った。

まだか細く、いつ消えるか判らない灯りであったが、次第にそれは光を増し、良くも悪くも周囲を包み込んでいく。小六たちの運命も、やがてその灯りに吸い寄せられるように屈曲することになる。


この信長の成長ぶりは、これまで対立していた清洲の内部にも波紋を生じさせた。

守護、斯波義統《よしむね》の家臣に梁田《やなだ》弥次右衛門という身分は低いが目先の利く者がいた。この弥次右衛門は守護代、織田信友の家臣で那古野弥五郎という十六、七の年の若者と衆道関係にあった。次第に勢いを増す弾正忠家の信長に鞍替えしようと、弥次右衛門は会うたびに弥五郎を誘った。今、清洲の中で信長に内通して家中を割れば、信長からの褒美も大きいだろうと言うのである。

この弥五郎は若いながらも家臣を三百人も持つ上級武士で、ついに弥次右衛門に同意した。さらに二

人が守護代の家老にも働きかけたところ、応じる者が多くいた。

梁田弥次右衛門が密かに信長に会って言上《ごんじょう》すると、信長は大いに喜んだ。そして示し合って信長が清洲へ攻めかかると、梁田らは信長勢を引き入れ、城下を焼いて裸城《はだかじろ》にしてしまった。

城中には守護の斯波義統もいたために、城攻めはせずに兵を退いたが、先の萱津の戦いに次いでの信長方の圧勝で、清洲の劣勢は誰の目にも明らかになった。

斯波義統はこの情勢を見て、守護代の織田信友より信長を頼ろうと心を変えた。密かに信長に通じようとしたが、この動きを守護代方も見逃さなかった。

その年の七月十二日、義統の息子、義銀《よしかね》が川狩りに出かけた隙《すき》に、守護代織田信友の家臣、坂井大膳らは語らって守護の御殿を取り囲んだ。守護側の屈強な家臣らは義銀の護衛として出かけており、残っていたのは老臣らであったために抵抗もむなしく、ついに館に火をかけて斯波義統をはじめとして数十人が腹を切って果てた。女たちは堀へ飛び込んで逃れた者もあり、溺れ死んだ者もありという悲惨な有様であった。

川狩りに出かけていた義銀はこれを聞いて驚き怒ったが、城に戻るわけにもいかない。ついには那古野城の信長を頼ることとなった。

信長は義銀を保護し、七月十八日には清洲城を攻めた。弟信勝の兵が先手となって柴田勝家率いる兵が清洲方と交戦。清洲方も城を出て必死に応戦したために一時は戦況が膠着《こうちゃく》したが、知らせを聞いた信長が那古野より出陣したために清洲勢は浮き足立った。信長方の長槍に押しまくられて、織田三位ら重臣三十名が討死して城中へと退いた。

そのまま攻めたならば落城したと思われるが、信長は次の段階を考えた。尾張の中心である清洲の城は先々も利用価値がある。保護している斯波義銀も清洲に入れねばならないだろう。火矢をかけようとしていた勝家の兵を制した。

萱津の戦いあたりから信長は次第に、戦略を持って戦うことの重要さを学びつつあった。

自らの戦略に相手を巻き込むことが出来れば、戦いを有利に進めることができると知って思慮深くなった。清洲との戦いはここで一旦終息することになる。


「清洲の守護代も、たわけたことをやったもんだ。自分の掌中の珠《たま》をつぶしてしもうては、もうどうにもならんじゃろう」

「逆に信長には斯波の若殿が頼ってきた。こんなうまい話はないわ」

尾張川を流れる舟の上に寝転がって、小六と小右衛門が瓜をかじっている。

秋の日ざしはまだ強く、じりじりと二人の肌を焼いた。

「ひょっとしてあの騒動も、信長の仕掛けたことかもしれんぞ」

「なにっ、守護を攻めたのは坂井大膳と聞いたが」

小右衛門は驚いて、顔を上げて小六を見た。小六は平然と瓜をかじっていたが、食い終わって川中に瓜を投げ捨てた。

「梁田弥次右衛門という斯波の家臣が、信長の手先となって清洲城内におる。これが次第に守護や守護代の家中で信長に組する者を増やしておると聞いた。その者達が武衛《ぶえい》様に信長へ鞍替えせよと説いたのではないか」

武衛様とは斯波家の当主のことである。

「まさかその動きを守護代にも教えて殺させたのか、その梁田が」

「それは判らん。だが何もかも信長の好都合に運びすぎじゃ」

小六は起き上がると、瓜の汁で汚れた顔を川の水で洗った。

「なにしろ舅《しゅうと》の道三も美濃の守護を追い出して国主となっておるからの。信長がそれを真似ようと思うのも不思議ではないわ」

小六は振り返って川の向こうにそびえる稲葉山を見た。

すでに道三は二年前に、守護の土岐頼芸を美濃から追放していた。織田信秀と道三が手を結んだことで頼芸は頼る者を失いそのまま美濃にあったが、信秀の死後、はばかる者が無くなった道三は頼芸とその子の頼次を追放した。

頼芸は近江の六角氏を頼り、その後、常陸、上総、甲斐を転々とし失明したあと、稲葉一鉄の計らいで美濃に迎えられ、本能寺の変から半年後に死去したという。頼次は大和の松永久秀を頼ったのち、秀吉、家康に仕え関ヶ原の戦いのあと旗本となって生き残る。

「それが真《まこと》なら恐るべき若造じゃな」

小右衛門は目をむいた。

「下郡を平らげれば、次は上郡を目指すじゃろう。その前に今川が攻め寄せたなら信長も一たまりもないが」

「儂らはどうする。尾張が今川のものになるのは叶《かな》わんが、さりとて信長に味方するというのもなあ」

それには答えず小六は鉄砲を構えると、水面に浮かぶ水鳥を狙って撃った。

水鳥は一瞬暴れて羽を広げたが、静かになって川面に浮かんだ。小六は櫂《かい》を操って近づき、獲物を拾い上げた。

「ここは儂らには稼ぎどきじゃ。岩倉か犬山か、良い値をつけたところに加勢してひと儲《もう》けするのよ」

「信長から誘いがあったらどうする。良い値ならば加勢するんか」

「たわけ。信長に加勢なんぞせんわい」

小六は再び鉄砲を構え、南の空に向けた。何を狙うのかと小右衛門がその方角を見上げても、青い空には鳥の影もない。

だが小六の目には、その銃口の先に獲物の姿が見えている。

十

信長との戦いに敗れた清洲の守護代織田信友は、もはや自力だけでは対抗できぬことを悟った。

　何とか味方の勢力を増やそうと犬山の織田信清、岩倉の織田信安、さらには信長方に組している守山の織田信光にまで誘いの手を伸ばした。

　これらがすべて清洲につけば信長には手強《てごわ》い包囲網となるが、そうは簡単な話ではない。

　犬山と岩倉は双方の中間地である小久地《おくち》の領有をめぐって争っていたし、岩倉と清洲も守護代同士で以前から牽制《けんせい》する関係にある。守山の信光は兄の信秀のころから弾正忠家の有力な戦力となり戦ってきた。信長の代になってもその姿勢は変わっていない。

　一番動きやすいのは犬山の信清で、父の信康が死んでからは十分な褒賞が与えられていないと主張して、弾正忠家と小競り合いを起こしている。

　このたびもやはり清洲の誘いに乗って動き出した。

「困ったことになったわい」

　犬山の城から戻った坪内忠勝が、松倉城で小六と小右衛門に打ち明けた。

「また殿が柏井へ兵を出すと仰せじゃ」

「弾正忠家の御領地ですか。以前に攻め掛けて守山勢に追い払われたことがありましたな」

「そうじゃ、どうも殿は柏井が欲しゅうて仕方がないらしい」

　忠勝が困った顔で腕を組んだ。

　屋敷の外の闇では、さかんに秋の虫が鳴いている。季節は晩秋である。

「今、出陣すれば取り入れ前の田畑が荒らされ、柏井あたりの民は難渋するじゃろ。兄者が怒って大暴れするぞい」

　小右衛門の兄の孫九郎宗吉は、母の里である柏井の小坂家に仕えており、弾正忠家の御台地を管理している。

「儂もあまり清洲の誘いに乗るのはよろしゅうないと申し上げたが、聞く耳を持たれぬ。それどころか稲を焼き払って弾正忠家を干上がらせてやると仰せでな」

「たしかに信長には痛手だが、民の苦しみはそれ以上じゃろうなあ」

小六があごの髭をこすった。

信清が民の難渋も承知の上で、信長に挑もうとする覚悟ならばやむを得ないと小六も思うのだが、そこまでの見通しがあるようには思えない。清洲の騒動に合わせて動くだけのことなら、尾張の内を混沌《こんとん》とさせるだけのことだろう。

「儂も御先代から犬山に仕えてきたが、今の殿は正直申してお仕えのし甲斐がない。そろそろ隠居も考えておるところじゃ」

ため息をつく忠勝に小右衛門が膝を進めて言った。

「叔父上がそのようでは我らが困りますぞ。この先、どうなることか。とにかくこのことは兄者に知らせてやらねば、儂も後々《のちのち》恨まれましょう。兄弟の仲違《なかたが》いだけはしとうござらぬ」

忠勝も渋々ながら承知して、三人で前野屋敷の宗康を訪ねた。

宗康は話を聞いて驚いたが、ただちに柏井の小坂家と比良《ひら》の佐々家へ知らせた。

比良は那古野から北へ庄内川を越えたあたり、清洲の東に位置するが、そこを拝領している佐々政次は岩倉城の配下となっていて、弟の孫助、蔵助とともに勇猛で知られている。

数日後、夜陰に乗じて犬山勢が柏井、篠木《しのぎ》に乱入し火を放ったが、事前に警戒していた柏井衆、比良衆が防戦し、また前野衆も駆けつけて犬山勢を追い払った。

小六は宮後にあって動かず、戦況を聞くのみであったが、犬山勢が退いたと聞いて松倉へ戻った。

「何だか知らぬが、どうも時勢《とき》が信長を助けるように動いておるわい」

馬上の小六は、面白くもなさそうにそうつぶやいた。

翌年の天文二十四年（一五五五）四月、今度は守山の織田信光が信友の誘いに応じて清洲城に入った。

信友が守護代の職をともに務める条件で誘ったところ、信光が応じたのである。信友は喜び、信光を大いに饗応《きょうおう》した。信長方の一翼を担う信光を引き入れれば、戦力はかなり拮抗《きっこう》する状態になる。信長と距離を置く信広や信勝などの兄弟を誘い込めば、まだまだ挽回できると踏んでいた。

数日後、清洲城の南櫓《やぐら》に入った信光を、守護代家臣の坂井大膳が訪ねようとしたところ、処々に兵を隠して殺気立った雰囲気だったために、身の危険を感じて坂井はそのまま城外へ逃走してしまった。

すかさず信光は兵を動かして信友を襲い包囲すると、追い詰められた信友はとうとう観念して腹を切って果てた。すべては信長と信光が示し合わせた策略で、信友からの誘いを逆手《さかて》に取ったのである。

これによって清洲の守護代は滅び去った。

信光は清洲城を信長に引き渡し、信長は念願の清洲城を手に入れた。信光には那古野城を与え、尾張下郡の二郡を譲る約束をしていた。信光が治めていた守山の城には、深田城の織田信次が入ることになった。

この清洲の騒動が終息したあと、前野家にも大きな変化があった。

前年の清洲攻めで柏井の小坂家の当主、正氏《まさうじ》は討死し、弟の正吉も足に重傷を負っていたが、年を越してから死去した。正氏の息子も討死したために家が絶えてしまった。

信長は小坂家の跡が絶えるのを惜しみ、前野宗康の長男宗吉に小坂の跡を取るように命じたのである。

孫九郎宗吉は幼少から柏井の吉田城になじみが深く、母の里の小坂家を助けていた。もともと前野家と小坂家は縁家で、過去にも前野から小坂へ跡取りが入っている。

その余波が小右衛門にも届いた。

「すまぬがそういうことじゃ。小右衛門は前野家の跡取りとして戻してくれるか」

前野宗康が申し訳なさそうに弟の忠勝に言った。

「仕方ないでしょう。孫九郎にとっても良い話だし、前野家としても有難いことじゃ」

忠勝は傍らの小右衛門を見たが、小右衛門は黙したままである。

「ならば小兵衛を坪内の跡取りとして譲ってもらえんじゃろうか」

「そうじゃのう。小兵衛にもそのほうが良いかもしれぬ」

こうして忠勝の跡取りは小右衛門から弟の小兵衛に交代することになった。

すでに小兵衛も小右衛門と同様に、幼少から松倉に頻繁に出入りしているために、忠勝の子と言っても良いほど馴染《なじ》んでいる。

ただ前野の跡取りとなったあとも小右衛門は松倉に腰を据えて、一向に前野に戻ろうとしなかった。

「前野屋敷に戻らんでも良いのか。親父様も御袋様も心配しておるだろう」

小六が世話を焼いても小右衛門は知らぬ顔である。

「跡取りらしゅうせよと言われてうるさいんじゃ。急にそのように言われても儂は川並衆として気ままに生きるのが性に合っておる」

「しかし儂がそそのかしておるようで、お前の家に申し訳がない」

小六も困り顔をするものの、無理に戻すことも出来ない。

「無理は言わぬが、親が健在なうちに孝行はしておいた方が良いぞ」

小六はそれだけを小右衛門に言った。

「そうじゃな」

小右衛門も判っている。

この秋、生駒八右衛門家長の妹、類《るい》の嫁入りがあった。

同じ小折村に住む土田《どた》弥平次という男のもとに嫁ぐことになった。

土田家は美濃国可児郡土田村を本拠としているが、

生駒家とは古くから親戚関係にある。のちに豊臣政権で中老となる生駒親正も土田家の出で、土田弥平次はその兄ともいうが明らかではない。

ちなみに信長の生母も土田氏で、この土田御前の祖母は明智氏である。土田氏を介して織田と明智は縁者ということになる。

祝言《しゅうげん》の宴《うたげ》には生駒家の縁者たちが招かれて、大いに賑わった。

生駒家の当主、家宗はまだ五十代の中頃であったが、近年は息子の家長に家業を任せて隠居している。子供のころは頼りなかった家長であるが、意外にも商才はあるようで近頃は一層商いを盛んにしている。

生駒家が仕える犬山城の面々だけでなく、前野家、稲田家など岩倉の者たち、さらに小六などの近隣の者たちも顔をそろえた。

居並ぶ面々の間を、家長は蝶のように身軽にそつなく動き回っている。見事なものだと盃を手に小六は眺めていた。とても自分には出来ない。時流に乗る者と、乗れぬ者の差のようにも思えた。このところ時流ということを考えるようになっている。

「どうした小六、神妙な顔をして」

気がつくと目の前に家長が座っていた。

「いや、このたびは祝着《しゅうちゃく》じゃ。あの類が嫁に行くようになったかと思ってな」

そう言って小六は誤魔化した。

「お前が宮後に来たころは、まだ小さな童《わらべ》だったからな」

家長は小六の盃に酌をして笑った。

「それにしてもさすがに生駒の羽振りの良さじゃな。これだけの宴をしつらえるとは」

「それもこれも小六らが汗を流して、荷を守ってくれるおかげよ。ありがたいことじゃ。これからも宜《よろ》しゅう頼むぞ。縁者が皆そろって無事に暮らしてゆけるように」

家長はそう言って意味ありげに小六を見た。そうして顔を近づけると小声でささやいた。

「実は清洲の上総介様に近々目通りが叶いそうでな」

小六は驚いて家長の顔を見た。

「焼けた清洲の城下を修復するのに大金が入用だろうと思うて、多少なりともお助けしようとお伺いを立てたところ、聞き入れて下された」

「清洲に取り入るのか」

さすがに小六も周囲をはばかって小声になった。

「上総介様は今や日の出の勢いじゃ。顔をつないでおいても損はない。どのような御仁か、一度この目で見たいと思うてな。またいずれその話も聞かせよう」

にやりと笑って家長は腰を上げた。


この祝言からひと月も経たぬ十月の下旬、美濃から不穏な知らせが届いた。

斎藤道三の息子、新九郎義龍が二人の弟を殺害したという。知らせてきたのは亘利《わたり》城の川並衆、松原内匠《たくみ》であった。兄の源吾が道三に仕えているために美濃の情勢にも詳しい。

内匠もすでに二十歳を越え、不在がちな兄に代わって川並衆との付き合いを任されていた。体つきは小柄だが、舟仕事で鍛《きた》えた太い腕をしている。

「かねてから道三入道は嫡男の新九郎よりも、次男の孫四郎と三男の喜平次を可愛がるとの噂があり申した。特に喜平次は昨年には右兵衛大輔の官を得て、名家一色《いっしき》の姓を名乗る優遇ぶりで、新九郎は軽んじられておると父を恨んだようです」

「それで先の流言も信じたのか」

小六はため息をついた。

義龍の母は土岐頼芸の寵姫で、道三に譲られたときにはすでに義龍を身ごもっていたという話は、小六も聞いている。道三も美濃の家中をまとめるために、頼芸の子を自分の世継ぎにしていると信じさせ、流言を利用してきたところがある。そのことが思わぬ災いとなってしまった。

「新九郎は病と偽って弟二人を稲葉山に呼び寄せ、油断したところを家臣に討ち取らせたそうです。その後、道三の鷺山《さぎやま》城との間で、にらみ合いが続いているそうで」

「兵は集まっておるのか」

「まだ皆々困惑して、いずれに付くか決めかねる様子ですが、土岐の御一門衆は長年の恨みで道三には味方せぬでしょう。御一門が稲葉山に付くとなると諸将らも皆、それに続くのではござらぬか」

「兄者はどうされる」

「まだ迷うているようですが、おそらく稲葉山かと。されど許されるかどうか」

内匠の兄の源吾は十年以上前の無動寺の戦いで、道三の命により土岐頼香を暗殺している。

「難儀なことじゃな」

小六は、あご髭《ひげ》をむしった手を払った。

「小六殿はどうされます」

「そうじゃな。道三入道には多少の恩もある。見て見ぬふりもできんな」

「鷺山城へ行かれますか。さればわれら川並衆も」

「いや、これは儂の私縁にすぎぬ。川並の衆を巻き込むわけにはいかん。それに道三に加勢する者はおらぬゆえ、死に戦《いくさ》になるわい」


表情を変えずに言う小六に、内匠は感心しつつも、

「されど負けと決まったわけではありませぬぞ。娘婿の織田上総介が道三に味方するのではという者もおりまする」

「なにっ、信長が」

初めて小六が表情を動かした。

しかし二万近い美濃家中のうち大半が義龍に味方するとなると、信長が数千の兵で加勢しても勝ち目は少ない。

「わざわざ負け戦に、あの信長が兵を出すかのう」

小六は眉根を寄せて腕を組んだ。

道三親子の対立は、にらみ合いのまま年の暮れを迎えた。

双方で美濃の諸将を引き入れる工作が続けられていたが、やはり義龍側に付く者たちが圧倒的で、さらに堅固な稲葉山城に比べて道三の鷺山城は小山の上の住居に過ぎない。戦となれば簡単に包囲され攻め落とされるのは明らかだった。

「親父殿を尾張へ引き取るか」

信長の耳にも道三の劣勢は届いていた。妻の胡蝶に道三を尾張へ迎え入れようかとも言ってみた。しかし胡蝶は笑うばかりであった。

「あの父が大人しく美濃を手放すはずがございませぬ。何かしら挽回する方策を考えておりましょう」

「しかし戦になれば一瞬で片が付くほどに親父殿は劣勢じゃ。尾張で機を待つのも手の一つであろう」

この時期、信長も清洲を手に入れたとはいうものの、依然として尾張領内には不穏な動きがあり、美濃に援軍を出すのは難しい。

この閏《うるう》十月に駿河では今川義元の重臣であり軍師であった太原雪斎が死去していた。雪斎は尾張侵攻を指揮するとともに、晩年は武田、北条との同盟にも尽力して、実質的に今川家を動かしていた存在である。この雪斎が死んだことで今川の動きも一時的に止まったが、外部からの圧迫が弱まると、尾張の内部で動き出す者たちがいる。

信長の弟、勘十郎信勝を推す者たちである。信勝のもとには信秀の代から重臣であった林佐渡守秀貞や、弟の林美作守通具《みちとも》、柴田勝家などが付いている。林秀貞は平手政秀とともに信長の守役を命じられていたが、破天荒で大人衆を無視してばかりの信長に愛想を尽かし、それを通り越して怒りを覚えるようになっていた。昨年の村木砦攻めのときにも信長と意見が食い違い、林兄弟は直前で出兵を取りやめている。

さらにこの動きと関連があるのか明らかではないが、十一月には信長の叔父の信光が家臣に殺害された。

信光は信秀の頃から弾正忠家に従い、信長とも行動を共にしてきた数少ない身内である。清洲制圧にも大きな手柄を立て、信長から那古野城を譲られた。その信光が殺されたのである。『甫庵信長記』によると、信光夫人と通じていた家臣の坂井孫八郎によって殺されたという。

後世では信長によって暗殺されたとも言われるが、この時期の信長はまだ弟一派や、岩倉、犬山と対立していて、数少ない味方の信光を失うのは痛手である。それよりは駿河へ逃げた坂井大膳などの反信長派の仕業と考えたほうが自然であろう。関係は判らないが同じ坂井姓で、大膳と孫八郎の間に何らかのつながりがあった可能性は高い。

翌、弘治二年（一五五六）四月、稲葉山城の斎藤義龍は、鷺山城の道三を攻めるべく密かに用意を始めた。

道三も放っていた細作の知らせで、いち早くこの動きを知った。そして兵を集めるために使いを走らせた。しかし集まる兵の数は比べ物にならない。日増しに旗が増える稲葉山を見上げながら、道三は苦笑いを浮かべた。

「新九郎め、間抜けだと思っていたが、なかなかやりおるわい」

「感心されておるときではござりませぬぞ。稲葉山の兵はすでに一万五千、こちらは二千少々。どうあがいても勝ち目はござらぬ」

林駿河という老臣が腹立たしげに意見した。

「そう言うな、駿河。わが子が立派に戦支度をしておるのを、父親として喜んでおるのじゃ」

林駿河は驚いて道三を見上げた。

「真《まこと》の親なれば、そう説いて語ればよろしゅうはござらぬか。今からでも遅うはござりませぬぞ」

「今となっては何を言っても信じられまい。戦の仕方を教えてやるのが父の最後の務めじゃて」

道三はそう言うと、紙と筆を手にした。

「新九郎殿へ御遺言でござりますか」

「たわけ。戦う前から遺言など縁起でもない。尾張の婿殿へ兵を出すなと言ってやるのよ」

「尾張の頼み勢も断っては、もはや負け戦も必定《ひつじょう》。これまででございますな」

林駿河は力なく肩を落とした。

同じ頃、稲葉山のふもとに陣取った美濃の諸将のうち、明智十兵衛光秀の陣を訪れた者がいた。

「なにっ、蜂須賀小六殿が参られたのか」

光秀は驚いて立ち上がったが、思い直して床几《しょうぎ》に座った。明智勢を率いる頭領として参陣した自分が、軽々しく迎え出てはいけないと思い直したのである。

「お通しせよ」

光秀の言葉が宙を漂う間に、陣幕をはね上げて小六が入ってきた。

「これは蜂須賀殿、お久しゅうござる。このたびは稲葉山へお味方か」

「そなたは何故、道三入道に味方せぬ」

小六の表情が怒りを含んで硬い。

光秀は周囲を気にするように見回したが、人の姿はない。

「御承知の通り、明智は土岐の一族ゆえ土岐一門に従うのは当然のこと。ただ道三入道に恩義がある叔父の兵庫頭《ひょうごのかみ》は、明智の城にて籠《こも》っており申す」

「都合の良いことじゃ。味方はせぬのか」

光秀は苦々しげな顔をした。形勢がはっきりしすぎているこの戦いで、道三方に付くことは死を意味する。

「小六殿こそ、こうして稲葉山へ来ておるではないか」

「拙者は鷺山へ向かう途中に、敵情を見て回っておるだけじゃ。まさか貴公がここにおるとは思わなんだわ」

そう言って小六は背中を向けた。出て行こうとして、もう一度振り返った。

「そなたはまだ若いから言うておくが、信義を曲げては人は付いて来ぬぞ。時勢に乗って利を得たとしても、そんなものは霞《かすみ》のようなものじゃ」

小六が姿を消したあと、残った光秀はその言葉をかみしめた。たしかに光秀にも後ろめたさはある。

「されど死んでしまえば何も残らぬ。儂が生きた証《あかし》が何も残らぬ」

まだ小六がそこにいるかの如く、光秀は吐き出した。

鷺山《さぎやま》の陣を訪れた小六は、久しぶりに道三と対面した。

「なんじゃ、死にに来たか」

そう言いながらも、さすがに道三は嬉しさで顔をゆがめた。

「いえ、お館様の死に際を見届けに参りました」

「何を言うか」

道三は笑って空を見上げた。鷺山城の上には四月の空が澄み渡っている。

「ここに至っても性懲《しょうこ》りもなく我が陣に来る者は、妙な奴ばかりよ。のう、重元」

道三は側に控えていた老臣に話しかけた。

「それもこれもお館様のご人徳。お館様と同様、ひと癖ある者ばかりが慕い寄るのでございましょう」

老臣の名は竹中遠江守重元。美濃の西部、大野郡大御堂《おおみどう》城主である。この戦いで敗れたならば、おそらく城も攻められるが、その城は妻と十二歳の子、重治に守らせての出陣である。

「そうじゃ、尾張の岩倉も律儀に援軍を寄越しおったな。お前も知っておろう。黒田の山内よ」

そう道三は小六に教えた。

岩倉の織田家は美濃と縁が深く、この道三の危機にも援軍を出していた。美濃に近い黒田城の城代である山内盛豊が一党を率いて参陣していた。盛豊は盛重とも名が伝わる。子の一豊はまだ十二歳である。

「尾張の婿殿も加勢に来ると聞きましたが」

「いや、それは不要じゃと書状を送っておいた。義龍がこれほど時をかけておるのは何ぞ手回しをしておるかもしれぬ。上総介が出陣した隙に清洲を襲う者がおらぬとも限らぬでな」

かつて道三もそうやって織田信秀の背後を脅かしたことがあるが、そんなことは忘れたかのような顔である。

「ずい分と婿殿をお気に入りのようですな」

小六は、つい要らぬことを口に出した。妬《ねた》みがどこかに潜んでいるようで、言いつつ自分で後悔をした。しかし道三はそれには気づかぬ様子で、

「儂と同じような変わり者の臭いがするでな。たとえ儂が死んでも変わり者の上総介なら儂と同じことを、いやそれ以上のことを仕出かすかもしれぬ。美

濃も好きにせよと言うてやったわい」

「美濃を信長に譲られるのですか」

信長、と口走った小六を道三はぎろりと睨《にら》んだが、

「たわけ、好きにせよと言うただけじゃ。上総介が好きにするもよし。義龍が好きにするもよし。好きにし合うて相手が邪魔なら打ち倒せばよい。美濃を餌に、誰が上手い舞いを見せるか見ものじゃて。不服ならお前も舞《も》うてみるか。上総介や義龍に負けぬ舞いを見せてみよ」

そう言って大笑いした。


数日後の四月十二日、動き出した義龍方に合わせるように、道三方も鷺山を出陣した。小さな鷺山に籠っても包囲されて負けは目に見えている。とにかく小勢の道三方は動き回って、局地戦で小さな勝ちを拾うしかない。そのうちに状況が変わって和睦に持ち込めるかもしれない。

両軍の先鋒は長良川をはさんで対峙したあと、ぶつかり合った。


結局、集まった兵数は義龍方一万七千五百に対し、道三方はわずか二千七百。六倍以上の差である。

道三方の旗大将は林駿河、一方の義龍方の旗大将は林主水と、伯父甥が顔を突き合わせることになった。各所でこうした一族同士が顔を合わせたが、ひるむことは武士の恥とばかりに互いに一層奮い立ち凄《すさ》まじい激戦となった。小六も鉄砲衆の一隊を率いて、川を渡ってくる敵を川岸から狙い撃った。

この長良川河畔での戦いは十四日の朝まで続いたが、義龍方の大軍が迂回して川を押し渡ると、もはや道三方は支えきれず北へ退いた。

小野、城田と移動しつつ兵をまとめると再び押し出し、十八日昼から二十日にかけて中の渡《なかわたり》で義龍方と戦った。しかし戦いが長引くほど包囲が厳しくなり、次第に道三方は討ち取られていった。

「そろそろ仕舞いにするか。皆々それぞれ勝手に落ちていけ。儂も身を隠す」

さすがに疲れた様子の道三は、肩で息をしながら残った諸将を見回した。

もはや挽回することは難しく、誰もが道三の言葉に従って戦場を離脱していった。

「お館様はどこへ向かわれる。わが鉄砲で護衛仕《つかまつ》りますぞ」

馬にまたがった道三に小六が声をかけた。

「やめておけ。老人のために若い者が命を落とすことはない。お前の律儀はよう判ったゆえ、さっさと尾張へ帰れ。帰って上総介に力を貸してやれ。美濃を攻めるときには、お前たち川並衆の力が大きく物を言うはずじゃて」

道三はそう言って笑うと、腰の脇差を抜いて小六に投げた。

「僅《わず》かだが褒美じゃ。不服であろうが今はそれしかない」

「儂は褒美など欲しゅうて来たのではござらぬ」

小六は叫んだが、道三は笑うばかりである。

「不服があれば美濃を獲れ。お前の好きにするが良い」

「美濃を」

と小六は言葉を呑んだが、思い直して、

「儂は蝮《まむし》にはなりませぬ。嫌われて碌《ろく》な死に方が出来ませぬゆえ」

と言い返した。

「惜しいのう。お前に今少し鬼心《きしん》があらば美濃も奪えように。さらばじゃ、早う逃げよ」

そう言うと道三は馬に鞭《むち》を入れた。

甲高いいななきを残して、道三の後ろ姿が土煙の中に霞んだ。

道三はその日の夕刻、東の城田寺村を目指して行くところを、伊自良川の河畔で敵に包囲された。

林主水、長井忠左衛門、小牧源太道家の率いる兵で、主水と忠左衛門が道三に飛びかかり組み伏せ、ついに主水が道三の首を取った。忠左衛門も後の証拠として道三の鼻を削《そ》ぎ取ったと『美濃国諸旧記』は記すが『信長公記』では少し違う。

長井忠左衛門が道三を生け捕りにしようと組み伏せたところを、小牧源太が首を取ってしまった。やむなく忠左衛門は道三の鼻を削いだという。

『美濃国諸旧記』では首実検のあと、長良川の河畔にさらされた道三の首を、小牧源太が取り上げて土中に葬ったという。この小牧源太は尾張国の小牧の住人であったが、幼少の頃に道三に仕えた。しかし道三の非道な行いに憤《いきどお》りその元を離れ、この戦いでも恨みを晴らそうと道三をつけ狙った。ところが首になった道三を見ると、かつての主従の情が湧き起こり密かに首を持ち去って葬ったという。

道三の墓は稲葉山の北、長良川右岸の崇福寺の西南にあったが、洪水でたびたび流されるため、天保期に常在寺の日椿上人が崇福寺の北西に移し、今も道三塚として残っている。

また斎藤道三の菩提寺である常在寺にも墓所がある。


小六は稲葉山の敵を避け、長良川で舟を拾うと墨俣辺りまで南下した。ここまでくれば尾張川が合流していて川並衆の舟も行き来している。

舟を乗り捨てて陸に上がると、大浦のあたりに兵が駐屯しているのが見えた。
二、三千というところであろうか。近づいてみると織田木瓜《もっこう》の旗である。
（信長め、出て来たのか。このようなところにおっては何の役にも立たぬわ）

小六は吐き捨てた。

小六の姿を見つけた騎馬武者が二騎、土煙をあげて駆け寄ってきた。

「山城守《やましろのかみ》様の御家中か。合戦の次第はいかに」

道三からの伝令と間違えたらしい。かしこまった物言いの若武者を見上げて、小六はにたりと笑った。

「蝮《まむし》殿は今頃、首だけになって三途《さんず》の川を渡っておろう。織田殿もぼやぼやしておっては稲葉山の兵が押し寄せるぞ」

小六の言葉に騎馬武者の二人は顔を見合わせたが、ちょうどそのとき北から織田の斥候《せっこう》が馬を飛ばして駆け戻ってきた。その背後に大軍が姿を現した。

「さあ早う戻られよ」

「そなたは山城守様のご家来衆ではないのか」

長槍を携えた長身の若武者が小六に尋ねた。

「まあ遠い縁者というところか」

もう一人の若武者が苛立って叫んだ。

「戻るぞ、孫四郎！」

孫四郎と呼ばれた若者も、小六に一礼すると駆け戻っていった。

道三を討って勢いを増した義龍勢は、国境《くにざかい》近くまで兵を出していた信長へも攻撃を仕掛けた。

大軍の猛攻を受けて織田方は支えきれず、多くの戦死者を出して小越《おこし》の渡しまで撤退した。信長自らが殿軍《しんがり》を務め、兵が川を渡り切るまで舟の上で皆を励ました。

「殿、早うお引きくだされ！」

足を負傷した森可成《よしなり》が別の船から叫んでいるが、信長は振り向こうともしない。

やがて義龍勢の騎馬武者が川端まで迫ったとき、舟上の信長が鉄砲を放った。その轟音に美濃兵の動きが止まった。

美濃方は騎兵が押し寄せたのみで鉄砲足軽はまだ後方である。応戦のしようがないために川端で追撃を諦めるほかはなかった。

信長は美濃勢を睨みつつ悠然と対岸へ渡ったが、そこへ知らせが届いた。義兄の織田信広の兵が、清洲城外で不穏な動きをしているという。どうやら斎藤義龍と呼応した動きらしい。

信広は信秀の長男であるが、正室の子でないために後継とされなかった。三河安城での戦いでは信秀を助けて大いに働いたものの、今川方に捕虜となり、それ以後は人望を落としている。

信長が出陣するときには信広が後詰めとなり、清洲城下へ入って留守居役に接待を受けることが慣例となっていたが、信広はそれを利用して清洲城を乗っ取ろうとしたらしい。

信長も道三からの手紙で、斎藤義龍の策謀に用心するよう忠告されていたために、清洲の留守役には決して城門を開けぬよう指示しておいた。策略を見破られたと焦《あせ》った信広は、信長の背後を襲おうと考え清洲城外に留まっていたが、その決断もつかぬままやがて引き上げた。美濃勢もまた合図の狼煙《のろし》が一向に上がらぬために、策が破れたと判断してそのまま兵を退いた。

こうして信長は無事に清洲に引き揚げたが、心中には大きな痛手をこうむっていた。

自分に敵対する兄弟や親類縁者の多い中、隣国の国主でありながら道三は信秀の後継として自分を認めてくれた。

父の信秀、平手政秀、織田信光についで斎藤道三。

（儂の味方は次々に死んでいく。もはや頼る者はおらぬ）

信長は初めて、己一人の力で尾張を制覇しなければならぬと覚悟を決めた。

十一

斎藤道三の死から、しばらく小六にも空虚な日々が続いた。

美濃を奪えと言った道三の言葉が、頭の中にいつまでも残った。戯言《ざれごと》には違いないが、それができる男だと道三は見たのであろう。

今少し鬼心があらば美濃も奪えように、という言葉も胸に刺さっていた。

（鬼心とは何だ。人を人とも思わぬ残忍さか）

国を奪うのには必要かもしれぬが、国を治めていくときには邪魔なものだろう。道三自身も国主となることはできたが、国を治めることはできなかった。

（あるいは、あの男は持っているのかもしれぬ）

信長の姿が小六の脳裏に浮かんだ。

そんなとき蜂須賀屋敷の門前に小さな人影が立っ

た。

「ここは蜂須賀小六の屋敷かや」

庭先まで入ってきて、甲高《かんだか》い声で屋敷の内に呼ばわった。

「兄様、妙な小男が参っております」

政刻《まさとき》が小六に来客を告げた。

正確には政刻は小六の従兄弟になるが、八年前にこの屋敷に引き取られてから小六を兄様と呼んでいる。この年、二十一歳になった。

「誰だ」

「それが名を名乗りませぬ」

小六が出てみると、何時《いつ》ぞやの団子泥棒の小僧である。池鯉鮒《ちりふ》では知立神社の鯉を盗んで、茶店の親爺に怒られていた。

「おう、お前か。名は何と言うたかな」

「忘れたんか。藤吉郎じゃ」

「そうか、藤吉か。たしかお前、駿河へ行って仕官すると言っておったのではないか」

「ああ、したわい。じゃが面白うないんで辞めた」

「また盗みでもやって放り出されたんじゃろう」

一瞬、藤吉郎は目を丸く見開いて黙った。どうやら図星《ずぼし》らしい。

「たわけ。儂の働きようが目覚《めざ》ましゅうて、家来衆がひがんでの。それで何じゃかんじゃと五月蠅《うるさ》いゆえ、もう辞めてやったのよ。そんなことはええから水でも飲ませてくれ。暑うてかなわん」

呆れた顔で政刻が奥へ消えた。

「それでなんで儂の屋敷へ来たのじゃ」

「それじゃ。今川はもうあかん。昨年に雪斎和尚が死んでから覇気がない。一気に織田を攻めると思ったが、ちいとも動こうとせん。吉良を動かして斯波武衛様を味方に引き入れ、尾張の内から騒動を起こそうとしておるが、そんな細きゃあことをせんでも一気に攻めたなら勝負は着くのに、意気地がのうてできん。あれではあかんわい」

知らぬ間に縁先に腰かけ、出された水を飲んでいる。一息に飲み干して、政刻に差し出した。もう一杯欲しいということである。

「それで今川を離れて尾張へ戻ったのか」

「いや、今度は美濃の斎藤へ行ってみた。父親の首を取って国を奪ったというから、さぞ日の出の勢いかと思いきや、あかん、あかん」

「何があかん」

「身元の知れん他所者《よそもの》は仕官させんとぬかしおる」

たしかに美濃家中は同族や地縁のつながりが強く、簡単に他所者を受け入れる素地《そじ》が少ない。

「つまるところ山深い田舎よ」

「それで何じゃ、儂のところへ立ち寄ったか」

「立ち寄るどころか、ここで仕官しようと思うてな」

そう言って藤吉郎は、にたりと笑った。

大方そんなことだろうと小六は勘付いていたが、思った通りと呆れ果てた。

「前にも言うたが、儂は人の荷を扱うておってな、盗み癖のある者は使わんのじゃ」

「そんなことを言わんと手元に置いてみい。これほど役に立つ男はおらんぞ」

藤吉郎は政刻が持ってきた水を三度飲み干してから、渋い顔で政刻に言った。

「あのなあ、言うては悪いが、兄さん。水を所望されて三度も同じ物を持ってくるのは気の利《き》かん証拠だわ。食い物をつけるとか酒にするとか、何ぞできんかや。そんなことではどこへも仕官できんぞ」

「な、何を言うか」

政刻は怒って顔を赤くした。自分より年下の汚い小男に馬鹿にされては、さすがに腹も立つ。

「まあまあ待て」

小六は二人を静めてから、藤吉郎に言った。

「たしかにお前は機転は利くようじゃが、人との諍《いさか》いが多すぎる。今少し己を抑えることを覚えねば誰もお前の味方にはつかぬぞ。これまでお前の味方をしてくれた者はおったか」

藤吉郎は初めて黙った。

「機転の利くお前の目には、周囲の者は阿呆に見えるかもしれんが、それを阿呆と言うてしもうては喧《けん》嘩《か》になるばかりじゃ。争いを起こさずに自分の思いを遂げるのが真《まこと》の知恵者だろう」

縁先に座って背中を向けていた藤吉郎が動かなくなった。小六の言葉がこたえた様子である。

「まあ良い。儂のもとには置けぬが、心当たりはある。しばらく人足でもして働くがええわ」

小六は藤吉郎を生駒屋敷で働かせようと思った。あそこならば諸国から集まった剛の者が屯《たむろ》している。彼らの中で揉《も》まれれば不要な棘《とげ》も落ちて、多少は扱いやすい性格になるのではないか。

「兄様、この者、居眠りをしておりますぞ」

政刻の言葉に顔をのぞきこむと、藤吉郎は目を閉じてよだれを垂らしている。

「何という奴じゃ」

小六は呆れて、さすがに腹が立った。藤吉郎の耳元に顔を寄せると、

「猿！」

と一喝《いっかつ》した。

生駒八右衛門は小六の頼みを受けて、藤吉郎を屋敷で働かせることにした。

生駒屋敷には諸国から流れ着いた武芸者などが住み着いて、荷の警護や合戦の加勢をして働いている。

「大人しゅう働いておるんかな、藤吉は」

しばらくして生駒屋敷を小六が訪ねた。

「大人しゅうもないが、何とかやっておるわい。遊佐《ゆさ》殿にしつけ役をお願いしてあるでな」

八右衛門は茶を飲みながら笑った。

遊佐殿というのは生駒屋敷に住みついている武芸者の一人で、遊佐河内守という加賀者である。楠《くすのき》流の兵法の心得があり、生駒屋敷の浪人衆の中でも一目置かれる存在となっている。ときおり八右衛門の求めに応じて、皆を集めて兵法の講義をすることもある。この者に藤吉郎の教授を任せてあるという。

「楠流をもってしても猿を人に変えるのは至難の業じゃろう」

小六も笑った。

「それは良いが、清洲の上総介様が、いよいよ勘十郎様と雌雄を決することになりそうじゃ」

八右衛門は昨年の冬に清洲復興の上納金を納めて以来、信長への接近を深めている。行く行くは犬山や岩倉よりも信長の力が尾張を制するであろうと、商人の勘で見通しているが楽観はできない。あまりに敵が多いためにどこで腰折れになるか判らない。そのため清洲の動きを注視している。

「五月であったか、上総介様は林佐渡の屋敷へ乗り込んだことがあったそうじゃ。弟の林美作《みまさか》が上総介様を討ち取ろうとしたそうじゃが、さすがに佐渡が止めて事なきに終わったらしい。危ういことをされるものよ」

その一件を契機にして、勘十郎信勝を推す林兄弟と柴田勝家、さらに林の与力たちが信長に反旗を翻した。

この前年の六月、守山城主の織田信次の家臣が、誤って信長の弟である秀孝を射殺《いころ》す事件があった。信勝もまた弟の秀孝を可愛がっていたため、兵を出して守山城下を焼いた。信次は恐れて逐電してしまった。

その後、守山城には信次の家臣だけが残っていたが、信長はここに弟の信時を入れた。しかしこの信時もまた信次の家臣によって攻められ切腹した。

この守山の騒動の最中、城下に出陣していた信勝家臣の林美作は、庄内川を越えて信長の直轄地である篠木《しのぎ》方面にも乱入した。その数は日増しに増えて、もはや領地を奪おうという狙いは明らかになった。

柏井吉田城には小坂家の当主となった前野小右衛門の兄、小坂宗吉《おざかむねよし》がいる。宗吉は村人らと城に立て籠もったが総勢百余り。林勢は五、六百にも膨れ上がり抗しがたいために在所の前野村や清洲にも救援を求めた。

前野村からは村瀬作左衛門が五十ばかり、清洲からは佐久間信盛が三百余り、また佐々からは百余りの兵が駆けつけた。信盛の指示で吉田城よりも堅固な上条城《じょうじじょう》へ陣地を変え、竜泉寺の林勢とにらみ合った。

ここに至って信長は信勝方との戦いを決意した。

那古野城の北西、庄内川左岸の名塚《なづか》に砦を築いて、佐久間盛重に守らせた。

この時期、信長は美濃勢の動きにも備えて、小越の南の加賀野井《かがのい》にも兵を出していたため、動員できる兵数が限られていた。比良の佐々衆を動員して名塚を守備し、また上郡の岩倉や犬山にも出兵を要請した。

生駒家長はこのときとばかりに、生駒党はもちろんのこと、前野党、坪内党など近在の兵を集めた。しかし前野党からは柏井にも援兵を出したために、大した数は残っていない。そこで小六や小右衛門ら川並衆にも声をかけた。

「儂らに信長の加勢をせよというのかや」

小六は渋い顔をした。

「此度《こたび》は上総介様も正念場じゃ。勘十郎様方は二千の兵数、こちらは五百あるかないか。ここでお助けすれば覚えも目出度かろう。ぜひ川並衆も力を貸してくれ」

小六と小右衛門は顔を見合わせた。

小右衛門はともかく、小六は蜂須賀党を誰の傘下にも入らず、独立したままの勢力でありたいと思っている。

「上総介様が敗れるようなことがあれば、尾張はまた元の木阿弥。今川と斎藤に良いように食い尽くされるばかりじゃ」

「それでも儂らは川並衆として残れば何も変わらん。今川だろうが斎藤だろうが、この川筋で働きが出来れば、そんなことはどうでもええ」

「残れると思うかや、小六。儂が思うに、これからは力のある者が次々と力のない者を呑み込んでいく世になるぞ。力のある者は富に任せて鉄砲を買い付け、ますます強うなる。津々浦々まで勢力を伸ばしていくと、川並衆のように気ままに振る舞う者も許されんようになる。以前、川下の中洲に住みついた一向衆が備後様に攻められたことがあったが、いずれかに従わん者は、滅ぼされることになるぞ」

珍しく八右衛門が真剣な顔で小六に説いた。

八右衛門の言うところは小六も薄々感じているこ

とである。しかし小六の気性が、どこかの支配下に入って命じられるままに生きることを拒んでいる。腕組みをしたまま、小六は黙ってしまった。小右衛門も何とも言いようがない。

「まあええわ。とにかく此度は儂に力を貸してくれ。これを生駒の仕事として請け負うてくれんか。いつも以上に金は払うから、このとおり」

八右衛門は両手を合わせて小六を拝んだ。


結局、小六たちは生駒の雇われ兵ということで参陣することになった。

生駒党は生駒家長、森正成、前野党は前野宗康、前野小兵衛勝長、坪内党は坪内為定、そして川並衆は蜂須賀小六正勝、前野小右衛門長康らが率いた。とは言うものの総勢で五十数騎という小勢で、これで信長の目に留まるか、はなはだ心もとない陣容ではあった。

彼らは他の岩倉、犬山勢とともに小田井《おたい》へ向かい、佐々勢に加わった。彼らを含めても信長方は、やっと五百になるかという兵数である。

一方の信勝方は林兄弟の七百に、柴田勝家の一千などで約二千に近い兵数である。

圧倒的に不利ではあったが信長はこの機に決着をつけようと考えた。美濃に斎藤義龍という敵が出現した以上、いつまでも尾張の内で争うことは滅亡を意味する。南の今川だけでも大きな脅威である上に、両者が南北から攻め入れば尾張は瞬《また》く間に奪われてしまう。

那古野城から二キロばかり北西の名塚に砦を築いたのも、信長の大胆な策略であった。背後に庄内川が流れているために相手にとっては容易に攻略できるように見える。しかも倍以上の兵数とあれば、力押しに川中へ追い落とせばいい。

信長としては相手方をこの地に集めて一気に決着をつけるつもりであった。柏井のような開けた地で戦っては、兵が拡散してしまって兵力の差が勝敗に直結してしまう。そのために川沿いの窮屈な場所に相手を呼び寄せねばならない。その餌《えさ》が名塚の砦であった。

八月二十日ごろから大雨となった。あるいは台風であったかもしれない。

この土砂降りのため庄内川が溢《あふ》れて名塚のあたりは水浸しになり、砦は島のように水面に浮いた。この状態が三日も続いて、もはや戦闘どころではないと思った一朝、信長が出陣を命じた。

柏井勢にも前日に出陣令が出て、小坂宗吉らは竜泉寺の信勝方に気づかれぬよう風雨の中、夜陰に紛れて名塚まで駆けた。柏井にも守備兵を残したため二百ほどの兵であったが、この柏井勢を合わせて信長方はようやく七百。相手の半分以下の兵数である。

降り続く雨の中、宗吉らが小田井に着いたのが明け方で、庄内川の対岸には敵方の幟旗《のぼりはた》が林のように立ち並んでいる。川を渡ろうにも一面の水びたしで途方に暮れていると、佐々孫助が馬で駆けつけた。

「ここは深みにござる。渡り口を案内つかまつる。すでに上総介様は下流から川越なされた。遅れては末代までの恥でござるぞ」

すでに中洲の場所に佐々衆が待機しており、柏井勢は胸まで水に浸《つ》かりながらも、なんとか名塚まで渡ることができた。

合流した宗吉たちを見て、心細かった前野衆や生駒衆は喜んだ。

「孫九郎兄が来れば鬼に金棒じゃ。わが兄弟で手柄を立てるかや」

前野小兵衛が小右衛門に声をかけた。

小右衛門の後ろでは小六が不機嫌そうな顔で黙っている。背負った鉄砲も水に濡れて使えそうもない。

信勝方は名塚から東の稲生《いのう》にかけての小高い場所に先に布陣し、信長方を待っている。佐々勢と柏井勢らは川端から敵に迫ったが泥水のために馬が進まず、仕方なく徒歩となった。臍《へそ》辺りまで泥水に浸かって進むと、相手の矢が雨のように降ってきた。

ようやく雨も上がった空には日が燦々《さんさん》と照り輝き、蒸し暑さでうだるようである。しかしこのまま躊躇もできず、佐々勢と柏井勢は強引に突撃を試みた。

深田の中を突き進んだとき、どこに伏せていたのか敵勢が法螺貝《ほら》を吹いて湧き起こった。

「おい、小兵衛が危《あや》ういぞ」

小六が小右衛門に声をかけた。

泥田を進むうちに、先に行く者と後ろを行く者の間に距離が出来ていた。

真先に駆けていた佐々孫助が、殺到する敵の槍を横腹に受けて泥水の中に倒れ込んだ。それを助けようと近づいた前野小兵衛も肩口を突かれて負傷。目の前で味方が次々と倒れていくが、思うように進退がかなわず助けようがない。やむなく信長の陣近くまで退却せざるを得なかった。

東の柴田勢と南からの林勢に押され、信長方は次第に川淵へと追い込まれつつあった。信長の本陣は中間《ちゅうげん》衆の織田勝左衛門、織田造酒丞《みきのじょう》、森可成《よしなり》らが懸命に防戦して、何とか持ちこたえている。

佐々勢、柏井勢の敗走を見た信長は、立ち上がって三尺五寸の大刀を抜き去ると、

「柴田の槍先、如何《いか》ほどやある。我に続け！　功名を挙げ武門の面目を立てるはこのときぞ！」

と味方を大喝して駆け出た。

飯尾定宗、浅野長勝、滝川一益ら屈強の馬廻り衆が、遅れてはならじと敵の中へ突撃した。退却してきた小六たちの眼前を、風のように信長主従が疾走していった。

信勝方では柴田勝家が陣前にて采配していたところ、突然に信長が現れたために、

「これはいかぬ」

とばかりに兵の中に姿を隠した。それを見た信長は、

「やよ権六、いかなる面目があって我に見《まみ》えるか！　名を惜しむ武者ならば早々に我と槍を合わせよ！」

と大音声《だいおんじょう》に呼ばわった。

戦場にとどろく信長の甲高い声に勝家は戦意を失い、萎縮《いしゅく》してそのまま兵とともに退《ひ》き下ってしまった。

信長は柴田勢を追わず、南の林勢に向けて突撃を命じた。

急激な戦況の変化に林佐渡、美作兄弟は驚き、慌てて防戦したが間に合わない。陣の深くまで信長勢がなだれ込んだ。黒田半平左という者が林美作と幾太刀か斬り結ぶうちに、美作が半平左の手を斬り落とした。美作が一息つくところへ信長が自ら駆けつけ、馬上から長槍で美作を突き伏せた。

林勢が崩れ、柴田勢もそれを見て退却を始めると信長は追撃を命じて、大いに敵を討った。

翌日、首実検したところでは林美作をはじめとして歴々の首は四百五十に上ったという。

こうして信長は勝利したが、肝心の信勝は末森の城に籠《こも》ってしまった。信長は信勝方が籠る末森、那古野の城下を焼いて降参を迫った。

「鬼神のような姿じゃったな」

引き上げる途中、小右衛門が小六につぶやいた。信長のことである。

「それはそうじゃろう。負ければ滅ぶのだからな」

将としての信長と、雇い兵の小六たちでは戦いにかける意欲が違う。

（しかしあの若造、あるいは尾張の平《ひら》ならしをやるかもしれぬ）

小六は初めてそう思った。

この稲生の戦いの余波が収まり切らないうちに、美濃でも戦が起こった。

斎藤道三を討って新たな国主となった斎藤義龍が、可児の明智長山城を攻撃したのである。小六たちにとっては、こちらの方が試練の戦いとなった。

先の道三と義龍との戦いでは、明智の当主、光安は城に籠って出兵せず、甥の光秀のみが稲葉山に参陣した。光安は妹の小見《おみ》の方が道三の正室であったことなどから道三へ義理立てしたのだが、明智嫡流の光秀には土岐氏への忠誠を示すために義龍方に味方させたつもりであった。

しかし義龍はこれを許さず、関城の長井甲斐守衛安《もりやす》に命じて攻めさせた。

長井氏は土岐氏の一族で、もともとは守護代の斎藤氏の下で小守護代を務める家柄であった。しかし戦国の下剋上の風潮で、守護の土岐氏の力が弱まると、斎藤氏、長井氏が台頭し、その混乱に乗じて斎藤道三が国主に上りつめた。道三自身も一時は長井新九郎規秀を名乗ったこともある。

その長井氏は東美濃に勢力を張り、美濃家中でも重きを置いていた。道三と義龍の戦いでは、道三を討ち取った一人である長井忠左衛門道勝や、道三の二人の息子を殺害した長井隼人正道利がいる。利用され追い落とされた長井一族が道三に恨みを晴らしたとも言える。

長井衛安は三千の兵力で木曽川を越えると、可児の砦を攻略しつつ明智長山城へ攻め寄せた。この大軍に明智勢は対抗できるはずもなく、かねて懇意にしている尾張へ援軍を要請した。

肥田《ひだ》孫左衛門、土田《どた》甚助らが犬山の織田信清に援軍を求めて走り込んだ。

信清も明智を見捨てるわけにもいかず、出陣の触れを出した。清洲にも知らせはしたが、このとき信長は稲生の戦いに勝利した直後で、信勝方との戦いが完全に収束したとは言えず、清洲を手薄にするわけにはいかなかった。

さらに庶兄の織田信広が再び斎藤義龍と示し合わせ、さらに岩倉の織田信安をも巻き込んで謀反の動きを見せていたのである。明智城の攻撃は、信長の目を東に向かわせておいて、西から尾張へ攻め込む斎藤義龍の巧妙な策であった。

出陣の命を受けた犬山家中の生駒党や坪内党、さらに前野党もあわただしく出陣した。

犬山の東、美濃と尾張の境の善師野《ぜんじの》に集結して、さらに八キロほど東の明智長山城を目指した。前日からの雨が昼になっても続いている。

集結した犬山衆は総勢三百。明智の城方は四百で合わせて七百の兵数である。これに対して長井勢は三千、加治田《かじた》などの諸勢を合わせて四千にもならんとしていた。

明智の城へ向かったものの、すでに長井勢は城近くにまで及び、繰り出した城方と小競り合いをしている。その隙を見て、なんとか犬山勢は間道をつたって城へ入ることができた。

「これは犬山の衆、ご加勢いたみ入り申す」

明智城の当主、明智光安が、犬山衆を率いてきた中島豊後に礼を言った。が思ったほどの加勢でないことに落胆しているのが明らかであった。光安はすでに五十七歳。入道して宗寂《そうじゃく》を名乗っている。

「まだご加勢はあるのでござろうの」

光安の弟、光久が中島豊後に恐る恐る尋ねた。

「犬山衆はこの先、駆け付けたとしても数百。あとは清洲からの加勢が頼みの綱でござろう。それまで我らでしのぐほかござらぬ」

豊後の言葉に城方の兵たちの表情が曇った。

すでに光安の息子、明智光春が百五十の兵で城外へ打って出たものの、包囲され多くを討ち取られて逃げ戻っている。

「土田弥平次が討死したそうじゃ」

生駒八右衛門が小六につぶやいた。昨年、祝言を挙げたばかりの類の夫である。土田勢も土田甚助らが明智城へ加勢に入っていた。

「弥平次は二十六か。若いに気の毒なことじゃ」

類のことを思うと、小六もやりきれない思いになった。

その小六の背中に声をかける者がいた。

「蜂須賀殿、このたびのご加勢、かたじけない」

振り返ると明智十兵衛光秀である。いつもの神経質そうな顔が、さらに深刻さを増して暗い。左手を腹のあたりに当てているところを見ると、腹具合も悪いのかもしれない。

「明智の総領殿がそのように暗い顔では、味方の士気も奮いませぬぞ。偽りでも平気な顔をしなされ」

「そうは言うても多勢に無勢。もはや勝つ手立てはござるまい」

さかんに腹をさすっているのが痛々しいが、小六はこの若者には遠慮がない。

「我らが必死の思いで加勢に来たと言うに、多勢に無勢と言われては甲斐もない。今は御身《おんみ》の腹の痛さよりも、この城内の味方すべてのことを考えるべきでござろう」

「それがしはもはや降伏しかないと思うのだが」

「なんと」

小六と八右衛門は顔を見合わせた。加勢に来て何もせず降伏では意味がない。

「まあ良い。総領殿は今一度、厠《かわや》にこもってご勘考なされよ。我らはひと働きし申すゆえ」

そう言って小六は光秀の前を離れた。

「すでに陰腹《かげばら》でも召《め》されておるのではないか」

八右衛門が冗談を言って笑った。たしかにそれほど苦痛に満ちた光秀の顔であった。

「大将にあのような顔で歩き回られては兵もかなわん」

ふと小六の脳裏には、稲生の合戦の勇猛な信長の姿が浮かんだが、頭を振って振り払った。

「とにかく長井勢にひと当たりせずに降伏などできぬ」

小六たちは打って出る支度を始めた。


城下を焼いた長井勢は次第に城外に迫り、さかんに鉄砲や弓を撃ちかけている。黒煙が空を覆い、城内にも流れ込んだ。

「清洲の援軍を待っていては城は落ちますするぞ。もはや勘考しておる暇はござらん。大手門を開いて打って出ましょうぞ」

生駒衆の一人、森正利が大声で叫ぶと、流れる清水を口に含んで太刀の目釘に吹き付けた。

この森氏は伊勢長島の国人だったが正利の父、正久の代から小折村に移り住み、生駒の縁者となった。かつて伊勢長島一帯を占拠していた一向宗徒を、織田信秀が攻めたことがある。正久は勇敢に戦ったが捕えられ討たれる寸前で、生駒家宗が信秀に掛け合って命を助けた。勇猛ぶりを惜しんだとも言うし、また古くからの縁者だったとも言う。

ともかく命拾いをした正久は小折村に住んで生駒衆となり、前野正義の娘、あるいは妹ともされる阿久《あぐい》以を嫁に貰い、前野家とも縁者となった。その息子に正成、正利、正好の兄弟があり、正成は生駒八右衛門の妹、須古《すこ》を妻とする。

この戦いに正成の名はないが、弟の正利とともに出陣したのかどうかは判らない。父の正久は二十五年ほど前に死去している。

その森正利の掛け声に城方の兵は従って、城門を開くと決死の突撃を敢行した。

必死の形相で飛び出してきた兵に長井方は一瞬たじろいだが、やはり多勢に無勢である。間合いを取って囲むと、無数の槍を繰り出して一人また一人と討ち取っていった。

先頭で飛び出した森正利が討死し、それに続いた高齢の前野正義も討ち取られ、郎党十六名が落命。美濃衆の可児才右衛門、肥田玄蕃らも次々と討死した。

小六たちは目の前に現れる敵兵を切り捨て押し出そうとしたが、次第に取り囲まれた。振り返ると城への退路もふさがれてしまっている。もはや力づくで囲みを破るしかないと覚悟を決め、腕も千切れんばかりに太刀を振るった。

一族郎党がひと塊《かたまり》となって突き進んで敵の囲みを押し破ると、切り結び切り結びしつつ、山手の道を駆け上がった。

やっとのことで敵の追撃を振り切って、尾張領内までたどり着いた頃には多くの者が討ち取られ、あるいは傷ついていた。

犬山まで逃げ戻った小六たちは長井勢の追撃に備えていたが、さすがに尾張領にまで攻め込むことはなかった。

斎藤義龍にすれば明智を討つという目的のほかに、信長が東美濃へ兵を向けた隙に、西から侵入して織田信広や岩倉の織田信安とともに清洲を攻めるという深謀があった。信長がそれを察知して兵を動かさなかったために策は破れた形になったが、無援の明智の城は落ちた。

「明智の衆はどうなったじゃろう」

引き揚げた小六たちは犬山城内で、湯漬けの飯を食いつつ話し合った。

「明智宗寂入道様をはじめとして御一門、自刃されたということじゃ」

坪内忠勝が明智からもたらされた知らせを皆に告げた。

やがて美濃衆の土田甚助が、

「清洲が兵を出さぬからこのような大負けを食らったのじゃ。清洲は我らを見捨てたのよ。もうこの先、清洲には従わぬ」

と怒りをぶちまけた。

土田家は古くから織田信秀と好《よしみ》があり、信秀の妻も土田家から輿入れしたほどであるが、それだけに信長に見捨てられたことに腹を立てていた。

（あの十兵衛も死んだか）

小六は最後に見た光秀の暗い顔を思い浮かべた。何かと気に障《さわ》る男であったが、どこか気になる存在でもあった。

光秀が次に小六の前に姿を見せるのは、十二年後のことになる。

十二

信長と弟信勝との対立は、母の土田御前の取り成しで和解した。

信勝をはじめ林佐渡、柴田勝家らの主従が、墨染《すみぞめ》の衣を着て清洲に参向し詫びたために、信長はこれを許した。

信長としては腹わたが煮えくり返るほどであったろうが、そんな様子は少しも見せず、

「稲生のことはあの大雨で皆、流れて消えたわ。今後は織田家のために忠節を尽くすが良い」

と快活に笑った。土田御前は涙を流し、居並ぶ家来衆もこの信長の寛容さに驚き感心した。

面談を終え奥に入ると信長は途端に表情を変えた。そばにいた佐久間信盛に、

「次は信広か。どいつもこいつも器量もないくせに

儂《わし》に歯向おうとする。愚か者ばかりじゃ」

と吐き捨てた。

「三郎五郎様を操るは美濃の斎藤義龍と、岩倉の織田伊勢守でございましょう。その操る糸を切ること が肝要かと」

信盛はそう進言した。

「まずは岩倉の糸を切るか。上郡の生駒とか申す者が顔を出しておったな。岩倉の家老とも昵懇《じっこん》と申しておったが、あの者に岩倉を引き込むよう申し伝えよ」

「ははっ」

信長の命を受けて信盛は姿を消した。


それから数日後、前野屋敷を生駒八右衛門家長が訪ねた。

季節は晩秋。前野屋敷の柿の木には、例年にも増してたくさんの赤い実が生っている。

「柿がよう生《な》りましたな」

八右衛門が柔らかい物腰で庭の柿の木を見上げた。

座敷には当主の前野宗康が、八右衛門と向き合って座っている。

宗康は数日前に兄の前野正義と、その孫に当たる森正利の葬儀を終えたばかりで元気がない。六十もすでに越えて、宗康にも老いが目立ってきた。

「明智の出入りでは大勢身内が死に申した。今年は難儀な年でございますな」

「稲葉山攻めで伯巌《はくげん》様が落命された年以来じゃろう。これほど死人が出たのは」

九年前に織田信秀の美濃攻めで、犬山城主の織田信康をはじめとして大勢の尾張勢が戦死した。この辺りでも駆り出された民が命を落とし、あちこちでまとめて葬儀を行った。

「しばらくは平穏であってもらいたいものだが」

宗康は柿の木を見上げて、つぶやくように言った。

「しかしそうは参らぬようで、清洲の上総介殿は勘十郎様を抑え込んで、次は岩倉攻めをお考えのご様子」

「なにっ、岩倉を攻めるのか」

「先の三郎五郎様のご謀反に従って、岩倉勢が下津《おりづ》あたりを焼き払ったのをお怒りになっておられます。あれは不味《まず》うございました」

「我らもお止めしたのだが、明智へ行っておるうちに殿が一存でお命じなされたのじゃ」

八右衛門は、やや声を低めて宗康の顔を覗きこむように前かがみになった。

「小次郎様は岩倉の殿が尾張を治められるとお思いですか。美濃の斎藤を頼みにして清洲に勝ったとしても、それは美濃に従属することになりましょう。行く行くは尾張上郡は斎藤に、下郡は今川に裂かれて奪われることになりますぞ」

うぅむと唸って宗康は腕を組んだ。

「ここに至っては尾張を任せる御仁を決めるしかございませぬ。尾張を二つに割っても良ければ岩倉の伊勢守様か犬山の十郎左様、それとも尾張をまとめて隣国に奪われぬ国を作ろうと思えば上総介様でございましょう」

「されど当家は代々岩倉の奉行を務めておる。主家を見限るわけにもかかぬ」

「小次郎様が何もせぬでも、清洲勢が力攻めに岩倉に押し寄せたならば、それこそ明智城の如く悲惨なことになりまする。戦の前に降参すれば御家《おいえ》の存続も許されましょう。ご家臣としては御家が残るように尽力することこそ御奉公ではございませぬか」

宗康は深い溜息をついた。

「そなたは上総介様に執心しておるようじゃが、仮に尾張を平《ひら》らしたとしても、今川が来れば勝つ見込みはなかろう。それよりは上郡が美濃の内となれば今川も迂闊《うかつ》には手を出せまい。いずれが良いかは判らぬものじゃて」

「それでは尾張一国を今川に呑まれたとしても同じことでしょう」

話が袋小路に入ってしまった。

「先のことは判りませぬが、上総介様が岩倉を攻めようとしていることは目の前のこと。戦うか、それとも戦を避けるか。その御決断は早々にされたほうが」

「先の短い儂の一存では決め難い。倅《せがれ》らとも話し合うてみるゆえ、しばらく時をくれるか」

　宗康はそう言って八右衛門を帰した。

　岩倉の城内でも信長と戦おうと言う者と、手を結ぼうとする者の両派があった。

　城主の織田信安は上郡守護代家の格式にとらわれ、家来筋の信長に従属することは到底受け入れがたいものがあった。大方の家来衆はそうした反信長の態度であったが、家老の稲田修理亮や前野宗康らは、日の出の勢いの信長との対立は避けたいと考えていた。

「それは八右衛門の申す通りでしょうぞ。上総介様に歯向うて勝てるものではございませぬ」

　前野屋敷に集まった宗康の子供らのうち、嫡男の宗吉が真先に信長への恭順を口にした。宗吉は信長の御台地の柏井を管理する小坂家に入っているために、信長への忠誠心が強い。

「儂もあの戦ぶりを見て、尋常な御仁でないと思ったわ。あれは鬼神か毘沙門《びしゃもん》様が乗り移っておるとしか思えぬぞい。なにしろ柴田権六が一喝されて腰砕けになってしもうたからな」

　小兵衛が稲生の戦いの信長の姿を思い浮かべて言った。あの折に受けた肩口の傷も、やっと治ったところである。

「小右衛門はどうじゃ」

　宗康は黙ったままの小右衛門を促した。

　小右衛門としては信長に特別な思いはないが、小六が弾正忠家を恨んでいることが気になっている。信長の勢力が上郡に伸びてくると川並衆ともぶつかる日が来るかもしれない。

「いずれ犬山も清洲に従うことになろう。さすれば川並衆も上総介様の配下に入るしかないぞ。どこかで小六も膝《ひざ》を折らねば、この地に留まることはできぬじゃろう」

　小右衛門の胸中を読んで宗吉が言った。

　皆が黙ったところで宗康が口を開いた。

「お前たちが敵味方に分かれぬよう、当家としては上総介様に従うのが良いかもしれぬ。岩倉の殿には、なんとか清洲に恭順していただくよう説くほかはないのう」

「されば伊勢守様は隠居なされてご嫡男の左兵衛様に家督を譲られてはいかが。それが上総介様への恭順の印になるかと思いまするが」

宗吉が父に進言した。

「なるほどのう。されど左兵衛様に家督を譲られるかどうか」

信安と嫡男の左兵衛信賢《さひょうえのぶかた》は親子の仲が悪い。よくある父と息子の対立だが、城主の家だけに親子の問題のみで収まらないところがある。

信安は長男を遠ざけ、次男の久兵衛信家を可愛がっていて、家督も信家に継がせるのではないかと家中でもささやく者がいる。

「一度、稲田殿とも話し合うてみるか」

宗康は大きく溜息をついて肩を落とした。

結局のところ前野宗康と稲田修理亮は主君の織田信安を説いて、隠居させることに成功した。

信安としても清洲と真っ向から戦って勝つ自信もなく、かといって美濃の斎藤を引き込んでの大戦をもくろむ胆力もなかった。五十になったばかりの壮年ではあるが、長年、歌舞音曲におぼれた暮らしを続けてきて、弾正忠家の求めに応じて兵を出すだけであったから、いざ自ら指揮して戦うとなると腰が引けるのも当然である。また家督争いがこのままこじれれば、嫡男の信賢に寝首をかかれる恐れもある。

諦めた信安は母方の在所である美濃斎藤家へ身を寄せることとなった。

新たな当主には信賢が収まった。対立していた弟の信家も、父の後を追って美濃へ去った。

「八右衛門もなかなか策士じゃのう。岩倉の殿を隠居させるとは」

尾張川の中洲にある松倉城で、小六は小右衛門から事の成り行きを聞いた。

「いや、隠居させたのは孫九郎兄の知恵じゃ。それとも八右衛門から入れ知恵じゃったのかな」

小右衛門は首をかしげたが、思い直して盃を口に運んだ。

板戸の隙間から吹きこむ北風に囲炉裏の火が揺れている。二人の吐く息も白い。

戦続きの弘治二年も、ようやく暮れようとしていた。

四月に美濃の出入りで斎藤道三が落命し、八月には稲生の戦いで信長と信勝が戦い、九月には明智城の攻防で小六らも九死に一生を得た。

「ちと今年は忙しすぎたな。生駒からの実入りも多かったが、命も縮んだわい。これでまた岩倉が清洲と戦になっておれば出て行くところじゃった」

酒を飲みながら小六と小右衛門は笑った。

「しかしこの先はどうなるんじゃろうなあ。信長が岩倉と手を結ぶとなると、上郡まで信長の力が伸びて来るんじゃろうか」

「信秀が生きておったときのように、岩倉も犬山も弾正忠家に従うことになるかもしれんな。ただあの信長、親父以上のことをやるかもしれぬ。信秀は清洲の守護や守護代には臣従の態《てい》を示しておったが、信長はその守護を討ってしもうた。道三が土岐を追ったように、信長も斯波の武衛《ぶえい》様を追って国主になることを考えても不思議はないわ」

「尾張の道三になるんか」

「いや、道三が一生かかってやったことを、信長は二十を越えたばかりでやろうとしておる。これも信長の力だけではなく、時の勢いかもしれんな。国主に取って代わるということが、それほど大罪ではないと皆が思うようになってきておるでな」

「力さえあれば伸《の》し上がっても良いということか。儂らもやってみるか」

小右衛門が真面目な顔で小六に言った。

「儂らだけの力では難しいじゃろう。どこぞの家中に入り込んで、そこで成り上がって家中を奪うしかないが。犬山か岩倉か、あるいは美濃か三河か」

「岩倉ならわが親父が家老をしておるから入り込むのは容易《たやす》いが、家中を奪った後は信長と戦うんか。とても岩倉だけでは勝てんから犬山とも手を結ばにゃならんぞ」

「犬山は誘いに乗るかもしれぬが、八右衛門が出入りしておるからな。生駒と縁を切らんことには事はならぬわ」

そこで二人は黙り込んだ。やはり旧知の八右衛門を切り捨てることは難しい。

道三の言った鬼心という言葉が小六の中にちらついた。


その生駒の屋敷に、初めて信長が訪れたのも弘治二年の暮れであった。

数名の供を連れて、遠駆けの途中に立ち寄った。

八右衛門は、里に帰っていた類《るい》に信長への茶の接待をさせた。

「先の明智城の出入りで亭主を亡くしまして、若後家《ごけ》になりましたわが妹の類にございます」

八右衛門が信長に紹介すると、茶を一口飲んだ信長が、ちらと類を見た。

「亭主は土田弥平次であったな。わが母の里の者じゃ」

もう一口、茶をすすると碗を両手にして、その内に視線を落とした。

「あの折は信勝や信広のことで手一杯でな。清洲から兵を送ることが出来なんだ。許せ」

他では見せたことのない神妙な口ぶりであった。

二十を越えたばかりで後家になった女を哀れに思う気持ちが溢れていた。また死んだ亭主が母方の縁者であったことも信長の同情心を動かしたのかもしれない。

「勿体《もったい》のうございます。戦で命を落とすのは皆、覚悟の上でございます。そのようなお言葉を頂戴《ちょうだい》しただけでも夫は喜んでおりましょう」

類は健気《けなげ》にそう答えた。

「ときに岩倉の左兵衛には祝いの品を贈っておいたが、何の返礼もない。儂に従う気があるのかないのか」

残っていた茶を一息に口中に流し込むと信長の表情が変わり、厳しい目で八右衛門を見た。

「長らく七兵衛様と諍《いさか》いがございましたので、何もかも七兵衛様とお考えが違うと思っておりましたが、清洲に従わぬということは父子で同様のようでございます」

恐縮しながら八右衛門が答えた。

新たに岩倉の当主となった織田信賢も、やはり上郡の守護代という名跡に誇りがあり、信長に頭を下げることを良しとしなかった。

「そのあたりのことは前野や稲田の大人衆が、説いて聞かせたのではないのか」

「聞かせたはずではございますが、なにしろ親子で頑迷さも似ておりまする。上総介様より安堵いただいた内に、小久地《おくち》三千貫が入っていなかったことが不服の様子と聞きました」

「たわけが。小久地は七兵衛の代に替え地にしたはずじゃ。今さら何を不服を言うことがある」

岩倉と犬山の中間地である小久地は、もともとは岩倉の領内であったが、岩倉の七兵衛信安が幼い時期に、後見となっていた犬山の信康の管理に移っていた。時が経ちそのままになっていたが、信康が美濃攻めで戦死したため岩倉が返還を求めていた。

しかし犬山もこれに応ぜぬために信長が仲介となって、小久地を犬山の所領とする代わりに、犬山領である尾張川沿いの中島郡の和田、野府の一帯を岩倉へ譲ることで両者を納得させた。

川沿いの痩せて水害も多い土地に替えられて岩倉の信安は不服ではあったが、信長に逆らえず渋々承知した経緯がある。代替わりしたのを契機に、その不満も解消したいと信賢は思ったのだろうが、それを今ごろ持ち出されては、信長としても舐《な》められているとしか思えない。

「やはり近いうちに岩倉も落とさねばなるまい。出来うる限り上郡の者たちを我が方に取り込んで、戦を小そうしたいが手配は出来るか」

「まずは犬山が岩倉と結ばぬようにするのが肝要かと。そのほかに尾張川の川並衆がおりまする。これは犬山の旗下になっておりますが、頭領の意向次第で犬山を離れて動くことも考えられまする。これを御味方につけたならば、この先も犬山や美濃への出入りが楽になりましょう」

「川並衆か。どれほどの人数がおる」

「人数は五百というところでしょう。川筋にそれぞれ住みついて普段は別々に仕事をしておりますが、いざ事が起きたならば頭領の指図で兵となって働きまする」

「頭領とは、いかな人物か」

「はい、蜂須賀小六と申す者で、生駒の荷も任せております。それがしとは童のころからの付き合いなれど、恐れながら弾正忠家とは少々因縁がありますようで」

蜂須賀小六、という名前を信長は遠い昔に聞いた記憶があった。

記憶の糸をたどるようにして暗闇の中をさかのぼると闇の向こうから、いつかの津島の市《いち》での光景が浮かび上がってきた。

（そうじゃ、たしかあの男、蜂須賀小六と名乗ったわ）

信長がまだ十歳ほどのころ、津島の市の雑踏で供の者が童を斬ろうとして、それを止めに入った若者と喧嘩《けんか》になったことがあった。肥柄杓《こえびしゃく》で太刀に歯向った若者は名を名乗って姿を消した。弾正忠家を恐れぬその振る舞いと、蜂須賀という風変わりな姓が、信長の記憶の隅で風化せずに残っていたのである。

蜂須賀村なら清洲に近い海東郡にあるが、その若者は別の地名を言ったようだった。それがこの地であったか。

「お父上の備後様が勝幡《しょばた》城の周辺をご支配なされたときに、旗下に入るのを良しとせずに小六の親は蜂須賀村を捨てて当地へ参ったようです」

「それで弾正忠家を恨んでおるのか」

ふん、と信長は鼻で笑った。

「儂に従えば、蜂須賀村に住まわせてやる。そう伝えておけ」

信長はそう言うと生駒屋敷を後にした。

弘治三年（一五五七）に入ると、信長は頻繁に生駒屋敷を訪れるようになった。

　尾張上郡や美濃の動きを探る目的で、わずかな供廻りを従えただけで清洲から馬を走らせ、岩倉から小久地あたりを回って小折の生駒屋敷で休息すると、一宮《いちのみや》から国府宮《こうのみや》を経て清洲へ帰るのが大方の経路であった。

　生駒八右衛門から信長の言葉は伝え聞いたが、小六は動かなかった。

「そんな申し様に、今さら頭を下げて従えんわい」

「しかし御大将、せっかく仕官させると言うに受けんのは、いかにも勿体《もったい》ないがや」

　庭先で薪割りをしながら二人の話を聞いていた藤吉郎が、つい口をはさんだ。

「やかましいわ、猿。お前が口を出すことじゃねえ。黙って手だけ動かしとれ」

　藤吉郎は肩をすくめて、また薪割りを始めた。

「近頃、上総介様のお越しが頻繁でな。実は類をたいそうお気に入りになってお通いになっておるのだ」

「えっ、類を」

　驚く小六に、八右衛門も困ったような表情を見せた。

「まさかお前、妹を餌《えさ》に信長を釣ろうという魂胆だったか」

「そ、そんなことは考えもせなんだわ。出戻りの後家で釣ろうなどと虫が良すぎる話じゃろう。ただその出戻りを上総介様が気に入られたのだから、儂もお断りの仕様がないのじゃ」

「類はどうなんじゃ。夫と死別したばかりで意に沿わんのではないのか」

「それがそうでもないらしい。優しゅうしていただいておるようじゃ」

　小六も八右衛門も言葉がなく黙ってしまった。

「女子《おなご》とは、そういうものでございましょうなあ」

　背を向けたまま薪を割っている藤吉郎が独り言のように言った。

「やかましいわい！」

小六が怒鳴っても意に介さず、藤吉郎は目を丸めてこちらを向いた。

「御大将の代わりに、儂が上総介様に仕官できませぬか」

「たわけ。お前のような小男が何の役に立つか。戦に出ても馬に蹴られて死ぬるのが関の山じゃ」

今度は八右衛門が叱りつけた。

「槍《やり》働きだけが御奉公じゃにゃあでしょう。細作でも勝手方でも奉公は奉公。知恵のいる仕事はありましょうぞ」

懲《こ》りずにしゃべる藤吉郎に、二人は辟易《へきえき》して話を切り上げた。

「御大将、仕官なされませー。儂もついて行きますぞー！」

生駒屋敷を出る小六の背中を、藤吉郎の声が流れ矢のように飛び越して行った。

その年は戦もなく平穏な日々が続くように思われたが、七月に思わぬ事件があった。

尾張川中流の川沿いに近い黒田城が、何者かによって襲撃されたのである。深夜に城中に入り込み城門を開けて仲間を招き入れた。賊は数十名であったが夜襲ということで城内は大混乱となった。敵味方の区別も判然とせず城兵は狼狽《うろた》えるばかりで、火の手も上がって城の過半は焼け落ちてしまった。

城主は岩倉家中の山内盛豊であったが、この騒動に驚き一族を伴って岩倉城へ逃げ込んだ。

盛豊の嫡男十郎はこの騒動の中で落命。次男の伊右衛門十三歳、三男の吉助九歳は生き延びた。のちに一豊《かずとよ》、康豊《やすとよ》となる兄弟である。

翌日、黒田の川並衆である和田新助から松倉の小六へ知らせが入った。

黒田城を襲った盗賊が卍の旗を用いていたという。

「なにい、たわけたことを言うな。儂が黒田城を襲ったと言うのか！」

火の出るような顔で小六が怒った。

小六は直ちに川並衆の頭たちを松倉へ呼び寄せた。和田新助、日比野六太夫、草井長兵衛、青山新七郎、松原内匠《たくみ》といった面々で、前野小右衛門と小兵衛、坪内為定、勝定らも同席している。

昨日の黒田城襲撃について聞いても、誰も関わっている者はいないという。

「では誰がやったんじゃ」

小六は腕組みをして、あご髭をしごいた。

たしかにこの事件は盗賊によると言われたが、わざわざ城を襲って盗みをするほど危険を冒す盗賊がいるとは思えない。

また国境《くにざかい》に近いとはいえ、岩倉の織田家は美濃と友好関係にあり、斎藤義龍が攻めたとも思えない。

「となると、やはり清洲か」

和田新助が声をひそめた。

「清洲が攻めるならば、正々堂々と兵を出して攻めたらよい。なぜ野盗の仕業《しわざ》にせにゃならんのだ」

六太夫が前歯の欠けた口をせわしく動かして皆を見回した。板の間に唾が飛んだ。

「卍の旗を使ったとなると、我らの仕業に見せる謀《はかりごと》でしょうな。川並衆と岩倉の間を裂く魂胆でしょう」

内匠が小六に進言し、小六もそれに頷《うなず》いた。

「清洲から儂に味方せよと言ってきたが断った。それを恨んで、岩倉方につかぬよう仕組んだのかもしれん」

「ややこしいことになったな。いっそ清洲についたらどうだ。まだ弾正忠家に恨みはあるんか」

草井長兵衛が小六に言った。

「誰の配下にもならず気ままに生きるのが川並衆じゃと、長兵衛も言うたであろうが」

「それはそうだが」

長兵衛は困った顔で頭を掻いた。

「しかしここまで清洲が力をつけてくると岩倉や犬山とぶつかるのも近いぞ。儂らも知らぬ顔は出来んじゃろう」

青山新七郎が硬い表情のまま言った。

「皆はどうじゃ、清洲に従うか、それとも今のまま犬山の配下でおるか」

小六が一同を見回した。が、誰も口を開く者はいない。

「儂らがおっては言いにくかろう。遠慮するか」

坪内為定、勝定の兄弟が前野小兵衛を促《うなが》して腰を浮かしかけたが、

「いやいや構わぬ。今さら何を言うかい。坪内党も我らと一心同体じゃ」

と小六が三人を留めた。

為定は犬山の重臣である坪内又五郎忠勝の娘婿として、近頃は老いの目立ち始めた忠勝に代わって坪内党を切り盛りしている。小右衛門に代わり小兵衛が忠勝の養子になったものの、年上の為定に家のことは任せっきりである。

「義父上《おやじ》様も犬山が清洲と事を構えるのは避けねばならんと申されておる。かつてのように力を合わせて尾張を守るのが良いとは思うが、代を経るに従って縁も薄くなるでなあ」

為定は中庸な申しようで言葉を濁した。

「ともかく清洲が儂の旗を使って城を攻めたのが真《まこと》ならば許せることではない。事が明らかになれば清洲を敵に回すかもしれぬ。その覚悟はしておいてくれ。また今後も怪しい動きがあるかもしれぬで用心は怠《おこた》りないように」

小六は皆にそう告げて、会合を締めくくった。

その後、小右衛門が小六の仕業でないことを岩倉家中に説いて回ったため、黒田城の襲撃は蜂須賀党ではなく清洲が仕組んだものとの意見が大半となった。

これにより岩倉の織田信賢は一層、信長に対して敵愾心《てきがいしん》を燃やすようになった。

「いささか見当が外れ申した。川並衆と岩倉を離反させることは不首尾に終わりました」

清洲城の信長の前で報告しているのは、梁田弥次右衛門政綱である。

政綱は守護斯波家の身分の低い家臣であったが、衆道関係にあった守護代家の家臣を誘って信長方に寝返らせたことで信長の清洲攻めに功を挙げ、信長に取り立てられていた。

五十代半ばで眼光が鋭く、細面の顔をしている。

「まあよい。いずれ岩倉は討ち果たさねばならぬ。肝要なことは儂に歯向う者らが手を結んで動き出さぬよう、それぞれに切り放つことじゃ」

「隣国との戦の前に、尾張の内を均《なら》したいものでございますな」

「犬山は血筋も近いゆえ討たずにおくつもりじゃ。生駒に調略を命じておるゆえ心得ておけ」

「ははっ」

信長の言葉に、政綱は頭を垂れた。

信長は政綱に探索、調略の才があると見て、その方面の仕事を命じている。

「戸部城と鳴海城へも近々仕掛ける」

「それでは某《それがし》が商人になりすまして三河へ」

「いや、お前のような鋭い顔の者は怪しまれる。三左衛門が良いわ」

戸部城の戸部政直は織田から今川へ寝返った一人であるが、その政直の書状を信長は祐筆《ゆうひつ》に真似させ偽の書状を作り上げた。鳴海城の山口教継、教吉親子とともに、再び織田へ寝返る打診をしている内容である。これを商人に化けた森三左衛門可成《よしなり》に持たせ、三河へ送り込むつもりである。

山口親子には五年前の赤塚の戦いで苦戦をさせられ、それ以後、付近の城主らが次々と今川に寝返った。今川との戦いでは最前線の敵兵力となるため、信長としては少しでも削《そ》いでおきたかった。

「それと、いささか申し上げにくうございますが、末森にまた不穏な動きがございます」

「不穏とは」

信長の眉間にしわが立った。末森城には依然として信長の弟、勘十郎信勝が入っている。昨年の稲生の戦いの後、母の仲介で清洲に詫びに来たばかりである。

「岩倉からあちこちに合力の使いが出されておりますが、末森の津々木《つづき》蔵人殿がこれを受け入れたご様子。昨年は末森だけの謀反でございましたが、岩倉と結べば次こそ清洲を倒せると勘十郎様もお考えで、密かに武器を整えておるとのこと」

「真《まこと》であろうな」

「はい、城内に入り込んだ我が手下が見聞きしております る」

信長は固く目を閉じた。

（どこまで、たわけじゃ。なぜ儂と手を組んで尾張を治めようと思わんのか）

しばらくして再び目を開いた信長は、心を決めたように立ち上がった。


秋、十月。

生駒屋敷では類が信長の子を出産し、その祝いの宴が盛大に行われた。

生駒家の親類縁者はもちろん、お抱えの牢人衆、若党小者に下男下女、近隣の農民まで集まり、無礼講で夜を徹して歌と踊りで祝った。信長自身も若衆らと明け方まで踊り続け、普段の鬱積《うっせき》を忘れるような狂乱ぶりであった。

「奇妙な顔をしておる」

赤子の顔を見た信長は、思ったままを口にした。

お愛想や言葉を飾るということの必要性を感じない性格である。

奇妙丸、というのが初めての子の名前になった。独創的な名前にしたことが、信長の愛情の表現だったかもしれない。

類や八右衛門も困ったものだとは思ったが、その名前を有難く受け入れた。一晩中、踊り明かした信長の姿を見れば、この理解しがたい人物が喜んでいることだけは判ったからである。

「盛大な宴だったそうじゃ」

生駒屋敷には顔を出さなかった小六のもとにも、八右衛門から祝いの酒樽が届けられた。

小右衛門も小六とともに松倉城にいたが、父の宗康や弟の小兵衛は生駒屋敷を訪れ、祝いの言葉を伝えていた。

「奇妙とは、また型破りな名を」

小六は呆れたが、どこか負けたような気持ちにもなった。そこまでの型破りさが、どうも自分にはない。

「小六は何とつける」

小右衛門が笑った。

実は小六の妻の松の腹にも子が宿っている。来年の夏には生まれるだろう。

信長に負けぬ型破りな名をつけようか。小六は一瞬考えたが何も思い浮かばなかった。

「儂と同じ小六でええわい」

「それはまた不愛想な。何ぞ考えてやったらどうだ」

小右衛門が苦笑した。


宴が終わって数日後、信長は突然の病で寝込んだ。ひと月ほど人前に姿を見せず、よほど重い病と人々が心配を始めた。

万が一にも命を落とすようなことになれば、跡を継ぐのは弟の勘十郎信勝が最有力である。つつがない家督移譲のためにも一度、兄を見舞うべきだと重臣の柴田勝家が勧めた。母親の土田御前もそれに賛同した。


十一月二日、清洲城へ信長を見舞いに訪れた信勝は、北櫓《やぐら》天守の控えの間において河尻秀隆らにより刺殺された。

事前に柴田勝家は信勝の謀反を知り、信長にそのことを告げていた。先の稲生の戦いで信長の威厳に打たれて以後、勝家は信長に従うことを信勝に説き続けたが、それが信勝には不満であったようで、若衆の津々木蔵人を重く用いるようになった。

無論、黙ったままでは自分も信長に反逆することになる。悩んだ末に勝家は信長に打ち明けたのである。

謀殺という手段を用いたのは、もはや戦で兵を失いたくない信長の思いがあった。林、柴田の重臣らが信長に服従の姿勢であれば、信勝さえ除けば事は収まる。実の弟を殺害することに良心の呵責はあったが、それに増してこれ以上、尾張国内を混沌とさせる猶予はなかった。またそれが判らぬ弟に対して激しい怒りも覚えた。

すべては育ってきた環境の違いだろう。母の愛に包まれて思い通りに何事も許された弟には、国主の座も同様に手に入ると思ったのだろう。

（もう後戻りはできぬ）

横たわる信勝の遺骸を見下ろしながら、信長は手を合わせ瞑目した。

十三

年が明けて弘治四年（一五五八）の一月七日。いつものように信長が少ない供を連れて生駒屋敷を訪れた。

年賀の挨拶をした生駒八右衛門家長は、かしこまって頭を下げた。

「実は岩倉家中の前野一党が、上総介様へご挨拶をとまかり越しております。ぜひお目見えいただきとうございまする」

「ほう、良かろう」

信長の側には奇妙丸を抱いた類が座っている。和やかな雰囲気の内に前野党との面談を行いたい家長の計らいであった。

障子《しょうじ》を開けた控えの間に居並んでいたのは、前野宗康をはじめ孫九郎宗吉、小右衛門長康、小兵衛勝長の兄弟、さらに縁者の森正成、坪内為定、稲田稙元も控えていた。

「前野一党、新年のご挨拶に参上いたしました。上総介様にはお世継ぎ奇妙丸様もお健《すこ》やかにお育ちで、ますますのご繁栄お目出度く存じまする」

「ああ、それで左兵衛《さひょうえ》はどうじゃ。相変わらず儂に歯向う気か」

表情を変えず信長は宗康に聞いた。

「申し訳ございませぬ。稲田修理や某《それがし》で上総介様へ合力するよう説いておりまするが、一向に気色なく、もはや手も尽き果てた有様で」

宗康は平伏したまま、懐から書状を取り出すと差し出した。

「ここに至りましては万策尽きましてござりまする。我が前野家は長年、岩倉伊勢守家に仕えて参りましたが、今後は一族を挙げて清洲上総介様に従いますことをお誓い申し上げまする」

宗康が差し出した起請文を家長が信長へ手渡した。ちらと眼を通した信長はそれを再び家長に渡すと、

「ようし、これで岩倉も手中じゃ。犬山はどうなっておる」

「明日にでも登城して、上総介様への合力を申し上げてまいります」

家長が表情を引き締めた。

織田信清が大人しく清洲に従うかどうか、勝算は五分五分といったところである。

「儂に従うならば我が妹を嫁にやると申せ。ところで川並衆はどうした」

一同に緊張した空気が走った。

「これなる坪内為定は我が弟の婿にて、川並衆の坪内党を率いておりまする。上総介様にお味方する所存」

「頭領は蜂須賀と申したな。その者はどうしたのじゃ」

宗康の言葉が終わらぬうちに信長の声が一同を覆った。

「あの者はいささか気骨がございまして、主に従う

のを良しとしませぬ。決して我らと袂《たもと》を分かって上総介様に歯向う者ではございませんので、いましばらくご容赦くださりませ。必ずや説き伏せてみせまする」

家長がそう言って、座を丸く収めた。

信長は機嫌よく一同に盃を取らせた。


翌日、生駒家長は犬山城内で、城主の織田信清に新年の挨拶をした。

そして信長の意向を伝えた。

「岩倉家中でも清洲につく者が増え、もはや戦も叶いませぬ。犬山が岩倉に合力しても清洲の兵力には到底及ばず、ここは上総介様に従い今の御領地を安堵されるが上策でございましょう。清洲への合力があれば上総介様には小久地三千貫は犬山のものとし、御妹君を嫁に入れると仰せでございまする」

家長の言葉を聞き終わらぬうちに信清の顔は見る見る赤くなった。

「猪口才《ちょこざい》な、上総介め。今ごろ何を言うか!」

怒りで顔をひきつらせて、持っていた扇を折らんばかりに震わせた。

「小久地はすでに犬山のものになっておる。わが父の代に得たものを曲げて岩倉との替え地にも応じてやったのだ。そうでなくとも美濃攻めで父上をはじめ大勢が討死したというに、大した手当も寄こさず愚弄するにもほどがあるわ!」

興奮しやすい信清の性状を知っている家長は、平伏したまま言葉が止むのを待った。そうして信清が落ち着くのを待って静かに口を開いた。

「それがしも先代伯巌様の御代より深く御恩を蒙《こうむ》り、そのことは一日たりとも忘れたことはございませぬ。上総介様にお味方をと申すのも御家を思ってのことでございまする。上総介様は清洲守護代家を併呑され、武衛様を庇護なされて、従う兵は今や六千有余騎。その御威勢は当国では並ぶ者がございませぬ。異を唱える者があれば御兄弟、御一門でも容赦なく退治されて、もはやこれに従うは時勢でございましょう。昇る朝日を押し留めることはできませぬ。御家の安泰のためには御同心いただいて、なにとぞ清洲へ御誓紙を進上願い奉りまする」

家長が懇々《こんこん》と説得して、ついに信清は折れた。

城からの帰りに家長は前野屋敷を訪ね、宗康に事の成就を知らせた。

「それは大仕事じゃったな。よう説き伏せたものじゃ」

「なにしろあの御気性ゆえ、下手をすればこの首が飛ぶものと命がけでござりました」

首筋をさすりながら家長はまだ興奮が冷め切らず、頬を紅潮させている。

「清洲が有利とは言いながら、岩倉が犬山と結び、さらに美濃の斎藤を引き入れたなら勝敗は判らぬでな。されどそのときはこの尾張上郡は大騒動となって田畑も家屋敷も荒れ放題になろう。争いを避け、民が困らぬようにするのが一番じゃ」

宗康はそう言って何度もうなずいた。

「あとは岩倉の左兵衛様がどうなさるかですな」

家長の言葉に宗康が、今一度深くうなずいた。


木曽川の河原では、冷え切った冬の空気を打ち破るように、ときどき轟音が鳴り響いている。対岸の伊木山や周辺の山々に音がぶつかり、はね返ってくる。

中洲で鉄砲を放っているのは小六である。

「すまんなあ。前野党も親父と兄者の意向で清洲に起請文を入れてしもうた」

小六のかたわらで小右衛門が頭を掻いた。

「仕方ないわい。親父殿も迷った挙句《あげく》のことじゃろう」

振り返りもせず小六は川面に浮かぶ雁《がん》に狙いをつけた。

再び轟音がして雁が一斉に舞い上がった。

仕留めた獲物は、下手《しもて》で舟に乗って待機している小者が巧みに拾い上げている。

「ようし、帰って鳥鍋にするか」

小六は初めて振り返って笑った。

「こうやって気ままに生きることがいかんことなの

か、なんじゃ判らんようになったわ」

　小六は冬空に向かって白い息を吐いた。

「だんだんと力を持つ者が大きゅうなると、今まで目の届かなんだ者たちを縛ろうとするんじゃろう。これも時勢かもしれんて。縛られるふりをして気ままに生きるしかないのかもしれんぞ」

「そんな器用なことができるか、小右衛門は」

「どうじゃろうな」

　二人は石の河原を歩きながら、ぽつりぽつりと言葉を交わした。

　気づけばそこは子供のころ、二人が初めて出くわして相撲を取った中洲である。ふと足を止めた小六の胸の内を、小右衛門も感づいた。

「そういえば初めて会ったのもここじゃったな」

「ああ、儂らの小屋に小六が勝手に入り込んで。あのとき相撲を取って、こんな強い奴がおるんかと思ったわ。何とか引き分けるのが精一杯じゃった」

「たわけ、あれは儂の勝ちじゃろう。お前が川の中に落ちたんじゃ」

「そうだったかな」

　冬枯れの木立の中、二人の笑い声が響いた。

「儂はもう少し、じたばたしてみるわい。お前はお前で、儂に遠慮せずやればええ」

　小六の言葉に小右衛門はうなずいた。

「川の流れは幾筋かに分かれようとも、仕舞いには海へ出るんじゃからな」

　小右衛門が神妙に言うと、小六が噴き出した。

「どこで覚えた、そんな坊主が言うようなことを」

「ああ、この前、曼陀羅《まんだら》寺の天澤《てんたく》和尚に話を聞いてな。人が小さなことで道を迷っても、仏の目で見れば、つまりは似たようなところへ行きつくものだと言っておった。小六も一度、訪ねてみるとええわ」

　小右衛門が照れくさそうに頭を掻いた。

「儂に説法は通じぬわい」

　もう一度、小六は笑った。

　四月になって小六に子が生まれた。男子であったために、やはり小六と名付けられた。

「紛《まぎ》らわしゅうございませぬか。あなたと同じでは」

横たわったままの松が困ったような目で見たが、小六は意に介さず知らぬふりであった。

「儂は彦右衛門じゃ。小六などと呼ぶ奴が悪い。紛らわしいと思えばこの先は皆、儂を彦右衛門と呼ぶじゃろう」

蜂須賀屋敷には、先に松が産んだ鶴千代が六歳、稲田家から預かった亀之助が十五歳、また正勝の末弟、七内もまだ十歳前後、さらにその下にも妹がいて、とにかく子供の姿が絶えない。

ただやはり三十三歳にして初めての男子を得てみると、家系の継続ということも考えたであろう。父と自分が幼名として名乗った小六という名を与えたのも、そうした系譜を明らかにする意味があったのかもしれない。

「小六様の子がまた小六様とは、ややこしゅうござるよ。御子《おこ》は小々六《こころく》様とお呼びいたそうか」

藤吉郎も赤子を見に来て、困った顔をした。

「たわけ。儂を彦右衛門と呼べば済むことじゃ」

「そうは言うても、小六様で慣れてしもうたから今さらのう」

結局のところ、小六の呼び名を改める者は少なく、小六は小六と呼ばれ続けることになる。自分でも通常の書簡などには「蜂小」と署名し続けているのだから、他人が改めるのは難しかったのだろう。

蜂須賀屋敷が赤子の誕生で賑わっているさ中、一つの別れもあった。

十年ほど蜂須賀屋敷で生活を続けた従兄弟の政刻《まさとき》が、独り立ちしたいと小六に告げた。

小六の父、正利の兄の正忠は海東郡の蜂須賀村にいたが、十年前に死んだため幼い正刻は、宮後村の正利を頼って移り住んだ。

その政刻も二十二歳になって考えるところがあったのであろう。あるいは小六の子が生まれたことも一つの契機だったかもしれない。

「どこへ行くか、当てはあるのか」

「とりあえず三河へ行ってみたいと思います」

小六が尋ねると正刻はそう答えた。

「今川の家中に仕官できれば、いずれ尾張へ攻め込むことになるかもしれんな。尾張が今川のものになれば、儂らはお前を頼りにすることになるわい。よろしゅう頼むぞ」

小六が笑うと、正刻も頬を赤くして微笑んだ。

「長らくお世話になりました。育てていただいた御恩は生涯忘れませせぬ。またいずれお目にかかる日まで、皆様お達者で」

そう言い残して、正刻は宮後村を旅立った。

この後、正刻は三河で家康に仕えることになるが、四十歳のとき長篠合戦で戦死。その子の政吉は本多忠勝の下で働き、妻の実家の青山家の家老となる。

関ヶ原の戦いにおいて、小六の孫の蜂須賀至鎮《よししげ》は十五歳で東軍として参陣したが、政吉を陣所に招いて親しく歓談し、卍の家紋の由来などを尋ねたという。


正刻が蜂須賀屋敷を去って数日が経った四月の末、清洲からの陣触れが出た。

頃合いを見ていた信長が、ついに岩倉攻めに動いたのである。

誓紙を入れた犬山も当然出陣することになり、川並衆へも動員がかかった。

「川並衆には美濃境を固めよとの御命令じゃ。美濃勢が押し寄せるときは川筋で食い止めねばならん」

坪内忠勝が小六と小右衛門に命じた。

「どうするよ、小六は」

それぞれの川並衆に伝令を走らせてから小右衛門が聞いた。

「小右衛門の親父殿は岩倉城へ籠《こも》るのじゃろう」

「それは家老じゃからな。城を見捨てるわけにはいかん。稲田殿と開城を進言すると言っておったが」

「ひょっとして味方に討たれるかもしれんな。儂が護衛について城へ入ろうか」

「親父の護衛なら儂が行くわい」

「いや、親子そろって討たれては、お前の家も困ろう。お前は川並衆をまとめて美濃勢に当たってくれ。

親父殿は任せておけ」

小六に何か考えがあると察知して、小右衛門は了解した。

犬山の織田信清は約一千の兵を率いて南下し、小《こ》折《おり》村の生駒屋敷周辺に陣取った。

生駒屋敷の土居や掘割を修理し、鹿垣《ししがき》を置いて防備を固めた。

一方、信長は清洲から二千五百の兵で北上し、岩倉城の北西三キロほどの浮野《うきの》の森脇に陣を張った。先手衆の柴田勝家、佐久間信盛、森可成は一千の兵で岩倉の町屋近くまで進んで陣を張った。

信長が清洲から直進で岩倉に向かわず、西から迂回して布陣したのは、清洲と岩倉の間には細かい川筋が横切って、さらには沼沢も点在し足場が悪く、戦の最中に思わぬ不覚を取る恐れがある。

それと同時に、向背《こうはい》に不安のある犬山勢を威圧する目的があったのかもしれない。犬山勢のいる生駒屋敷は浮野からは東へ二キロほどの指呼《しこ》の間《かん》である。


信長方が動くのを見て、岩倉の城内では蜂の巣をつついたような騒ぎになった。

当主の織田信賢をはじめとして、家老で信賢の叔父の織田七左衛門らは依然として強硬な態度で、

「当家は小守護の家なれば、信長如きの風下に立つべきにあらず」

と言い張って、あくまでも徹底抗戦を主張した。

稲田修理亮と前野宗康が和睦を説いても聞く耳を持たず、もはや戦は避けられぬ状態になった。小六も宗康に付いて城中に入ったが、軍議を終えて出てきた二人の顔色を見て、説得が不調に終わったことを悟った。

「やむを得ませんな。これ以上はお二方のお命にも関わりますゆえ、お引《いた》きになったほうが良い」

小六は二人の老人を労わりつつ控えの間に導くと、

「儂はちと外の様子を見て参ります」

と言い残して屋敷の外へ出て、北櫓《やぐら》に登ってみた。

岩倉城は城とは言うものの平地に造られた屋敷で、東側に流れる古川から水を引き入れて堀を造り、土

居を築いて守りを固めている。城域は東西一〇〇メートル、南北一七〇メートルほどであるが、城の周囲に枡《ます》状に区画された町屋が並んで、その町屋を垣で取り囲んでいる。尾張上郡では一番の賑わいを見せている城下である。

城から北西の浮野原に信長の陣、北の生駒屋敷付近に犬山勢が陣を張っているのが見える。

「攻め寄せられて町に火をかけられたら防ぎようがないな」

櫓の上で小六が独り言を言うと、

「左様、こちらから攻めかけたほうが良い」

振り向くと五十前後の壮年の武者が立っていた。

「蜂須賀殿じゃな。道三殿のご最期の折には、よう働かれたと聞き申した」

「これは山内殿。その折にはご挨拶もできず」

小六は頭を下げた。

二年前、美濃での道三親子の戦に、岩倉からは黒田城の城代であった山内盛豊が以前からのよしみで道三に加勢していた。

「そういえば去年の黒田城が襲われた一件」

と小六が口に出すと、すかさず盛豊は手を振ってさえぎった。

「蜂須賀殿でないことは承知しておる。おそらく清洲でござろう。あれしきの人数に城を焼かれてしもうた儂の手落ちじゃ」

盛豊は心底、悔やんでいるような沈鬱な顔になった。

「どうも儂は戦の才がないらしい。つい目の前のことだけに気を取られて、将として大きく戦場を見ることが出来ぬようじゃ。そう思って今、ここへ登ってみたのじゃがな」

「この戦はどう見てもお味方の不利。和睦するが最善でございましょう。が、それも出来そうにございませぬな」

小六は遠方の信長の陣を眺めながら小さく笑った。

「川並衆は犬山に従っておると聞いたが、なぜ蜂須賀殿は岩倉におられる」

急に気づいたように盛豊が小六を見た。

「本日は前野殿と稲田殿の護衛役にござる」

「左様か」

納得できたのか判らぬが、盛豊はまた視線を遠方に向けた。

「亡くなった稲田大炊殿の御子を蜂須賀殿は預かっておるそうじゃな。ご息災《そくさい》か」

「はい、達者に大きゅうなって川並の仕事も手伝っておりまする」

「そうか、それは良かった」

盛豊はしばらく黙り込んだが、やがて口を開いた。

「儂はこの戦で死ぬかもしれぬ。そのときは儂の子も預かっては貰《もら》えぬか、蜂須賀殿」

小六は驚いて盛豊を見た。

「先に長子の十郎は死んで、次男の伊右衛門と三男の吉助はまだ元服前でな。頼る身寄りもない。川並衆の中で男らしゅう育てて貰えぬだろうか」

「そのような縁起でもないことを」

「いや、儂が死ぬ死なぬは別として、今少し気骨のある武将に育てたいのじゃ。儂のように情けない武者にならぬようにな」

そう言って盛豊が笑ったとき、城内に法螺《ほら》が響いた。

「出陣じゃ。では宜しゅう頼む」

盛豊は頭を下げて櫓を下りて行った。

一人残った小六はもう一度、浮野原の信長の陣を見据えた。


岩倉城から攻め出したのは、家老の織田七左衛門が率いる軍勢で、町屋を囲んだ垣内に弓鉄砲を並べて清洲方を待った。そこへ信長軍の先鋒である柴田、佐久間、森の軍勢が押し寄せると、垣をはさんで小競り合いが繰り広げられた。

岩倉方の鉄砲の数は知れたもので、ほとんどが弓である。清洲方もまた最初に鉄砲で撃ちかけただけで、すぐに力攻めに垣に取り付いて打ち破ろうとする。

やがて垣の一角が破られて町屋内に清洲方がなだれ込むと、岩倉方は徐々に押されて城内へと逃げ込んだ。

「いかん、城内に攻め込んでくるわい」

櫓の上から戦を眺めていた小六は、居ても立ってもおられず櫓を下りて大手門へと走った。大手門の前へ殺到した清洲方は、城門を押し破ろうと揺さぶっている。

小六は背中の鉄砲を下ろして掲げると、門内で混乱する味方の兵に向かって大声で叫んだ。

「鉄砲衆は城門に上がれ！」

その声に気づいた鉄砲足軽たちが、小六に従って城門の上に次々と上った。

門の上の狭い物見櫓には連子《れんじ》窓が付いており、見下ろせば攻め寄せた敵を狙い撃ちできる。

「まだ筒先を見せるな。一斉に放つんじゃ！」

足軽たちがそれぞれの窓に取り付いたのを確認すると、弾を装填《そうてん》させた。

「あんまり下を狙うと弾が転がり出るぞ。ようし、筒先を出して構え！　撃て！」

小六の号令に合わせて一斉に放たれた鉄砲は、兵を倒すという効果よりも、鼓膜を破るほどの轟音で敵を驚かせる効果の方が大きかった。数十挺しかない鉄砲も、狭い場所で一斉に用いたならば絶大な効果を生む。

攻め寄せた柴田と佐久間の兵は驚いて浮き足立った。

「よし、撃て！」

再び小六の号令で連子窓の鉄砲の列が火を噴いた。

「おのれ、策にはまったか。退けい、退けい！」

うかつに近寄りすぎたと悟った柴田勝家は、大手門の前から兵を退かせた。

それを見て再び織田七左衛門が城門を開いて打って出ると、柴田、佐久間勢を追撃し乱戦となった。何度か押し引きを繰り返したが、しかし信長方の兵は城門には近づくことなく、町屋の一部を焼いたもののの、ついには大声でののしりながら浮野原へ引き上げて行った。

「お見事であったな、蜂須賀殿」

帰還した山内盛豊が小六をねぎらった。

「いや、せっかく鉄砲衆がおりながら役に立てぬというのは勿体ないと思ったまで。つい余計なことをいたした」

「なんの、ご謙遜《けんそん》を。お働きは殿の耳にも入っておるはず。いずれお言葉がござろうて。これで皆、清洲方に勝てるような心持になり申した」

そう言って盛豊は笑った。

信長はその日、柴田、佐久間を浮野に留めて、自らは清洲へと引き上げた。

夕暮れの空をにらみつつ、信長は傍らに従う橋本一巴《いっぱ》に尋ねた。

「岩倉に鉄砲の修練を積んだ者がおるのか」

一巴は信長が十代後半のころの鉄砲指南役であり、現在は織田家鉄砲衆の育成を任されている。

「森殿が申すには、川並衆の蜂須賀と申す者が城内におる様子。亡きお父上様が稲葉山を攻めた折に川手城の日根野の鉄砲に手こずり申した。蜂須賀はその鉄砲衆だったとか。そのような者が城内におるとは存じませせなんだ」

「川並衆の蜂須賀か」

そのとき眼前を一匹の大蝿《おおばえ》が横切った。信長にはそれが蜂に見えて咄嗟《とっさ》に顔をそむけた。

（忌々《いまいま》しい奴よ）

信長は強く馬の腹を蹴った。

信長方は浮野に砦を築いて守備兵を置き、岩倉城とにらみ合った。

犬山勢も一部を残したまま一旦引き揚げたために、完全に包囲できるほどの兵はいない。

小六も岩倉城から宮後の蜂須賀屋敷へと戻った。

「ひとまず戦が収まって良うござった。御大将も見事なお働きで祝着にござる」

藤吉郎が猿のようにまとわりついて、小六をねぎらった。

「変わりはなかったか」

迎えに出た松に小六が尋ねたが、松が答えようとする前に、

「変わりも何も、蜂須賀屋敷に手出しするような身

の程知らずはおりますまい。ただ小小六《こころく》様が珍しく夜泣きをされましてな、それがしもよう眠れませなんだ」

と藤吉郎が報告した。

「お前など、いつでも昼寝しておろう。そんなことより美濃勢はどうなった。川並衆が防いだのか」

「いやいや、川向うに物見の姿はちらちら見えましたが、兵が動くことはありませなんだ」

「そうか、美濃も動かずか」

小六は縁先に腰を下ろし、着物を脱いで汗をぬぐった。

藤吉郎は大声でしゃべりながらも井戸端へ走って桶に水を汲んで、手拭《てぬぐ》いをそえて小六の脇に差し出した。独楽鼠《こまねずみ》のようによく動き回る小男である。

「しかしこれで岩倉が持ちこたえたなら御大将は救いの神で、お取立ても間違いなしだわ。清洲からも岩倉からも誘われて、引く手あまたでござるな」

「たわけ。儂は誰の下にも付かんわ」

気のない返事に藤吉郎は焦《じ》れた。

「勿体ないことじゃ。誘われるうちが売りどきでござるぞ」

「ええかげんにせえ！」

小六が手にしていた手拭いを投げつけたのを、藤吉郎は素早く受け取って、にっと笑った。

七月になって信長は再び岩倉攻めに出陣した。

四月末の攻撃から三月ほど動かなかったのは、田植えの時期に兵を駆り出せない事情があったかもしれない。のちに兵農分離を進める信長も、この時期はまだ農民を兵としているために農繁期は戦を避けねばならない。

動き出した信長軍は、再び浮野原の砦に布陣し、犬山方も前回と同様に生駒屋敷周辺まで繰り出し陣を布いた。対する岩倉方も再び城に籠って町屋を囲む垣を防御線とした。

前回の攻撃を防いだことで岩倉方には多少の油断があり、気の緩みもあったかもしれない。一方の信長には城を落とすための戦術と、一つの決意があった。

攻め寄せた清洲の先兵を撃退しようと岩倉方が垣の外へ出ると、清洲兵はひと当たりしただけで浮野原へと退却した。勢いに任せて岩倉方は浮野原の信長の本陣を突こうとした。織田七左衛門をはじめ、服部左京、高田中務尉、野々村大膳らが率いる一千八百の兵が城門を開けて打って出た。

小六もまた前回同様に前野宗康の側に付いて城内にいたが、

「あの退《の》きようは怪しゅうござるな」

と、山内盛豊につぶやいた。

「山内殿は垣内を固められよ。わが方を誘い出しておいて城攻めに来るかもしれませぬぞ」

「承知した」

盛豊の側には息子の伊右衛門が、不安そうに立っている。小六は伊右衛門を見て微笑んだ。

「父上について、しっかり働かれよ」

「はい」と答えた伊右衛門の声は、緊張のせいで涸《か》れている。

盛豊が姿を消した後、小六も馬にまたがり城門を駆け出た。浮野原の情勢が気がかりであった。

時は巳《み》の下刻に近く、太陽は中天高く昇って容赦なく照りつけている。馬を走らせると鎧《よろい》の下で汗が滝のように流れた。

すでに浮野原では戦端が開かれ、銃声や人馬の声、槍刀を交える音が聞こえてくる。不思議なことに東の生駒屋敷に陣取った犬山方は姿が見えない。

実はこの朝、犬山勢の一隊は小久地城主の中島左衛門が大将となって、東の大塚に布陣する岩倉方の中山大膳の兵と、曽本《そもと》村五反田《ごたんだ》付近で戦っていた。犬山勢六百に対して敵は二百五十で、勢いづいた中島左衛門は深追いし、大塚の目前まで迫った。

岩倉方は大塚の砦を捨てて岩倉城内へ逃げ込み、犬山方は敵首三十余という大勝であった。気を良くして朝餉《あさげ》を使っているところへ犬山本陣からの注進で、本日の出入りは浮野原と知らされた。

一刻も早く駆け付けよとの命令に大将の中島左衛門は大いに狼狽した。大慌てで兵を整えるも、戦勝に酔っている兵たちはすぐには収集できない。ようやく動き出したころには、西の浮野の空には黒煙が上がって、戦闘が始まっていた。

浮野原へ突進した岩倉勢に対し、清洲勢は砦の前で隊列を整え、鉄砲で一斉射撃を食らわせた。岩倉勢がひるんだところへ長槍を入れて、さらに突き崩し勢いを止めた。両軍の兵が入り乱れて白兵戦となったが、敵味方とも同じ尾張衆であり見知った顔も多い。

岩倉方の侍大将に前田左馬介《さまのすけ》という荒武者がいた。前田又左衛門利家の兄弟とも伯父とも言われる人物であるが、この者は四月の戦いでは犬山方に組していた。ところがその後、いかなる事情があったのか出奔し岩倉に入った。

利家も槍の又左と称されるほど有名だが、この左馬介もまた三間柄の片鎌槍の使い手で、散々に敵を討ったが周囲を囲まれ逃げ道を失った。死ぬ覚悟を決め、せめて名のある相手と斬り結ぼうと大声で呼ばわったところ、浮野へ駆けつける途中の犬山方の土倉四郎兵衛と出くわした。

日頃より昵懇《じっこん》の仲の二人は、目が合うと双方とも兜の下でにやりと笑った。

「四郎兵衛ならば不足なし」

と叫んだ左馬介が片鎌槍を鋭く振り下ろしたが、戦闘の疲れのために手元が狂い地面を叩き、槍の先を折ってしまった。四郎兵衛は踏み込んで三尺五寸の大太刀で左馬介の太ももを草ずりの上から深々と斬りつけると、さすがに左馬介も馬から崩れ落ち片膝をついた。

四郎兵衛は太刀を捨てると馬乗りになり、左馬介の首をかき斬った。

また岩倉方で弓の名人と言われた林弥七郎は退却の途中、清洲方の鉄砲指南役である橋本一巴に行き会った。

両者もまた知り合いであったが、出会った以上は戦わねばならない。

「助けるわけにはいかぬぞ、弥七郎」

「心得ておる」

と短い言葉を交わすと、弥七郎はすばやく矢をつがえて放った。

その矢が空中にあるうちに、一巴もまた鉄砲の引き金を引いた。矢は一巴の脇の下に深々と刺さったが、一巴が放った鉄砲玉も弥七郎の体を襲った。殺傷率を高めるために、一巴は二つ玉を用いたという。

佐脇藤八という信長の小姓が弥七郎の首を取ろうと走り寄ると、弥七郎は座り込んだまま太刀を抜いて藤八の左肘《ひじ》を斬り落とした。藤八は腕を失いながらも弥七郎の首を取った。この藤八は前田利家の弟である。

この日、清洲方が取った首は千二百五十にのぼったともいう。


浮野原の戦いは清洲方の大勝となった。

遅れてきた犬山勢が浮野原から退却する岩倉勢に出くわし、これが結果的に挟み撃ちの形になったためで、岩倉方は織田七左衛門をはじめとしてほとんどが討ち取られた。

信長はさらに岩倉方を追撃し、岩倉城下の町屋を焼き払うように命じた。前回、中途半端な攻めで不覚を取った反省から、上郡随一の賑わいと言われた岩倉の町屋を今回はすべて焼き払うと決めていたのである。

岩倉城下が燃え上がる様子を、信長は本陣前に出て眺めていた。

もはや周囲に岩倉兵の姿はなく、信長の側衆も緊張を解いていた。

そのときであった。

どこかで銃声が轟いたかと思った瞬間、風を切る音とともに信長は胸板に強い衝撃を感じて崩れ落ちた。

十四

岩倉城下はすべて焼き払われて、かつての賑わいが想像も出来ぬほど無残な光景となった。

町屋の垣内を守っていた山内盛豊の郎党も、ことごとく討ち死、あるいは四散して清洲兵に蹂躙《じゅうりん》されるがままとなった。

城内に逃げ込んだ兵は三百あまりで、もはや落城寸前であったが、なぜか信長方は城内には攻め込まず、包囲したまま戦闘を休止した。

強気であった岩倉城主の織田信賢《のぶかた》も主だった家臣を失い、呆然自失の態《てい》となった。もはやここに至っては負けを認めざるを得ず、降伏の使者を送ったものの清洲からの返答はなかった。

小六は密かに岩倉城を出て宮後へと戻った。

犬山方に組していた川並衆も、すでに小折の陣所からそれぞれ戻っていた。

蜂須賀屋敷に戻った小六は、一人の少年を連れていた。山内盛豊の次男、伊右衛門一豊《かずとよ》である。

山内勢が壊滅し盛豊の生死も判らず、一豊は城内をさまよっていた。頼る身寄りもないために小六が連れて城を脱してきたのである。川並衆の中で育ててほしいと盛豊に言われた言葉を、小六は覚えていた。このとき一豊、十四歳。

「親兄弟と離れるとは不憫《ふびん》なこと。戦が収まればそのうちきっと縁者が見つかりましょう。それまで当屋敷でお待ちなされませ」

小六の妻の松が一豊をいたわって声をかけた。

「いや、伊右衛門は松倉で川並衆として働いてもらう。そう盛豊殿から頼まれたのじゃ。良いな」

「はい。稲田九郎様もいらっしゃるとのこと。私も共に働きまする」

一豊は健気《けなげ》に答えた。

「そういえば今朝方、生駒様がお見えになりましたよ。戻り次第、屋敷まで来るようにと仰せでした」

「そうか」

判っていたかのように小六は返事をした。

「今日のところはこの屋敷で泊まっていくが良い。明日にも松倉へ連れて行くゆえ」

そう一豊に言い残して、小六は再び屋敷を出た。

生駒屋敷には、岩倉勢に備えてこしらえた垣や土塁などがそのままに残っていたが、犬山方の兵の姿はなかった。一部の兵を岩倉城の包囲に向かわせ、大半は織田信清とともに犬山へ引き上げていた。

屋敷の内では生駒八右衛門家長が、難しい顔をして小六を迎えた。

「どうした。勝ち戦の顔には見えんぞ」

小六が冗談を言っても、その顔に変化はない。

「お前、上総介様を撃ったであろう」

「なにっ、信長が撃たれたのか」

「白《しら》を切るでない。あのような距離で命中させるのは岩倉方ではお前しかおらぬだろう」

あの日、信長の陣の前には草原が広がるばかりで、鉄砲の射程距離の内に狙撃兵が隠れる場所はなかった。それを承知していたからこそ信長も陣前に姿を現していたのである。

ただ、その距離の圏外に小さな茂みがあった。身を隠して狙うとすればその場所しかないが、狙ったとしても万に一つも当たるはずもなく、仮に当たってもあまりに遠いために弾の威力も落ちる。狙って当てたとすれば余程の偶然か、あるいは恐るべき鉄砲の達人であろう。

「流れ弾ではないのか。儂は知らぬぞ」

小六の顔を家長は困ったように見つめた。

「幸いお命には関わらぬ傷ではあったが、胸の骨が折れたそうじゃ」

「ほう、胸に当たったか。危なかったのう」

「用心に鎧《よろい》の内側に弾除けの鉄板を入れておられたのが良かった。鎧だけならば抜けておった」

「ほう、弾除けを」

「お前ではないのか」

「知らぬと言うておる」

小六が口をへの字に曲げて腕組みをした。

家長もそれ以上の追及は諦めて溜息をついた。

「しかしお前もそろそろ上総介様になびいてくれんか。岩倉もあの有様で、もはや尾張の内では上総介様に歯向う者もおらぬ。このまま意地を通しておると、この地にはおられぬようになるぞ。それでは儂も辛いのじゃ」

信長の上郡《かみぐん》侵攻に力を貸した家長は、岩倉の惨状を見て心を痛めていた。さらに小六や犬山勢がこの先、信長と対立することになると心の傷はさらに大きくなる。

「お類もまた上総介様の子を身ごもってな。もう後には引けぬのじゃ」

「なにっ、また子が生まれるのか」

そこへ間合いを見計らったように、茶を持った類が障子を開けて入ってきた。

見れば確かに腹のあたりがふくらんでいる。

二人の前へ静かに茶を置いた類は、改まって小六に向かって手をついた。

「小六殿、どうか上総介様と争うことはおやめいただけませぬか。上総介様が命を落とされるようなことになれば、私はまた独りになってしまいます。幼い頃から見知った小六殿が万が一御落命なされても、それもまた悲しゅうございます。これまでのいきさつは様々あるかとは存じますが、どうか上総介様にお味方いただくことはできませぬか」

小六を見つめる類の目は、悲しみと不安に溢れていた。信長が鉄砲で負傷したことが大きな衝撃だったに違いない。命乞い、と言っても良いほどの切々たる訴えであった。

「腹の子はいつ生まれる」

小六は話題をそらした。

「今年の暮れには。奇妙丸とは年子になりまする」

類の頬に赤みが差したように見えた。幼子の時から知っている類が、いつの間にか成熟した女になっている。互いの上を流れた時を思い、小六は遠くを見るような目をした。

「ずい分と可愛がってもろうとるようじゃな」

極まりが悪くなって、小六は家長に笑いかけた。

「ああ、近頃では吉乃《きつの》という名まで頂戴してな。吉乃、吉乃とお呼びになる。どうやらご幼名の吉法師様にかけて、吉法師のものという意味のようじゃ」

「そうか。それは良かった」

小六はそう言うと、類が持ってきた茶を一息に飲んだ。

「まあ良かろう。儂も女子《おなご》を泣かせてまで我を張ろうとは思わん。今後は信長に歯向うことはやめるゆえ安心せい」

「それは真《まこと》か。清洲に従うてくれるのか」

「臣従はせぬ。儂はどこまでも川並衆じゃ。それで良かろう。気に入った仕事ならば信長のためであろうと働くかもしれん」

「ああ、ああ、それで十分じゃ。よう言うてくれた」

「かたじけのうございます」

家長は笑い、類は涙をこぼして喜んだ。


「それは八右衛門も喜んだであろう。よう決心したな」

松倉城の川端で、小六は小右衛門に昨日の話をした。

「類が悲しんどるのを見たら、何やらたわけらしゅうなってな。それに」

「それに何じゃ」

「親子ともども悪運の強さよ。信秀も信長も儂の鉄砲から、紙一重のところで命拾いしておる。何やらあの親子は、儂の鉄砲などでは死なぬように守られておるような気がしてな」

「それではやはりお前が撃ったのか」

驚く小右衛門に小六は表情も変えず、空を旋回する鳶《とび》に鉄砲を向けた。

轟音がして鳶が落下した。

「ほほう、ますます腕を上げたな」

小右衛門が感心した。

「近頃、ようやっと風が読めるようになってきた」

小六はそう言うと、指笛を鳴らした。川面に舟を出していた小者が気づいて、流れてきた獲物を拾い上げた。

「川並衆にも順次、鉄砲を持たせようと思うておる。舟の上では刀や槍より鉄砲が有利じゃ。この先、いつ何時《なんどき》入り用になるか判らんでな」

「そりゃあええ。泣く子も黙る卍の川並衆に鉄砲とくれば、まさに鬼に金棒」

「たわけ、誰が鬼じゃ」

二人の笑い声が初秋の空に響いた。

「そうじゃ、山内殿の倅《せがれ》を預かることになった。よろしゅう頼む」

「どうやら山内殿は討死されたようじゃな。お気の毒なことじゃ」

「なあに、親はおらずとも子は育つものよ。早うに親離れしたほうが独り立ちも早い」

「たしかに儂など未《いま》だにふらふらしとるからな」

小右衛門は頭を掻いた。

「親父殿もこたびの岩倉の惨敗で、ずいぶん気落ちしておったぞ。岩倉が滅びたのちは隠居すると言うておった。後はお前が前野の家を背負わにゃならんぞ」

「そうよなあ。親父ももう七十を越えた。とうに隠居の年じゃが、儂がこのような有様じゃて家老を務めておった。これを機に儂が当主になるほかあるまいな」

小六は再び秋空を旋回する鳶に鉄砲を向けたが、撃たずに下ろした。

「儂らも気づけば三十を越えてしもうた。そろそろ何ぞ仕事をせねば生まれてきた甲斐がない。何ぞひと仕事しようかや」

「ひと仕事とは、また信長を狙うんか」

「いや、それはもうええ。鉄砲を食らわせたことで不思議と気持ちも晴れた。人をつけ狙うばかりでは気持ちが暗うなっていかんわい。ちいとは良いこともしてみとうなった」

「ほう、小六にも信心の芽が生えたか。青山新七さが村に神社を再建したというから、小六も宮後に造るか」

「新七さが神社をや。あの仁《じん》は固いのう。さすがに儂はそこまで信心深うないが」

「ちいと見て来るか。新七さの社《やしろ》を」

二人は連れ立って、川並衆の一人、青山新七郎が再建した村の神社を訪ねた。


青山新七郎が建てた神社は立派なものだった。

新七郎の領地である村久野《むらくの》村に、以前からあった神社の跡地に八八八年ぶりに再建したと神社の棟札には記録されている。

村久野村は、飛鳥時代の壬申の乱の折、大海人皇子の舎人で朝廷軍を破る戦功を挙げた村国男依が治めていた土地とされる。村国郷が転化して村久野という地名になった。

八八八年ぶりの再建が事実ならば、前回は壬申の乱の直後に建てられたことになる。あるいは乱の褒賞として得た地に、領有の証として村国氏が神社を創建したのかもしれない。

小六たちが社の甍《いらか》を見上げていると、後ろから声をかける者がいた。

振り返ると青山新七郎である。いつもは無口で表情を変えない新七郎が、珍しく柔和な笑みを浮かべていた。

「おう、二人して参りに来てくれたか」

「立派なもんじゃな。見事な出来じゃ」

小六がもう一度、甍を見上げた。

「村の社が荒れ放題だったのが昔から気になっておってな。これも頭領が仕事をくれるおかげで財が出来て再建できたんじゃ」

「柱も太い。これは檜《ひのき》か」

「ああ、又五郎様が手配して犬山に届く木曽檜を都合してくだされた。ありがたいことだわ」

新七郎は満足げに腕を組んでうなずいた。

「儂らが今暮らしておられるのも、遠い昔にここへ住みつき田畑を開いた先人がおったればこそじゃ。感謝せにゃならんわ」

「ずい分と信心深うなったのう、新七さ」

「曼陀羅寺の天澤《てんたく》和尚のせいかのう。あの話を聞き出してからじゃな。儂も殊勝な気になったのは」

「やはりそうか。儂もあの和尚の言うことは、いちいち腑《ふ》に落ちるところがあると感心しておるのよ」

小右衛門が口をはさんだ。

「一度、小六にも引き合わせたいと思っておったが、三人でこれから訪ねてみるか」

小六はあまり気乗りはしなかったが、二人が熱心に勧めるので仕方なくついて行った。


村久野の神社から南へ一キロほどの飛保《ひぼ》村に曼陀羅寺はある。

南北朝のころ後醍醐天皇の命により創建された寺で、開山当時は月輪山円幅寺といったが、南朝の衰退により一時は開山の天真乗運《てんしんじょううん》が足利方に拉致《らち》されて、寺領没収の目にも遭った。

二世住職の空遄召運《くうせんしょううん》のとき南朝方から転身し、日輪山曼陀羅寺と改称した。以後、歴代住職の努力によって、この地方の浄土宗の格式高い霊場となっている。現在の住職は十六世、天澤長湛《てんたくちょうたん》である。


三人が訪ねたとき、幸いにも天澤は在庵であった。

「本日は我ら川並衆の頭領、蜂須賀彦右衛門殿をつれて参った。お見知り置きくだされ」

青山新七郎が紹介すると、天澤は人懐こそうな丸い目で小六を眺めて微笑んだ。

「こちらが川並衆の頭領殿か。噂には聞いておりますぞ。尾張、美濃、三河、伊勢と股にかけて卍の旗の行くところ手向う者なしと」

「またこの小右衛門が法螺《ほら》を吹きましたかな。荷運びと頼まれ兵で駆けずり回る、ただの雇われ稼業でござる」

天澤は快活に笑って、三人を本堂に招き入れた。

黒光りする太い丸柱が幾本も立ち並ぶ広い本堂の正面には、人の大きさの阿弥陀如来像が据《す》えられ、両脇には半分ほどの高さで菩薩像が立っている。

「こちらが当寺の御本尊様でな。阿弥陀様と観音菩薩様、勢至《せいし》菩薩様じゃ。なんでも尾張川が氾濫したときに、この仏様が流れ着いたのを開山の天真上人が拾い上げてお供えしたと言うが、そんなことは作り話じゃろうな。どこぞから求めてこられたのじゃろう」

小柄な天澤はにこにこと笑って説明した。

「曼陀羅寺という寺名は、どこからついたものですかな」

小六がふと尋ねると、

「ご覧になるかな。曼陀羅を」

と言って天澤は奥へ消えたかと思うと、やがて木の長箱を持って現れた。

両手を広げたほどの長さの箱から、うやうやしく取り出したのは一幅の軸物であった。静かに広げると正方形に近い曼陀羅が現れた。

「これが寺宝の浄土変相当麻《たいま》曼陀羅図というものじゃ」

三人が顔を近づけて覗き込むと、茶色の色彩の中に幾体もの仏が描き込まれてあった。

中央に大きく描かれているのは阿弥陀如来、観音菩薩、勢至菩薩であろう。そのほかに隙間を埋めるように小さな菩薩が描き込まれている。立像、坐像、横を向く姿、立膝をする姿と様々な格好である。

「これが仏の世ということですか」

「まあそうじゃな。観無量寿経という経典を絵にしたものじゃ」

天澤は曼陀羅のあちこちを扇で指し示しながら、その意味を説明した。

曼陀羅の一番下には人が死んで浄土に行くときの形を九通りに分けて説明してある。すなわち上品上生から下品下生まで、生前の行いによって品と生それぞれ上中下の三通りがあり組み合わせで九通りになる。

「結局のところ、どんな悪人でも臨終の際に念仏を唱えれば、浄土に往生できるということでござろうか」

「まあそうじゃな。有難いことじゃろう」

真顔で尋ねる小右衛門に天澤は笑った。

有難味が判らぬといった顔で小六は眺めていたが、

「儂が子供のころ見たことがある曼陀羅は、もそっと仏が整然と並んでいた覚えがあるが、あれとは違う曼陀羅ですかな」

と尋ねた。

「ほう、曼陀羅をご覧になったことがおありか」

「儂の生まれた海東郡の蜂須賀村に蓮華寺《れんげじ》という寺があり、そこで子供のころ見た覚えがござるが」

「海東郡の蓮華寺ならば真言宗ゆえ、両界曼荼羅《まんだら》であろうな。金剛界、胎蔵界の二つの曼荼羅があったはずじゃ」

「はい、たしかに」

「弘法大師が唐より真言密教をお伝えになり、のちに真言宗をお開きになった。大日如来様を中心にして周囲に整然と仏様が座っておられるのが密教の曼荼羅じゃ。曼荼羅とは本来そうしたものじゃが、わが国では他にもこのような浄土の様を描いたものや、日蓮宗のように文字だけのものも曼荼羅と呼んでおる。様々じゃな。しかし浄土も現世も、そうきちんきちんと理屈通りに出来ておるものでもあるまい。このようにそれぞれがそれぞれの姿をして勝手に動いておるほうが気ままで良いではないかな」

屈託なく天澤は笑った。

確かにこの曼陀羅の中では阿弥陀如来の周りに侍《はべ》る仏だけでなく、中庭を散策したり宮殿楼閣で話し込んだりと自由勝手に菩薩が動き回っている。

「現世でも誰ぞの下に侍《はべ》って生きる者もあれば、己が意のままに生きたいと思う者もござろう。生き方は様々でも、すべては阿弥陀様の慈愛の中に包まれておる。己の好きなように生きるがええのじゃ」

三人は曼陀羅寺を辞し、日暮れの道を帰った。

途中で新七郎と別れ、小六と小右衛門は松倉まで馬を並べながら話した。

「あの和尚、儂の心中を読んだようなことを言いよったが、お前、何か言うたんか」

小六は小右衛門に尋ねた。

「儂は何も言うておらんぞ。儂は己《おのれ》の悩みを言うたまでじゃ。川並衆で生きるか、信長の家臣となるかとな」

「そうか、お前も儂も似たようなものじゃからな」

小六は秋の夕暮れの中で小さく笑った。

九月の下旬になって信長から前野家へ書状が届けられた。

十七日の日付で小右衛門へは四十貫文の所領をあてがうこと、二十日の日付で宗康に岩倉成敗の後は所領を安堵すること、二十三日の日付で孫九郎へ柏井、篠木など六十五貫文を申し付けることという内容であった。

これにより小右衛門も信長に扶持をもらう家臣という形になった。

小右衛門は清洲へ出仕して信長に礼を述べると、滝川一益の旗下に入ることとなった。当分は城詰めとなるために、城下の滝川屋敷の長屋で寝泊まりする生活が始まった。

信長も胸の鉄砲傷が癒《い》えると再び生駒屋敷へ通い始め、その折には小右衛門を供に加えるようになった。

ときに唐突に馬を疾走させて供の者を慌てさせる信長であったが、そんな折にも小右衛門は遅れをとることもなく信長の背後に張り付いて馬を走らせた。小六らと川沿いの荒野を風のように疾駆《しっく》している小右衛門にしてみれば普通の事であった。

生駒屋敷が近づくと小右衛門は先に信長の到来を知らせに走る。その荒々しい走りぶりを信長は気に入って、

「あの小右衛門の走りようを見よ。まさに生駒の駒《こま》右衛門《えもん》よ」

と笑った。

これまで靡《なび》かなかった川並衆の荒武者が、少しずつでも自分の家臣となりつつあるのは信長にとって嬉しいことであった。

(あとは蜂須賀か)

川並衆の頭領をどう引き入れるか、信長も迷うところがあった。

実はこの同じ九月に、小六に対しても信長の書状が届けられている。尾張領内の関所を人馬や荷駄で通り抜けるのに、日中深夜に関わらず全て構いなしという内容であった。

小六が岩倉城内にいて清洲方と戦ったことを信長も知っているはずであったがそれは咎《とが》めず、川並衆が犬山方に与力したことへの褒賞であった。

所領を与えて家臣になれというのではなく、距離を置いて小六に自由さを与えている。生駒家長の進言によるものであったろうが、小六への微妙な気づかいを感じる。

「生駒殿は馬一頭の通り抜けを許されたそうじゃが、我らは際限なしに関を通り抜けできるのか。誇らしいのう」

書状を見た蜂須賀党の面々、又十郎、小十郎らは大いに喜んだ。

小六は「ふん」と鼻先で笑ったが、荷運びの仕事に非常に好都合なのは言うまでもない。

十一月に入り、岩倉城の包囲はそのままであったが、もはや織田信賢に戦う意志はなかった。領地も押さえられて城内の兵糧もなく、何度も降伏の使者を清洲に立てたものの、信長からの返答はなかった。


岩倉のことなど眼中にないように、信長は岩倉を通り過ぎて生駒屋敷に通った。

生駒屋敷では、類が信長の二人目の子を出産していた。

「茶筅《ちゃせん》のように髪が立っておるわ」

赤子の髪を可笑《おか》しがった信長はそう言って、茶筅丸と名付けた。

この出産と前後して、信長には三男の三七《さんしち》が生まれている。実際は三七のほうが先に生まれたとも言うが、信長が知ったのが遅かったとか、生母の身分が低かったとか解釈されている。

三七の母は伊勢の豪族、坂氏の出で、生駒氏との家格の差があるとは言えないことから、やはり信長の思いが強かったのだろう。それが吉乃に対してなのか、尾張を支配するために上郡の拠点としての生駒家であったのかは判らない。おそらく両方であったのだろう。

岩倉城が完全に落ちたのは、翌永禄二年（一五五九）の三月である。

老木が枯れて自然に倒れるような風情であった。

二月に信長は八十名ほどの家臣を連れて上洛した。京の将軍家、足利義輝はまだ二十四歳の若さであったが、長年の三好長慶との戦いもようやく和睦し、近江から京に戻って幕政を再開したところであった。幕府勢力の強化のため全国の武将らの協力を必要として、信長もその求めに応じて上洛したのである。

幕府への臣従を誓って帰った信長は、岩倉の始末をつけるため出兵した。

もはや城下は丸焼けになり、城とも言えぬ廃墟となった城内には、それでも女子供を合わせて百五十人ほどがいた。兵糧も尽きて戦ができる状態ではなく、前野宗康と稲田修理は織田信賢に美濃へ落ちるよう進言した。

「上総介様も当家を絶やすことまでは望んでおられますまい。わが手の者が案内《あない》仕りますゆえ、どうかひとまずは美濃へ落ちられませ。また再挙の日もござりましょうぞ」

宗康の言葉に信賢も従うほかなく、城の東南の砦を守っていた前野小兵衛の手引きで、蜂須賀党、前野党の面々に警護されつつ城を脱した。一旦、松倉城まで逃れた信賢は、その後、美濃へと落ちて行った。

先に追放となった父の信安は斎藤家の家臣となり、斎藤家の滅亡後は京に逃れるが、後に信長によって美濃白銀《しろがね》に所領を与えられ、晩年は安土総見寺の住職になる。天正十九年没というから信長より、はるかに長生きをした。

また信長の嫡男信忠が岐阜へ入ったときに、岩倉ゆかりの者に所領を与えたというから、信賢や弟信家もこのとき信忠の家臣となったのだろう。信家は天正十年に信州高遠で戦死。信賢は津田と姓を変えて生き延び、尾張徳川家の重臣になったという。

ともかく、主のいなくなった岩倉城は再建されることもなく破却された。

前野宗康は岩倉城下の屋敷を引き払って、前野村に蟄居。信長の沙汰を待ったが、生駒家長の取り成しにより構いなしとなって所領も安堵された。

しばらくして小六が前野屋敷を訪ねると、ずい分と屋敷内が静まり返っていた。

小右衛門は清洲に出仕し、小兵衛は松倉におり、宗康もまた屋敷内の一庵にこもってしまったから、下働きの女の姿が見えるくらいである。

「ずい分と静かになりましたな」

下女と一緒に畑作物を水洗いしていた宗康の妻に、小六は声をかけた。

「ああ、旦那様も気落ちしてしまわれたからな。ちいと話し相手でもしてやっておくれ」

子供のころより見知っている小六は子供のようなものである。

「小右衛門がおらぬから余計に寂しいでしょう」

「ほんでも誰にも仕えず、お前と悪さばかりしておるよりは清洲へ出てくれて、どんだけ安心か。前野の家もなんとか続こうて」

小六は頭を掻きながらその場を離れた。

宗康がいる庵の側に樫《かし》の大木があり葉を茂らせ木陰を作っている。幹には小六と小右衛門が打ち込んだ鉄砲玉の痕が、いくつも残っている。

しみじみと眺めたあと、小六は庵の引き戸を開けた。中では宗康が机に座って書き物をしている。

「何を書いておられます」

「ああ、小六か」

宗康は筆を置いて大儀そうに背筋を伸ばした。

「今度の岩倉落去について、儂や稲田殿を悪しざまに言う者がおるでな。実のところを書き記しておこうと思うての」

清洲との和睦を勧めた二人は最初から信長に通じており、岩倉を滅ぼした首謀者だという声が小六の耳にも聞こえていた。

「何がお家を潰《つぶ》した大罪人じゃ。何もわからず戦を唱えた者こそお家を潰したのよ。分をわきまえて臣従しておればお家は無事だったのじゃ。そうは思わんか、小六」

「その通りでしょう。皆は判っておりまする。あんまり気に病まれますな」

　老いた宗康にはこの一年の心労がこたえたようで頬が削《そ》げ、目に見えてやつれてしまった。

「あとは孫九郎殿や小右衛門が立派に前野の家を盛り立てましょう。親父殿は隠居されて悠々自適で長生きしてくだされ」

「それでものう、孫九郎は小坂の家を継いだし、小右衛門もあの性分ゆえ城勤めができるかどうか。それでのう、前々から佐々《さっさ》平左衛門殿より小兵衛を婿養子にと乞われておってな。小兵衛も松倉におるよりは佐々の家の者になったほうが、上総介様の下で立身できるのではないかと思うがどうじゃろうな」

　元来、佐々家は岩倉織田家の旗下ではあったが、所領の比良が清洲に近いため早くから信長に従っている。

「又五郎殿がまた困りませぬか。小兵衛を後継ぎと言うておりますに」

「なあに、あそこは宗兵衛という立派な婿もおるし、まだ小さいが三太夫もおる。それに近ごろ側女《そばめ》に子が出来たそうじゃ」

「えっ、真でござるか。又五郎殿もお達者な」

　すでに五十九歳の又五郎忠勝は長い間、男子に恵まれなかったために、富樫宗兵衛為定を婿にし、甥の小右衛門や小兵衛を養子にしてきたが、ここにきて三太夫という実子が生まれ、さらにこの翌年に小助が生まれる。この小助が後に石田三成の家臣として関ヶ原で獅子奮迅の活躍をする舞兵庫である。

「実の子が出来たのなら、それに継がせるのが一番ええ。後で諍《いさか》いにならぬとも限らんでな。そう言えばお前の子は達者かな。そうか。小右衛門は遅れをとっておるのう。早う後継ぎの顔を見んことには安心して死にもできぬ」

「身持ちが定まれば小右衛門も子が出来ましょう。心配したことはござらぬわ」

「そう言うお前も、そろそろ身持ちを定めたらどうじゃ。ここまで来たら清洲に従うほかなかろう」

「そうですな。岩倉殿でさえ滅びたほどですから、儂などが歯向うても喧嘩《けんか》になりませぬ。しかし信長に手足のように使われるのも良い気がしませんでな。敵対せず臣従せずという道がないかを考えておるところで」

「そんなことができるのか」

「さあ」

小六は曼陀羅寺で見た曼陀羅を思い浮かべていた。阿弥陀仏のもとに侍る仏たちと、自由に動き回る仏たちがいた。自分なら後者の道を選びたい。

「岩倉が滅び、上郡で残るのは犬山だけじゃ。此度《こたび》の戦では犬山も合力したが、実のところは十郎左様も腹に含むものがあるでな。この先、清洲とうまくやっていけるかどうか。お前たちも進退を誤らぬようにすることじゃな」

宗康はそう言うと立ち上がった。

「もう夕餉《ゆうげ》じゃろう。一献《いっこん》やっていかんか」

「はい、遠慮なく」

小六が軽く頭を下げると宗康は、

「お前が遠慮したことがあったかや」

と笑った。


岩倉の落城からしばらくすると、蜂須賀党へ加わりたいという者たちが次々と小六を訪ねて来た。聞けば岩倉の家臣だった者たちで、落城前に逃れた者がほとんどだった。

信長は岩倉の家臣をほとんど雇い入れなかったために、その多くが犬山や小六のもとへ流れてきた。尾張上郡では他に居場所がなかったし、家老の孫である稲田亀之助が小六のもとにいることも彼らの拠《よ》り所となった。亀之助は小六のもとに来て六年が経ち十六歳。すでに元服して稙元《たねもと》を名乗っている。

こうして蜂須賀党は急激に膨張して千人を越える者たちの集団となった。中でも稲田党は六百五十人にもなる一大勢力となった。

一方、信長にも新たな動きがあった。

尾張守護の斯波義銀《しばよしかね》は清洲城にあり守護として遇されていたが、ほとんど実権は信長が握っていた。次第に不満を募らせた義銀は、三河の吉良義昭、尾張下郡の石橋氏、さらに伊勢湾の服部水軍を率いる服部左京助と謀って、海から今川の軍勢を入れて信長を討とうとした。

この動きが家臣から漏れて信長の知るところとなり、ついに斯波義銀は国外へ追放となった。これにより名実ともに信長は尾張の国主となった。

翌年の今川勢の侵攻を前に、かろうじて尾張内の反対勢力の大半を征討できたのは、信長の幸運なのか、あるいは自らの計略通りであったのか、それは判らない。

しかし今川の侵攻が数年早ければ、信長が日本の歴史に大きく名を残すことはなかったかもしれない。

十五

「まったく仕様のない奴じゃな。それで飛び出してきたんか」

「ああ、やはり儂に城勤めはできんわ」

松倉城で小六と小右衛門が久しぶりに顔を合わせていた。

小右衛門は信長から所領をもらって清洲に出仕していたが、同じ滝川組の者と大喧嘩《げんか》をして帰ってきたという。

「親父殿と御袋殿が、また嘆いたろう」

「知らん。前野には寄っとらん。とても顔は出せんわい。またここをねぐらにさせてもらう」

御袋様の恨めしそうな顔が思い出されて、小六は溜息をついた。

「それで、そっちの仁は誰じゃ」

さっきから小右衛門の後にやや離れて、背の高い若者が長い槍を携《たずさ》えて立っている。

小六も小右衛門も大柄であったが、この若者はさらに長身で細身である。二十歳をいくらか越えたばかりと見え、落ち着きなく周りを見回している。

「そうそう忘れておった。こちらは前田又左衛門殿じゃ。しばらく前にやはり城内で諍《いさか》い事があってな、刃傷沙汰《にんじょうざた》になって殿のお怒りを買い出奔《しゅっぽん》されたのじゃ」

「前田又左衛門利家にござる。前野殿のお言葉に甘え同道いたしてござる。しばし軒先をお借りできれば幸甚《こうじん》」

利家はそう言うと、ぺこりと頭を下げた。根は素直な若者らしい。

前田利家は海東郡荒子村の出身で信長の小姓として仕え、稲生の戦いでは右目の下に矢を受けながら敵を討ち取る武勇を見せた。

近年、信長は母衣《ほろ》衆という直属の精鋭部隊を新設したが、赤と黒の二隊あるうちの赤母衣衆筆頭を利家は任されていた。信長の信頼の厚かった利家であるが、この六月に同朋衆の拾阿弥《じゅうあみ》という者が利家の笄《こうがい》を盗んだことで諍いとなり、激昂《げきこう》した利家は拾阿弥を斬り捨ててしまった。

この拾阿弥は信長の異母弟とも言われるが、信長はこれを怒って利家を手討ちにしようとした。しかし柴田勝家や森可成の取り成しで一命は救われ、それ以後、城を出て浪人生活を続けている。

小六はこの若者に見覚えがあった。

「そなたは道三入道が死んだ戦の折、儂と会うておるぞ」

「ああ、やはりそうでしたか。たしか竹ヶ鼻のあたりで」

利家も思い出したというように表情を明るくした。

小六が道三と別れて長良川を下ったとき、墨俣の南で信長の援軍と出会った。そのとき小六を見つけて駆け寄った若武者の一人が利家だった。

「あのときは又左衛門と言うておったかな」

「いえ、あの頃は孫四郎を名乗っておりました。その後、名を変えまして又左衛門と」

「そうか、あのときも長槍を持っておったな」

「はい」

　利家は自慢げに長槍の先を見上げた。信長の足軽は三間半の長槍を戦場で使うが、さすがにそこまでの長槍は携帯には不向きなために、利家は二間半の槍を携えていた。それでも身長の倍以上はある。

「それでこの先、又左殿はどうするつもりじゃ」

「はい。どこぞの戦場で手柄を立てて殿のお怒りを解いていただこうと思うておりまする。それまでしばし御厄介になりまする」

　利家は硬い表情で頭を下げた。

「そこまでして仕えたい主《あるじ》かや、信長は」

　信長と呼んだ小六に、利家はむっとした表情をして、

「上総介様以外に儂の仕える殿はございませぬ」

と言い切った。

「又左衛門殿は殿に惚れてござるでな」

　小右衛門が笑みを浮かべて横目で利家を見た。若い頃、信長と利家が衆道関係にあったことは家中でも知らぬ者はない。

「まあ好きなだけ滞在すれば良いが、ご妻女《さいじょ》はおるのか」

「はい。実家に残してきております」

「それがのう、又左殿の妻女も松殿と言うらしい。我ら三人とも女房が松とは妙な縁ではないか」

　小右衛門が笑った。とは言うものの、ありふれた名前ではある。

「縁があるかどうかは先にならねば判らぬが。早う手柄を立てて清洲に戻れるとええがな。それまでは荷駄の警護くらいは務めてもらうぞ」

　小六の言葉に利家はうなずいた。


　岩倉を落とし、守護の斯波義銀を追放した信長は、尾張下郡《しもぐん》の今川勢力の駆逐《くちく》に本腰を入れ始めた。

　今川方の最前線は鳴海から笠寺まで進出して、すでに熱田神宮まで三キロの距離である。この鳴海城と笠寺城を守るのは山口教継、教吉の親子で、かつ

ては織田信秀に従って今川と戦っていた武将であるが、信長の代になって今川に寝返っていた。この山口親子は周辺の大高城、沓掛城も今川方に引き入れるなど精力的に動いていた。

ところが今川義元はこの山口親子を駿府に呼びつけると処刑してしまった。信長が山口教継の筆跡に似せて内通の文を書かせ、駿府城下へ持ち込んだ計略に、まんまと義元が引っかかったのである。あるいは引っかかったと見せて、あえて山口親子を除き、家臣を新たに鳴海城へ入れたのかもしれない。こうして山口親子は除かれて鳴海城には今川の将、岡部元信が入城した。この数年前にも笠寺城の戸部政直が織田への内通を疑われて、義元によって処刑されている。

信長は出兵して笠寺城を攻略した後、鳴海城の周辺の丹下、善照寺、中嶋、さらに大高城周辺の丸根、鷲津に砦を築き、両城を孤立させる作戦に出た。

しばらく戦がなかった尾張と三河の境が、にわかにきな臭くなってきた。


年の暮れに三河への荷を運んだ小六や小右衛門は、尋常ではない今川の動きを感じた。

兵は動いていないが、百姓らがさかんに今川の尾張出兵を噂していた。探ってみると確かに駿府では戦の準備が進められているという。先兵となる三河衆も兵糧米などの確保に忙しく、そうした動きが民百姓にまで伝わっていた。

「尾張下郡の城を一つ二つ攻め取るほどのことなら、兵糧米の心配をすることもあるまい。これは余程の大軍を動かすつもりかもしれん」

小六が道端の廃屋の軒下で、降ってくる雪を避けながらつぶやいた。

「大軍を動かすとなると、まさか尾張一国を攻め取る算段かや」

小右衛門も驚いて白い息を吐いた。

「おい、又左。お前が望んでおった戦になるぞ。功名を挙げれば帰参できるかもしれぬな」

小右衛門が笑って、雪の中で立ち尽くしている利家に話しかけた。すでに数カ月ともに暮らして、口ぶりもぞんざいになっている。利家は何も言わなかったが、にたりと頬を緩めて白い息を吐き出した。

「しかし清洲が落ちれば帰参もできんぞ」

小六のつぶやきに小右衛門も利家も、ぎくりとして顔を見合せた。

たしかに駿河、遠江、三河を領有する今川が本腰を入れて兵を動かせば、その数は二万にも三万にもなる。一方の織田家はせいぜい五、六千といったところで勝敗は目に見えている。今川勢が津波のように押し寄せれば、瞬《またた》く間《ま》に清洲まで攻め入られ防ぎようがない。

「どうするよ、又左。今川に仕官した方がええかもしれんぞ」

「そんなことはできぬ。儂は上総介様のために尽くすことしか考えておらぬ」

利家は手にしていた長槍を雪の中で、ぶんと振り回すと、降る雪がそこだけ風を受けて舞い上がった。

「儂らの上郡《かみぐん》の方までも攻め込んでくるかいの」

「清洲が落ちればその次は上郡へ進むじゃろう。そうなると美濃の斎藤も黙っておらぬかもしれぬ。今川と斎藤で尾張は食いつくされることになるぞ」

「儂らも眺めておるだけではあかんな。何とかせにゃ」

「ひとまずこのこと、皆に知らせねば。八右衛門に告げたなら信長の耳にも届くじゃろう」

小六たちは立ち上がって尾張への帰路を急いだ。

生駒屋敷に戻って生駒家長に三河の情勢を伝えると、家長もまた顔色を変えて驚いた。

「上総介様にもそれとなく伝えるが、誠に今川が動くかは判らん。いい加減な噂を広めてはお叱りを受けるかもしれんで、事が確かになるまでは他言無用じゃ」

「儂らがしゃべらんでも、三河境《ざかい》では噂になっちょる。年明けには尾張中に知れ渡るわい」

小六の剣幕に家長もたじろいだ。

「判った判った。ちょうど猿が清洲から戻って来ておるゆえ、早々にお越しいただくよう上総介様にお伝えしよう」

「猿？　藤吉か」

そういえば近ごろ、藤吉郎の顔を見ない。

「あの者は、まこと抜け目のない奴でな。とうとう上総介様の下僕になりおったわ。どのような働きができるか知らぬが、殿様に付き従って走り回っておるわい」

藤吉郎は生駒屋敷で働いていたが吉乃に気に入られて、それを足掛かりに信長の下僕になることを許された。

「いずれにしろ今川がいつ動くかが判らぬことには手も打ちづらい。それを探ってくれんか」

「ああ、蜂須賀党の者が三河の国境《くにざかい》におる。その者たちが事あれば知らせてくることになっておるわ」

小六はそう伝えて生駒屋敷を出た。

夜の闇の中に人の姿もなく、しんとして静まり返っている。美濃に近いこの辺りは、雪の量も三河より一段と多い。


（嵐の前の静けさというやつか）

一面の雪野原を眺めつつ、小六はいつの間にか信長を助けることになってしまっている自分に気がついた。


年が明けて永禄三年（一五六〇）。正月の挨拶に小六と小右衛門は前野屋敷を訪れ、集まった一族の者に今川の動静を語った。一同は驚き、しばらくは口を開く者がないほど呆然とした。

「岩倉の殿を落として清洲に委《ゆだ》ねたが、その清洲もまた危ういとは。儂のやったことは正しかったのかのう」

高齢の宗康は、すっかり気落ちした様子で肩を落とした。

「上総介様にはお伝えしたのか」

小兵衛が心配顔で小六に尋ねた。

「生駒屋敷で八右衛門が伝えたそうじゃが、聞く耳を持たんといった素振りのようでな。この寒いに川へ入って鮒《ふな》を獲って大喜びして帰っていったそうじゃ」

二十七になる信長だが、まだ時折こうした奇行は続いている。

本人だけならまだしも、川役人の村瀬平九郎や、供の市橋伝左衛門、佐脇藤八らも川をせき止め、泥だらけになって桶で水を掻き出し、鮒や鯰をつかみ取りするのである。信長本人が川中に両手をついて巧みに魚を獲るのだから、家来衆も見ているわけにはいかない。藤吉郎などは一番の働き場とばかりに水をはね上げ大騒ぎし、逆に信長に叱られるほどである。

「大丈夫かや、尾張は」

普段は陽気な小兵衛も、さすがに心配になってきた。

「いざというときは親父様、御袋様、女子供は松倉に移るがええわ。この屋敷におっては放火や狼藉《ろうぜき》に遭うかもしれん」

小右衛門の言葉に皆、黙ってうなずいた。


三月に入ると今川侵攻の噂は、尾張全郡に広まっていた。

前野屋敷の年寄や女子供は、すでに松倉城へ移り、前野屋敷には宗康の弟、長兵衛義高と息子の喜左衛門義康が残って留守を守ることとなった。

そんな折、宮後村の蜂須賀屋敷に信長の使いが来た。

使者は佐脇藤左衛門という信長の信任が厚い年配の家臣である。前田利家の弟、藤八良之はこの藤左衛門の養子となっている。

「今宵、生駒屋敷で踊り張行《ちょうぎょう》いたすゆえ、皆々ご参集あれとの仰せでござる」

小六は松倉城にあって不在のため、妻の松が応対に出た。

「百姓も無礼講で構わぬということじゃ。よろしゅうお伝えくだされ」

「前野屋敷にもお寄りになられましたか」

「寄ったが誰もおらぬようであった。近在の者には言うておいたが、前野の衆にも伝えてくれぬか」

「小右衛門殿は、いかがでございましょう」

「おう、それそれ。小右衛門も構いなしとのことじゃ」

清洲へ出仕しながら出奔した小右衛門の扱いを、松は心配したのである。

その夜、小六をはじめとした蜂須賀衆、前野衆、松倉の坪内衆、川並衆らの主だったもの五十人余りが生駒屋敷へ出かけた。

すでに大勢の男女が、篝火《かがりび》を囲んで賑やかに踊りに興じていた。その輪の中で、ひときわ目立つ白地に赤い大紋の着物で踊り瓢《ひょう》げているのが信長であった。

「来たか、小六」

背後から生駒家長が声をかけた。

「この差し迫ったときに踊りとは、何を考えておるのか、あの仁《じん》は」

小六が腕組みをして信長を見つめた。

乱舞する人々の背後には満開の桜が篝火に浮かび上がって、なにやらこの世でないような趣《おもむき》である。


「よう判らぬが、ああして踊りながら策をお考えなのかもしれん。三河のことを申し上げようと儂の一存でお前たちを呼んだが、お聞き入れになるか。先刻それを申し上げたところ少々機嫌を害されてな。まあ、しばらく控えておってくれ。機を見てお目通りを願ってみるわい」

家長はそう言うと屋敷の奥へと入った。

酒に酔った川並衆が踊りの輪に加わると一層賑やかになったが、小六と小右衛門は座敷の隅で踊りの群れを眺めるばかりであった。

やがて夜が更けたころ、家長が二人のもとへ現れた。

「殿様が書院で茶を飲んで一服なさるそうじゃ。表から庭先へ回ってくれ。三河の様子を申し上げよ」

家長の顔も緊張で引きつっている。

「どうするよ」

「どうするもこうするも、こうなっては成るようになれじゃ」

小六と小右衛門は書院の庭先へ回って片隅に控え

た。

　そこへ大股で何も言わず信長が入ってきて、座敷に上がった。御伴衆の市橋伝右衛門が先ほどより茶の用意をしている。

　信長が座敷の中央で胡坐《あぐら》をかいて座ったのを見計らって、家長が縁先に出て平伏した。

「あれなるは川並衆の頭領、蜂須賀小六と、先般、清洲にて不始末を仕出かしました前野小右衛門にございまする。このような折に無粋かと存じましたが、無礼講とのお言葉に甘え参上した次第にございまする。三河表《おもて》のことなど熟知しておりますのでお尋ねいただければと…」

「駒右衛門か。馬屋を飛び出してどこまで行ったかと思ったら、里が恋しゅうなって戻っておったか、たわけ者！」

　家長の言葉が終わらぬうちに信長が小右衛門を叱責した。

「も、申し訳ございませぬ」

　小右衛門は頭を地面にすりつけて平伏するほかなかった。

「小六とやら。名前は聞いておったが顔を見るのは初めてよの」

「いえ、それがしは以前にも殿様のお顔は」

「そうか、浮野原で儂を狙ったときに見たか。あの遠さではきとは見えなんだであろう」

　さすがの小六も言葉に詰まった。

「いえ、十数年も昔に、津島の市にてご幼少の殿様の前で、ご家来衆と揉《も》め事になりましてございまする。あの折にお顔を見申した」

「そんなことがあったかの」

「あの折は、若気《わかげ》の至りでご家来衆にご無礼をいたしました」

「あやつらは、もうほとんど村木攻めや稲生で死んでしもうたわ。あの世で会うたときに詫《わ》びておけ」

　そう言うと傍らの茶碗をつかんで、信長は飲み干した。

「三河表の何を知っておる。言いたいことがあるなら、さっさと申せ」

信長は茶碗を伝右衛門に差し出し、さらに一服を求めた。

小六は昨年の暮れ、三河で見たことや耳にしたことを話し、さらに今年に入ってから蜂須賀党の者たちが伝えてくる今川の動きを説明した。

「今川が動けば、鳴海、大高あたりの砦は一日ともたぬでしょう。早急に兵を送って備えねば今川勢が清洲にまでなだれ込むのは必定《ひつじょう》。尾張存亡の危機にございまする」

黙って聞いていた信長は、やがて閉じていた眼を開いた。

「川並衆の頭領がどのようなことを言うかと楽しみにしておったが、城の年寄どもと同じことを言うわ」

そう言うと立ち上がった信長は縁先を下りて、二人の前に立った。まさか手討ちになるかと一瞬たじろいだ二人であったが、信長は声を落として言った。

「今川の大軍に我が方がいくら手当てをしても蟷螂《とうろう》の斧《おの》よ。あの辺りの砦が攻められようと加勢はせぬ。それよりも勝負は別のところにある。小勢が勝つには相手が気を許した隙《すき》を突くしかあるまい。お前が浮野原で儂を狙ったようにな」

信長は腰をかがめて顔を二人の側へ寄せた。

「すでにこの辺りにも今川の細作が入り込んでおろう。尾張の信長は手も打たず遊びほうけておると見せねばならぬ。お前たちも踊れ踊れ」

信長はそう言うと、高笑いを残して再び踊りの輪の中へ戻った。

残された二人は顔を見合わせたが、やがて立ち上がって、にたりと笑うと踊りの中へ紛れ込んだ。

信長は小六らに三河の動きをさらに探るよう命じて、翌朝、生駒屋敷を出た。


踊り張行《ちょうぎょう》から数日たった三月十六日、松倉城で前野宗康が病没した。

前野屋敷から移って、住みなれぬ場所で寝起きするうちに風邪を拾ったのか、高熱が出て床に伏していた。衰えた体には回復の力はなく、眠るように生を終えた。遺体は前野屋敷に運ばれて、葬儀を執り行った。

「親父殿も可哀想なことをしたのう。こんなことなら屋敷におったほうが良かったかもしれん」

「いや、又五郎や小右衛門が側におって心強いと喜んでおりましたよ。安心してしもうて逝《い》ったのかもしれんて」

「御袋様は、まだまだ長生きしてくだされ。これから小右衛門も親孝行するはずじゃで」

小六は宗康の妻を慰めた。

この妻の名前は妙善と伝わっているが、それはおそらく出家名で本名は判らない。

葬儀を終え四十九日も済ました五月の初め、小六らは竜泉寺山へと向かった。

竜泉寺山は小右衛門の兄、小坂孫九郎がいる柏井の吉田城の南で、かつては信長に対抗する弟の信勝が城を築いていた。庄内川を見下ろす高台で、三河や清洲、宮後とも連絡が良いことから蜂須賀党の者たちが拠点を築いていていた。


駿河、三河から入る知らせは、もはや疑いなく今川の大軍が尾張へ向かうことを示していた。街道筋の村々に兵糧米や馬の飼料を用意させて、すでに今川の先発隊が順次、三河へ向かい始めたと知らせが届いた。小隊が国境を固め、そののちに今川義元の本隊が出向するものと見える。

小六は踊り張行の翌朝、信長に言われたことを思い出していた。

「今川の大軍が鳴海、熱田を越えて清洲を囲んだとしても、義元の本隊はまだ国境《くにざかい》にあるかもしれぬ。義元がどこにおるかをお前たちは探るのじゃ。この戦に勝つには義元の首を取るほかはない。すでに梁田鬼九郎なる者が沓掛あたりで駿河勢の動きを見張っておる。その者と合力して義元を見つけ進軍を鈍らせよ。さすれば夜陰に乗じて義元を襲う機会も生じよう。お前たち野の者の働きどころじゃ」

信長の言う通り、この戦で今川の諸隊を打ち負かしても際限がない。いずれ小勢の織田方は包囲され殲滅《せんめつ》されるであろう。そのために小六は二千人近い蜂須賀党の総勢を引き連れるのではなく、屈強な者を八十人ほど選んで連れてきていた。

ちなみにこの戦いに犬山の織田信清は参戦せず、そのため他の川並衆も出陣していない。先の岩倉攻めのあと、恩賞をめぐって犬山と清洲は再び険悪な状態になっていた。

小六は竜泉寺山でしばらく三河の情勢を探り、山間部の猿投《さなげ》方面で三河勢の動きがないのを確かめた。このとき松平元康の三河勢は大高城へ兵糧を運び入れるよう命じられており、山間部へ展開する余力はない。今川勢もまた鎌倉街道筋にのみ兵力を集中して、策を弄して尾張を攻略しようとは考えなかった。このあたり雪斎が存命であったなら、また違った展開になっていたかもしれない。

義元が五月十二日に駿府を発したとの知らせを得て、小六は竜泉寺を小坂孫九郎に任せて南下した。

竜泉寺から南へ三キロほどの猪子石《いのこいし》に、連絡のために稲田大八郎ら三十人ほどを留めると、残りの五十人で沓掛《くつかけ》へと向かった。

沓掛城は尾張と三河を分ける境川の西にある。すなわち尾張領であるが城主の近藤景春は山口教継によって今川方に寝返っており、このときは義元の入城に備えて今川家臣の浅井政敏に城を明け渡し、自分は支城の高圃《たかほ》城へ移っていた。

配下の者に城の近辺を探らせると、百姓に化けた怪しげな者たちが数名うろついていると報告があった。

「梁田《やなだ》の手の者であろう。鬼九郎がどこにおるか聞いてこい」

「へい、それはもう調べ済みで。城から東へ二里ほどの境川近くの百姓家《や》に隠れておるようで」

「確かだろうな」

そう言うと小六は立ち上がった。あまり気は進まぬが顔は通しておかねばならない。

実は小六は梁田弥次右衛門と鬼九郎の親子を知っている。梁田氏はもともと斯波氏の家来で、清洲に近い九之坪《くのつぼ》に住んでいる。小六がまだ蜂須賀村にいた頃、清洲城下で幅を利かせていた悪童たちの一派が梁田党であり、鬼九郎はその頭目だった。小六より数歳年上である。

手下に案内させて百姓家へ行くと、周囲に潜んでいた百姓風の者たちが一人二人と現れ小六の前を遮《さえぎ》った。

「清洲の殿の命で来た。鬼九郎殿はここか」

小六が大声で言うと、男たちは慌てて屋根の朽ちかけた百姓家に走っていった。やがて中から目つきの鋭い中年男が出てきた。

「ほう。川並衆の頭領が清洲の殿様に使われるようになったか」

「良い稼ぎになると思ったまでじゃ。それより義元はどうなった」

「今川の先鋒は池鯉鮒《ちりふ》まで来ておるが、義元の本隊は岡崎じゃ。明日にも先鋒は尾張に入るじゃろうが、義元は明後日だろうな」

「それで義元は沓掛城に入るか」

「すでに今川の家臣が沓掛城に入って支度をしておる。義元が入るに違いない。沓掛を過ぎれば鳴海、大高まで留まる城はないからな」

鬼九郎は話しながら小六の背後に回って、小六の背負っている鉄砲を眺めた。

「その鉄砲で義元を仕留めるつもりか。浮野《うきの》でやらかしたように」

「機があればな。しかし我らが言われたのは義元の居所を知らせ、足を鈍らせて隙をつくれということじゃ。梁田党だけでは心細いと見えるわ」

「なにっ」

小六を取り巻いていた梁田の小者たちが気色《けしき》ばんだ。

「やめておけ。騒ぎを起こして沓掛の今川兵に見つかれば煩《わずらわ》しいことになる」

鬼九郎が制止した。

「それでどうする。何ぞ策でもあるのか」

「さあな、これから考えるわい。儂らは儂らでやるが、お主らは清洲まで知らせる手を打っておろうから、伝令は任せるわい」

そう言うと小六は沓掛城の方へと戻っていった。

翌日の五月十六日の昼近く、鬼九郎の言った通り、今川の先鋒が境川を越えて尾張領内に入った。

街道としての東海道は江戸期になって整備されたもので、この当時は鎌倉期に出来た京、鎌倉を結ぶ鎌倉街道が幹線として存在していた。ほぼ東海道に近い経路ではあるが、細かい部分で相違はある。尾張三河の境あたりでは東海道よりもやや北で境川を渡り、沓掛城の南を通過して、東海道の約一キロほど北を並走する経路である。

その鎌倉街道を通って、今川勢は沓掛城周辺に駐屯した。

ここから大高、鳴海方面へ向かうには鎌倉街道を南へ外れてから西へ進み、桶狭間を通って大高城へ向かうか、あるいは鎌倉街道を西進して鳴海城の北へ出るかである。両城を取り巻く織田方の砦を攻略することが差し当たっての眼目《がんもく》であるため、義元の到着を待って軍議を開かねばならない。

「明日にも義元の本隊は沓掛に入りそうじゃな。どうする」

沓掛城の大手門が見える藪《やぶ》の中で小六、小右衛門らが潜んでいる。

「今川勢は三河衆を加えて二万五千じゃ。これがそのまま攻め上れば織田方に勝ち目は無かろうよ。いささかでも兵を割ってやれば勝ち目が出てくるかもしれん」

「兵を割るとは」

「佐々勢は信州道に出張《でば》っておると言ったな。竜泉寺の孫九郎殿と合わせて五百ほどにはなろう。その兵で沓掛を攻めると見せかけたなら、義元も守りの兵を残すはずじゃ。二、三千でも残してくれりゃ儲《もう》けものだわ」

小六の指示で早速、配下の者が北へ走った。

竜泉寺から東南へ四キロほどの岩作《やざこ》に、つなぎとして前野小兵衛勝長や長兵衛義高らが留まっていたが、そこからさらに北西の瀬戸方面に佐々勢三百が出張っていた。

この地はかつて松平清康が品野城を攻略し、長年にわたり織田との抗争が続いていたが、この正月に信長が攻め落としていた。反攻に備えて佐々勢が出向いたものの松平勢の動きはなかった。

今川軍来るとの小六の知らせで急きょ引き返した佐々勢は、竜泉寺の柏井勢と合流し南下して十七日の夜には平針《ひらばり》へ到着した。沓掛の北六キロほどの場所である。

その日の午後、今川義元の本隊が境川を渡って尾張領内へ入り、予想通り沓掛城へ入った。見渡す限り一帯が今川兵で溢れて、眺めているだけでも息が詰まるほどであった。

「平針に織田勢がおると噂を流して来い」

小六は百姓姿の手下を物売りに仕立てて、それとなく今川の兵に伝わるようにした。

「今川も細作を放って確かめるじゃろう。今日明日はここに留まって動きはないかもしれん。鬼九郎にも子細を伝えてやれ」

「楽しそうじゃな、小六」

小者が飛び出して行ったあと、小右衛門が笑った。

「これまでの戦を思い出してな。無動寺の戦に道三入道が死んだ戦、明智城に岩倉城と負け戦が多かったが、此度《こたび》は一番ひどいことになるじゃろう。じたばたしておる己《おのれ》が可笑《おか》しゅうてな」

「やはり負けるか」

「負けだわい。どうやったら勝つんじゃ。よほど今川が間抜けでもなければ勝ちようがない。なにしろ二万五千と六千じゃ」

小六も小右衛門も汗まみれの顔に絶望的な薄笑いを浮かべた。

「又左衛門は手柄を立てようと鳴海へ行ったが討死かの」

「どうじゃろうなあ。命だけでも助かると良いが」

二人は暮れかかる西の空を見た。暑い夏の一日が終わろうとしていた。

沓掛城の今川義元はその夜、諸将を集めて軍議を開いた。

差し当たり織田方に包囲されている大高城、鳴海城を解放せねばならない。大高城の鵜殿長照《うどのながてる》からは兵糧の要請が繰り返し届いている。すでに大高城へ進むことを決めて、この日のうちに先鋒隊の瀬名氏俊《せなうじとし》を桶狭間方面へ派遣していた。

「大高城へは元康に行ってもらおう。緒川《おがわ》城の水野信元は動かぬか」

「はっ、城に籠ったまま日和見《ひよりみ》と見えまする」

義元は家臣の言葉にうなずいた。

「織田に味方して今ごろ後悔しておろうな。この戦が終われば処断せねばならぬが、如何《いかが》したものかのう」

義元は家臣の末席近くにいる十八歳の若い松平元康を、ちらと見た。

元康の生母、於大《おだい》は緒川城主、水野信元の異母妹に当たる。二人の父、水野忠政は松平家と縁を結ぶために二人の娘を嫁がせたが、織田信秀が勢力を伸ばしてきたことから、信元の代になって二人の姉妹を離縁させ、水野家は織田方に付いていた。

今回の桶狭間の戦いでは水野信元の出兵は記録にないところを見ると、どちらにも付かず城に籠っていたようである。出兵したとしても知多郡の緒川城からでは織田勢と合流できず、孤立する恐れがある。通り過ぎる今川の大軍に対して、信元としては身をすくめて籠城するしかなかったろう。

ただ苅屋城主で信元の弟、信近は今川方として出兵した形跡がある。苅屋城は三河領内にあり、織田方であれば真先に攻略されていたはずである。その記録もなく、また今川から出兵を要請する書状も残っていることから、水野信近は今川方であった可能性が高い。

緒川城の兄、信元も今川に通じていた可能性は否定できないが、桶狭間の戦後、織田方からの処罰を何ら受けていないことを見ると、表立って織田に歯向ったとは考えにくい。今川の大軍に手も足も出ない風《ふう》を装い、日和見をしていた可能性が最も高いのではなかろうか。

なお義元が討ち取られた後、鳴海城から引き上げる今川方の岡部元信によって、苅屋城の水野信近は討ち取られたという。理由は不明だが、戦いの中で織田方に寝返る行為があったのか、あるいは兄の信元が織田方であったために、離反を疑い岡部が攻めたのか謎である。

また水野信元もこの後、信長に従って各地を転戦することになるが、天正三年（一五七五）の岩村城攻囲の際に、敵に兵糧を送ったとして内通を疑われ処刑される。

岩村城攻めで信元が信長に反旗を翻すはずもなく佐久間信盛の讒言《ざんげん》とも言われるが、あるいはこの桶狭間で、松平元康の大高城への兵糧入れを何らかの形で助けたことが諸将らの記憶に残り、後に災いとなったのかもしれない。

十六

五月十八日、今川の先発隊は沓掛城を出発して、大高城から約二キロの距離の桶狭間一帯に展開して布陣した。

松平元康が率いる三河衆は兵糧を荷駄に積み、また数十頭の馬に米俵を担がせ夜を待った。夜陰に乗じて大高城内へ運び入れようという策である。

今川義元としては十九日午前に大高城周辺の丸根、鷲津砦を落とし、午後には自ら入城、翌日には鳴海城を囲む丹下、善照寺、中島の砦を攻略して北上する腹積もりであった。先鋒隊の探索では織田方の砦に増援の様子もなく、大軍で一気に押し出せば風に散る木の葉のように楽に攻略できるものと考えていた。

笠寺、熱田あたりまでは難なく進んで、那古野の城がどれほどの抵抗があるか判らぬが、それを攻略すれば庄内川以南は勢力下に置くことができるだろう。あるいは一気に清洲まで押し寄せることになるかもしれない。すでに義元の目は那古野、清洲のあたりに向いていた。

それよりも義元が気になったのは、北の平針に五百の織田勢が駐屯しているとの知らせであった。小勢とはいえ不意を突かれれば煩《わずら》わしいことになる。用心のため沓掛城に二千の兵を残すことにした。小六の策が生きることになった。

そのころ小六や小右衛門、小十郎、稲田稙元らは、沓掛から北へ六キロほどの境川沿いにいた。

このあたりには川に沿って莇生《あざぶ》、諸輪《もろわ》、傍示本《ほうじもと》、祐福寺《ゆうふくじ》という集落があり、小六たちが尾張上郡から三河への荷を運ぶときに通過する地点である。蜂須賀党に馴染みの村人も多く、村長《むらおさ》とも顔見知りであった。

「今川治部大輔《じぶだゆう》が尾張へ入ったのは聞いておるじゃろう。もはや織田は風前の灯《ともしび》じゃ。こののちは今川がここらの村々を治めることになる。先々のことを考えて今のうちに祝いの品を届けておくが上策ではないか」

小六は各村の村長に説いて回った。小六の提案を受けて、各村々では村長をはじめ神主、僧侶らが相談し、献上する品々を急いで整えることになった。

小六らも祐福寺の村長、藤左衛門とともに献上の列に加わることにした。蜂須賀党であらかじめ用意したのは酒十樽、米餅一斗分、栗餅一斗分、勝栗一斗、昆布五十連、唐芋の煮付十櫃《ひつ》、天干し大根の煮染め五櫃である。

「これだけ用意してもらえりゃありがたい。儂ら祐福寺とは名ばかりで、裕福どころか食うにも困っておってのう」

藤左衛門は申し訳なさそうに手を合わせた。

「なに、荷運びで手下の者たちが世話になっておる返礼じゃて」

そう言って小六は笑った。

各村々の者たちは十九日の朝に、沓掛城に献上の品を順次運び込んだ。

すでにこの日の未明から今川先鋒隊の松平信康、朝比奈泰朝《あさひなやすとも》は丸根、鷲津の砦に攻撃を始めている。

一方、清洲ではこの報で目覚めた信長が、幸若舞《こうわかまい》の敦盛《あつもり》を一節舞うと、供の者数騎で城を飛び出した。午前八時ころには熱田神宮で兵の集結を待ち必勝祈願の参拝をしている。

義元も沓掛城を出発する刻限であったが、周辺の村人が祝いの品を献上するとのことで、その挨拶を受けた。本隊の到着を待たずとも先鋒隊だけで丸根、鷲津の砦は落とせるはずで、多少の遅れは構わぬと判断した。

村人の挨拶に気を良くした義元は、やがて出発の支度にかかった。

そのころ小六や小右衛門らは祐福寺村の村人とともに、鎌倉街道筋にいた。献上の品々を道の脇に広げた白布の上に並べて、今川義元の本隊が通るのを待った。他の村のように城中に持ち込まなかったのは、時をずらして少しでも進軍を遅らせせようという意図である。

夏の朝は日が昇るのも早い。道端に座り込んで待っていたが、容赦なく照りつける日差しに皆すでに汗だくである。

この辺りの街道筋には木立もなく日陰がない。村長以下、目もくらむような暑さの中で座り続けていたが、やがて城の方から十数騎の騎馬武者が走り出てきた。

その中の一人が道端の小六たちを見つけると、馬上から怒鳴った。

「今川治部大輔様のお通りじゃ。目障《めざわ》りゆえ直ちに退散せよ。退散せねば斬って捨てるぞ！」

「お待ちくだされ。我ら近在の祐福寺村の村人にて今川様の御勝利を願い、また長途の御軍旅《ごぐんりょ》をお慰めするため献上の品々を奉らんと参上した次第にございまする。なにとぞ御館様にお取次ぎ言上《ごんじょう》願いまする」

村長の藤左衛門が頭を地面にすりつけて哀願する

と、騎馬武者の中の一人が進み出て言葉をかけた。

「殊勝なる心がけじゃ。言上して参るゆえ邪魔にならぬよう道脇に控えておれ」

そう言うと他の武者を先に行かせて、一騎のみ土煙を上げて引き返して行った。

「あれは誰じゃろうなあ」

土下座をしていた小右衛門が顔を上げた。

「さあな、しかし名のある武者であろうな」

小六も頭を上げげつつ答えた。

しばらく待つうちに沓掛城より足音高く大軍勢が近づいてきた。今川義元の本隊である。やがて先ほどの騎馬武者が単騎で駆け寄ると、

「御館様はその方らの心がけにご満悦じゃ。お言葉があるゆえ控えておるがよい」

と言って再び戻った。

軍勢が目の前を通り過ぎるのを平伏して待っていると、しばらくして軍の中ほどに豪華な造りの御輿《みこし》が見えた。強い日差しを受けて、金色の金具装飾がまぶしく反射している。

「あの中に義元が」

稲田稙元がつぶやくのを小六は制した。

やがて御輿が村人たちの前に来て止まると、軍勢もまた歩みを止めた。

村人たちが身を固くして平伏したままでいると、御輿の御簾《みす》が上がり中から今川義元が声をかけた。

「祐福寺の村人か。殊勝なことじゃ。此度《こたび》の出陣は尾州の民を苦しめるものではない。国境を荒らす織田上総介を討ち果たすだけのことじゃ。尾州を平均《ひらなら》しした後は、徳政を施すゆえ安堵して待て」

ゆったりとした口調でそう言うと、再び御簾が下がり軍勢は出発した。

軍勢が過ぎ去ったあと、ようやく小六や村人らは立ち上がって汗をぬぐった。

「たしかに義元がおったな」

「間違いなかろう。あの御輿では間道《かんどう》は通れまい。一旦、南へ下がって大高道《おおだか》を西へ進むんじゃろう。梁田の者は見ておったかな」

追いかけて御輿に鉄砲を撃ち込んでやろうかとも

思ったが、そこまでは自分の仕事ではなかろうと小六は思った。

（これだけ足止めすれば今川に隙もできよう。後は信長がそれを活《い》かすかどうか）

小さくなる今川の軍勢を見送りながら、小六は天を仰いだ。すでに日は中天高く昇っている。


昼ごろに桶狭間の仮陣に着いた義元は、兵を休息させた。

夏の暑さの中を歩いてきて、やっと木陰を見つけた兵らは、我先にと長槍や旗指物を松に立てかけて鎧を緩めた。

桶狭間一帯は小高い丘と谷が数多く連なって、全体が広大な森林となっている。村人が通る間道はあったが、今川の大軍が通るには狭すぎた。谷間には川も流れて、大軍が留まるにも各々に適した場所を見つけて分散せねばならない。

小六たちは間道を先回りして桶狭間の山中に入り込み、今川勢の様子をうかがっていた。


そこへ梁田鬼九郎が現れた。

「今川義元はどこにおる」

先日と違って血相が変わっている。余程馬で駆けて来たと見えて汗が滴《したた》っている。

「何じゃ、お主、見ておらなんだのか」

「今朝は熱田まで出かけておってな。上総介様のお出でを待っておった。手下から沓掛を出たと知らせがあって様子を見に来たが」

「たわけ、すでに桶狭間に入って休息を取っておるわ。ここを狙わんでいつ狙うんじゃ。さっさと信長に知らせて来い！」

小六が鬼九郎に罵声《ばせい》を浴びせた。

そのころ信長は善照寺砦に入って前面に展開する今川勢をにらんでいた。右手に見える鷲津、丸根の砦からは黒煙が昇って、すでに織田勢全滅の知らせも届いている。

そこへ北から一団の兵がやって来るのが見えた。沓掛にいた佐々勢と柏井勢である。信長の出陣を聞いて、遅れてはならじと駆けつけたのである。

佐々勢を率いる佐々政次、成政の兄弟は遅参した焦りから、すでに戦闘が始まっているものと早合点していた。南風に乗って大高方面から流れ込む黒煙も、誤解させる一因になった。

善照寺砦に信長本陣の旗が翻っているのを見て佐々政次は、

「殿の御前じゃ！　佐々勢の働きを御覧に入れようぞ！」

と下知するや、中島砦の前面に布陣した今川勢にかかっていった。これを戦闘開始と見た織田方の若武者、千秋季忠《せんしゅうすえただ》も鷲津、丸根から移動した今川勢に突入した。

織田方前線の諸隊もこれにつられて戦闘を開始し、中島砦の全面で両軍がぶつかり合った。前田利家もこの中にいて、長槍を振り回して敵の首を取った。

この最中、中島砦に移った信長のもとに、梁田政綱が鬼九郎の知らせを受けて駆けつけた。

「今川本隊は桶狭間にて休息中！　義元の首を狙うにはこの機を逃しては二度とございませぬ！」

「よう知らせた！」

梁田の報告を聞いて、信長は砦を飛び出した。戦闘の続く前面を避けると手越川に沿って左京山を越え、森の中の間道をひた走った。やがて桶狭間の森の北端に到達した頃、西から迫りつつあった雨雲が上空に広がったかと思うと、突然に滝のような雨を降らせた。

信長は追いついてくる兵を山中で待った後、豪雨の中で兵に告げた。

「この雨で敵は我らに気づいておらぬ。よいか、狙うは義元の首一つじゃ。あとは討ち捨てにせよ！」

信長は鬼九郎の先導で窪地の中道を走ると、今川の諸隊が陣取る丘の裏手を回って、森の中へ潜んだ。やがて雨が小降りになり空が明るくなり始めると、目の前に陣取る義元の本陣が見えた。陣幕が張られた脇には、きらびやかな輿も見える。

（間違いない。義元がいる！）

突然の豪雨に散り散りになった今川の兵たちは、それぞれに木の下に入って雨宿りをして陣幕の内には人も少ない。

振り返った信長は、太刀を抜いて突撃の合図を下した。

同じく今川義元の本陣の北に潜んで様子をうかがっていた小六は、雨が上がって空を見上げたとき、ふと視線の隅に動くものを捉《とら》えた。視線を向けると木立の中を疾走する武者と足軽の一群があった。

誰一人として旗を持たぬため、いずれの兵かは判りかねたが目を凝らして見ると先頭を行く騎馬武者は、紛《まぎ》れもなく信長であった。

「信長が来おった！」

小声で叫んだ小六の声に、小右衛門たちも気づいて目を見開いた。

見つめる視線の先で、信長の率いる一団が今川義元の本陣めがけて突入していった。

誰もが今川の勝利を信じて疑わなかった戦いは、思わぬ結果になって終わった。

信長が義元の首を掲げて帰るのを見送ると、小六は蜂須賀党をまとめて戦場を後にした。そのまま信長に付き従って清洲まで行けば、祝宴に加わることも出来たろうが、そんな気にはならなかった。

（あやつ、やりおったわ）

そんな思いが小六の頭の中を巡っていた。

夕刻、竜泉寺へ立ち寄り休息しているところへ、小坂宗吉が率いる柏井党が戻ってきた。どの顔も意気消沈といった様子で疲れ切っていた。

「兄者、どうじゃった、手柄は」

小右衛門が宗吉に声をかけたが、聞かずとも判る消沈ぶりである。

「佐々隼人殿が討死じゃ。そのほか大勢討ち取られた。儂らの到着が遅れたゆえ佐々勢を助けることが出来なんだ」

宗吉の話では、佐々勢が突入したあの戦いで佐々家の当主、政次が戦死。これを見た次男の成政《なりまさ》が激昂して決死の突撃をする寸前に、家来の桜井甚助が轡《くつわ》にすがりついて強力《ごうりき》で引き止めたという。すでに三男の孫助も稲生の戦いで戦死しており、成政まで死んでは佐々の家が絶えるため、甚助も必死であった。

佐々勢に遅れて柏井勢も攻め入ったが、敵の大軍に阻まれ佐々勢を助けることも出来ず、身内も多く討ち取られてしまった。彼らが中島砦の前で戦闘している間に、信長は義元を討ち取り首を掲げて戻って来たという。

「功名に逸《はや》ったのがいかなんだ。殿様は清洲に帰られたが、我らは面目なく引き揚げて来たわ。明日はまた登城せねばならぬが気の重いことじゃ」

宗吉の落胆ぶりは尋常ではなかった。

「またいずれ働き場は来ようて。平針に引き留めた儂が悪かったかもしれぬ」

小六は神妙に言うと、南の空に向かって手を合わせて瞑目した。

翌日、宮後村へ帰る途中に生駒屋敷に立ち寄った。

家長はまだ清洲から戻っていなかった。おそらく清洲城下は戦勝の祝いで上から下まで浮かれているに違いない。


立ち去ろうとすると、屋敷の奥から吉乃が出てきた。

「勝ち戦だったそうですね。小六殿や小右衛門殿、皆様も御無事でなによりです。お殿様はいかがでございましたでしょう」

「無事に引き上げて行かれたゆえ、どこも怪我はないじゃろう。あの御仁《ごじん》は神か仏か何やら強い力に守られておるようじゃ」

「それは私が祈っておりましたもの」

吉乃はそう言って笑みを浮かべた。子供時分の幼さを残した優しい笑みではあったが、少し顔色が悪いように見えた。

「どこぞ加減《かげん》が悪いのか」

「ええ、少し。昨年に五徳《ごとく》を生んでから体が弱ったようですわ」

「またすぐに殿様もお寄りになろう。大事にされよ」

小六は不器用な言葉をかけて生駒屋敷を出た。

桶狭間の大勝利で、尾張三河境《ざかい》の勢力図は大きく動くことになった。

義元を討ち取った二日後、再び信長は出陣し、沓掛城を攻めて城主の近藤景春を敗死させた。一方、大高城にいた松平元康は義元が死んだその日の夜に城を脱出し、翌日岡崎城へと入城している。情報が混乱して安易に退却できずにいた元康のところへ水野信元が、

「今川殿は討死された。明日になれば織田勢が攻め寄せよう。早々に退却されよ」

と使者を送って教えたために元康は命拾いをした。今川勢が駿河まで退却して岡崎城の城代も不在になっており、長年の悲願だった故地への帰還が実現した。

また鳴海城の岡部元信は数日抵抗を続けたが駿府からの救援は望めず、義元の首と引き換えに降伏開城した。この岡部元信は駿河へ引き上げる際に、苅屋城の水野信近を攻めて城を焼いている。そのほか三河領内の池鯉鮒《ちりふ》城、重原城などからも今川勢が撤退し、今川勢力は大きく後退することになった。

「どういうことです。我らに何の褒美もないとは」

若い稲田稙元が大声を上げて小六に食って掛かった。

「清洲から何の沙汰もないゆえ仕方がない。生駒にも聞いてはみたが、どうしようもなかろうよ」

「我らはただ働きということか」

小右衛門も憤懣《ふんまん》やる方ないといった表情である。

「おそらく我らが沓掛でやった仕事は、みな梁田の手柄ということになっておるのだろう。奴は褒美に沓掛の城をもらうそうじゃ」

「何と！」

稙元が拳で床板を叩いた。

「我らには生駒が銭を出してくれるそうじゃ。誰から貰《もろ》うても稼ぎは同じじよ」

「しかし、それでは我らの仕事が喧伝《けんでん》されぬではないですか」

「儂らがやったのは陰の仕事じゃ。それがあまり広

まっては三河境《みかわざかい》の村人にも恨まれよう。判らぬくらいで良いのじゃ」

小六が稙元をなだめた。

十七になる稙元としては、初めて自分が加わった大仕事を世に認めてもらいたい欲がある。没落した岩倉衆が働いていることを示して、散り散りになった他の岩倉家臣を元気づけたいと思っている。小六にもその気持ちは良く判った。

「まあ焦るな、亀之助。まだまだこの先、働きどころはいくらでもあるぞ。生駒から銭は入るゆえ困っておる岩倉衆がおれば雇い入れるがええわ」

小六の言葉に納得できたわけでもないが、これ以上不満を並べても仕方がないために稙元は一礼して蜂須賀屋敷を出て行った。

門を出て行く稙元の後ろ姿を、開け放った座敷から小六と小右衛門は見送った。

「あんな年頃であったわ。儂も功を焦って美濃へ初陣して、大桑城攻めで甚右衛門を死なせてしもうた」

小六が七月の抜けるような青空を見上げつつ、つぶやいた。

「若い時分は早う世に出たいと焦るばかりじゃからな」

小右衛門も稙元が消えた門の方を眺めたまま笑った。

「そう言えば前田の又左衛門も、鳴海で一番首を取ったそうじゃが、お取立てにはならなんだそうじゃ。親父殿が先日身罷《みまか》ったそうで荒子《あらこ》へ帰ったわ。あやつもどうなることやら」

小右衛門が心配顔で言うと、

「お前も人のことより己の心配じゃろう。前野屋敷を何とかせねば、屋根も朽ちて壁も崩れておるではないか。生駒より借銭《しゃくせん》してでも建て直すしかあるまい。いつまでも御袋様や皆々を松倉城に置いたままでは気の毒じゃろう」

と小六が言った。

「岩倉攻めからこちら、田畑も荒れ放題でなあ。上郡に半銭の徳政もあったが、とても立ち行かん。それこそ仕官して扶持をもらうほかないかもしれん」

「何じゃ、寂しいことを言うのう。ようし、ひとつ相撲でも取らんか」

「何、この暑いに相撲かや」

「怖気《おじけ》づいたか」

「たわけ、まだまだ負けんぞ」

「負けんぞと言うて、小右衛門が勝ったことがあったかいな」

二人は縁先から庭へ飛び降りた。

「おやめなさいませ。怪我をしますよ」

松が縁先から声をかけるが、本気で止める様子でもなく笑っている。

掛け声とともに土煙が上がり、二人の大男が組み合った。庭の木で鳴いていた蝉たちも、勝負を見守るかのように黙った。


桶狭間の勝利からひと月も経たぬ六月に、信長は千五百の兵で西美濃へ出陣して墨俣周辺の村を焼き打ちした。さらに八月にも千人の兵で西美濃の稲田を刈り取りに出向いた。美濃方は大垣城の長井利房、多芸城《たき》の丸毛光兼らが千騎ほどで迎え撃ち、織田方が長井の猛攻に敗走する場面もあったが、森可成、柴田勝家が押し返して信長は無事に退却できた。

この二度の小勢での侵攻は敵情を探る意味合いが大きかったが、美濃兵の強さと川筋の多い地形での戦闘の難しさを、あらためて知ることとなった。

そのため信長は川向うに拠点を構えることを考え、九月の上旬、佐々成政に墨俣築城を命じ、佐久間信盛にはその警固に当たらせた。小坂宗吉ら柏井衆も佐々勢に従い、難しい敵領内での築城作業に従事することになった。


永禄四年(一五六一)の正月、修理の終わった前野屋敷に、久しぶりに前野の一族が顔をそろえていた。

松倉にいた小右衛門の母、妙善をはじめとした女子供や、小坂宗吉、小右衛門、小兵衛の兄弟、叔父の坪内忠勝、前野長兵衛とその子供たち、親族の前野新蔵門《しんぞうもん》などである。

男たちは酒を酌み交わしながら、互いの健勝を祝った。

「鳴海表では不覚を取ったが、何とか命だけは助かったでな。その汚名を雪《そそ》ごうと墨俣で踏ん張っておるわい」

宗吉の言葉に小兵衛も頷いた。すでに小兵衛は佐々平左衛門の娘婿となり佐々衆に加わっている。宗吉の柏井衆とともに昨年秋から墨俣で砦を築いている。

「それで砦はどこまで出来たんじゃ。川沿いはどこも石だらけで杭《くい》も打てんじゃろう」

高齢の忠勝が心配そうに尋ねた。松倉城の忠勝は川沿いに住む難儀を一番よく知っている。

「そうなんだわ。石をどけて砂地まで掘り下げるのが難儀でなあ。杭を打つと言うても砂地では軟弱すぎて櫓《やぐら》を組むのも危ういが已《や》むを得ん」

小兵衛が困った顔で説明した。

「それに時折、美濃勢が攻め寄せてくる。佐久間殿が防いではくれるが、先頃もせっかく築いた柵を引き倒された。いつ出来上がるか見当もつかんわい」

宗吉が思いついたように小右衛門にささやいた。

「小六は人数を出してくれんかな。まだ臍《へそ》を曲げておるんか」

「小六はともかく、蜂須賀党の者たちが先の桶狭間の手柄をうやむやにされて怒っとるんじゃ。中でも一番怒っとる亀之助の稲田衆が大人数でな。岩倉の恨みもあって簡単には清洲の殿には従わんじゃろ」

「小六は怒っておらんのか」

「あやつは生駒から金を貰《もろ》うたからそれでええとは言うておるが、そりゃあ内心では面白うはないわな。今度、墨俣を手伝うても、そうそう生駒から金を貰うわけにもいくまい」

「そうよなあ」

宗吉、小右衛門、小兵衛が同時に腕を組んで困り顔をしたので、けたけたと子供たちが笑った。宗吉の子の太郎兵衛と、忠勝の子の三太夫である。昨年のほとんどを二人とも松倉で一緒に過ごしたので兄弟のようになっている。のちの小坂雄善《かつまさ》と前野宗高である。

「まあしかし殿が家臣でもない者に褒美はやれぬというのも判らんでもないわな。褒美が欲しくば家臣になれということだわ。そろそろお前も小六も観念して仕官したらどうじゃ。お前が無頼のままじゃと、この家を任す者がおらんで心配だわ」

宗吉が小右衛門に意見をした。

「預かるだけなら儂がいくらでも面倒を見るぞ」

昨年、留守を預かった叔父の長兵衛義高が横手から、おどけて口をはさんだ。


佐々衆の墨俣築城は、美濃勢の攻撃によって築いては壊されるの繰り返しで、一向に進まずにいた。

この年の四月上旬に三河の梅坪へ松平元康が兵を進めたために、信長も出陣して合戦があったが、ここでも先鋒として佐々勢、柏井勢が駆り出された。

先年より佐々勢が警固していた方面ということもあるが、遅々として進まぬ墨俣築城に信長が腹を立ててのことか、あるいは別の仕事を与えて挽回の機会を与えようとしたのか。とにかく二年続いたという佐々の墨俣築城も常時滞在してのものではなく、攻め入っては築くという繰り返しだったと思われる。『武功夜話』ではこの梅坪合戦は前年八月という記述もあり、それであれば築城を命じられる前になるが、ここは通説に依った。

この梅坪の戦いは今川の求心力が弱まった機会に、松平元康が三河の旧領を確保しようとしたもので、意気の上がる三河勢の猛攻に織田勢は苦戦した。

佐々成政は桶狭間の恥辱を取り戻そうと、柏井勢とともに信長の馬前で死力を尽くし奮戦したが、数度押し返される中で前野長兵衛義高が討死。四十八歳であった。

長兵衛の戦死に奮い立った前野新蔵門や郎党の平井久右衛門が、敵の首級十数個を取る働きを見せ、ついに三河勢を退けた。その後、織田勢は北上して伊保《いぼ》、八草《やくさ》の麦畑を薙《な》ぎ払って帰還した。

弓で武功のあった平井久右衛門には葦毛《あしげ》の馬など

の褒美が与えられ、戦死した長兵衛の息子、左衛門義康には御台地に二百八十貫文を宛《あて》がわれた。

佐々成政も粉骨の働きを賞賛され、春日井郡のうち八千貫文と、黒母《ほ》衣《ろ》組の筆頭の座を得て面目を施《ほどこ》した。


翌月の五月十三日、信長は急きょ三千の兵で出陣し、長良川を渡り勝村へ布陣した。墨俣より七キロほど南の地点である。

突然に兵を出したのは、二日前の十一日に国主の斎藤義龍が病死したからである。これほど迅速に国主の死が伝わったのは、美濃方が特に隠す算段を講じなかったこともあろうが、信長が美濃の内に細作を放っていたためであろう。その知らせを聞いて二日で出陣の準備をした。相手の動揺している今が好機と考えたのである。墨俣の砦はいまだ使える目途《めど》が立たないため、はるか南で布陣するほかなかった。

翌日、雨の中を美濃方の長井利房と日比野清実らが、墨俣を過ぎて森部口まで南下してきた。これを見た信長は好機とばかりに楡俣《にれまた》川を渡って北上。森部で両軍がぶつかった。

やはり美濃方は義龍が死んで間もないこともあり、統率という点でも士気という点でも奮わなかったのであろう。長井、日比野の両将をふくむ百七十余人が討死にした。


八月に入った頃、松倉城へ藤吉郎が顔を出した。ちょうど小六と小右衛門が川上から流してきた舟を岸に付けているところであった。

「お久しゅうござりますな、小六殿。小右衛門殿もお達者そうでなによりでござる」

何やら言葉使いが丁寧になっている。そう思って見ると着物も、上等ではないが小ざっぱりとしている。

「何じゃ猿が身綺麗《みぎれい》になったがや」

小右衛門がからかった。

「儂もようやく所帯を持ちましてな。いろいろ世話を焼いてくれるゆえこのように」

「ほう、猿が女房をもろうたか。気の毒に何処《いずこ》の女子《おなご》じゃ」

「織田の弓衆、浅野又右衛門殿の娘御で、ねねと申す器量良しでござる。どうやら儂にも運が回ってきたようで、小者頭《こものがしら》にお取立ていただきましたぞ」

藤吉郎は信長に犬ころのようについて回り、手柄を立てる機会を探して回っていたが、妻をもらってからは人目もはばかることなく一層激しくなった。百姓同然の自分に嫁いだ妻と、その在所の浅野家に見下げられたくないという思いが、強く藤吉郎を突き動かしていた。

「名も木下藤吉郎秀吉といたしましたゆえ、よろしゅうお願いいたしまする」

「お前、姓など持っておらなんだろう。木下とは猿に似合いな姓じゃな。いっそ木の上が良かろうに」

「三河で仕官したときに松下殿という御仁に仕えましてな、その折に木下と名乗ったのじゃ。松下殿にあやかってな」

小右衛門のからかいに次第に腹を立てたのか藤吉郎の口調も以前の通り、ぞんざいになってきた。

「姓まで盗みおったか。ならば秀吉はどうした」

「秀は織田の御先代からいただいた。今の殿の信をいただこうと思ったが、それではあまりに厚かましいじゃろう」

何もかも、いただきものである。

「そのくらいのことなら良いじゃろう。昔の癖を出して盗みをやらんように気をつけよ。あの短気な殿に知れたら首が飛ぶぞ」

小六の忠告に藤吉郎は、にたりと笑った。

「もう細かいものを盗む気はないわ。それより手柄を立てりゃ大きい褒美がもらえるでな。梁田殿は細作だけで沓掛の城をもろうた。あれくらいのことなら儂にもできる。肝心なのは手柄の好機を逃さんようにすることじゃ。お二方もいつまでも野に住もうておらずに城へ参られよ。ご両所ならばすぐにでも侍大将になれように。儂が殿に取り次いでも良いぞ」

「たわけ、うるさいわ。そのようなことを言いに来たのならば帰れ」

小六が背を向けようとしたのを藤吉郎が慌てて止めた。

「そうそう肝心なことを忘れておった。前田又左衛門殿がご両所に礼をと言って、これをあつらわった。清洲城下の清《す》み酒じゃ」

そう言って藤吉郎は馬の鞍《くら》に縛ってある袋から大きな瓢箪《ひょうたん》を取り出した。

「先の森部の戦いで前田殿は敵首を二つ取ってのう。一つは足立六兵衛という剛の者じゃ。桶狭間でも三つ取っておったから、とうとう殿もお許しになって、このたび帰参が叶《かな》った。厄介になったご両所に本来なら自ら礼に参らねばならんが、佐々殿のもとで墨俣の砦造りに忙しゅうて来られんでな、とりあえずこれを渡してくれと頼まれた。帰参が叶ったと言うてもいろいろ物入りのはずじゃが、前田殿も義理堅いことじゃて」

小六は藤吉郎から、ずしりと重い瓢箪を受け取った。これだけの清み酒を買うにはいくらの金が必要か、商売に詳しい小六にはすぐに判る。

「前田殿に言っておいてくれ。また酒を飲みに来いとな」

「墨俣ならば川を下れば直《す》ぐじゃがな。孫九郎兄や小兵衛もおるから一度、顔を見て来るか」

小右衛門は利家のことが気になるようである。

「行くならお前一人で行け。儂はいかんぞ」

小六はそう言って屋敷の中へ入りかけた。

「もう一つ、言い忘れとった」

大声で藤吉郎が小六を呼び止めた。

「なんじゃ」

うるさそうに小六が振り返ると、

「儂の祝言《しゅうげん》祝いをもらいに来たんじゃった」

と笑った。

「竿《さお》は貸してやるゆえ、そこらで好きなだけ魚を釣って持っていけ」

「いや、これを貰うて行く」

そう言って馬の鞍の袋の中から、もう一つ瓢箪を出した。

「前田殿から二人へ言付《ことづ》かったが、一つは儂の祝言祝いに呉れ」
「たわけ、この盗人が！」
怒った小六が鬼のような顔で迫ると見るや、藤吉郎は慌てて馬にまたがり駆けて行った。

十七

森部の戦いで初めて美濃勢に勝利したものの、あらためて信長は美濃兵の強さを思い知った。これまでのような小勢ではなく尾張の全勢力を集結して当たらねば、とても稲葉山を攻略することはできない。まずは東の憂いをなくすために、三河の松平元康との和睦を決めた。

緒川城の水野信元に仲立ちを頼み、永禄五年（一五六二）の正月に清洲で両者の同盟が結ばれた。

元康もまた桶狭間の戦いの翌年、今川方である東条城の吉良義昭を攻め、苦戦の末これを降伏させていた。今川との手切れを決めた上は、尾張と結ぶほかはない。両者の利害が一致した同盟である。

さらにかねてから織田とは縁のある美濃北方城《きたかた》の安藤守就《もりなり》に働きかけ、同じ西美濃衆の稲葉良通とともに織田方へ寝返るよう誘いをかけた。

こうして手を打ちつつ信長は西美濃へ侵攻する機会をうかがった。


この頃、久しぶりに尾張川対岸の伊木清兵衛が小六を訪ねてきた。

「ええ陽気になって川狩りにも良かろうと思ってな」

従えた家臣に網かごを持たせて漁をする風情《ふぜい》である。

「鮒《ふな》や鯰《なまず》は大きゅうなっておるかな」

人懐こそうな顔で笑う清兵衛であったが、その目的は明らかであった。

「鮒や鯰なら捕えられましょうが、蜂須賀党を獲るには、ちと網が小さすぎますな」

小六は面白くもなさそうに言った。

「まあまあ、そう言うな。悪い話ではないぞ。清洲の上総介が墨俣あたりに盛んに攻め入って、いよいよ美濃と尾張の大戦《いくさ》が始まるわい。大きい声では言えぬが犬山の十郎左殿も美濃方に回ることになった。川筋衆は犬山の配下とはいえ、今や蜂須賀殿もこれだけの大所帯じゃ。美濃に付けば犬山とは別に褒美もあるし、家中へのお取立てもある。どうじゃ、そろそろ腹を決めて美濃に付かぬか」

「犬山の殿が美濃に付くというのは真《まこと》でござろうか」

「真じゃて。岩倉攻めで合力しても一寸の地も得られんかったと憤慨しておったゆえ、宇留間《うるま》の大澤次郎左衛門が誘ったところ稲葉山へお味方すると申したそうな。いずれ川並衆にも美濃方として出陣の触れが出るはずじゃ」

犬山が美濃方について信長と戦えば、この川筋一帯が戦場となる可能性が高い。前野村、宮後村あたりも戦禍を受けることになろう。

織田の戦力五、六千に対して、美濃勢一万五千と犬山勢三千がこの地に布陣して守れば勝機もあろうが、美濃方がそこまで本気で犬山を死守するかどうか。

斎藤家の当主は家督を継いだばかりの斎藤龍興《たつおき》十五歳である。長井道利や日根野弘就ら切れ者の重臣が支えてはいるものの、尾張へ侵攻するような思い切った策を取ることは考えにくい。

「我らは美濃にも尾張にも付かぬゆえ、戦は他所《よそ》でやっていただこう」

「そのような浮世離れしたことが信長に通じるとも思えぬが。まあ川並衆が先手となって美濃側へ押し寄せんだけでもありがたいわ。稲葉山にはそう伝えておくわい」

伊木清兵衛は家臣を伴って、再び舟で戻っていった。


四月に入って、信長は再び西美濃へ侵攻した。

佐々勢、佐久間勢を含めた先鋒二千を墨俣の北五キロの十四条《じゅうしじょう》へ侵攻させ、自身は三千を率いて墨俣の砦へ入った。

一年半以上、佐々衆や柏井衆が血と汗を代償にして築いた砦が何とか出来上がっていた。石を積み上げて塁を造り、柵で囲んだ中に五十人ほどが辛うじて雨露をしのぐことができるあばら屋が出来ていた。

ここを足掛かりに一気に西美濃を制圧し、稲葉山城下に迫る腹積もりであった。西美濃の安藤、稲葉が織田に加勢するならば十分可能なことに思われ、信長も意欲満々の出陣であった。

佐々勢、柏井勢は十四条の北、軽身《かるみ》まで進んで陣を張った。十数本の老松が生えた小高い場所で、周囲は深田が広がってさえぎる物がない。その深田の向こうに美濃勢が陣を張り、兵の動きもはっきりと見えている。夜間の小競り合いが数度あったが、信長はこちらから仕掛けることを禁じて長対陣となった。

信長が何を待っていたのかは判らないが、あるいは内通するはずの西美濃衆がまとまらなかったのかもしれない。信長は墨俣の砦に居座って一月半が過ぎた五月二十三日、ついに全軍を率いて十四条へ進出。それに合わせるように美濃方も動いて早朝から激戦となった。

この戦の中で犬山の織田信清の弟、広良《ひろよし》が討死した。広良は昨年から墨俣の北西三キロにある十九条城の守将として美濃領内にいた。墨俣の砦がたびたび攻撃を受けていたという状況で、さらに北の十九条に織田方が留まっていられたというのは妙なことにも思えるが、あるいは周辺の北方城の安藤、曽根城の稲葉とはすでに何らかの連絡があったのかもしれない。

軽身の一帯でぶつかり合った両軍は一進一退をくり返し、戦闘は夕刻にまで及んだ。この戦いで池田恒興《つねおき》と佐々成政が敵の稲葉又右衛門常通《つねみち》を追い詰めたが、互いに首を譲り合っているところを柴田勝家が討ち取った。勝家は両名の手柄として信長に報告したという。稲葉常通は稲葉良通《よしみち》の叔父である。

柏井衆の小坂宗吉も鉄幹十六筋入りの六尺棒を振り回し奮闘したが、迂闊《うかつ》にも馬の足を払われて落馬したところを組み伏せられた。太刀を抜こうとしたが落馬のときに鞘《さや》から抜け落ちて見当たらない。危うく首を取られるところを郎党の平井源太郎が駆け寄り、逆に敵を討ち取った。

後年、宗吉の子の雄善《かつまさ》も関ヶ原の役で福島正則の先鋒として出陣したときに、敵首を三つ取りながらも、落馬の際に太刀が抜け落ちて味方に助けられた。これを後に同輩から落ち度として誹《そし》られたために刃傷沙汰となり、清洲城の松平忠吉のもとを去って前野村で蟄居することになる。親子とも同じ目に遭うとは因縁というべきであろうか。

戦いは勝敗がはっきりしないまま夜になり、ようやく美濃勢は兵を退いたが信長は翌朝まで軽身に留まった。敵に後ろを見せたくない、せめてもの意地であった。

翌朝、墨俣まで引き揚げながら、信長の心に悔いが残った。

（これでまた犬山との間が難しいことになるか）

犬山の信清の弟を死なせてしまったことが気がかりであった。兄の信清は信長と対立していたが、弟の広良は信長に従うことを兄に常々進言しており、昨年以来、信長の命によって十九条の城を守っていた。

信長は墨俣で数日留まって再び戦機を探っていたが、そこへ思わぬ知らせが届いた。清洲の留守を守る滝川一益からの急使である。

「犬山勢が下津《おりづ》へ攻め入り放火狼藉に及んでおりまする！　やがて清洲にも攻め入る気配。早々に御帰城願いたしとのことにございまする！」

「信清のたわけが！　うかうかと美濃の誘いに乗るとは！」

額に青筋を立てて信長は激怒した。

側に控える柴田、森、佐久間ら重臣も、これほど怒る信長を初めて見た。身内の裏切りということが許せなかったのと同時に、自分が西美濃衆の調略に苦心している裏で、美濃方が身内の犬山衆を見事に調略していることに腹が立ったのである。当主の斎藤龍興はまだ十五歳であるから、おそらく重臣の長井や日根野の手腕であろう。

「清洲へ戻る！」

そう命じてから、ふと思いついたように信長は、

「川並衆も動いておるか」

と川べりに進んで上流を見たが、それらしき舟影はない。

犬山の旗下にある小六らの川並衆が信清の下知《げち》に応じて川を占拠すれば、美濃領内に渡った尾張勢は孤立する。

(儂を困らせる好機というに動かぬか、それとも出遅れたか)

佐々勢、柏井勢に殿軍《しんがり》を命じて、全軍で渡河して清洲へ帰還した。

帰り際、信長は遥かな稲葉山の山容をにらみつけた。かつての信秀と同じ姿であった。

「ずいぶん派手にやられたのう」

前野屋敷を訪れた小六は小右衛門に声をかけた。

屋敷内が荒らされ散らばった家財道具で足の踏み場もなく、特に西側の二棟は火をかけられて全焼し、まだ焦《こ》げた臭いが辺りに漂っている。

「犬山の兵が押し寄せて、あっという間に火をつけ

て回ったそうじゃ。まったくええ迷惑だわ」

半裸で後片付けをしていた小右衛門が、持っていた茶碗を庭隅の石に叩きつけて割った。下津まで押し寄せた犬山の兵は、その途中に前野屋敷を襲撃していた。

「何しろ突然のことで防ぐ間もなく、家財道具を運び出すのがやっとで」

留守居役だった喜左衛門義康が、申し訳なさそうな顔で小六に言った。梅坪で討ち死にした長兵衛義高の息子である。

「犬山が清洲に歯向うことにしたのなら、ここは清洲方の砦ということじゃろうなあ。攻められても仕方ないが。御袋様や皆に怪我はないか」

「はい、他の屋敷に隠れまして誰も怪我はございませぬ」

幸い前野屋敷のうち焼けたのは西側の二棟で、東側の六棟ほどは無事のようである。

「屋敷だけでなく田畑も無残なものじゃ。せっかく伸びかけた稲が台無しで、どうしたもんか村中で困っておるわ」

小右衛門が溜息をついた。

「前野党もこれまで犬山とは味方同士と思うてやってきたが、これでは戦するほかないぞ。どうするよ、小六」

「川筋は犬山の支配とはいえ、これでは従うわけにいかんな。坪内党もすでに犬山から離れると言うておるわ」

坪内党は又五郎忠勝が隠居し、婿の宗兵衛為定が率いている。

党中ではすでに清洲に付くべしという声も出ているが、為定は小六と深い付き合いもあって決断できずにいる。ただここに来て犬山に従えぬということだけは決心したようで、けじめとして為定は弟の勝定に家督を譲り隠居すると言い出している。この勝定の娘の松が小右衛門の妻であった。

「義父殿《おやじ》もそのつもりのようじゃ。ここまで来たら皆で清洲に付くほかないかもしれんな」

小右衛門の言葉に小六は黙ったままだった。

信長は美濃攻めの方針を大きく変えた。

佐々勢には苦心して築かせた墨俣の砦を破却させ、西美濃から撤退した。美濃方に砦を利用されるのを防ぐためであった。そうして戦いの矛先《ほこさき》を犬山に向けた。尾張領内を完全に制圧しなければ美濃攻めもおぼつかないと決断したのである。

家臣の丹羽五郎左衛門長秀に命じて、犬山の支城である小久地《おくち》城の中島左衛門の調略に当たらせたが不首尾に終わった。その間に美濃方の援軍が犬山に入り、小久地城にも数多くの幟《のぼり》や旗が翻った。四年前の岩倉落城で行き場を失った岩倉家臣の多くが流れ込んで、犬山の兵力も三千ほどになっている。そこへ美濃の援兵も加わって、侮《あなど》れない兵力に膨れ上がっている。この様子を見まわって、信長は三百ほどの兵を前野村から小折村に置いて警固に当たらせた。

六月に入ったある日、清洲から足軽どもが生駒屋敷へ信長の鎧兜《よろいかぶと》を運び込んだ。生駒家長は出陣が近いことを察して、前野屋敷の孫九郎宗吉ら近在の者たちに戦支度で参集するよう触れを出した。

「怪我はどうじゃ、八右衛門。大事ないか」

「ああ、浅手だわ。孫九郎こそ死にかけたそうじゃな」

家長は左の腕をさすりながら笑った。先の軽身の戦いで家長は負傷していた。二人はほぼ同年齢で、幼い頃からの付き合いである。

「美濃勢は強かったのう。墨俣の砦を壊して引き上げる折にも戦になって、小兵衛も肩口をやられたわ。それより殿はいつお出でになる」

「まだ何の知らせもないが、鎧兜が届いたということは急の御出陣があるということよ。不覚を取らぬよう我らも備えておかねば」

生駒屋敷の門前にはすでに三百余りの兵が集まっていたが、昼を過ぎても清洲からの知らせはない。

「殿のことじゃ。桶狭間のように早朝の御出陣であろうよ」

家長は門前に筵《むしろ》を敷いて台を置き、そこへ信長の具足を並べた。到着次第、身に着けられるようにという配慮である。

翌日、まだ夜も明けぬ寅の上刻、暗闇の中を南から松明《たいまつ》の明かりが火の粉を上げて近づいてくるのが見えた。物見の知らせで家長は跳ね起きて、目を凝らして暗闇の中を見つめた。

近づく明かりは信長であった。丹羽長秀、佐脇良之ら数十騎が従うばかりで、後続の兵はまだ見えない。桶狭間のときと同じである。

門前へ着いた信長は松明の明かりの中で、手早く甲冑を身に着けた。

「これより田のくれどもに一泡吹かせてくれるわ。皆の者、功名を惜しまずに競うが良い！」

そう言い放って信長は馬に鞭《むち》を入れると駆け出した。慌てて側衆《そばしゅう》も続き、足軽らが駆け出した。

この小久地の戦いは清洲勢が千人足らず、城方は数百で小規模な戦いであったが、小久地衆の抵抗が思いのほか激しく、信長側近の岩室長門が討死、生駒家長も右ももに鉄砲玉を受けて重傷を負った。信長は城を落とせぬまま清洲へ引き返した。

この戦いの間、小六や小右衛門は松倉へこもって動かなかった。

ほかの川並衆もまた、どちらにも付かず様子を見ていた。

「どうじゃった、様子は」

「前野から山名瀬《やなせ》まで鹿垣《ししがき》を作って犬山に備えておるわ。宮後の頭領の屋敷にも百人ばかり兵が入って屯《たむろ》しておるぞ」

「嫌がらせをしおるわ」

配下の九蔵の報告を聞いて小六は渋い顔をした。

「それから村久野の音楽寺も焼き打ちに遭《あ》った」

音楽寺は宮後村と松倉城との中間にある寺である。現在は村の小寺といった規模の寺だが、七堂伽藍と僧坊七十が焼けたというから当時は相当な境域を持っていたのだろう。兵を入れれば砦になることから信長方は焼いたのかもしれないが、目と鼻の先の川並衆への威嚇《いかく》でもあったろう。

「儂らが従わぬのを信長め、苛立《いらだ》っておるわ」

「下手な負け戦を儂らのせいにされても叶わんな。だいたい桶狭間が上出来過ぎたんじゃ。儂らの働きがあって今川を討ち取ったのを忘れておるから、墨俣でも小久地でも尻尾を巻いて逃げ帰ることになるんじゃ」

稲田稙元はまだ桶狭間の褒美をもらえなかったことを怒っている。

「じゃが小六の屋敷まで抑えるとは少々やりすぎだわ。女房殿たちは大丈夫か」

小右衛門が九蔵に聞くと、

「まもなく御一同でこちらに来る手筈《てはず》で。又助をつけておきましたので間違いはないかと」

と、にやりと笑った。

「ああ、ようやってくれた」

小六が礼を言った。

さすがに信長も相次ぐ不首尾に首をひねった。

片手間で落とそうとした小久地城が思うようにならなかったのは、想像以上に犬山方の兵力が増強されていたからであった。岩倉の旧臣を取り込み、さらに美濃からの増援もあって士気も高まっていた。

少人数で今川義元を討ったことが、知らぬ間に慢心になっていたと信長は気づいた。いくら敵の意表を突いたとしても備えている相手には防御されるだけである。あれは幸運だったのだ。

おそらく三千にもなる犬山勢を制圧するには、五、六千の兵は必要である。さらに二千近い川並衆が犬山に付けば兵力は互角になり、総力を挙げねば攻略は難しい。犬山方が攻勢と見れば、美濃勢も雪崩《なだれ》のように尾張領内に押し寄せるだろう。

さまざまに考えをめぐらせた結果、信長は犬山の近くに城を築くことを決断した。それについてはかねてから目をつけていた場所がある。柏井の西に一つだけ小高い山がある。いつも清洲から生駒屋敷へ通うときに、目印となる小牧山であった。

この先、犬山を制圧すれば美濃と対峙することになろう。そのときに清洲からの出撃ではあまりに遠すぎる。小牧山ならば犬山を抜け東濃へも近い。南は三河と手を組んだために備えを厚くする必要はない。

冬に入るころ、信長は新城建築のことを皆に告げた。

「犬山の南、二之宮山に城を築く。ついては町衆ともども清洲から屋敷を移すゆえ、左様心得よ」

二之宮山とは、尾張二の宮である大縣《おおあがた》神社の東にある本宮山《ほんぐうさん》のことである。標高が二九三メートルあり、尾張三山の中で一番高い山である。

平地の清洲とは比べ物にならぬ山の中であり、清洲から遠く離れる難儀に家臣たちは不満をささやき合った。

年が明けて永禄六年（一五六三）、信長は一転して小牧山へ新城を築くと宣言した。

小牧山ならば二之宮山までより半分の距離であり、山も八六メートルと低く周囲は平地である。皆は安堵して不満を言う者はなくなった。つつがなく小牧へ移転させるための信長の策だったという。

丹羽長秀を造作奉行にして二月より工事にかかった。小坂宗吉も人足の宿舎や仮小屋の手配を任された。

城下の町屋へは町人の移住を構いなしとして、地子銭《じごせん》や諸役銭を軽減したために、清洲から商人が次々に移り住み市《いち》を立てるなど、槌音《つちおと》とともに次第に賑やかになった。近在の村人らも手伝いに馳せ参じ、三カ月あまりで山上の御殿が完成した。

土の崩れを防ぐために処々に石垣を積み上げて、山の南から山上へ一本道を通すなど斬新な構想に溢れた城となった。

山上の屋敷は二層にして、楼閣からは真下に小久地城とその向こうに犬山城が見え、尾張川をはさんで美濃の領内も手に取るように見える。信長は大いに満足した。

「いやいや、それは見事なご城下でござるぞ。お城の欄干《らんかん》からは尾張、美濃は言うに及ばず、三河、伊勢まで見渡せるそうじゃ。我らの足軽長屋にしても清洲のころよりも広々として、松や花の植え込みまでなされる心配りに女房どもは大喜びでのう。諸国の旅人も珍しがって立ち寄り、お城を見上げて感服するばかりで、そりゃあもう城下は大賑わいでござるわ。さすがに我が殿のなされることは驚かされることばかりじゃて」

　小牧へ城下が移ってから藤吉郎が一日おきほどに松倉城へ顔を出すようになった。

　来るたびに小牧城下の賑わいぶりを小六や小右衛門、それにほかの川並衆に聞かせて回っている。

「お前はこんなところで油を売っておって良いのか。まだ普請《ふしん》も終わっておらぬだろう」

　鉄砲で仕留めた数羽の水鳥の羽根を、小六は庭でむしっているところである。おこぼれをもらおうと二匹の犬が小六の周囲をうろついている。

「儂のような非力《ひりき》な者は力仕事は向かんだわ。それより頭を使って仕事をするほうが得手《えて》でな」

「ここへ来るのも仕事ということか」

「まあまあ頭領殿、そう恐い顔をされるなて。古い好《よしみ》でござろう。皆々の顔を見に来ておるだけのことじゃ」

　藤吉郎はそう言って笑った。

「いっぺん御一同を小牧のお城にご案内したいが、いかがでござろうか。勇名高い川並衆の皆々がお城見物に来るとなれば、これまた祭り騒ぎで賑やかにお迎えしましょうぞ」

「お前の料簡は見え透いておるわ。騙《だま》すのなら、もうちぃと上手く騙してみろ」

　小六に簡単にはねつけられて藤吉郎は頭を振った。

　そうして真面目な顔になって小六に詰め寄った。

「もうそろそろ心を決めんと取り返しがつかんことになりますぞ。小牧の城もできて、お殿様は本気で犬山をお攻めになる覚悟じゃ。川並衆だけ蚊帳《かや》の外で知らぬ顔というわけにはいかんだわ。犬山が落ちたなら参陣せなんだ川並衆へもきついお咎《とが》めがあるはずじゃ。この松倉にも大軍で攻め込まれて悪うすれば皆々打ち首。そうでなくともご領内には留まれず、美濃へ退去ということになるかもしれぬ。その前に頭を下げておけば、ここに留まることはお許しになろうて。儂も世話になった恩があるから言うておるのじゃ。何の駆け引きもありゃせんぞ」

小六が鳥の足をもぎ取って投げると、それを目がけて犬が走っていった。

藤吉郎の言うことも小六は十分判っている。しかし信長の家来になることだけは、どうしても抵抗があった。

「いざとなれば儂は美濃でもどこでも生きていけるわい」

そうは言ったものの蜂須賀党すべてを引き連れて他国へ渡ることは困難である。身の回りの者たちだけでということになるが、他の者たちはこの地にとどまって信長の旗下に取り込まれることになるだろう。

（いつまでも儂の意地を皆に押し付けるわけにもいかんな）

微風にそよぐ卍の旗を見上げながら、小六はそう思った。

隠居した坪内忠勝に小六は進退を相談したところ、やはり忠勝も信長に付くことの利を口にした。

「儂も長年、犬山に仕えてきたゆえ心は痛むが、これも時勢で已《や》むをえまい。後を任せた宗兵衛が思うようにすればええ」

傍《かたわ》らの宗兵衛為定も、

「我ら坪内党は犬山の重臣の家柄ゆえ、小牧から見ればまさしく敵じゃ。もはや日和見《ひよりみ》は許されんじゃろう。従うのなら早うに意を通さんと、戦が始まってからでは手遅れになる。すまぬが坪内党は小牧に従うことにするでな。その代わりにもならぬが儂も隠居して家督は弟の勝定に譲ることにするわい」

と申し訳なさそうに口を結んだ。

小六と為定は生駒屋敷の鉄砲の試射で出会って以来の付き合いである。小六の胸中も判りすぎるほどに判っているが、流れ者の自分を養子にしてくれた忠勝への恩もあって坪内の家を潰《つぶ》すことだけはできない。そのことは小六も判っている。

「宗兵衛殿の言う通りじゃ。犬山から禄《ろく》をもろうている和田新助も一緒に小牧へ出頭するとええ。藤吉郎に言いつけてうまく計らいましょう」

小六はそう言って笑顔を作った。

和田新助は宮後村の北、和田村の出身だが、川並衆として犬山に仕え黒田の城を任されていた。黒田、野府が岩倉の支配になってからも黒田に住みついたままでいた。

藤吉郎は小六の話を聞いて大喜びで新助を伴い、小牧山の信長に目通りを願った。

「これなる黒田の川並衆、和田新助、さらに松倉城の坪内党も御館様へのお味方を申し出ております」

山頂の屋敷の縁先に出てきた信長は、藤吉郎と新助を見下ろした。

「蜂須賀はどうなった」

「おいおい説き伏せまするゆえ、しばし猶予《ゆうよ》を。それよりもこの和田新助、小久地の中島左衛門と昵懇《じっこん》の仲なれば、これより小久地城へまかり越して我らに味方するよう説いて参ると申しております」

「できるのか」

「ははっ、かの者は一図《いちず》に主君に仕える律義者にて、お館様に歯向う気は毛頭ございませぬ。さる岩倉攻めでも大いに働きましたるは御承知の通り。家中にも武辺者多く、これを引き込めば必ずやお役に立ちましょう」

和田新助が平伏して答えた。

「よし、五郎左をつけるゆえ、ともに行け」

「えっ、丹羽殿を煩《わずら》わせるまでもございませぬ。それがしが和田殿と行って参りますゆえ」

藤吉郎が慌てて顔を上げた。

「たわけ。お前では軽すぎるわ。それよりお前は蜂須賀党を引き入れよ。降《ふ》らねば松倉を囲んで攻め上げると言うてやれ」

「それはかえって怒らせて美濃方へ走らせることになりましょう。順々に説き伏せねば」

「ならばさっさと行って来い！」

信長の一喝で藤吉郎は姿を消した。

和田新助は丹羽長秀とともに小久地城を訪れ、信長に味方するよう説得した。

昨年は信長の攻撃を頑強に防いだ小久地勢であったが、目と鼻の先の小牧山に城が完成し、城下に賑《な》やかな町屋ができるのを見せつけられて、戦意も萎えているところであった。中島左衛門は息子の豊後《ぶんご》とともに降参し、目は薄い。大局で見ても犬山の勝ち
小久地城の南の申丸砦《さるまる》に移った。

小牧山に参上した中島親子は信長に手厚く饗応され、褒美として美濃関の禅定一腰を与えられた。この功により丹羽長秀は小久地の目代《もくだい》を命じられ、木下藤吉郎もまた足軽鉄砲隊百人組頭となった。

「ずい分と迷うておいでですね。日頃のあなた様に似ず」

松倉の屋敷の縁先で鉄砲の手入れをしている小六の後ろで、妻の松が話しかけた。


「何で迷うておると判る」

「先ほどから同じことばかりなさっておいででしょう。掃除しては組み立て、また取り外して組み立てて」

「長いこと使うておると、あちこち不具合が出て来るんじゃ」

とは言ったものの松の言う通りである。手先を動かしながらも、頭の中は別のことを考えていた。

組み立てた鉄砲を、小六はやっと手から放して脇へ置いた。

「何じゃ、何ぞ用か」

松は呆れたような笑みを浮かべて、側に座った。

「小六も来年で七歳になりますゆえ、そろそろ学問をさせてはと思いまして。聞けば飛保《ひぼ》の曼陀羅寺では子供らに読み書きを教えておられるとか。鶴千代とともに通わせようかと思いますが、いかがでございましょうか」

「曼陀羅寺の天澤《てんたく》和尚が教えるのか」

「いえ、何でも梅陽軒《ばいようけん》という塔頭《たっちゅう》のご住職がお教え

になると聞きましたが」

「ほう」

曼陀羅寺の広い境内の中には、いくつかの塔頭が門を並べている。梅陽軒は曼陀羅寺の二世住職、空満《くうせん》召運の弟子である圓空樹覚《えんくうじゅかく》により開かれた塔頭である。この当時は六世の気仙昌運《きせんしょううん》が庵の主人である。

松に言われて小六は久しぶりに曼陀羅寺を訪ねた。裏の木戸から入って庫裏《くり》を覗いたが誰もいない。本堂の前へ回ると庭のほうから箒《ほうき》を使う音が聞こえてきた。池のほとりで天澤《てんたく》和尚が落ち葉を掃《は》き集めている。

「住職みずから庭掃除ですかな」

近づいて声をかけると天澤が丸い顔を上げた。

「これは頭領殿か。なあに、紅葉を十分楽しませてもろうたから後始末くらいはせんと。この先、何度、目にすることができるか判らんでな」

天澤もこの寺の住職となって十六年が経ち、老いが目立つようになってきた。


「今日は何ぞ御用かな」

「はい、倅《せがれ》の小六に読み書きを覚えさせようとお願いに上がりました。こちらの梅陽軒で教えておられるそうですな」

「ああ、昌運のところじゃな。それは良い心掛けじゃ。どれ、儂が取り次いで進ぜよう」

天澤と小六は梅陽軒のほうへ足を向けた。

「上総介殿の犬山攻めが近いというが、頭領殿はどうされるかな。犬山か、小牧か」

「もはや犬山に味方することはござらぬ。川筋の者も大方、小牧へ味方するでしょう」

「そうか、それは良かった。当寺も上総介殿から寺領安堵の制札をいただいたところじゃ。川筋の衆が小牧に付けば、この辺りが戦火に遭うこともなかろうて。されど」

と言って天澤は足を止めた。

「頭領殿のお心は未だ決まらぬままかな」

小六もまた足を止めて空を見上げた。

「どうにも弾正忠家に従う踏ん切りがつかんのじゃ。

あの上総介が人並みはずれた才を持っておることは認めるが、身内までも滅ぼすあの気性では、我らなどすぐ使い捨てられましょう。我らはもともと野に生きる者にて、気のままに動き回ってこその己だと思うております」

「ならば側に寄らずに身を遠くして従うことじゃな。近くにあれば立身出世するには好都合だが好き勝手は出来ぬ。遠ければ出世を捨てる代わりに目も届かぬゆえ気ままにもできよう」

「身を遠くするとは」

「頭領殿が上総介殿の家臣にならずとも、誰ぞ織田家中の方の配下となれば良いということじゃ。それができるかの」

天澤は小六を見上げて笑みを浮かべた。

そのとき梅陽軒の門から一人の僧が出てきて、二人に気づき深く頭を下げた。

「これは昌運、ちょうど良い。この蜂須賀殿がご子息を手習いに通わせたいと申されてな」

昌運は四十代の、眉の太い顔をした僧である。

「川並衆の蜂須賀殿でございますか。よう存じております」

「息子が二人おりましてな、十一と六歳になります。よろしゅうお願いしたい」

小六は頭を下げた。

「近隣の子供たちも学びに来ております。蜂須賀殿と懇意《こんい》にしていただけるならば皆喜ぶことでしょう」

「そうじゃ、人さらいどころか野盗も恐れて手を出さんわな」

天澤の冗談に小六も昌運も笑った。

十八

天澤の言葉は小六の頭の中に残った。

信長の直参《じきさん》にならずとも、その家臣に従うならば多少の自由は利くということである。

そうは言うものの信長の家中を見回して、小六と縁のある者は多くない。近在では尾張国葉栗郡蓮台に生まれた森可成《よしなり》がいるが、早くから美濃へ仕えて、小六が道三の目に留まるころには可成は尾張へ仕え、これまで接点はない。

ほかには小牧山城の城普請を任され、小久地の目代になった丹羽長秀がいる。小久地の城代だった中島左衛門もその旗下に入っているが、小六よりも十歳ほど若い。若い者に頭を下げて仕えることができるかどうか。

いっそのこと小右衛門の兄の小坂宗吉に仕えるかとも思ったが、何か粗相《そそう》をしたときに宗吉に迷惑となるかもしれない。生駒家長や佐々成政にしても同じことだし、なにより信長に近すぎる。

決断が出来ぬまま迷っていたとき、いつものように藤吉郎が顔を出した。

「寒うなったのう。この川中はことに寒うござるぞ。小牧の城下ならもうちいと風も緩いが。冬の間だけでも皆で小牧城下へ移らんかや」

松倉城の上を伊吹降ろしが吹き抜けていく。関ヶ原の切れ目から日本海側の冷たい空気が強風となって濃尾平野へ吹き込む。この地方に本格的な冬を知らせる風である。ときどき白い雪も混じっているようである。

「春には犬山攻めだて。頭領殿、どうされる」

囲炉裏《いろり》に座った小六の傍で、藤吉郎が瓢箪《ひょうたん》の酒を差し出した。

(この仁《じん》がおったな)

小六はふと思ったが、改めて考えて可笑しくなった。

（馬鹿な。たかが足軽百人隊の大将だぞ。儂の蜂須賀党の方がはるかに人が多いわ）

「なんじゃ、何ぞ面白いことでもおありか」

小六の顔を藤吉郎が覗き込んだ。

が、小六が何も言わないので、また独りでしゃべり始めた。

「儂ものう、今度の犬山攻めでは必ず手柄を立てて、褒美をもらおうと思うとるんじゃ。頭を使うだけでは小狡《こずる》い奴と言われるでな。やはり戦で勇ましい働きをせんと誰も儂を認めてくれん。なあ頭領殿、此《こ》度《たび》だけでええから儂に力を貸してくれんか。無論、礼はたんまりするで」

「足軽百人隊の隊長ごときが、どう礼をするんじゃ」

「そりゃあ武功を御殿様に認めてもろうて、頂戴する褒美の中から頭領にお渡しするのよ」

「褒美がなければただ働きではないか」

「そりゃあ仕方ねえ。功を挙げねば褒美もねえわな。しかし蜂須賀党が精を出して働きゃ何の武功も挙げられんはずはないじゃろ」

「ふん、煽《おだ》てには乗らんわ」

小六は藤吉郎の持ってきた瓢箪の酒を茶碗に注いで飲んだ。

「よし、そんなら一人百文でどうじゃ。人数を出してくれたなら必ず払うが」

「なんじゃ、生駒の真似事《まねごと》か。お前に払えるんか」

「生駒殿にお借りするわい。川並衆が味方に付くのなら八右衛門殿も喜んで出してくれようて」

「ようし判った。お前の手柄のために手伝うてやろう。その代わり、一人百文は守れよ。お前が都合できる金子《きんす》だけ人を貸してやるわい」

酒のせいもあってか、ついに小六は承諾した。

「そうか、有難や有難や」

藤吉郎は手をすり合わせて拝んだ。


年が明けて永禄七年（一五六四）の二月、美濃に思わぬ事態が起こった。

斎藤龍興の居城、稲葉山城が数人の家臣によって乗っ取られたのである。張本人は不破の菩提山《ぼだいさん》城城主、竹中半兵衛重治であった。

「竹中と言うと遠江守殿の」

小六も斎藤道三の幕下《ばっか》で父の竹中遠江守重元とは顔を合わせたことがある。

「親父様は二年前に身罷《みまか》って、息子の半兵衛殿が跡を取ったそうだが、これが女子のような白面郎《はくめんろう》でな。家中の者が馬鹿にしたそうじゃ。それを恨みに思うて十数人で夜半に城に入り込んで、宿直《とのい》を斬って立て籠もったらしいわ」

噂を聞いてきた又十郎が皆に告げた。

「その半兵衛殿はいくつになる」

「二十二とか言うておったな」

「若さに任せて無茶をしたものよ。すぐに取り押さえられて成敗されるじゃろう」

小六は目を閉じて惜しんだ。

しかしこの半兵衛の稲葉山占拠は意外に長く続き、斎藤家中を揺さぶることになる。

信長もこれを耳にして織田へ寝返るよう使者を送ったが、

「美濃家中の騒動にござれば、お構いなきように」

と返事が返ってきた。

「また妙な奴が現れたものじゃ」

信長は眉をしかめて返書を破り捨てた。

「ええわ、龍興が手間取うておるうちに犬山を落としてやるわ」

信長は犬山攻めの支度にかかった。


三月末に犬山攻めの陣触れが尾張領内に発せられたが、その五日前に藤吉郎は信長に献策した。

「五千の兵を出して犬山の小城を落とすだけでは勿体《もったい》のうござる。それがしに伊木山、宇留間《うるま》の城をお任せいただけませぬか」

犬山攻めに合わせて、尾張川対岸の伊木山城、宇留間城を攻略しようというのである。

「できるのか」

「蜂須賀党を雇いましたゆえ、伊木山は仲間同然の間柄。後ろへ回り込めば宇留間も根を上げましょう」

「お前が蜂須賀党を雇うたか。どこにそんな金があった」

「手柄を立てますれば、お館様より」

「たわけが。不首尾ならば何の褒美もないぞ」

「あの蜂須賀党が動けば不首尾はござりませぬ。先の桶狭間の梁田様のお手柄も、実は蜂須賀党の働きがあったればこその御注進で」

信長の顔に怒りの色が浮かんだのを見て藤吉郎はひれ伏した。

「平《ひら》にご容赦くださりませ！　出過ぎたことを申しました！」

怒りの先を抑えられて信長も思い留まった。

「まあ良いわ。お前に足軽百三十を任せる。やってみぃ」

「ははっ、ありがたき幸せ！」

藤吉郎は奮い立った。

足軽百人隊に三十人とはいえ増援を得たということは、信長も期待をかけているということである。何としても成就させねばならない。

川並衆に侮《あなど》られぬよう精一杯の威厳を整えて、百三十人の足軽を率いた藤吉郎は松倉へ赴《おもむ》いた。

騎馬の五人は藤吉郎と弟の小十郎、妻の義父の浅野又右衛門、妻の兄、林孫兵衛、さらに木下源助と『武功夜話』には記されているが姉の夫の木下弥助のことかもしれない。とにかく身内の男をかき集めた形である。足軽たちには鉄砲と槍を六十ずつ持たせてある。

到着を聞いて表に出た小六は、いつもと違い馬上で威厳を作る藤吉郎に思わず笑みが出た。馬印のつもりか何も書かれていない薄萌黄《うすもえぎ》色の麻布《あさぬの》を風になびかせている。

（必死にやっておるわ）

反《そ》りかえるほどに背筋を伸ばしているものの、悲しいほどに貧弱な小男である。身内の者の前で威厳を示さねばならぬ藤吉郎の心情に、小六は思わず同情したくなった。つい軽い気持ちで頭を下げた。

「これは蜂須賀殿、お出迎え大儀」

藤吉郎の、ざらついたしゃがれ声が響いた。

（ええ気になりおって。やはり同情など無用じゃな）

苦虫をかみつぶしたような顔で、小六は藤吉郎らを城内へ招き入れた。

小右衛門や坪内為定、勝定、稲田稙元らも居並ぶ中、藤吉郎は伊木山、宇留間攻めを説明した。

「それで我らはどれほど人数を出せばよいのじゃ」

ひと通りの説明が終わった後、小六は尋ねた。

「そうじゃな、ひとまず五百というところかの。なにしろ舟橋を作るに人手がいるし、戦になれば味方は多いほど良いでな」

「一人百文だぞ。判っておるな」

「それはもう任せておけ」

浅野又右衛門と林孫兵衛が顔を見合わせた。どうやら金で雇ったことは聞いておらぬようである。蜂須賀党が藤吉郎に臣従したとでも聞かされているようであった。

翌日、小六のもとに川並衆が顔をそろえた。

何しろ舟を並べて橋にするために大量の舟が必要になる。草井長兵衛、青山新七郎、松原内匠、日比野六太夫、和田新助ら蜂須賀党の息のかかった川並衆が、舟と人を出すことになった。

四月十三日に小牧を出た信長軍は、犬山城の南二キロの五郎丸口に丹羽長秀一千、その西の高雄《たかお》に滝川一益、柴田勝家の一千五百、尾張川沿いに飯尾信宗の六百、そして信長は旗本衆、佐々衆、柏井衆、生駒党のほか森可成、佐久間信盛らを率い二千で柏葉に布陣した。五千を上回る大軍勢である。

着陣前に生駒屋敷に立ち寄った信長は、珍しく湯茶を呑んでくつろいだ。

「まだ犬山の十郎左は降参せぬようじゃな。愚かなことよ」

できれば信長としても身内の戦いで兵を失うことは避けたかった。すでに信長の目は美濃との戦いに向いている。

茶の支度をしたのは吉乃の姉の須古《すこ》である。

「吉乃はどうしておる。しばらく顔を見ておらぬが」

　生駒家長が申し訳なさそうに、

「あいにく体を壊して臥せっておりまする。戦の前に病んだ者がお目にかかるは不吉でございますゆえ、本日は奥に」

と言って右の太ももをさすった。一昨年の小久地攻めでの鉄砲傷が思いのほか長引いていた。

「そうか、それはいかんな」

　信長は茶をすすって黙った。

「ときにこの屋敷に楠《くすのき》流の武芸者がおったな。何と申した」

「はい、遊佐《ゆさ》河内守と申しまするが」

「その者に柏葉を攻めさせてみるか」

　指名を受けた遊佐河内守は老齢ではあったが、生駒への恩返しはこのときとばかりに奮い立ち、着慣れた古い甲冑に身を包んで出陣した。

　信長は六百の旗本衆を率いて前野村の東、狐塚《きつねづか》という小高い松林に進んで、采配ぶりを眺めた。

　柏葉では大道寺、堀の内などの砦を犬山衆、美濃衆の一千有余の兵が守っていた。河内守は手勢の三百数十を三隊に分けて、森小助の先手衆六十が正面を突き、生駒家長、小坂宗吉の百が西へ回り込み在家に火をつけて回った。砦方が木戸を開いて出るところを、待ち受けた佐々成政の鉄砲隊百六十が一斉に打ちかけて、たちまち百三十の敵首を取った。

　三方から砦になだれ込んだ信長方を支えきれず、ついに犬山方は犬山城へ退却した。

「楠流に嘘はなかったようじゃな」

　黒煙の上がる砦を眺めながら、河内守の采配を信長は賞賛したという。

　一方、五郎丸方面へ進んだ丹羽長秀は、配下となった中島左衛門の案内で、増水した川筋を避けて犬山城下へ進み町屋に火をかけた。

　松倉城の藤吉郎も動いていた。

「伊木山の調略は小六殿にお任せするが、万が一、不調のときには攻めにゃならん。小六殿が川並衆を率いて伊木山に向かい、坪内党と僕の軍勢は摩免戸《まめど》を渡って裏手へ回るでな。よろしゅう頼むぞ」

持ち場を決めて藤吉郎はただちに出発した。

小六に従うは前野小右衛門、稲田稙元、草井長兵衛、青山新七郎、青山小助、松原内匠、日比野六太夫、蜂須賀小十郎ら二百七十。木下藤吉郎に従うは坪内為定、坪内勝定、和田新助、高田中務尉、野々村三郎五郎ら百五十と、藤吉郎の兵百三十を合わせた二百八十である。

晴れ渡った青空の下、草井長兵衛らが用意した川舟六十艘《そう》余りが尾張川の流れの上に帆を並べた。どの舟の舳先《へさき》にも卍の旗が、南風を受けて気持ちよさげに翻《ひるがえ》っている。他に舟橋を作るための百艘余りの舟が、松倉の舟溜まりに集められ指示を待っている。

「よし、舟を出せ」

「舟出せい！」

小六の指示が各舟に伝わると、掛け声とともに皆が一斉に櫂《かい》を漕《こ》いだ。

水しぶきが上がり、船団は一糸乱れぬ見事な陣形を作って川面を上っていく。船頭衆は麻の袖切り襦袢《じゅばん》に茜色《あかね》の褌《ふんどし》姿で揃え、誇らしげに風を受けている。

「あの茜色は長兵衛の勘考らしいぞ」

小右衛門が小六にささやいた。

「ふふ、老いぼれの晴れ姿かや」

小六が長兵衛の舟を振り返ると、白波の向こうで気づいた長兵衛も笑い返した。

摩免戸の大曲りから草井の渡しを過ぎて徐々に伊木山に近づくと、山上で人の動くのが見えた。この舟の数なら、いやでも目に留まるはずである。

岸辺にも警戒の兵がいたが卍の旗を見ると手出しはせず、山上の清兵衛に知らせを走らせた。小六たちは伊木山の手前に舟をつけると、清兵衛に話があることを告げた。

しばらくして山上から降りてきた伊木清兵衛は、

「今日はまた大層なことじゃな。まるで戦でも始めるようじゃの」

と笑ったが、やや不安の色が浮かんでいる。

信長が犬山の城攻めにかかっていることは十分承知している。尾張領から上がる幾筋もの黒煙は、伊木山の頂上から顔前に見えている。

清兵衛は小六と小右衛門を屋敷へ招き入れた。

「戦はしとうないんじゃ。我らは此度《こたび》、小牧の木下藤吉郎殿に雇われてな。つまりは信長の味方よ。それでこの伊木山と宇留間の城を降《くだ》すことになったんじゃ。清兵衛殿とは常々昵懇《じっこん》の仲ゆえ争うことはしとうない。どうじゃろう、尾張へ降らんか。もう犬山の城も幾日も持つまいて」

小六が静かな口調で説いた。

小右衛門が藤吉郎から託された書状を示した。清兵衛が降伏すれば宇留間の大沢治郎左衛門も降参するであろう。そのときには藤吉郎が一命に替えて治郎左衛門の助命を引き受けると書いてある。

清兵衛は何度もその書面を読み返した。

「儂もなあ、道三入道に仕えるころは気も張っておったが、今の殿になってからは重用もされず主もおらぬような心持ちじゃ。治郎左衛門に誘われて、長年の好《よしみ》で犬山に兵を出したが、ただ断り切れなんだだけのこと。無用な戦は避けたいが」

「ならば儂らに味方されるか」

小右衛門が身を乗り出した。

「ただのう、この木下という御仁を儂はとんと知らぬでな。信用してよいものか。どのようなお人じゃ」

「儂も妙な縁で古くからの知り人じゃが。ようは判らぬが、口が上手いのと機転が利くのは確かだわ。それだけで瞬《また》く間に足軽大将になったんじゃ。今頃は裏の巾上《はばがみ》あたりに陣を張っておるはずゆえ、会うてみたらどうじゃ」

小六と小右衛門の介添《かいぞ》えで、清兵衛は藤吉郎の陣まで出かけることになった。

巾上の陣で清兵衛を迎え入れた藤吉郎は駆け寄って手を取り、

「よう来てくだれた清兵衛殿。木下藤吉郎秀吉でござる。儂はまだこのように家来も少ない足軽百人隊の大将じゃが、今度この宇留間攻めを任されてのう。

清兵衛殿がお味方してくだれんとどうなることかと思っておったが、ありがたし、これで儂の命運も開けたというもんだわ。今はまだ差し上げるもんも何もにゃあが、必ず殿に言上して清兵衛殿の忠節に報いるでのう」

清兵衛が何も言わぬうちに藤吉郎はまくし立て、知らぬ間に清兵衛は降伏することに決まった。

大喜びの藤吉郎は皆を引き連れて伊木山に登り、山上から周囲を見渡した。

「これは絶景じゃのう。小牧のお山がよう見える。犬山攻めの様子も手に取るようじゃな。丹羽殿はもう城下に迫っておるのう。さすが丹羽殿じゃ。手前は柴田殿、滝川殿か。後ろに殿のご本陣よ。まあ見事なもんじゃ。のう清兵衛殿。小六、小右衛門、見よ見よ」

いつの間にか小六たちが家臣のようになっている。

清兵衛の手前、大将の威厳を作っているのは判るが、あまり気持ちの良いものではない。小六と小右衛門が顔をしかめて目配《めくば》せをした。

「さあて次は宇留間の城だわな。あれを力攻めしとってはどれほど兵が死ぬことか。何とか調略に応じてくれりゃええが」

伊木山の東、尾張川をさかのぼると川幅が急激に狭まり、両岸から屏風のような断崖が迫る。尾張側の断崖の上に立つのが犬山城、美濃側の小さい岩山に立つのが宇留間城である。

屏風岩《びょうぶ》の上に造られたような城で、川からは攻められず北へ回るしかない。大軍で取り囲んでも攻め上がる口が狭すぎて、上から攻撃されたならば一たまりもない。

「喜太郎殿は治郎左衛門の倅《せがれ》と仲がええと言うておったが、城を開けるように文を送ってくれんか。降伏すれば皆の命は助けると言うてな」

坪内勝定の息子、坪内喜太郎利定は川並衆の付き合いで大沢治郎左衛門の息子、主水《もんど》と顔見知りであった。命じられるままに宇留間城に文を送った。

「あとはしばらく待つしかにゃあな。腹が減ったのう。なんぞ馳走《ちそう》してもらえんかな、清兵衛殿」

「さればこの付近で取れた山芋《やまいも》で、芋汁でも作りましょうかの」

清兵衛は部下に芋汁を作るよう指示した。

『武功夜話』によると信長の犬山攻略は五月八日、あるいは十四日とある。

小牧出陣からひと月近くもかけているのは、犬山の兵を城から落とせるだけ落として、戦意を喪失した織田信清が降伏するのを待っていたのかもしれない。しかし最後まで信清は降伏しようとはしなかった。

藤吉郎が伊木清兵衛の調略に成功したことが伝わると、犬山方を援護する美濃兵にも動揺が走った。頑強に抵抗していた各砦の兵も、砦を捨てて犬山城へ逃げ込んだ。

翌日、信長は城への攻撃を命じ、柴田、佐久間、丹羽の諸隊が大門口から攻めかけた。二刻半ほどの猛攻撃が続くと、ついに織田信清は城を捨て脱出した。

「十郎左は逃げたか、たわけ者が。おとなしゅう従うておれば、斯様《かよう》なことにはならなんだのじゃ」

「後を追いまするか」

佐久間信盛が猟犬のような目で見上げたが、

「捨ておけ。どこぞでのたれ死ぬわい」

と信長は吐き捨てた。

捕えれば処断せねばならない。身内へのせめてもの温情であった。

犬山城下を制圧した信長は、休む間もなく丹羽長秀に犬山の北、来栖《くるす》から尾張川を渡って対岸の猿啄《さるばみ》城を攻略するよう命じた。来栖のあたりは竹藪と雑草が生い茂り、人が通れる道はない。近在の瑞泉寺、蓮台寺の僧侶たちが案内に立ち、大鉈《なた》をふるって背丈ほどの雑草を薙ぎ払いつつ、二刻半ほどかかってやっと渡り口までたどり着いた。

川岸は見下ろすほどの断崖で、巨岩が立ち並ぶ間を急流が渦巻き舟も使えない。長秀をはじめ従っていた小坂宗吉らは呆然と流れを見下ろしたが、僧侶たちの進言でさらに上流に向かい、何とか渡れそうな箇所を見つけた。

川幅は五間ほどで、そこへ裸になった兵が飛び込んで太綱を対岸へ渡した。三カ所に綱を渡すと、それを頼りにして兵たちは急いで対岸へ渡った。目の前に猿啄城があり、敵に気づかれれば鉄砲や矢の雨を浴びることになる。

幸い山上の敵は、いまだ煙が立ち上る犬山方面に気を取られて足元の敵に気づかない。丹羽隊は裏手から山を登ると、猿啄城の立つ場所のさらに上の頂《いただき》を占拠し攻め下ろした。突然現れた敵に驚いた守将の多治見修理《しゅり》は、大した防戦もせぬまま転がるように山を駆け降り退散した。

犬山方の敗色が濃くなるのを見計らって、小六や小右衛門は美濃側へ逃れようとする美濃兵の舟へ弓鉄砲を打ちかけ、十数艘《そう》を捕獲した。

さらに藤吉郎からの狼煙《のろし》の合図で、草井長兵衛が指揮をして五十艘以上の舟を漕ぎ寄せ、犬山岸から伊木山へ舟橋をかけ始めた。

「見事なもんだわ。さすが川並衆じゃ。舟が生きとるように動いちょるわ」

伊木山の山上から見ていた藤吉郎は感心した。

「さあて、そろそろ宇留間の城も尻に火がついたはずじゃが」

そう言って目を宇留間城に移したとき、坪内為定が藤吉郎の側にやってきた。

「大澤治郎左の倅《せがれ》から文が返ってきました」

「何と書いちゃる」

藤吉郎は文字が読めない。

「降参開城したいが、助命の件が確かかどうか、今一度約定《やくじょう》をいただきたいと言うております」

「ほうか、ほうか。それは上々じゃ。ようやってくれた。そんなら儂が宇留間城へ行って申し渡せばええわ」

伊木山についで宇留間も調略したとなれば、功績は犬山攻めの諸将に匹敵する。喜色満面の藤吉郎は、宙を蹴る思いで宇留間城に向かった。

身内の林孫兵衛のほか坪内為定、三輪若狭、前野勘兵衛らの川並衆六十人ほどを引き連れ宇留間城へ入ってみると、城内は険悪な雰囲気である。

目の前の犬山城が落ち、伊木山も寝返り、さらに背後の猿啄城も攻略されたと知らせが入っていた。もはや城内の兵の大半は死を覚悟していた。そこへ藤吉郎たちが入ってきたのである。

「まあまあ、そう肩肘《かたひじ》張らんと刀はしまってちょうや。降参してくだれや命は助けるでな。余計な血を流してもつまらんつまらん」

いつもの調子で藤吉郎は笑顔を作って城兵の中を進むが、突然入ってきた得体《えたい》の知れない小男を、皆不信の目でにらみつけるばかりである。

「小牧の織田家中の足軽大将、木下藤吉郎秀吉じゃ。大澤治郎左殿にお会いしたい」

大声で呼ばわると、城内まで通された。

「なにっ、藤吉郎が宇留間城へ行ったと」

舟上で小六は知らせを聞いた。

「降参すると返事があったもんで喜び勇んで行かれましたわ」

舟を漕ぎ寄せて松原内匠が経緯を伝えた。

「降参すると言うて、信長が命を助けると言うたんじゃろうか。大澤は犬山をそそのかした張本人じゃが」

一刻ほど気を揉《も》みながら犬山城下の川面に舟を浮かべていたが、やがて宇留間城から走り出てきた男がいる。見れば坪内勝定の息子の喜太郎利定である。慌てた様子で川べりで舟を探しているようである。

「喜太郎、どうした」

舟を近づけて小六は叫んだ。

「治郎左衛門殿が上総介様に助命の約定をいただきたいと申されるので、儂がもらいに行くよう藤吉郎殿に命じられました」

真っ赤な顔に汗を滴らせて利定は興奮している。

「で藤吉郎はどうしておる」

「儂が約定を持って帰るまで城に留まると言うておられます」

自ら人質になった形である。

「まあええわ。舟に乗れ。信長は犬山城に入っておる頃じゃろう」

小六は利定を犬山城の下岸へ渡した。

「小六殿も同道してくださらぬか」

「儂は織田家中が苦手じゃ。お前一人で行け。我らはここで待っておるわ」

利定は一瞬情けないような顔をしたが、思い直して川岸を這《は》うように駆け登って行った。


その頃、犬山城の望楼に登った信長は、満足げに眼下を見下ろしていた。

すでに伊木山城が調略できたことは耳に入っている。その伊木山へ向けて犬山河岸から舟橋が作られつつある。手際よく舟が並んでいくさまは見ていて気持ちの良いものであった。

「猿め、やりおるわ」

信長がほくそ笑んだそのとき、利定が藤吉郎からの知らせを伝えた。

「宇留間城の大澤治郎左衛門殿、降参仕るについては殿様より助命のご約定をいただきたく、木下藤吉郎様が宇留間城内にてお待ちにございます」

緊張で声がかすれながらも利定は懸命に口上を伝えた。

「たわけが！　誰が許すと言うた。あやつが十郎左をそそのかしたために墨俣に築いた城も捨てたのじゃ。いったいどれほどの人馬を無駄にしたか。大澤の首を取らねば気が済まぬわ！」

「しかしそれでは木下様は」

「猿が勝手にやったことじゃ。あやつのことなど知らぬ！」

あくまで信長は宇留間城を力攻めに落とすつもりである。側に控える重臣らも信長の怒りを恐れてか、誰も藤吉郎をかばおうとしない。

退出した利定はどうしたものか判らず、力ない足取りで再び岸辺まで戻ってきた。こんな知らせをもたらせば宇留間城の藤吉郎たちの命はないだろう。

「どうじゃった、喜太郎」

岸に付けた舟で待っていた小六や小右衛門、内匠らが利定を取り巻いた。泣きそうな顔で利定が事情を話すと、皆沈痛な面持ちになった。

「だから言わんこっちゃないわ。調子が良すぎるで、あの猿」

小右衛門が腕組みをして宇留間城を振り返った。

「お前がその返事を持って帰れば、猿は串刺しになってあの断崖に晒《さら》されるじゃろうな」

「どうしたらええんじゃろうか」

利定はもう泣いている。

「八右衛門に頼んでみるか。なんとかあの殿をなだめてくれるように」

小六はそう言うと、利定を連れて生駒家長の陣を訪ねた。

「おう、どうした小六。伊木山の調略、見事じゃったな」

右足を引きずりながら家長は出てきた。小六が事情を話すと、家長は難しい顔をした。

「どうなるか判らぬが、藤吉の命がかかっておるなら言うてみるか。しばし待っておれ」

家長は馬で信長のもとへ向かった。

一刻ほどして戻った家長は、馬から降りるとほっとした表情で笑った。

「お許しが出たぞ。早う行ってやれ」

そう言って信長の書状を利定に渡した。利定の顔に日が差したように明るさが戻って、また涙が流れた。

駆けていく利定を見送ってから、小六は家長に礼を言った。

「まあ無益に血を流すこともあるまいて。犬山の殿も早うに上総介様に従うておけば、今日のようなことにはならなんだのじゃ。尾張上郡に上総介様を引き入れたのは儂のせいでもあるが、儂がやらんでもいずれは上総介様は尾張を平均《ひらなら》しされたはず。皆の暮らしを壊さぬように国が治まるなら、それが一番良かろうて」

家長は犬山の城を見ながら言った。家長にしてみれば、長年仰いだ主の城である。感慨深いものがあった。

宇留間城の開城も終わり、藤吉郎らも無事帰還することができた。

草井長兵衛の架けた舟橋を、信長の本隊が美濃側へ渡った。川風を受けて威風堂々と川面を行く信長を、離れた舟上から小六は見ていた。

迎えに出た藤吉郎の先導で、信長は伊木山に登った。

眼下に広がる尾張川と、その両岸の犬山、伊木山、宇留間、猿啄の城を制圧して、信長は満足げであった。小牧の城も、さらに稲葉山《いなばやま》城も間近に見える。

三河方面に憂いがない今、狙うは美濃の稲葉山城である。それがもう手を伸ばせば届くように思えた。

「此度《こたび》は勝ち戦、誠におめでとうございまする。また大澤親子に寛大な御慈悲をいただき恐悦至極。かの者たちも殿様のお心の広さに涙を流しておりまする」

藤吉郎の言葉が耳に入らぬように信長は周囲の絶景を眺めていたが、

「この山は何と言うた」

と尋ねた。

藤吉郎が傍《かたわ》らに控えていた伊木清兵衛に目配《めくば》せをした。

「はっ、古来より伊木山と呼んでおりまする」

清兵衛が恐る恐る答えると、あとは藤吉郎が引き取って、

「こちらは伊木清兵衛殿と申しまして、お殿様のご威光に恐れ入り此度お味方に加わりし者にて、この者の力なくしては宇留間の調略もなりませなんだ。何分よろしゅうご配慮願い奉りまする」

と頭を下げた。

「そうじゃ清兵衛殿。この山の名物の芋汁《いもじる》を殿にご賞味いただくがええわ。ほれほれ、皆で手伝うて早う支度せい」

藤吉郎は側にいた小六や小右衛門ら川並衆に声をかけた。やむなく小六らは清兵衛の家臣とともに芋汁を作ることになった。

大鉢で山芋を摺《す》り、大釜で汁を作ると芋の鉢の中

にその汁を注いで出来上がる。それをまた信長の前へ運び、信長をはじめ柴田、佐久間といった重臣らに汁の入った碗《わん》を差し出した。暑いさなかであったが、塩味の効いた粘りのある芋汁は、空腹を心地よく満たした。

「これは美味じゃ。皆も食え食え」

信長も気に入って碗を重ねた。重臣らも信長にならって碗を差し出し所望する。

その様を小六たちは仕方なく座り込んで眺めるばかりであった。

ようやくして信長が小六や小右衛門に気づいたふりで声をかけた。

「そこの両人、久方ぶりじゃな。良い潮《しお》じゃ。わが家中の者に披露するゆえ前へ出よ」

その言葉に小六と小右衛門が進み出た。

居並ぶ重臣たちの目が二人に集中した。それをはね返すように二人は胸を反らした。

その緊張ぶりが可笑しかったのか信長は、

「これなるは川筋に棲《す》まう野の者でな。儂に従い城下に住むのを嫌じゃと拒み続けておる。山中を駆け回り芋を掘って、まさしく芋掘り侍《ざむらい》とはこの者たちのことじゃ」

と芋を掘る真似をしてからかった。

取り巻いていた重臣たちもそのしぐさに、どっと笑った。そのまま信長は即興の芋掘り踊りを続けると、側衆《そばしゅう》たちも加わって賑やかに踊りが始まった。

信長としては親愛の情を示したつもりであったかもしれないが、小六の胸中にはやりきれないものが残った。

山上で立ち尽くしたまま、踊りの輪を見つめるばかりであった。

十九

犬山、宇留間、猿啄を落とした信長は、さらに北へ進んで加茂郡の堂洞《どうほら》城を攻めた。

この近辺には関《せき》城に斎藤家重臣の長井道利、加治田城に佐藤忠能《ただよし》、堂洞城に岸信周《のぶちか》がいたが、佐藤忠能は犬山攻めの直前に信長へ内通の使者を送っていた。信長が美濃領内へ深く進攻したのは加治田城を救援するためでもあった。

信長は堂洞城に投降を呼びかけたが岸信周は頑《がん》として応じず、猿啄城からの敗走兵も加わって徹底抗戦の構えを見せた。

織田勢が佐藤勢とともに堂洞城を攻める中、関城から長井勢が救援に駆けつけ、ここでも激戦が繰り広げられた。

壮絶な戦いの末、岸信周は腹を十文字に掻《か》き切って妻とともに自刃し、堂洞城は落ちた。

翌日、長井の攻撃に備え五百の兵を残し、六百ほどの旗本近衆と引き上げる信長を長井勢と日根野弘就の三千の兵が襲った。信長は逃げに逃げて一命を保った。

このとき小六らは、木下藤吉郎が宇留間、猿啄城の留守を任されていたために信長には同行していない。


しばらくして松倉に戻っていた小六のもとに、再び藤吉郎が顔を出した。

「またちいと力を貸してくだされ、小六殿」

藤吉郎も先の伊木山、宇留間の調略で手柄を立て、信長より恩賞ももらった。その自信のせいか不思議と落ち着きと威厳が出てきたように見える。

「殿様が瑞龍寺山に火を放てと仰せでな。その隙に加納表《おもて》に砦を構えよとお命じじゃ」

「火を放つぐらいは容易《たやす》いが、砦は難儀じゃぞ。目の前の川手城に日根野がおる」

「そこをなんとか、そこをなんとか川並衆の力でよ」

藤吉郎の呼びかけで蜂須賀党、坪内党など川並衆の頭ら三十数人が集まった。犬山の家臣であった寺沢藤左衛門や兼松又四郎、宇留間の大澤治郎左衛門の息子、主水《もんど》なども顔を出した。

「少しばかりの火では面白うない。やるなら全山燃え尽きるほど燃やして、龍興を追い出すか」

小六の言葉に皆が賛同した。

この年の二月に稲葉山城を占拠した竹中半兵衛重治は八月に退去し、再び斎藤龍興が城に入っている。実行は西風が強くなる翌十一月ということになった。

散会してから小六は藤吉郎に言った。

「これは信長の策ではのうて、お前が考えたことじゃろう」

「判るか。さすが御大将じゃ」

藤吉郎は、にたりと笑った。

「信長はこのようなややこしいことは考えぬわ。どうせお前が儂らを使おうとして考え出したのじゃろうて」

「その通りだわ。儂は川並衆を使いとうてのう。儂らのような身分の低い者でも、頭を使えば重臣の方々に負けん働きができるということを見せたいんじゃ」

小六は藤吉郎の顔を見つめた。

貧相な顔ではあったが両の目には異様な力がこもって、今にも飛び出して来そうなほどである。

（この男、あるいは化けるかもしれぬ）

そのとき初めて小六は藤吉郎の秘めた可能性を感じた。しかしそれは織田家中で居並ぶ武将の列に加わるという程度のことである。流浪の子がそこまで上り詰めるだけでも夢のような話には違いない。

「まあええわ。ここまで来たら早う美濃を落とさんことには、いつまでたってもこの川筋は戦乱が絶えんでな。その代わり働いた恩賞は忘れるなよ」

「それは間違いにゃあわ」

この会合から半月ほどした十一月、小六と小右衛門の率いる三十人ばかりが百姓の身なりに化けて瑞龍寺山へ入り込んだ。

三人ずつほどに別れて密かに各所で薪を切り出し、山中に積み置いた。太刀や槍などは持たずに、鉈《なた》と山刀だけで十数日、山中に潜んで薪の山を作って回った。

敵の城のただ中で、見つからぬように作業をするのは尋常なことではない。また夜間の山中の寒さも耐えがたいものがあった。

「どうじゃ、小六。もうそろそろええじゃろ」

小右衛門が身を縮めて聞いた。作った薪の山は数百にもなっている。

「そうじゃな。あとは風頼みだわ」

二人は枯れ枝の木立の間から稲葉山城を見上げた。警固が厳しいために、とても城近くまでは近づけなかった。

「今宵はよう晴れて風も吹きそうじゃ。これから山を下りて藤吉郎に知らせてくるで、やると決まれば狼煙《のろし》を上げるわい」

そう言い残して小六は山を下った。


夕刻、赤く染まる風景の中、尾張川の岸辺の松倉のあたりで一筋の狼煙が上がった。決行の合図である。

山中の小右衛門や稲田稙元が気をもんで待っていると、ようやく戌《いぬ》の下刻ほどになって暗闇の中を小六が戻ってきた。

「坪内党が先に仕掛けるそうじゃ。城下に火の手が上がってから山に火をつける」

すでに坪内党は加納から川手の城下に火をかけるべく、用意を調えていた。

見上げれば落ちてくるほどの満天の星空である。その突き抜けるような空間に西風が強く吹き始めている。

「西手から順に火をつけんと、焼け死ぬことになるぞ。ええか」

小六は火をつける持ち場を皆に指示した。

亥《い》の下刻になって藤吉郎をはじめ小一郎、林孫兵衛らが山を登ってきた。松原内匠や日比野六太夫、寺沢藤左衛門らも一緒である。鎖帷子《くさりかたびら》に頭巾をかぶり、それぞれ火薬樽を担いでいる。

「皆々寒い中、待たせたのう。今宵は大篝火《おおかがりび》を焚《た》くで温まってちょうや」

松明《たいまつ》の明かりの下で、藤吉郎が猿か物《もの》の怪《け》か判らぬような顔で笑った。

丑の上刻、寒風が吹きすさぶ中、稲葉山城下の各所の町屋で火の手が上がった。風にあおられ見る見る火柱が高くなった。犬の鳴き声や人馬の騒ぐ声も聞こえてくる。

「ようし。我らもよかろう」

小六の合図で散らばった者たちが手はず通り火をつけて回った。ここ数日は雨も降らず、積み上げた薪は勢いよく燃え上がった。瑞龍寺山の西からつい た火は、走るように山肌に沿って東斜面へつながった。それが強風に吹き上げられ山上へと昇っていく。

そのころ藤吉郎は川並衆とともに瑞龍寺山から稲葉山へ向かっていた。

「手柄を立てるんじゃ、手柄をのう」

山中を駆けながら藤吉郎はつぶやいている。目星をつけておいた稲葉山の硝煙蔵《しょうえんぐら》の下まで近寄ると火薬樽の導線に火をつけて、楼の中へ投げ込んだ。

逃げるように坂を転がり下りると、背後で大音響が起こって視界が昼のように明るくなった。一瞬、目がくらんで藤吉郎は身をすくめてうずくまった。振り返ると天に届くほどの火柱が上がり、黒煙が立ち上っていく。

「やったわ、やったわ」

立ち上がった藤吉郎は、身を反《そ》らして笑った。

稲葉山の西から南、さらに東の長森に至るまで町屋は焼けた。

瑞龍寺山は全山ほぼ丸裸になり、稲葉山の一部も硝煙蔵の爆発で焼けた。あまりに範囲が広かったために斎藤勢も手の施《ほどこ》しようがなかった。

この騒ぎの間に坪内党が、松倉から北の稗島《ひえじま》あたりまで馬柵や竹束で堅固な砦を築いた。これまで美濃方の領域であった尾張川の南岸は、ほぼ尾張方の領分となり、さらに美濃領の新加納にまで砦を築いていた。

「あのはげ鼠《ねずみ》め、なかなかようやるわ」

一兵も損することなく上げた成果に信長も満足であった。


年が明けて永禄八年（一五六五）、松倉城に集まった川並衆の面々は、久々に晴れ晴れとした正月を迎えていた。これまで信長に味方するかどうかで悩んできたが、小六が木下藤吉郎の傭兵《ようへい》となったために、自然とその難題が解決した形となった。

「不思議なもんじゃな。これまで悩んできたのが何だったのか。嘘のように丸く収まってしもうたわ」

小右衛門が盃を片手に笑った。すでにしたたかに酔っている。

「小牧の殿に従うてはおるが家来ではない。しかも藤吉郎殿は仲間のようなもんじゃ。威張りくさった奴に使われることもない」

稲田稙元も嬉しそうに言葉をつないだ。

「曼陀羅寺の天澤和尚が言うておったとおりになったわ」

小六は思い出すように天井を見つめた。

「もはや尾張川の南は我らのものになったゆえ、皆々安堵して暮らせると喜んでおるわ」

いつもは無口な青山新七郎も酒のせいか、陽気に語っている。近頃は息子の小助も川並衆の集まりに顔を出している。

「巾上《はばかみ》の十二カ村を藤吉郎がもろうたそうじゃが、今度我らが分捕った新加納は我らのものになるじゃろうか」

松原内匠が皆の顔を見回して言った。

伊木山と宇留間調略の褒美として、藤吉郎は伊木山の北、美濃領内の各務野《かがみの》に千六百貫文の領地を得た。新加納はその西側に当たる。

「そりゃあそうじゃろう。儂らが苦労して瑞龍寺山へ入り込んで分捕ったんじゃ。儂らの手柄に間違いない」

小右衛門が胸を張った。

「都の勅使も小牧山へ来て、尾張平定の祝いと美濃を治めよとの御綸旨《ごりんじ》があったそうじゃから、小牧の殿が尾張美濃二国の太守《たいしゅ》となる日も近いぞ」

「あの暴れ者のうつけ殿がのう」

一同は賑やかに笑った。

しかしその後、いくら待っても川並衆への恩賞の沙汰はなく、それどころか藤吉郎からの日当も払われず仕舞いであった。

二月には犬山城の東にある臨済宗の古刹《こさつ》、瑞泉寺が信長により焼き打ちされた。

この寺はもともと美濃とのつながりが強く、あるいは犬山落城の際に織田信清を一時かくまった咎《とが》によるものかもしれない。犬山を逃れた織田信清は、やがて甲斐の食客となり犬山鉄斎と名乗る。


三月に入ってから、ようやく藤吉郎が小六のもとを訪れた。

どうもいつもの元気の良い藤吉郎ではない。うかがうような目つきで、足取りも密《ひそ》やかである。

「なんじゃ、また昔の悪童に戻ったような顔じゃのう。都合が悪くなると顔も出さんのか」

腕組みをして縁先に立った小六は、地獄の閻魔《えんま》のような顔である。

「儂もすぐに日当を持ってこようと思うておったんじゃ。しかしお殿様から思ったほどの褒美がなくてな。今度もろうた巾上の十二カ村も貧村で、千六百貫文と言うてもすぐに年貢が取れるわけでもない。何とか遣《や》り繰《く》りしようと思うたがどうにもならんで、謝りに来たんじゃ」

「瑞龍寺山の焼き討ちで取った新加納の砦は川並衆のものになるはずだと皆が言うておるが、まさかそれまで取り上げということはあるまいな」

「それがのう、お殿様が何にも言われんでのう。儂も川並の衆へ賜《たまわ》るよう申し上げてはみたが未だに沙汰がない。砦を守っておるのは川並衆じゃからそれを追い出すようなことはないと思うが」

藤吉郎も困り顔である。

「それでのう、こんな時に言いにくいが、来月にまたお殿様は河野島《こうのしま》から美濃へお入りになる。儂に従って美濃攻めに加わってくれんかのう、頭領殿」

「まったく勝手なことを言いよるわ。命がけで手柄を立てても褒美ももらえんでは誰も動かんぞ」

「そこを何とかならんか」

「ならんわい！」

小六の一喝で藤吉郎は、元気なく帰っていった。

四月上旬、信長は松倉から稗島《ひえじま》を越え、美濃領へ侵攻した。

信長の本隊二千余に加えて木下藤吉郎が率いる坪内党六百という小規模な軍勢である。

「猿、兵が少ないがどうなっておる」

馬上の信長が険しい目つきで藤吉郎をにらんだ。

「はあ、坪内党をはじめ和田新助などは馳《は》せ参じましたが、蜂須賀党は先頃の褒美がもらえぬままで臍《へそ》を曲げておりまして」

「たわけが。己《おのれ》の配下になったのではないのか。言うことを聞かぬなら討ち果たせ」

「そ、それはしばらくご猶予を。些細《ささい》な行き違いにございますゆえ」

藤吉郎が地面に額をつけて懇願した。

尾張川を渡った織田勢は、新加納の砦から長森へと進軍した。

斎藤勢も素早く動いて迎え撃った。率いるのは日根野弘就である。もはや美濃方の兵を動かしているのは、この男と言っても良いほどの奮闘ぶりであった。

織田勢は瑞龍寺山の七曲り口に攻めかかったが、信長にとって不運なことに、この日は徐々に雲行きが怪しくなり午後から大雨になった。川の増水で退路を断たれる恐れがあったため、やむなく退却を命じた。退き始めた織田勢に斎藤勢が猛攻を加え、討たれた者が多く出た。

ただ加納口の砦で美濃勢を押し留めたために、総崩れになることはなく退路を支えきった。

「あの芋侍めが！」

退却しながら信長は小六や小右衛門の顔を思い浮かべた。

この年の夏、小牧山の東南のふもとに吉乃のための新居が完成した。

信長から早々に屋敷に移るよう知らせが来たが、生駒家長は喜びながらも頭を悩ませていた。吉乃の体調が芳しくないのである。六年前に娘の五徳を生んでから体を壊し、次第に寝込むことが多くなっていた。

「小牧の城まで歩くこともかなわず、馬に乗ることも難しかろう。どうしたものか」

悩んだ末に家長は小牧へ参上し、信長に事情を説明して詫《わ》びた。

すると翌日、信長は突然に生駒屋敷を訪れ、家長らが驚くうちに奥の間へ入り吉乃と対面した。

ここのところ西美濃から犬山、東美濃へと戦が続き、吉乃と顔を合わせることは久しぶりであったが、そのやつれた姿に信長は驚いた。

「許せ。忙しさにかまけて疎遠になっておったわ。そなたの屋敷が出来上がったゆえ、早々に移って養生するが良い。良い薬師も呼び寄せよう」

信長は病床の吉乃の手を取っていたわった。

「かたじけないお言葉、もったいのうございます。このような身となりましては、何のお役にも立てませぬ。無念にございまする」

伏したまま吉乃は涙を流した。

翌日、信長から遣《つか》わされた輿《こし》に乗って吉乃は小牧山へと向かった。姉の須古《すこ》も側女として付き従った。

小折村の前野屋敷から小牧山まで三キロほどの道のりだが、途中の三ッ渕村の中山左伝二の屋敷で休息し、夕刻に小牧山の新居に到着した。奇妙丸、茶筅丸《ちゃせんまる》の二人の息子は先に到着し、五徳は須古が抱いて伴った。

さらに翌日、書院にて居並ぶ家臣らと対面があり、吉乃らは小牧山の住人となった。

「そうか、類が小牧山へ行ったか」

夏の夕刻、生駒屋敷の縁先に腰かけて小六と家長が話している。

「これで儂も安堵じゃ。犬山も治まったし、類もお側に上がった。もうこの足では大して戦働きもできぬで、後は商いに精を出すかな」

家長も小六も、知らずのうちに小牧山の方を眺めている。

「しかし八右衛門の思う通りになったな。あのうつけ殿が尾張を平均《ひらなら》ししおった」

「それだけではないぞ。美濃も平らげる勢いじゃ」

満足そうに家長は笑った。

「だが儂の思うていたよりも、さらに大きゅうなられるかもしれぬぞ。このところ越後の上杉、甲斐の武田、さらには近江の浅井と縁組をお考えのご様子でな。美濃を取った後のことを見通しておられる」

「美濃から飛騨まで取れば三国と境を接するでな。どこまでも欲の深いことじゃ」

「欲だけではないぞ。先年に帝より上洛の御綸旨《ごりんじ》をいただいて、そのために美濃攻めに執念しておられるのじゃ。また先月には足利公方《くぼう》様が松永三好に討たれたという。数年前に上洛し拝謁の折には親しくお言葉をおかけいただいて、年下ながらその威厳に上総介様も感じ入っておられた。口には出されぬが、おそらく仇《あだ》を討ちたいに違いなかろうて」

「京へ攻め入るのか」

「美濃が片付けば、そういうことになるやもしれぬ」

「付き合いきれぬわ。儂も早々に川筋の暮らしに戻るわい。この種子島も近ごろは人ばかり撃っておるでな」

そう言って小六は背中の鉄砲を下ろしてかざした。

「小六は欲がないのう。お前の裁量をもってすれば美濃も取れたかもしれぬに。今頃、尾張川をはさんで、お前が上総介様と戦しておったかもしれぬぞ」

「あのまま美濃に従うておれば、今の日根野のように信長と戦っておったじゃろうな。それを尾張へ引き寄せたのは八右衛門じゃろうが」

「そうじゃったかな」

穏やかな笑みを浮かべて家長は、また小牧山を眺めた。

夕焼けの赤色に染まった城は、燃え上がっている
ようにも見えた。

川並衆への沙汰がないまま時が過ぎていたが、秋から冬になってようやく坪内党へ丹羽郡、葉栗郡、美濃加納に六百八十七貫文の知行《ちぎょう》が与えられることになった。

これに先立ち、坪内喜太郎利定には領内での鉄砲の使用を認める免許も与えられた。一方、小六らには何の褒賞もなしである。

「すまんのう。坪内党は小牧の殿に臣従した手前、出兵に応じたまでじゃ。このような片手落ちの恩賞では我らも心持ちが悪いわい」

坪内勝定が小六に詫びた。

「気にされるな、玄蕃《げんば》殿。褒美は坪内党が働いた証《あかし》じゃ。貰うておくがええわ。儂と信長は互いに含むところがあるでな、こればかりは仕方がない」

そうは言ったものの、小六も配下の者たちの不満を抑えるのに困っている。

さらに信長は美濃攻めの決着をつけるために、最前線の松倉城に滞在すると通告してきた。坪内忠勝をはじめ為定、勝定ら坪内党の面々は大騒ぎとなった。

信長の命令に従わぬわけにはいかないが、同じ松倉城に住みついている蜂須賀党は居づらいことになる。

「信長め、どこまでも力押しじゃな。儂らと坪内党を裂こうという算段じゃて。まあええわ。儂は宮後に帰るし、皆も草井あたりに分けて住まわせるわい」

小六の言葉に老齢の忠勝が頭を下げた。

「すまんな。このようなことになるとは思いも寄らなんだわ。我らもこれを機に玄蕃が隠居して、喜太郎を当主にすることにした。せめてもの詫《わ》びと思うて恨まんでくれよ」

「気にされるな、又五郎殿。童のころから儂はどれほど世話になったことか。儂が坪内党を恨むことなどあるはずもない」

小六は明るく笑って、又五郎の肩に手を置いた。武勇で鳴らした又五郎忠勝も六十六歳となり、ひと回り身体も小さくなった気がする。

「また前野の屋敷にもお出でくだされ。戦は若い者に任せて気ままに過ごせばええ」

小六はそう言って松倉城を辞した。

松倉城に入った信長は、十一月にも美濃領へ出撃し長森あたりを攻めたが、大した成果もなく引き揚げた。


宮後村の蜂須賀屋敷からは、ときおり銃声が鳴り響くようになった。

小六や小右衛門が近隣の子供たちを集めて鉄砲を見せている。屋敷内の大木や古兜を的にして撃つと、子供らが歓声を上げた。

「年端《としは》もいかぬ子供に教えては危のうございますよ」

妻の松が呆れ顔で言っても小六は笑うばかりである。

「早うに覚えておけば役に立つわい。いずれは皆、戦に出ねばならんのじゃ。鶴千代はずい分と上手《うも》うなったぞ」

小六の長男の鶴千代は十四歳、次男の小六は九歳になっている。

「鉄砲足軽になる稽古《けいこ》ですか」

松が笑った。

「足軽どころか盗賊かもしれんな」

冗談のつもりなのか本気なのか、小六はにこりともしない。

「しかし誰の下にも付かずに生きていこうと思えば、この先は盗賊にでもなるほかないかもしれんのう」

傍らで笑っていた小右衛門が、しみじみと言った。

坪内党が若い喜太郎利定を当主に据え、もはや明確に信長の家臣となってしまったことに、少なからず二人とも寂しさを感じていた。時の流れに取り残されたような寂しさである。

「我らももう藤吉郎で良いから、頭を下げて織田家中に潜《もぐ》り込もうかや」

小右衛門は前野家の当主となっている手前、この土地を離れるわけにはいかない。このまま信長に従わなければ、伝来の領地を奪われるのは目に見えている。小六以上に危機感を感じていた。

黙ったままの小六は鉄砲を構えて、また一発撃ち放った。塀際の古兜がちぎれて落ち、子供らが歓声を上げて走り寄った。

年末の押し迫った頃、寒風の吹きこむ松倉城の一室で、藤吉郎が坪内党の面々と囲炉裏《いろり》の火を囲んで相談していた。

「お殿様がの、もう一度墨俣に砦を築くと仰せでな、それを儂と坪内党にお命じになったのじゃ。どうじゃ、やってくれるか」

藤吉郎が珍しく神妙な顔つきである。

これまで墨俣の砦は、織田方が何度も築こうとして果たせなかった難題である。佐久間、柴田、佐々ら歴々の家臣らが挑んで失敗している。もはや誰も受けようとしなかった難事業に藤吉郎が手を挙げた。

新加納の砦を築いた坪内党ならできるかもしれぬと信長も命じたのである。

「新加納に砦はできたものの、再三の出陣でも美濃方の守りを破ることはできん。それは我らの攻め口が一つだからよ。墨俣と両面から攻め上げれば美濃方も兵を分けることになる。さすれば勝ち戦《いくさ》の目も大きゅうなるという算段だわ」

「しかし新加納の砦も坪内党が守っておるというに、新たに墨俣も手掛けるとなると、新加納が手薄になる。そこを奪われては元も子もないですぞ」

藤吉郎の説明に坪内勝定が口をはさんだ。坪内党としては、せっかく得た新加納の領地を手放したくはない。

「そうなんじゃ、それはよう判っちょるだわ。よう言うてくれた」

藤吉郎が、にたりと笑った。

「そこでこの仕事を蜂須賀党に任せたいんじゃ」

えっ、と一同が息をのんだ。

信長を嫌って松倉城を離れた小六が、そんな仕事を受けるはずがない。

「これ以上、蜂須賀党がお殿様に従わんとなると、本気でご成敗されてしまうんじゃ。もう殿のお心の内では、明日にでも蜂須賀党を討つ御覚悟ができておる。蜂須賀党を救うために、儂はこの仕事を小六殿に任せたいんじゃ」

藤吉郎の言葉に、坪内党の面々はうなずいた。早速、主だった者が藤吉郎とともに宮後の小六を訪ねた。

座敷に上がりこんで藤吉郎が事情を説明したが、話を聞いても小六は表情を動かさず黙ったままである。

「これは儂の手柄にしてゃあだけじゃにゃあで。蜂須賀党の存亡もかかっちょるんじゃ。そこのとこをよう考えてちょうや」

藤吉郎が唾《つば》を飛ばして説いても、小六は腕組みをして目を閉じている。小六の隣で小右衛門も腕組みをしながら、ちらちらと小六を盗み見ているが何も言わない。

仕方なく、この日は藤吉郎も引き揚げるしかなかった。

「何で承知せなんだのじゃ。ここらが潮時《しおどき》じゃぞ」

二人きりになって、小右衛門が小六に言った。

囲炉裏の火をつつきながら小六は、やっと口を開いた。

「墨俣に砦を築くのは至難の業じゃ。もし請け負うて出来なんだときは、それこそ信長に付け込まれる口実になるわい。進むも退くも信長の手の内に入り込むことになるわ」

「何じゃ、小六らしゅうないのう。思い切って進んで、砦を完成させてやれば誰も文句は言わんぞ。お前は信長のことになると妙に固くなるが、それは怖がっておるからじゃないんか」

「なにっ」

小右衛門の言葉に小六は眼をぎらりとさせた。

小右衛門もまたその眼を見据えた。

「これ以上は儂も付いていけん。もう年が明ければ儂も四十、小六は四十一じゃろう。ここらで生まれ変わってみるのもええんじゃないか」

　そう言い残して小右衛門は帰っていった。

　永禄九年（一五六六）の正月が明けたが、小六は悶々《もんもん》としたままであった。

　あれ以来、小右衛門も顔を出さず、どうやら柏井の孫九郎宗吉のもとへ行っているらしい。先々のことを相談しているのかもしれない。

　ある一夕、松倉城にいた藤吉郎は、坪内忠勝、利定とともに再び蜂須賀屋敷を訪ねることにした。藤吉郎の弟の小一郎、義兄の林孫兵衛も一緒である。

　途中の和田村に差しかかったところで、暗がりの中に五、六人の人影を認めた。敵かと身構えたが、よくよく見れば川並衆の和田新助と青山小助らであった。彼らもまた藤吉郎と同道することになり、十人以上の男たちが宮後へ向かった。

「小六殿、考えてちょうたか」

　もはや藤吉郎も言うべきことは前回言い尽くして、付け足す言葉もない。

　小六は相変わらず腕を組んで黙したままである。

　重い沈黙を取なすように、藤吉郎の傍らの小一郎が話し始めた。

「儂ら兄弟は中村の貧しい百姓の生まれでのう。兄者は侍になるというて家を飛び出し諸国を放浪して、なんとか織田家中に加えてもろうた。足軽頭に取り立てられても家来もおらぬゆえ、せがまれて儂も鋤《すき》鍬《くわ》を槍刀《やりがたな》に替えて従うことになった。犬山攻め以来、思わぬ恩賞をもろうて出世したが、それもこれも川並の衆に助けてもろうたおかげだわ。この先、いかようになろうともこの御恩は決して忘れるはずもない。此度《こたび》の墨俣の築城も儂らだけの栄達を望んでのことではにゃあで。尾張美濃で争うておっては、いつまでたってもこの地の民は安んじて土も耕せん。ぜひとも力を貸してもろうて、美濃攻めを終わりにさせてゃあのだわ」

　大したことは話していないが、訥々《とつとつ》とした不器用な語り口は、妙に心に沁《し》み込んでくるものがあった。

　小一郎、このとき二十七歳。藤吉郎より三つ年若である。

秀吉がこののち目覚ましい栄達を遂げるのは、この弟の存在が大きい。兄が大風呂敷で信長から請け負ってくる仕事を、段取りし根回しして周囲と摩擦が起こらぬように調整するのが小一郎秀長である。兄の空手形《からてがた》を本物に変える役と言ってもいい。

小六も藤吉郎は信じられないが、この弟が付いていることで心を決めたとも言える。

「判ったわ。墨俣の仕事、蜂須賀党が引き受けよう」

小六が重い口を開いてそう言うと、円座になった皆々が喜びの声を上げた。が、さらに続けた言葉に皆は驚いた。

「この後は、蜂須賀党はお主《ぬし》の下で働くこととする」

小六の言葉に藤吉郎は目を丸くして、身を乗り出した。

「本当きゃあ。儂に力を貸してくれるきゃあ」

身を乗り出した藤吉郎は、そのまま這《は》っていって小六の手を取った。

「恩に着る。恩に着るでな、小六殿！」

藤吉郎の目から涙がこぼれ落ち、それだけでなく鼻からは鼻水が吹き出し、口からはよだれが流れ出た。

その汚い顔を見て一瞬、早まったかなと小六は後悔したが、口に出した以上は取り返しがつかない。

話が終わって腹が減ったという皆に、松が粟粥《あわがゆ》を作った。

「こんな物しかございませぬが」

申し訳なさそうに言う松に、

「何を言われる。蜂須賀党が馳走《ちそう》してくだれや大《でゃあ》御馳走《ごっそう》だわ」

藤吉郎は両手で顔をぬぐって大笑いした。妙に顔が光って見えるのは喜びのせいだけでなく、涙と鼻水とよだれを塗りたくったせいかもしれない。

屋敷の外では寒風が吹きすさび、竹林からは竹がぶつかり合う音や葉のすれ合う音が聞こえてくるが、蜂須賀屋敷の内では深夜まで男たちの笑い声が響いていた。

二十

四月。

尾張川が長良川と合流する手前の佐波《さば》に、舟を止めて二人の男が周囲を眺めている。

晴天の空では雲雀《ひばり》がさえずり、川べりの畑では百姓らが農作業をしている、のどかな光景である。このところ尾張と美濃の大きな戦もなく、つかの間ではあるが平穏な日々が続いている。

「やはりここでは稲葉山も川手城も近すぎるな。砦を造るとなると、川向うの墨俣になるか」

そう言ったのは小六である。

「前に孫九郎兄たちが造ったあの場所しかあるまい」

小右衛門も目を細めて遠く墨俣辺りを見やっている。

二人は再び舟を漕ぎだして川を下り、長良川との合流点の墨俣で岸へ上がった。頬《ほお》かぶりをして百姓のふりをしているが周囲には人影もなく、ただ草の生えた中洲が広がっているばかりである。

中洲の一つに小高くなった場所があり、数本の松が生えている。四年前に佐々党や柏井党が苦心して造った墨俣砦の址《あと》である。苦労して完成させたものの、美濃と組んだ犬山が反乱を起こしたため、信長はこの砦を破却して犬山攻めへと向かった。

二人は落ちている流木を拾うふりをして、砦をこしらえる地面の広さを測《はか》った。

「東西に七十間、南北に六十間というところか」

松の木陰に座って二人は相談した。

「大手門は南口にして、川から水を引いて東西に堀を造る。搦《から》め手は丑寅の角じゃ。櫓《やぐら》もいくつか造らねばならん」

「周囲に柵《さく》も張り巡らせにゃならんな。兄者が杭《くい》を打ち込むに難儀したと言うておったが、まさか儂がやることになるとは」

「下は石と砂地で杭も効かんじゃろう。支えを丈夫に作ることを考えたほうがええわ」

世間話をするようなふりで遠くを眺めつつ、二人は話し合った。

「あとは寝泊まりする長屋と、殿の座敷も造らねばならんか」

「殿か」

小右衛門がそう言って小さく笑った。

「しかし、よう心を決めたのう。あれほど嫌うておったに」

「仕様がないわさ。小右衛門まで怒って柏井へ籠《こも》ってしまったからな」

小六が足元の石を拾って遠くへ投げた。日向《ひなた》の高台で土がはねた。

「お前の御袋様の口癖ではないが、四十にもなっていつまでも無頼《ぶらい》でおるわけにはいかぬようじゃて。これを機に儂は小六をやめて彦右衛門正勝を名乗ろうと思うちょる」

「ほう、彦右衛門か。大昔にもそんなことを言うたな。それじゃあ儂も小右衛門の小を将に変えるか。一人前の武将にならねばのう」

二人は笑った。

頭上に広がる空は、いつになく青い。


宮後に戻ると、彦右衛門は図面を描いて必要な木材の量を計算した。

この膨大な量の木材を運ぶのに、地上を荷車で引いていては敵の目に留まってしまう。工事にかかる前から敵の襲撃に遭うだろう。

美濃方が気づく前に荷を運び、造り上げねばならない。どれだけ迅速に造り上げるかが成否の分かれ目になる。

「舟で一息《ひといき》に流すほかあるまい。そのためには川並衆の舟を総出にせにゃならんな」

「松倉から流すと、途中の川手城で日根野に気取《けど》られるぞ」

「夜陰に乗じて川を下るのよ。我らなら目をつぶっておっても容易《たやす》いわい」

彦右衛門と将右衛門は、連日この計画を練《ね》り上げた。

材木は尾張川上流の木曽山中で切り出す。それを犬山船頭衆、草井船頭衆が運び、松倉で切りそろえて加工を施す。さらに墨俣へ運んで一気に組み上げようというのである。

土居は以前に築いたものをさらに増強すればよいが、もっとも肝心なのは外枠となる柵である。敵が攻め寄せたとき、柵で防ぐことが出来れば砦を破壊されることはない。

柵の高さを六尺として地中に三尺は埋めるとすると、結局九尺の杭《くい》が必要になる。一間につき杭を三本、手間がかからぬように横木も同じ寸法の材を一間に三本使用すると計六本。

柵は周囲を取り巻くだけでなく、攻撃が予想される箇所には二重三重に設けねばならない。ざっと勘定して千八百間は必要ということになり、結局、柵用の九尺材だけで一万八百本が必要と判った。他に、櫓や主殿、兵の長屋用の材木も要る。

木を切り出すのは東美濃の土豪、長江半之丞《はんのじょう》らに依頼した。長江氏はもともと美濃の武将であったが没落し、流れ着いて尾張の桑下に城を構えた。が桶狭間合戦の前哨戦で今川方に付いたために近くの品野城、落合城とともに織田方に攻め落とされた。その後、長江半之丞は地侍となって柏井の小坂宗吉の下にいた。

半之丞は山方衆を集め、加治田のさらに奥、七宗村の山林で木を切って飛騨川を筏《いかだ》で流し、それを八百津の舟方衆が犬山まで送ると、そこからは犬山、草井の船頭たちが松倉まで運んだ。すでに西美濃は織田の勢力下にあるものの、大掛かりにやって人目に付くのを避けるために、筏を流すのは日に三度までとした。

松倉まで運ばれた材木は荷揚げされて、それぞれ必要な寸法に裁断された。

幸いこの年は大水で川が溢れることもなく、作業は順調に進み始めた。

「思いのほか、上手《うま》いこと進んどるようじゃな」

増えていく木材を眺めて彦右衛門は、作業を指揮している稲田稙元に声をかけた。

「この分なら七月には出来上がりますぞ。あまり遅うなると川水が冷とうなって渡るのに難儀じゃ。早ければ早いほうが良いでしょう」

「そう上手くはいくまいて」

彦右衛門は笑った。

鋸《のこぎり》を引く者、鑿《のみ》を振るう者、皆半裸で汗にまみれながら動き回っている。

そこへ木下小一郎が馬を飛ばしてやってきた。

「蜂須賀殿、清洲の大工衆には話をつけたぞ。前もって屋敷や櫓《やぐら》は組み上げてみたほうが良いと言うておったわ。材が整い次第、松倉に来て仕事を始めるそうじゃ」

「それは重畳《ちょうじょう》。上郡の大工衆にも密かに話をつけて承知してもろうたゆえ、大工仕事は十分じゃろう。あとはどれほどの人数を集められるか」

馬から降りた小一郎も、積み上げられた木材を眺めている。

「あまりに手広く人を集めても事が漏れる恐れがある。川並衆と柏井衆、それと近在の者たちということになろうのう」

「それで三千にはなりましょう。恩賞のほうは頼みますぞ。人集めにはそれだけが頼りじゃ」

片肌を脱いで指図していた稙元が振り返って笑った。

「それはよう判っておる。何とかするのが儂の仕事じゃて」

小一郎も汗を拭きながら笑った。

小一郎が帰ったあと、昼を過ぎてから将右衛門が、柏井の宗吉と道具の手配などを打ち合わせて戻ってきた。

「どうじゃ、柏井の首尾は。頼んだ分は請け負うてくれたか」

「ああ、それは承知してくれたが」

「何じゃ、どうした」

将右衛門の顔色が悪い。

「生駒の、吉乃様が今朝早うに身罷《みまか》られた」

「なにっ、類が」

昨年の秋、小牧山の屋敷へ移ったときも病を押してであったが、手厚い看護を受けて快方に向かっているだろうと彦右衛門は思っていた。

「正月に孫九郎兄が見舞った折に、すでにずい分痩《や》せ衰《おとろ》えて、面影もなかったそうじゃ。精がつくように泥鰌《どじょう》を届けたりしたそうじゃが、あかなんだそうじゃ」

「八右衛門は何とも言うてなかったが、それほどだったのか」

彦右衛門が宮後へ来て、生駒屋敷に出入りするようになってからは兄妹のように育った仲であった。土田に嫁ぎ、さらに信長の室となるにつれ、次第に遠い存在にはなっていったが、今でも子供の頃のあどけない笑顔は胸に残っている。

「明後日、葬儀をして荼毘《だび》に付すそうじゃ」

「そうか、弔《とむろ》うてやらねばならんな」

彦右衛門は、遠くに霞《かす》む小牧山を見やった。


二日後、小牧山城で葬儀が行われたあと、類の遺体は小折《こおり》村の生駒屋敷に戻された。

近在の者たちが大勢集まり、代わる代《が》わる手を合わせた後、村の墓地で荼毘に付された。

彦右衛門や将右衛門らは小牧山での葬儀には顔を出さず、生駒屋敷で初めて類の死顔を見た。頬がこけて痩せ衰えてはいたが、目を閉じたその表情は、どこか笑っているようにも見えた。

「御子を三人も残して、さぞ喜んでおるじゃろうて」

八右衛門がそう言って、静かに笑った。

生駒吉乃の墓は生駒屋敷からほど近い、生駒家の菩提寺である久昌寺にある。もとは竜徳寺という名であったが、吉乃の法名、久庵桂昌大禅定尼にちなんで久昌寺と改めたという。

墓碑《ぼひ》によれば永禄九年五月十三日死去ということであるが、『武功夜話』では同年九月十三日と記している。九月十三日は彦右衛門らは墨俣築城の最中であり、死去から十数日後に伝わったとも書いている。

死没時の年齢は三十九歳とも二十九歳とも伝わる。この年、彦右衛門は四十一歳、将右衛門四十歳、信長は三十三歳である。

しばらくは信長も小牧山城の楼閣にたたずみ、小折の方角を眺めていることがあったという。吉乃を偲《しの》んで泣いていたとも言うが、あるいは視線はその先の稲葉山城に向いていたのかもしれない。

八月の中頃には、ほぼすべての木材が整い、大工棟梁衆も建物用の資材の加工を終えた。

麻縄、藤づるといった資材も分担して調達し、手《て》斧《おの》や鋤《すき》、鍬《くわ》、鎌《かま》、そり、もっこなども大量に手配した。

この年は川の氾濫《はんらん》もなく、川べりでの作業には好都合であったが、ここで困ったことが起きた。あまりに川の水量が少ないために、松倉から稗島《ひえじま》の間で荷を乗せた舟が通れないほどになってしまったのである。しばらくは雨待ちの状態になった。

「たわけ。いつまでも待っておれぬわ」

苛《いら》立《だ》った信長は八月二十九日、松倉から兵を率いて出陣した。

二千人ほどの小勢で、これで稲葉山を攻略できるとは思ってはいなかったであろうが、このころ足利義秋の家臣、細川藤孝が尾張を訪れ、義秋の上洛と将軍職就任に力を貸すよう信長に要請していた。美濃を早急に平定して、その後に供《ぐ》奉《ぶ》すると返事をしたことから、信長としても一日も早く美濃攻略を成し遂げたかったのだろう。義秋は各地の武将に同様の要請を乱発していて、これを実現した者が足利幕府で大きな発言力を得ることになるのは当然の理である。

あわよくば桶狭間のように敵の虚を突けるかと出陣したものの、揺らぎつつある美濃の家中で日根野と長井の備えはいまだ堅牢《けんろう》であった。

新加納から稲葉山を目指した織田方に、稲葉山の長井勢と川手城の日根野勢が迎え出て対峙《たいじ》した。このにらみ合いは数日続き、翌月の閏《うるう》八月八日、雨を待って美濃勢が猛攻を仕掛けると織田方は川沿いに追い込まれて敗走した。

織田方にとって益のない戦いであったが、ただこの間に彦右衛門たちは松倉から稗島まで、舟をあきらめて馬と荷車ですべての材木を運んだ。その作業に美濃方が気づかなかったのは唯一の成果であったかもしれない。

徐々に水量が回復し、ようやく荷舟が稗島まで通れるようになったのは九月に入ってからであった。

「決行は九月の十二日じゃ。手抜かりのないように皆々よろしゅう頼むでな」

藤吉郎が川並衆の頭領を集めて、一人一人に頭を下げた。

彦右衛門と将右衛門が、それぞれ段取りを説明した。

尾張川を木材を積んだ舟で下る総大将は稲田稙元。犬山と草井の船頭衆が舟を操り、長江半之丞、河口久助門らもこれに加わる。その他の者たちは小越から川を渡り、狐穴、小熊と進んで墨俣へ入る。一番手が松原内匠と青山新七郎、小助親子、二番手が木下藤吉郎と蜂須賀彦右衛門、三番手が前野将右衛門という手順である。

「人目に付かぬよう夜半に出発して、明け方に小越を渡る。墨俣には昼過ぎに着いて、荷揚げをしてから一気に造り上げる。敵が気づいて攻めてくる前に馬止柵《うまどめさく》さえできれば、鉄砲で防ぐことはできる。いつもの戦とは違うて、こちらが出て仕掛けることはないゆえ、それだけは心してくれ。城が出来上がれば我らの勝ちじゃ」

彦右衛門のあとに将右衛門が細かい注意をした。

「大仰《おおぎょう》な鎧兜《よろいかぶと》や長太刀はいらん。川も渡るし大工仕事もあるから鎖帷子《くさりかたびら》に短刀《みじかがたな》でええ。鑓《やり》も九尺に切って使え。陣中での酒色、近在の村屋への乱入も禁ずる。また流言に怯《おび》えて逃げ出す者はその場で討ち果たすも構いなしとする。それぞれ配下の者に心得させてくれ、良いな」

将右衛門が皆々の顔を見回した。

「それと夜間ゆえ合言葉を決めておく。前と言うたら後じゃ。事が成ったときには恩賞は思いのままと藤吉郎殿が申されたでな。ここは千載一遇の稼ぎどきと思うて、皆々精を出してくれ」

彦右衛門の言葉に、川並衆の頭領らは目を輝かせてうなずいた。


九月十二日の深夜、丑《うし》の刻。

宮後の蜂須賀屋敷の周辺、山の尻、八屋敷、八幡前、熊坂下の四カ所に分かれて蜂須賀党、前野党をはじめとする面々が集結した。

熊坂下で将右衛門が狼煙《のろし》玉を三発打ち上げると、その音を合図に各隊が暗闇の中、西へ向かって進み出した。十二日の夜であったが、空は曇って月の明かりはない。

「もしや雨になるかもしれんな」

馬上の彦右衛門が隣に従う又十郎に言った。

「不吉を言うな。これから川を渡るというに。もう一月早ければ、まだ水も温かったがのう」

これまで常に彦右衛門に従って危険に身を晒《さら》してきた又十郎も、今回の仕事の危うさを予感していた。相手と戦うのではなく、攻撃を受けつつ砦を築くのである。織田の侵攻を何度も撃破してきた美濃勢の攻撃に、正規兵でない川並衆がどれだけ耐えられるのか。星のない夜空を見上げて、又十郎は身震いをした。

「そうじゃ、又十郎。ひと足早う小越を渡って、中洲の村人に工事を手伝うよう触れ回ってくれ。筵《むしろ》と俵《たわら》を持って来れば金と引き換えてやると言ってな。二十人ばかり連れて行け。前野の清助も入り込んどるはずじゃ」

「承知した」

又十郎は馬の腹を蹴って、暗闇の中を駆けて行った。

同じころ松倉の船頭衆も動き始めていた。

総大将の稲田稙元の合図で、犬山と草井の船頭たちが材木を満載した舟を順にこぎ出した。内田権六郎が率いる犬山船頭衆七十五人は九十四艘、草井長兵衛が率いる草井船頭衆五十六人は六十三艘の舟を出した。

川舟は長さ五間、胴が五尺あるが、漕《こ》ぎ手も数名必要であるし沈没の危険もあるため、あまり無理に積み込むことはできない。足りない分は松原内匠が二百六十艘ばかり田舟《たぶね》を手配した。山方衆の長江半之丞、河口久助門、梶田隼人介や日比野六太夫の配下の者も、それぞれ乗り込んだ。総勢約千六百。

「月明かりが無いが、大事は無いな」

「目をつぶってでも墨俣まで流れ着くわい。暗うて敵に見つからんで好都合だわ」

稲田稙元に草井長兵衛が笑った。

「蜂須賀党の大仕事じゃ。見事やりおおせてみせたれ！」

あかね色の褌《ふんどし》に麻襦袢《あさじゅばん》で揃えた船頭衆が、長兵衛の声にこたえて竿《さお》を高々と掲げた。

明け方、小越には蜂須賀党、前野党のほか、青山新七郎、松原内匠、日比野六太夫らが集結した。加えて木下藤吉郎の身内衆も到着した。

時雨《しぐれ》の降る中であったが、小越の渡しは幸いなことに水量が少なく、深みでも脇下あたりの水深であった。馬はそのまま乗り入れ、人も徒歩で渡った。

一番手は大工衆を伴った松原内匠と、鉄砲衆を率いる青山新七郎、小助親子が川を渡り、二番手は木下藤吉郎と蜂須賀彦右衛門と日比野六太夫、三番手に前野将右衛門率いる前野党が続いた。総勢約五百四十が続々と川を渡り、川が黒く見えたという。

対岸の大浦に着くと、庄屋の毛利六太夫の屋敷で皆、持参した朝餉《あさげ》を取った。食糧は各自、六合の干《ほし》飯《い》を腰袋に持参している。

前野衆の中に小坂孫九郎宗吉の長子、雄善《かつまさ》が初陣で加わっていたが、この庄屋屋敷にたどり着いたとき、雨に濡れて難儀に見えたために、哀《あわ》れに思った六太夫の母が古衣胴着を与えた。五十八年後の寛永元年に大浦を訪れた雄善の子、雄翟《かつかね》が六太夫の子の半蔵にこのときのことを感謝している。

大浦からいくつかの中洲を越え川を渡り、小熊に着いたのは昼過ぎであった。

大川をはさんで対岸が墨俣である。

すでに稲田稙元の率いる川舟が川面を埋め尽くし、荷揚げを始めている。

「ちと遅れたかな」

先着の松原内匠と大工衆が造った舟橋を渡って、彦右衛門らは墨俣へ着いた。

「敵の姿は見えんようじゃな。気づいて出てくる前に造らんと命がにゃあわ。差配を頼むで、頭領殿」

藤吉郎が言うと、彦右衛門は黙ったまま砦の方角へ馬を走らせた。


その日の夜を徹して前野党が馬止めの柵を造り続け、翌十三日の朝には北東に向けて五百間ほどが出来上がった。

前野党三百余りと、周辺の村からの合力衆も四十人ほど加わっている。柏井衆にも援軍を依頼したが、悪いことに兄の宗吉が三河へ出兵して思ったほどの兵が残っていなかったために、百人足らずしか得られなかった。そのため蜂須賀衆の百三十人余りも柵造りに加わった。

「ご苦労じゃの、将右衛門。ようはかどっとるがや」

明け方、周辺を見回った彦右衛門が、柵造りに奔走する将右衛門をねぎらった。

「いや、まだようよう五百間じゃ。全部で千八百間造らにゃならん。今日は敵も攻めてくるし忙しゅうなるぞ」

昨日墨俣へ到着したころ、美濃兵が五十人ばかり姿を見せ、そのまま引き返して行ったと前野党の乱破《らっぱ》が知らせてきていた。稲葉山に知らせに走ったのであろう。

「出来上がった柵の内に新七さの鉄砲衆を置くでな。心置きなく柵造りに専念してくれ」

「ああ、それで防げりゃええがな」

将右衛門はこわばった表情を、無理に笑みに変えた。

砦の東西には堀を掘り、その土を積み上げて土塁を築いている。これは稲田稙元の指揮で前野、蜂須賀以外の者たち千五百人以上が懸命に働いている。在郷の百姓六百人余りがこれに合力した。又十郎や乱破衆の前野清助らが触れ回った成果である。

日が昇り始めたころ、将右衛門の言ったとおり美濃方の兵が北から押し寄せた。見たところ五百ほどの軍勢である。

「来たぞ！　鉄砲衆、構えい！」

黒革の尾張胴二枚仕立てを身に着けた青山新七郎が、柵の内に配備した鉄砲衆に合図をした。

砦の北には大川へ流れ込む枝川があるが、徒歩で渡れるほどの水量で、大した防御にはならない。ただ近づく敵兵の足が水の流れのために鈍くなる。鉄砲で狙うには好都合であった。

十分に引きつけたあと、新七郎が指揮棒替わりの笹竹を振った。

「放て！」

五十挺ほどの鉄砲が一斉に火を噴いた。轟音と白煙が立ち込め、一瞬あたりがしんとなった。その余韻が消えると川中に美濃兵が幾人も倒れているのが見えた。

鉄砲玉をかいくぐって柵に取りついた敵は、蜂須賀小十郎ら蜂須賀党が槍で突き伏せた。

接近戦に利がないと見た美濃方も鉄砲や矢を撃ちかけて、柵の内の前野衆にも死傷者が出始めた。身を隠す場所がないために、柵の後ろの土居に逃げ込むしかない。

「ひるむな、盾を並べよ！」

彦右衛門も励ましつつ、柵の内から板をあてがって矢玉を防いだ。

美濃方は執拗に攻撃をくり返したが、青山新七郎、小助親子が鉄砲衆を励まし日が暮れるまで応戦した。死傷者は数多く出たものの、ついに馬止柵を守り抜いた。

「新七さ、見事なお手柄じゃ。小助も初陣とは思えぬ働きぶりじゃったぞ」

彦右衛門がねぎらうと、新七郎も小助も血と泥で汚れた顔で笑った。

「これも小六が鉄砲を教えてくれたおかげじゃわい。

槍刀《やりがたな》ではとてもこれだけの働きはできん」

「そうじゃな」

彦右衛門も汚れた顔で笑った。

振り返れば夕闇の中に高櫓《やぐら》が三基建ち上がっている。大工衆が戦のさ中に作業を進めていたらしい。前野衆の柵もずい分と出来上がって長く伸びている。

「さあ皆々、飯を食うて一息入れたら、今夜も夜を徹して普請するでな。敵が攻めて来んうちに造り上げるで！」

戦いの最中には身をすくめていた藤吉郎が、大声を上げて皆を励まして歩いた。

この夜のうちに馬止柵千八百間は、ほぼ完成した。

翌十四日は、日中の美濃勢の攻撃はなく、作業が大いにはかどった。

高櫓は五基が完成し、大工衆は屋敷の普請にかかっている。信長のための座敷と、兵たちが寝るための長屋三棟を手分けして組み上げている。すでに松倉で一度組み上げた材を、もう一度組むだけであるから作業も早い。夕刻にはいずれも建物の形が出来上がった。

皆が喜ぶ中、物見が駆け戻ってきて敵襲を藤吉郎に知らせた。

「稲葉山から長井隼人佐《はやとのすけ》率いる斎藤勢が進発。その数およそ二千！」

聞いた藤吉郎の顔が白くなったのが判った。

こちらも二千以上の人はいるが、百姓や大工に女も加えての人数である。戦える兵の数は千あるかないかである。

「近隣の百姓は早う帰らせにゃならんぞ。ここにおっても命を落とすだけだわ」

彦右衛門は藤吉郎にそう言って、合力してくれた百姓衆を砦から逃がした。

夕闇の中、おびただしい数の松明《たいまつ》の明かりが北から近づいてくると、途中で二手に分かれ西へ回り込んだ。

「北と西からはさみ込む算段じゃな」

櫓の上で彦右衛門らはその動きを凝視した。

「乾《いぬい》の方角は前野党が固めよ。搦《から》め手は梶田と長江じゃ。蜂須賀党、稲田党は大手門へ回れ！」

彦右衛門が櫓の上から指示を出した。

「どうするんじゃ」

藤吉郎が不安げな顔で聞いた。

「柵際で守るには鉄砲が少なすぎるわ。儂らが打って出るほかあるまい」

彦右衛門はそう言って櫓を降りかけてから振り向いた。

「総大将は堂々としておれ。ここに居って敵の動きを知らせるだけでええ」

「あい判った」

くそ度胸の藤吉郎も、これだけの敵を一人で引き受けるのは初めてのことである。歯の根が合わず、がちがちと音を立てた。

北から迫った美濃勢は枝川を渡り北西の馬止柵に襲いかかった。ここを守る前野党は不眠不休で数日働いたために弱ってはいたが、将右衛門が鼓舞して回ったため退《ひ》き下《さが》る者は一人もいなかった。

黒甲冑に身を固めた将右衛門は馬上で二間の槍を旋回させ、柵に取りつく敵を次々に突き伏せていく。そのうちに青山新七郎の鉄砲隊が加勢に来て、弾幕で寄せる敵の波を鈍らせた。

「すまんの、新七さ！」

将右衛門の声に振り向いた新七郎は、にやりと笑っただけで、また柵越しに敵をにらみつけた。

北面は手強《てごわ》いと見た美濃勢は、砦の東西に展開して、さらに南へも回り込んだ。もはや墨俣の砦の全方位に敵が充満する状態である。東へ回った敵は火矢を放ち始め、飛んできた火矢で土塀《どべい》が燃え始めた。土塀なら簡単に燃えるはずもないが、早く仕上げるために藁束《わらたば》を積み上げた表面に土を塗りつけただけの壁であったから、中の藁が燃え出したのである。火が広がれば、せっかく造った建物や櫓まで焼失しかねない。

「土塀を壊せ！　燃え広がらんようにせよ！」

櫓の上から藤吉郎が大声で命じた。

「蜂須賀党、稲田党、続け！」

彦右衛門が叫んで、南の大手門から馬を駆って飛び出した。炎の明かりの中を、卍の旗が幾本も翻って波のように続いた。

美濃方は突然飛び出した兵に驚いて、左右に退いた。その中を彦右衛門が駆け抜けて兵たちも続いた。

闇の中の戦闘は二刻ほども続いたが、やがて彦右衛門らの猛攻で美濃勢の一角が崩れると、砦周辺の美濃勢も退却をはじめ、やがて闇の中へ逃げて行った。

「何とか守り抜いたのう」

東の空が白《しら》み始めたころ、藤吉郎は砦を見回しながら晴れ晴れとした笑みを浮かべた。

彦右衛門、将右衛門をはじめ稲田植元、青山新七郎、松原内匠、日比野六太夫ら川並衆の面々が皆同様に薄汚れて、しかし誇らしげに笑っている。

兵たちは三晩の突貫工事と戦で疲れ切って、砦のそこここで眠り込んでいる。

「皆、ようやってくれたわ」

その兵たちを見回して藤吉郎がつぶやいた。

「すでに小牧の殿様には使者を送ったでな。今日にも援軍が駆けつけるじゃろう。もう安気にしちょってくれ」

藤吉郎の言葉どおり、その日の昼近くには信長率いる織田勢三千が墨俣に到着した。

これまで何度も普請を試みながら達せられなかった砦が、目の前に出来上がっているのを信長はじめ柴田、佐久間、丹羽、森といった重臣らも驚きの目で眺めている。

出迎えた藤吉郎は馬の口を取って、信長を城内へ案内した。

そびえる五基の高櫓に織田木瓜《もっこう》の旗が掲げられて、秋空に一層映えている。

城内を眺めた信長は、控えている彦右衛門や将右衛門らに気づいた。そのほか居並ぶ者たちは正規の兵とは言えないいでたちの者ばかりである。

「ようやった、猿。褒《ほ》めて取らす！」

やっと信長はそう言葉を発した。

「ははっ、ありがたき幸せ！」

馬から降りた信長は、ゆっくりと川並衆らの方へ歩み寄ると、彦右衛門の前で立ち止まった。顔を上げた彦右衛門と目が合った。視線をそらそうとしない彦右衛門に、周囲は緊張して言葉もない。しばらくの沈黙が続いたあと、信長が口を開いた。

「見事じゃ、蜂須賀小六」

「ははっ」

彦右衛門も、ようやく頭を下げた。

「前野将右衛門、そちもじゃ」

「ははあ！」

将右衛門も頭を下げた。信長はもう一度、彦右衛門に目をむけると、

「その方に卍の旗印を許す」

と言ってから背を向けて屋敷の方へ向かった。藤吉郎と重臣らがそれに続いた。

信長は三日間、墨俣に滞在したが美濃勢の攻撃はなく、佐々の鉄砲隊三百と佐久間、滝川の兵八百を守備に残して小牧へ引き揚げた。帰り際には鉄砲隊三百有余挺を北へ向け一斉に打ち放して、遠巻きにうかがう美濃勢を仰天させた。

藤吉郎は墨俣砦を任され、小さいながら一城の主となった。前野党、蜂須賀党も引き続き守備に当たった。普請に関わった川並衆らには信長より金子五十枚、銀子百枚の褒賞が与えられ、皆々喜び満足した。彦右衛門と将右衛門には特に感状が与えられている。

鉄砲隊に守られた墨俣砦は、このあと美濃勢の攻撃を寄せ付けず、織田方の西美濃攻略の大きな足掛かりとなった。これにより形勢不利と見た西美濃の安藤守就、氏家直元、稲葉良通の三人衆が信長に内通することとなり、斎藤龍興は東美濃についで西美濃でも勢力を失った。

翌、永禄十年（一五六七）の春、信長は伊勢国境へ出兵を命じ、滝川一益を先勢とした八百ほどの兵が中江に陣を張った。柏井勢の小坂宗吉や生駒家長も参陣した。

この出兵に西美濃衆の氏家直元は、自領への攻撃と勘違いし、安藤、稲葉とともに墨俣砦を攻めようとした。すぐに誤解が解けて大きな戦にはならなかったが、出陣した信長に三人衆は詫びて人質を差し出すことを申し出た。

八月、滝川勢を伊勢に滞陣させたまま、信長は突然に美濃攻めの触れを出した。

柴田、丹羽の先手衆が河野島から瑞龍寺山へ攻めかかり、五千の本隊が小越を渡って川手城から加納あたりを制圧した。信長もまた河野島から長森口へ進んで攻め立てた。

藤吉郎の墨俣勢も二千の兵で駆けつけ、彦右衛門ら川並衆は三十有余艘の舟を出して攻めかけた。

長良川を上り、稲葉山の西、八島町から乱入して城下に火を放つと、稲葉山城の水の手口へ回り込んで稲田稙元らが高さ五尺の門を丸太で打ち破った。

墨俣の砦にこもる鬱々とした日々が続いたため、こぞとばかりに墨俣勢は暴れ回った。

「太郎左め、やりおるわ」

奮戦する稙元の姿を眺めて、舟上の彦右衛門は笑った。

「これからはあやつら若い者の世じゃな」

「何を年寄臭いことを。儂らもやっと四十じゃ。まだまだ仕事が待っちょるわい」

彦右衛門の隣で将右衛門が笑った。

見上げれば瑞龍寺山のあちこちに織田の旗が見え隠れし、火の手も上がっている。

これだけ周囲から一斉に攻められれば、少なくなった斎藤方の兵では守りきれない。さしもの日根野、長井もこれまでだろう。龍興はどうするのか。

落城間近の稲葉山を見上げて、彦右衛門には感慨深いものがあった。

若き日に初めてここで会った斎藤道三。そして織田信秀との戦もあった。明智十兵衛の顔も浮かんだ。皆、はるか遠い昔のように思える。

織田信長との確執の日々。どうやら自分は木下藤吉郎の配下として、残りの人生を生きることになりそうである。信長が尾張美濃を制圧したあとは、以前の通り川並衆は川筋を住み家とできるだろう。先のことは判らぬが、当面はそうするほかあるまい。

突然、川上で数十挺の鉄砲の音が鳴り響いた。舟で逃れようとした美濃兵に、青山新七郎の鉄砲隊が舟の上から銃撃を浴びせたらしい。

我に返った彦右衛門は、背中の鉄砲を取って弾を込めた。種火をつけると稲葉山の山頂に向けて構えた。

（さらばじゃ）

そう心の内で言ってから引き金を引いた。一発の銃声が山に響いた。

何に別れを言ったのか自分でも判らなかった。道三なのか、信秀なのか、あるいは自由に生きた若いころの自分だったかもしれない。

そんな彦右衛門をなぐさめるように、川は涼やかな音を立てて流れている。

二十一

天正十年（一五八二）。

信長が稲葉山を攻略してから十五年の歳月が流れていた。

蜂須賀彦右衛門は五十七、前野将右衛門は五十六歳。川並衆として尾張川の岸辺で悠然とした生涯を送るどころか、二人とも一層激しい戦塵の中を駆け巡ってきた。

信長が足利義昭を奉じて天下統一の覇業に乗り出したために、織田家中の者は日本各地で戦いに次ぐ戦いを繰り広げ、彦右衛門や将右衛門もまた秀吉に従って各地を転戦した。

上洛時の六角攻めに始まって、朝倉攻めでは浅井勢の裏切りに遭い、金ヶ崎からの撤退の殿軍《しんがり》を任された。秀吉軍の中でも最後尾で敵の追撃を防ぎ切ったのが蜂須賀党であった。

さらに姉川の戦い、比叡山攻め、長島一向衆との戦い、浅井朝倉攻め、長篠の戦い、石山本願寺攻め、上杉攻め、そしてここ数年は中国攻めと休む暇もなく戦い続けてきた。

その甲斐あって秀吉は長浜に城を得て大名になり、播磨但馬を拝領した天正九年には、彦右衛門は龍野城主、将右衛門は三木城主となり、それぞれ五万三千石と四万五千石を与えられた。

川並衆の頭領が城持ち大名にまでなったという感慨はあったが、ふと一抹の寂しさを感じるときがあった。自由を捨てた代償に得たものが、果たしてその価値があったのか、自分でもよく判らなかった。川並衆の多くの仲間が戦いの中で命を落とした。彦右衛門の末弟、正元も十七歳の若さで長島一向衆との戦いで討死した。

（己が川になるどころか、大河に翻弄されるがままの生涯じゃな）

老いのせいか、このところそんなことをよく考える。

一月十九日、彦右衛門は宇喜多家の家老衆を伴って安土城に登った。

すでに信長の家来衆は正月の参賀に訪れた後で、それぞれに各地に戻っていったが、秀吉は彦右衛門を待って安土に留まっていた。

信長に目通りを許された宇喜多家の家老らは、安土城の大広間で新年の挨拶をした後、昨年に病死した宇喜多直家の跡目を次男の八郎に継がせることを願い出て許された。

備前を領有する宇喜多家は当初は毛利に味方していたが、秀吉の播磨侵攻により織田へ寝返っていた。この先の毛利との戦いでは最前線となる備前は、信長にとって貴重な味方であった。

久しぶりに機嫌の良い正月を迎えた信長は、末席に控えている彦右衛門と将右衛門に声をかけた。

「その方らも相変わらずじゃな。生駒屋敷で会うたときもそのように二人して控えておったわ」

そう言って居並ぶ側近たちに披露した。

「あの二人は尾張以来の者たちでな。儂に従うのを嫌がっておったゆえ筑前の配下に留めおいたが、以来粉骨の働きぶりは見上げたるもの。諸将の鑑《かがみ》じゃ。十有余年経って今日のように城持ちになるとは思うてもおらなんだであろう」

言葉もなく平伏する二人になり代わって、上席の羽柴秀吉が礼を言った。

「両人の者、日頃は陣野にあってこのような晴れがましき場所に出たことがござりませぬ。御礼の言葉も見つからぬようで、それがしが代わって御礼申し上げまする。顧みますれば上様より格別の思し召しにて両名の者を下されて以来武辺怠らず、いずれの戦場にても遅れを取った試しなし。誠に今日のそれがしあるは、この両名の働きがあったればこそでござる。上様の勿体《もったい》なきお言葉をいただき恐悦至極。両名になり代わり御礼申し上げる所存にござりまする」

秀吉が二人分の礼を述べると、彦右衛門らは平伏して宇喜多の家老衆とともに退出した。

「やはり上様の御前《ごぜん》は身の縮む思いがしていかん。我が殿はあのように悠然として見事にお答えになるが、儂らとは胆《きも》の座り様が違うのかのう」

控えの間まで来て、やっと将右衛門が笑いながら彦右衛門に声をかけた。

「以前から口だけは達者な殿であったからな」

そう言って彦右衛門も笑った。

「そう言えば新年の参賀の折に明智様と会うてな。彦右衛門がおらぬのを残念がっておられた。安土へ登城されるなら帰りに坂本へ立ち寄られよと申されておったぞ」

「明智様か。もうずい分とお目にかかっておらぬな」

彦右衛門は控えの間の天井を見つめ記憶をたぐった。

明智十兵衛光秀は弘安二年の明智長山城の落城の折、城を脱して生き延びていた。彦右衛門の前に再び姿を現したのは、信長が美濃を手に入れた翌年のことである。十二年ぶりに会った光秀は足利義昭の家臣となっており、越前から義昭に従い岐阜に現れた。

その後は細川藤孝とともに義昭と信長の仲介役として働き、その才を買われて義昭追放後も信長の将として幕下に加わっている。

秀吉一行は二十三日に安土を発って播磨へ戻ったが、途中、彦右衛門は許しを得て坂本へ立ち寄った。

坂本城は琵琶湖の西、比叡山の麓にある。光秀の風雅な趣向を示すように湖面に張り出した城で、水面に移る姿は限りなく美しかった。城下もまた光秀の心配りが行き届いたように整然として美しく、馬上の彦右衛門は感心しつつ城の大手門へと向かった。

城内に通された彦右衛門は大広間ではなく書院へ案内され、しばらく待つとやがて明智光秀が姿を見せた。

「よう来られた。久方ぶりでござる」

珍しく光秀が大きな声で、彦右衛門の前に腰を下ろした。光秀もまた年を取ったが、若いころと変わらず引き締まった体つきをしている。

平伏する彦右衛門に、

「いやいや頭を上げられよ。堅苦しいことは抜きにしようと書院へ案内《あない》したのじゃ。今宵は昔語りなどをして酒でも飲みたいと思いましてな」

そう言って光秀は笑った。

信長の家臣の中でも、今や秀吉と並ぶ働きで重きをなしている光秀と、秀吉の家臣である彦右衛門では身分に大きな隔たりがある。

「久方ぶりに上様も年賀の儀を執り行われて上機嫌であった。東では上杉、武田もかつての勢いなく、中央では本願寺、高野山も片付いたし、西は羽柴殿が宇喜多を調略し播磨、但馬、因幡までも侵攻した。もはや織田が天下を平《ひら》ならしする日も近い。目出度いことじゃ」

やがて酒が運ばれて、二人は杯を交わした。

「蜂須賀殿と初に見《まみ》えたのは、たしか無動寺城であったな」

ほのかな酔いで光秀の頬に赤みが差している。


「さよう、厠《かわや》の前でござった。明智様が縁から落ちかかったのを拙者がお助けした」

「いや、あれは余計なことでござった」

「明智長山城では、我らが救援に駆け付けたというに降伏するなどと言うて、知らぬ間に城を落ちられた」

「あの折は申し訳なかったが、あれしきの救援ではいかんともしがたいであろう。皆が討死するよりは儂が生き延びて明智の血筋を守るように家中の評定《ひょうじょう》で決まったのじゃ」

「儂らまで死ぬるところでござったぞ」

彦右衛門も次第に酔いが回って、口に遠慮が無くなってきた。

「それにしても我らは道三入道の下で織田と戦うておったというに、気づいてみれば織田の天下《てんが》のために走り回っておる。妙なものでござるな」

「これも世の流れじゃ。仕方あるまいて。道三入道も美濃は上様に譲ると申されたのじゃ。今ごろご満足ではあるまいか」

「そうでしょうかなあ。あの蝮《まむし》殿が健在なら大人しく誰ぞの天下になるのを見ておるとは思いませぬが」

光秀が眉をひそめた。

「滅多なことを言うものではないぞ、蜂須賀殿。上様に聞こえたら大事《おおごと》じゃ」

「いや、蝮殿が生きておったらという話でござる。誰もあのような執念深い真似はでき申さん。そうじゃ、あるいは蝮殿のご縁者の明智様ならば」

光秀は急に押し黙り、表情を険しくした。

「申し訳ござらぬ。酒の上での戯《ざ》れ言《ごと》にござる」

彦右衛門も日頃の鬱屈が、酔いのせいでつい口に出たようである。相手が光秀であるのも口を軽くする要因になった。

光秀は彦右衛門を諫《いさ》めるように見据えた。

「ここのところ佐久間殿親子や林殿、安藤殿と尾濃以来のご家来衆が追放されておる。禄に見合った働きのできぬ者は、古参であってももはや用なしということであろう。我らも落ち度のないように気をつけねばならぬ」

信長の怒りを買うことを、光秀はことのほか恐れているように見えた。

彦右衛門は杯を置いて顔を撫でた。幾多の戦場で受けた傷跡が顔のあちこちに残っている。酔いが回るとその傷がむずがゆく感じる。

「織田もこれだけの大所帯となれば、大軍を差し向けるだけで戦は勝ちましょうでな。かつてのような駆け引きを知る古株は必要ないということかもしれませぬな」

二人はしばらく黙り込んだ。

それぞれに過ぎてきた時を反芻《はんすう》するように盃を口に運んだ。やがて彦右衛門がしみじみと言った。

「しかしながら近頃は世の流れが、もはや見えてしもうたように思えましてな。どうにも面白のうてやりきれませぬ。若い頃は世の中がどう転がるか判らず懸命に生きて参りましたが、今にして思えば楽しゅうござった。儂ももう先が短いゆえ、この世の見納めに何ぞ珍事でも起こらぬかと願っておりまするわい」

彦右衛門はそう言って笑った。

「年はとっても蜂須賀殿は変わりませぬな。もはや珍事といえば北条、上杉、毛利あたりが相計《あいはか》って仕掛けてくるか、あるいは上様の身に何ぞ」

そこまで言って光秀は口をつぐんで、打ち消すように首を振った。

「今年は上様には武田征伐をお考えのようじゃ。そのあとは北条か上杉か、あるいは毛利か、いずれにしろ各個に討ち果たしていけば負けることはなかろう。せいぜい汗を流して働く姿をお見せせねば」

彦右衛門もまた真面目な顔に戻って杯を置いた。

「我らは備中攻めにかかりまする。おそらく毛利本軍が出て参りましょう。そのときは明智様はじめ御家中の方々にもご加勢願わねばなりますまい。よろしゅうお願いいたしまするぞ」

「それはぜひ加勢させていただきたい。羽柴殿は毛利という働きどころがあるゆえ、まだまだ上様にも重用される。羨《うらや》ましいことじゃ」

光秀はそう言って小さく笑った。

二月に信長は嫡男の信忠を総大将として、武田討伐に向かわせた。

信長自身も三月に安土を出発して甲斐へ向かったが、美濃岩村城まで来たときに武田勝頼は天目山の戦いで敗北し自害した。信長は甲府から駿河を回り安土へ戻った。

一方、秀吉も三月中旬に姫路から二万の軍勢で出陣。宇喜多勢の八千を加えて備中高松城を囲んだ。

高松城を守るのは清水宗治で、五千ほどの兵ではあったが守りを固めて抵抗した。城の周囲は湿地帯で攻撃が難しく、容易に落ちる気配を見せなかった。周辺の支城にも調略を試みたが、毛利の大軍が来るとの思惑があって一向に応じる気配もない。そのうちに毛利軍四万が動き始めたとの報が届き、秀吉は信長に援軍を要請した。

「上様の援軍が来るまでに何とか形だけは作らにゃならんぞ。何ぞええ考えはないかや」

さすがの秀吉も焦《あせ》っていたが、こんなときほど知恵が回るのが不思議である。

高松城東の立田山に本陣を置いていた秀吉は、前野将右衛門、浅野弥兵衛ら馬廻り衆三十騎を率いて足守川の河原へ進んで周辺を眺めた。

地頭の宮内平左衛門を案内に立てて、足守川の水かさや増水時の川筋などを問いただした。平左衛門が言うには平時は川幅十間ほどながら増水時には三倍四倍にもなり、たびたび川筋も変わって周辺の田畑を侵すことがあるという。

「将右衛門、これは水攻めじゃな」

秀吉が将右衛門を振り返ると、

「でござりましょうな」

と将右衛門も応えた。

「難儀な普請になるが、毛利が出てくる前に仕上げねばならん。堤奉行は彦右衛門に任せよう」

「ただちに呼び寄せましょう」

このとき彦右衛門は高松城の北方、宮路山城を黒田官兵衛とともに攻めていたが、五月二日に開城させると秀吉の本陣に戻った。

「また大普請でござるか」

秀吉の計画を聞いて彦右衛門は呆《あき》れ顔をした。

「いやいや墨俣に毛が生えたようなものじゃて。安土のあの普請に比べたら朝飯前だわ」

安土築城の折、巨石を山上に引き揚げた作業を思い出して、皆あらためて溜息をついた。

びくりとも動かぬ巨石を前にして信長が怒りで表情を引きつらせるものの、誰も何とも仕様がない。さすがの竹中半兵衛も知恵が出ず困り顔のところ、将右衛門が山の木を切り払って山の周囲に石の道を造り螺旋《らせん》状に引き上げることを言い出した。そうして何とか山上まで上げたのである。

「困ったことは、いつも我らじゃな」

「そう申すな。頼りにされておるのじゃ」

彦右衛門の愚痴に将右衛門は笑った。

堤奉行となった彦右衛門は五月八日から十九日間で、城の西側に三里の長堤を築いて足守川の水を引き入れた。兵だけでなく周辺の百姓も駆り出しての突貫工事であった。

それと同時に秀吉は将右衛門に、信長が備中まで遠征するときのために道や宿舎を整えるよう命じた。将右衛門は播磨へ引き返し、信長の本隊五万がつつがなく移動できるよう手配した。


三木城に戻った将右衛門が兵糧などの手配を整え、信長の到着を待つばかりとなった六月二日。夜中の亥の刻に丹波の長岡藤孝から急使が訪れた。藤孝は足利義昭の追放後、姓を変えている。足利管領であった細川を名乗るのを憚《はばか》り、領地の長岡を姓とした。

その藤孝からの密書を読んだ将右衛門の顔が蒼白となった。家来衆も深夜の使者にただならぬものを感じて将右衛門を囲んだが、その様子に声をかける者もいない。

ようやく息を整えて将右衛門が口を開いた。

「明智日向守《ひゅうがのかみ》、逆心。上様は洛中の御宿所本能寺にて不意を討たれ、御運拙《つたな》く御自害なされた」

密書を持つ手が震えるのを将右衛門は抑えられなかった。

「真《まこと》でござろうか」

前野宗高や義詮《よしまさ》らが不安げな顔を見合わせた。宗高は前野忠勝の子、義詮は忠勝の弟、義高の子である。将右衛門の出世につれて前野一族の若者が将右衛門に従うようになっている。

「真ならば明智勢は畿内を抑えたのちは播州にも攻め込んでまいりましょう。我ら三木と姫路の兵を合わせても千足らず。いかがいたしましょうや」

若い宗高は頭に血が上っている。

「狼狽《うろた》えるな、三太夫。長岡殿がこうして密書を送ってきたということは明智に同心する気はないということじゃ。まずは備中の殿にお知らせすることが肝心だわ」

すでに将右衛門は気を取り直して、何をすべきかを頭の中で組み立て始めた。川並衆を率いた経験からか、見かけによらず細かい算段は得手であった。

三日の夜明けを待って姫路城と備中の秀吉に使者

を走らせたあと、播磨の各地にいる兵を集めて戦支度を整えた。また摂津方面へ人をやって京の明智勢や諸将の動きを探らせた。

高松城を囲んだ秀吉の本陣には、四日の未明に京より知らせがもたらされた。将右衛門からの使者が到着する二刻前であった。

悲嘆に暮れる秀吉であったが、弟の羽柴小一郎、蜂須賀彦右衛門、黒田官兵衛らが協議してただちに毛利との和議を結ぶことを決めた。明智の軍勢が東から攻め寄せたなら毛利との挟み撃ちに遭い、秀吉軍は壊滅する。その前に播磨まで撤退して、明智軍に対峙《たいじ》せねばならない。

四日のうちに毛利の外交僧、安国寺恵瓊《えけい》と黒田官兵衛の交渉で、備中、美作《みまさか》、伯耆《ほうき》の三カ国の割譲と、高松城主、清水宗治の切腹で和議が成立し、城中では秀吉方が用意した酒と肴でささやかな宴が催された。その後、宗治と兄の月清ら四名は漕ぎ出した舟の上で割腹して果てた。

それを見届けると秀吉軍は、ただちに撤退にかかった。宇喜多勢を毛利の追撃に備えて備前に残し、二万の軍勢が南北二手の退き口《の》で東へ急行した。北路の一番手に蜂須賀彦右衛門の子の家政、二番手は前野忠勝の子の忠康が兵を率いていた。

秀吉らは船坂峠の難所を避けるために六日の早朝、伊部浦から早船を手配し赤穂岬まで海路を取った。同船したのは蜂須賀彦右衛門、生駒甚助のほか馬廻《うままわ》り衆十六名ほど。安全を考えて人目に付かない明け方の出発であった。

「上方はどうなっちょるんじゃろうなあ」

舟上で海風を受けつつ、秀吉がつぶやいた。

「将右衛門が赤穂岬まで参っておりますでな。子細はその折に聞けましょう」

彦右衛門が側で答えた。ひと足早く稲田稙元が、秀吉の帰還を三木城の将右衛門に知らせに走っていた。

「それにしても明智日向めが。何を思うての逆心じゃ。上様への恨みか、それとも天下を奪おうという野心か」

「武田攻めの宴の折に日向守様に粗相《そそう》があって、上様より打擲《ちょうちゃく》されたと噂は聞き申したが、遺恨があったかもしれませぬな」

彦右衛門はそう答えて海風に目を細めた。夏の日差しが照りつけるが誰も押し黙ったままである。この先どうなるのか誰も見当がつかず、不安な気持ちだけが舟の揺れとともに胸中を波打った。

ただ彦右衛門だけは心の内で、皆と違うことを考えていた。

(真《まこと》にやりおったか、明智十兵衛め。あの信長を討つとは思い切ったことをしたものじゃ)

頬を撫でていく海風に、尾張川の水面を吹き抜ける風を思い出していた。

赤穂岬に上陸したのは夕刻であった。浜には将右衛門が三百ほどの鉄砲隊を率いて待っていた。

「御無事でなりよりでござる。都の一件はすでに民百姓にも知れ渡っておりますでな。一揆が起こる恐れもございますゆえ、早うに姫路城にお入りなさいませ」

そう言いつつ、将右衛門は用意させた茶を秀吉に差し出した。他の者たちも水で喉《のど》を潤した。

「それで上方の塩梅《あんばい》はどうじゃ」

「上様、中将様ご生害は無念ながら間違いございませぬ。明智勢は近江へ向かい山科《やましな》、大津を固め、さらに日向守は安土へ入城の様子。長浜をはじめ江州一円は明智勢が取り抱え手向う者もなき有様。御家中のお歴々では四国攻め御大将の三七様に副将の織田七兵衛様、丹羽五郎左様が大坂表にござりましたが、七兵衛様ご謀反の疑いありとて三七様がご成敗なされたとのこと」

「何という、たわけたことを」

秀吉が手に持っていた茶碗を浜の石に投げつけた。

織田七兵衛信澄は信長の弟、勘十郎信勝の子で、父が謀反を起こして信長に殺害されたときは三歳であった。その後、信長に従い各地で戦ってきたが、光秀の娘を妻としていたことで疑われたとのことであった。享年二十八。

「同じく日向守の娘婿、長岡与一郎殿は親の兵部殿とともに、日向守の誘いを断わったとのこと。おそらく丹後は殿のお味方に相違ござらぬ。摂津衆は小身の者ばかりで各人では動かず、尼崎の池田殿を味方にすれば他の者も従いましょう。あとは大和郡山の筒井順慶入道がどちらにつくかが勝敗を分けるところかと存ずる。一刻も早う池田殿を説いて我が方に引き入れたならば筒井もなびくに相違ござらぬ」

将右衛門は細作を放って数日のうちに都周辺の動きを調べ上げていた。

「ようし判った。彦右衛門と将右衛門は尼崎へ走り、我が方へ味方するよう池田殿を説き伏せて参れ。五百ほど手勢を連れてな。備中から兵が戻り次第、儂が一万七千で押し上《のぼ》るわい」

秀吉の命を受けて、二人はすぐさま赤穂岬から尼崎へと馬を飛ばした。

途中の三木城で、将右衛門の兵五百を集めて同行させた。

「池田様といえば上様のお身内でもあるが、儂らの話を聞いてくださるじゃろうか」

「家中に伊木清兵衛がおる。川並衆のよしみで取り次いでもらおう」

尼崎に着くと二人は清兵衛を訪ねた。

「これは御両所、久しぶりじゃ。此度《こたび》はえらいことになったのう」

清兵衛も年を取ったが、今では池田恒興の頭衆の一人となっている。

「我が殿は備中高松よりすでに姫路に戻り、一万七千の軍勢で亡き上様の仇《あだ》を討たんと出陣される。ぜひとも池田紀伊守様には義軍にお加わりいただきたく、筑前守たっての願いにござる。よろしゅうお取次ぎ願いたい」

「なにっ、筑前殿が高松より戻られたのか。判り申した。すぐ我が殿に取り次ぐゆえ、詳しゅうお聞かせくだされ」

清兵衛の取り次ぎで二人は池田恒興に目通りが叶い、詳細を言上した。

「よう判った。儂も上様には尾濃以来、格別のご恩顧を賜った身。小身ゆえ此度の出来《しゅったい》になすべきを知らず、いたずらに日を過ごし無念の思いであった。筑前守が備中より戻り、すでに播州におるとは驚きの一言じゃ。儂も義軍の一端として合力させていただこう」

恒興はそう言うと、摂津衆に知らせを走らせた。恒興はこのとき四十七歳。信長より二歳年下であり、彦右衛門より十歳下である。

母が信長の乳母であったために信長とは乳兄弟の関係にあり、またのちに母が信秀の側室にもなったため義兄弟の間柄で、元服前の悪童時代から常に信長の傍《かたわ》らにいた人物である。

摂津衆が味方するとの知らせを受けて、秀吉軍は備中から戻ると休む間もなく尼崎へと進軍した。十一日の夜中から早朝にかけて、羽柴小一郎、加藤作内、神子田半左衛門、黒田官兵衛、神子田四郎、堀尾茂助らの部隊一万二千余が続々と尼崎に集結した。秀吉もまた明け方には尼崎へ到着した。

兵たちは皆、顔の肉が落ち、落ちくぼんだ目ばかりを光らせて疲労が極限に達していた。馬に乗りっぱなしの者は尻の皮がむけ、足腰も震えて感覚がなく、かがんで用を足すことも出来ぬありさまであった。怪我や病の者も続出して姫路に残したため、いくらか兵数が減ったのもやむを得なかった。

兵たちはこの大返しの目的を知らされておらず、上方にいかなる強敵が出現したかという漠《ばく》とした恐怖感を抱《いだ》いての強行軍だった。尼崎に到着して初めて本能寺の一件について知らされ、戦う相手を知ることになった。

秀吉は大坂の織田信孝、丹羽長秀にも使いを送り、明日、富田《とんだ》にて明智討伐の軍議を行うことを告げた。そうして自らは頭を丸めて、主君の仇を討つ覚悟を周囲に知らしめた。

「日向守はどうしちょる」

剃《そ》り上げた頭をなでながら秀吉は将右衛門に聞いた。

「安土より京に入ったのち、大和の筒井順慶入道を誘い出さんと洞《ほら》ヶ峠まで出張《でば》りましたが、筒井が動かぬために淀《よど》まで退いて山崎の北に陣を布く構えかと見えまする」

「狼狽《うろた》えておろうな。儂らがこれほど早うに戻って来るとは思いも寄らなんだはずじゃ」

「安土にも舎弟の左馬之助を入れて、おそらくは北国の柴田様に備える様子。山崎の明智勢は多くても一万五千というところかと」

「この戦、儂らの勝ちだわ。こちらは三万にはなろうて」

秀吉が笑うのを彦右衛門が諌めた。

「油断はなりませぬぞ。山崎の切所を戦場に選んだのは、日向守が寡兵を補うためでござろう。淀川沿いの狭道《きょうどう》は大軍が攻め上るには不利でござる」

「小賢《こざか》しいのう。どうすれば良い」

将右衛門が用意していた地図を広げた。

「西の天王山を抑えたならば戦況が見下《お》ろせましょう。ここを抑えるのが肝要」

「どうじゃ官兵衛、この策は」

秀吉が黒田官兵衛に尋ねた。

「上策でございましょう。高所より攻め下ろせば勢いも増しまする。山崎口の敵の後ろに回り込めば勝ちは間違いなしかと」

「ようし、小一郎を大将にして、将右衛門と官兵衛も参れ。六千も連れていけば十分じゃろう。川沿いは摂津衆に任せて手柄を立てさせてやるわい。明日は富田で三七様と五郎左殿が合流されるでな。今夜は十分、兵を休ませておけ」

勝ちを確信した秀吉が高笑いを残して消えたあと、陣屋の内には彦右衛門と将右衛門が残った。

「思わぬことになったのう。それにしてもあの明智殿が上様に刃《やいば》を向けるとは」

将右衛門が嘆息した。

「実はのう、一月に坂本城を訪ねたときにな、儂がそんな話をしてしもうた」

決まりが悪そうに彦右衛門が小声で言って、禿《は》げた頭を掻いた。

「何っ、お前がそそのかしたのか」

「いや、そんなことは言うておらん。もはや天下も定まる気配で面白うないゆえ、何ぞ珍事でも起こらんかと言うただけじゃ。そうしたら明智殿が、上杉、北条、毛利が手を組んで向かってくるか、あるいは上様に何ぞ起こるか、と申してな」

「そのときにすでに謀反が頭にあったんじゃろか」

「どうじゃろうなあ。このところ佐久間殿や林殿といった古株が追放されておるから、用なしと見られんよう汲々《きゅうきゅう》としておるようではあったな。武田攻めでも上様に酷い仕打ちを受けたというし、此度《こたび》の四国攻めでは明智殿が仲介しておった長宗我部との仲も反古《ほご》にされて、上様に疎《うと》まれておるように思いこんだのかもしれん」

二人は長い溜息をついた。篝火《かがりび》のはぜる音だけが静寂の中に響いた。

「しかし、お主も織田への恨みを、いつか晴らそうと胸に秘めておったのではないか」

将右衛門が一層声をひそめた。

「いや、儂はそれほど執念深うないぞ。ただ織田の天下を願っておったわけでもないがの。流されるままに墨俣からこちら、殿に従《したご》うてきたまでのこと。そうせねば生きてこれなんだからな」

彦右衛門が歩んだ道は将右衛門の道でもあり、聞くまでもないことである。

「これで儂らが明智殿を討てば、儂らの殿が天下を取ることになるかもしれん。大きい声では言えぬが、儂らが天下を取らせたようなものじゃで」

「たしかに儂らが加勢したからこそじゃな。昔は猿そっくりの小僧じゃった」

二人は互いに駆け抜けてきた時を思い、清々とした笑みを交わした。

「今の話は聞かなんだことにするぞ、彦右衛門」

「ああ、そうしてくれ」

二人はそれぞれに陣幕の外へ姿を消した。


十二日に尼崎を出発した秀吉軍は、富田で大坂からの織田信孝、丹羽長秀と合流し、池田恒興ら摂津勢を含めて軍議を開いた。

秀吉は織田信孝を総大将として、丹羽長秀に指揮を預けると言ったが、長秀はこれを辞退した。このたびの討伐軍は秀吉が起こしたものであり、半数近くは秀吉の兵である。誰が見ても秀吉が実質の指揮官である。また長秀は大坂で織田信澄を殺した引け目もあった。

高山右近、中川清秀の摂津勢を先陣として部署を決め、雨の中を夕刻までに山崎へ進んで布陣した。

十三日の未明、羽柴小一郎は兵を天王山に進ませた。前野将右衛門、黒田官兵衛を軍監として、神子田正治、生駒親正、藤堂高虎、堀尾吉晴、山内一豊ら約六千三百の兵である。

一方、明智方もこの天王山を抑えようと松田政近、並河易家の兵二千六百を向かわせたが、すでに高所を得ていた堀尾の鉄砲隊三百が一斉に撃ちかけて百有余人を討ち取ると、さらに追い打ちをかけて崩れる明智方を襲い、首五百有余を上げた。

街道筋では先陣の高山右近、中川清秀に、明智方の伊勢定興、斎藤利三が攻め掛かり激戦となった。明智方の猛攻に秀吉方が崩れかけたが、秀吉本隊からの後詰めを受けて持ち直した。さらに池田恒興の兵四千が淀川の川岸をつたって明智軍の左翼を攻撃したために戦況が大きく動いた。

狭い街道筋だけの戦いであれば明智方にも勝機があったが、左右から回り込まれては三万の秀吉方と一万六千の明智方の兵力差が顕著に表れる。しかも天王山の高所に翻る秀吉方の幟旗《のぼりばた》に、明智の兵は圧倒され次第に戦意を失った。ついに明智方は支えきれず、光秀は勝竜寺城まで退却した。

「勝ちましたな」

退いていく明智の水色桔梗の旗を見ながら、秀吉の側で彦右衛門が口を開いた。

「ああ、あとは光秀の首をさらせば上様の仇討《あだうち》も遂げられるわい。なんとしても首を取らにゃならんぞ」

勝ちを確信して一斉に流れ出たように、秀吉の頭から落ちる汗が滝のようである。

秀吉軍はその日のうちに京に入り、討ち取った明智方の首を本能寺の焼け跡に並べた。

数日遅れて、明智光秀の首もその列に加わった。

光秀は勝竜寺城から抜け出し坂本へ向かう途中、小栗栖《おぐるす》で落ち武者狩りの土民の竹槍に刺されて重傷を負った。家臣の溝尾重朝が介錯をし首を坂本城まで運んだともいうし、竹藪に隠したともいう。いずれにしろその首が発見され、すでに腐敗が進んではいたが、首実検で光秀と確認された。

（明智殿、すまんことをしたな）

彦右衛門は目を閉じ、心の内で手を合わせた。

二十二

山崎の戦いから半月後の六月二十七日、信長の重臣が清洲城で顔をそろえた。

柴田勝家、羽柴秀吉、丹羽長秀、池田恒興の四名である。滝川一益は関東にあり加わることができなかった。

安土城ではなく清洲城で行われたのは、安土城が十五日に失火で焼失してしまったこともあるが、信忠の嫡子、三法師が清洲城にいたためでもある。本能寺の変が起こったときは信忠の居城である岐阜城にいたが、信忠の命を受けた前田玄以が京を脱して三法師を岐阜から清洲に移していた。

この清洲の会合で、秀吉が推した三法師が織田家の後継者と決まった。柴田勝家は織田信孝を推したが、丹羽と池田が秀吉についたため勝家は押し切られる形になった。

安土の屋敷が修復でき次第、三法師は安土に移ることとし、それまでは岐阜城に置かれることになった。

「どうなることかと案じておったが、うまい形に収まったのう」

「我が殿が後継になる道もござったが、三法師様の御後見役で御納得しておられる。我らも三法師様を盛り立て、亡き上様の御遺志を継いでいかねばなるまい」

七月、清洲の城中で、生駒家長と小坂孫九郎が語り合っていた。

二人とも六十に手が届く年齢になっている。孫九郎は信長に信雄の守役《もりやく》となることを命じられ、すでに十年以上が過ぎた。信雄の一字をもらい、名もかつての宗吉から雄吉《かつよし》に変わった。

織田信雄《のぶかつ》は吉乃が産んだ信長の次男、茶筅《ちゃせん》丸のことで、このとき二十五歳になっている。信長の伊勢攻略の手段として、名族の北畠家の婿となり家督を相続。伊勢中部を領有していたが、このたびの清洲御諚《ごじょう》で信忠の遺領である尾張上四郡と下二郡を任され、清洲を居城とすることになった。美濃を得た弟の織田信孝とともに三法師の後見人と決まった。

「まだ前野村には帰れず仕舞いか」

「ああ、柏井には一度戻ったが、前野には行っておらん。なあに助六もおるし、喜左衛門が留守を守っておるから心配はなかろうて」

孫九郎の長男、助六雄善《かつまさ》はこの前年の伊賀攻めで腰に重傷を負い、実家の前野屋敷で養生している。

「それにしても筑前様は見事なもんじゃな。山崎で明智を討った勢いのまま、柴田様などに有無を言わせず御後継を決めてしもうた。まさに日の出の勢いじゃ」

「誠にのう。我が殿も上様の変事を聞き安土まで出張りながら、明智を討つのを迷って数日を無駄に過ごされた。あれが悔やまれるわい。仇討《あだうち》に加わっておられれば、あるいは御後継となられてもおかしゅうなかったろうに。その上に安土の御城まで」

織田信雄の軍は伊勢から伊賀越えで八日には安土に着いたが、そこから動かず山崎の戦いに加わることはなかった。悪いことにその間、安土城が失火のために焼失してしまい、信長が富を集めて造り上げた巨城が灰となった。城中の明智方が火をつけたとも、攻め寄せた信雄軍が焼き払ったとも言われるが、双方とも焼かねばならない理由はない。失火の可能性が高い。

「上様が安土の城を、あの世へ持って行かれたのかもしれんぞ」

雄吉を慰めるように家長が言った。

「三法師様も、我が殿も生駒の血が流れておるで、今後も我らで盛り立てていかねば」

「そうじゃな。織田の安泰を見届けぬうちは、儂らもまだまだ死ねんわい」

二人の老人が枯れた笑いを交わした。

安泰を願う思いもむなしく、すぐさま戦雲は訪れた。

三法師の後継に不満を持つ織田信孝と柴田勝家、滝川一益が反旗を翻したのである。

十月に秀吉が大徳寺で行った信長の葬儀にも参列せず、突貫工事で安土の屋敷が修復されたのちも、三法師を岐阜から手放そうとしなかった。

十一月に雪を心配して柴田は越前へ、滝川も伊勢へ戻ったが、十二月の末に秀吉は四万六千の軍勢で岐阜城を取り囲み、信孝を降伏させた。山崎合戦に加わった丹羽長秀、池田恒興らのほか、筒井順慶、長岡忠興らも合流し、岐阜城下を大軍が埋め尽くした。

「このような光景は見たこともないわ」

前野将右衛門や蜂須賀彦右衛門も軍を率いていたが、稲葉山がこれほどの軍勢に囲まれたのは初めて見る光景であった。

「父上がお若い頃に、何度も攻めたのでございましょう」

傍らの小六が彦右衛門に話しかけた。

「ああ、攻めもしたし、守りもした」

遠くを見るような父の横顔を小六は見つめた。このとき小六家政《いえまさ》は二十五歳である。十二年前に姉川の戦いで初陣《ういじん》して以来、父に従って幾たびも戦場に立っている。

「川を越えたなら宮後村ですな」

小さい頃を過ごした尾張での記憶は、家政の中に強く残っている。兄の鶴千代と走り回った川端や、一緒に学んだ曼陀羅寺の境内が幻のように脳裏を過ぎていく。

鶴千代は元服後、数年は父に従い戦にも出たが、十七歳になったとき仏門に入ることを自ら言い出した。彦右衛門の実子でないことを遠慮し、弟に家督を譲ったのである。あるいは母の松が言い諭《さと》したのかもしれない。曼陀羅寺で剃髪して長存《ちょうそん》と名を変え、その後は南禅寺で修業している。

大軍に囲まれた織田信孝は、なすすべもなく降参し、三法師を安土へ移すことを承諾。矢の一本も飛ぶことなく、秀吉軍は近江へ引き揚げた。


年が明け天正十一年（一五八三）一月、秀吉は北伊勢の滝川一益を攻めるべく出陣した。一益が国境の城に兵を入れ、歯向う構えであるという口実であった。先月の岐阜攻めでも一益は出兵を考えたが、尾張の信雄が国境を警護していたために断念していた。

秀吉は姫路から安土へ向かい、三法師と織田信雄に拝謁した。

「滝川左近将は鈴鹿口の諸城に大人数を入れ、手向う構えに見えまする。上様の威信を犯す所業なれば、これより成敗に参る所存。中将様にも是非とも御出馬願い上げ申しまする。中将様御出馬とあらば、諸将みな先君への敬慕の念湧き起こり、馬前の功名を競い合うに違いございませぬ」

「筑前守の申すところ、もっともである。直ちに本国へ出陣の触れを出そう」

信雄は急使を清洲に送るとともに、安土に随伴していた二千三百の兵を、秀吉につけて伊勢へ向かわせた。小坂孫九郎雄吉もこの中にいた。

織田信雄の一万一千の兵が加わり、秀吉方は七万近い大軍で伊勢へ侵攻し、亀山城、峰城、関城を包囲した。

「戦上手の滝川殿ゆえ、容易《たやす》うは落とせませぬぞ」

彦右衛門は本陣を置いた亀山城外で、秀吉や信雄、羽柴秀長らと戦況について相談した。

「三月にもなれば雪も解け始め、越前の柴田殿が必ずや動き出しましょう。それまでに滝川殿を降参させることは難しゅうござる。支城を落として長島の城に封じ込め、いかに兵を削ぐことができるかでござりましょう」

彦右衛門の言葉に、秀吉も信雄も頷いた。

「左近将《さこんのしょう》一人では何もできぬでな。要は柴田修理《しゅり》じゃ。国境を越えて近江に出てくるのを見逃さんようにせよ」

秀吉が指示を出した。

柴田勝家は秀吉らの予想よりも早く、二月の下旬に動き出した。この年は雪が少なかったために、残る雪をかき分けて先鋒隊を近江へと進ませた。滝川が籠城しているうちに北から秀吉を挟み撃ちにしようという狙いである。

織田信雄と蒲生氏郷に一万九千の兵を預けて滝川への備えとし、秀吉は近江へと軍を向けた。

長浜城は清洲会議により柴田勝家のものとなり、ここに勝家の養子勝豊が入っていたが、大谷吉継の調略により秀吉方へ寝返っていた。その他、安土城や佐和山城にも秀吉方の兵が備えていたために、柴田勢は一気に近江へなだれ込むことはせず、湖北にとどまって陣を布いた。勝家としては南下して越前を離れた場合に、秀吉方である若狭の丹羽長秀や丹後の長岡藤孝らに背後を襲われる不安もあったろう。

伊勢から急行した秀吉は余呉《よご》湖の東の木之本一帯に布陣し、本陣を田上山に置いた。柳ヶ瀬山の勝家の本陣とは六キロほどの距離だが、前線の余呉湖の周辺では双方が高みに陣を取り合い、額を突き合わせるほどの距離になっている。

「さすがに権六め、やりおるわ」

羽柴秀長や彦右衛門、将右衛門らをつれて賤ケ岳《しずがたけ》へ登った秀吉は、柴田勢の布陣を見てつぶやいた。

「さながら翼を広げた鷹のような布陣じゃ。こちらが攻めかけたなら周辺の山々から攻め下ろし、我らは余呉の湖と狭い北国街道に難渋して残らず討ち取られるわい。危うい危うい。迂闊《うかつ》に押し出せば敵の術中だわ」

秀吉は味方の陣を堅固にするよう指示したのみで長浜城に入り、動かぬまま二十余日が経った。

そのうちに岐阜城にあった織田信孝が、大垣あたりを放火したと知らせが入った。東美濃の諸将を集めて一万余の兵力であると曽根城の稲葉貞通からの注進であった。

秀吉は長浜城に諸将を集めて軍議を開いた。顔をそろえたのは秀長、彦右衛門、将右衛門のほか浅野長吉、加藤作内、一柳市助、神子田半左衛門、堀尾吉晴、生駒甚助、中村一氏、桑山重晴、千石秀久、三好秀次、羽柴秀勝といった尾張以来の家臣である。これまで長きにわたって自分に従ってきた家臣らの運命がこの一戦で大きく左右するために、あえて意見を聞こうと思ったのである。

「我が方の背後を脅かそうという柴田修理の企てでござろうな。直ちに美濃へ攻め入って討ち崩すは容易《たやす》けれど、我らが動けば柴田が出てくるのは必定。ここは熟慮が肝要でござる」

羽柴秀長が情勢を説明したが、その後に口を開く者がいない。

やがて前野将右衛門が、

「軍を分けるのは味方の不利には違いござらぬが、この長陣が続けば諸大名の動きも計り難いものがござりましょう。あえて敵の策に乗り美濃へ兵を向け、柴田勢を誘い出すのも一手かと存ずる」

と言うと、秀吉もそれに賛同した。

「将右衛門の申すこともっともだわ。徳川殿に北条、上杉、毛利もこの戦を見ておる。ここで儂が手をこまねいておるようでは、どう動き出すか判らんでな。早々に勝負をつけねばなるまい」

岐阜城の信孝を攻めつつ、柴田勢が動き出すところを取って返して決戦に及ぶという方針は決まったが、誰が美濃へ攻め込むかで意見が割れた。

秀長も彦右衛門も自分が行くと言って進み出た。秀吉には田上山の陣所で動かず、柴田勢に備えよということである。二人を取なすように将右衛門が間へ入った。

「ご両所の勇猛卓越ぶりは皆々よく存じておるところではござるが、此度《こたび》の美濃攻めは柴田を誘い出すことこそ肝要にござる。今、柴田が動かぬは殿を恐れてのこと。殿が美濃へ御発行されてこそ敵も好機と見て動き出すものと存ずる」

「いや、それは危《あぶの》うござる。殿が御不在となれば柴田本軍が田上の本陣へ殺到し、各砦は寡兵ゆえ支えることができませぬ。丹羽様も湖西からでは間に合い申さず、殿には本陣にて御下知いただかねば」

浅野長吉が腰を浮かして反対したが、将右衛門がそれを制した。

「儂に案がある。近江と美濃は十七里。備中の大返しに比べれば目と鼻の先よ。中ほどに浮軍《うきぐん》をおき近江とのつなぎを密にして、北国勢が動き出すやいなや殿には引き返していただくのじゃ。西美濃の稲葉、氏家らの兵も五千は下るまい。岐阜殿の集めた烏合《うごう》の衆を蹴散らすのはそれで十分でござる」

「その浮軍は誰に任せるか」

秀吉が将右衛門に問うたが、すでに目が笑っている。将右衛門もそれに応えて笑みを浮かべた。

「蜂須賀彦右衛門が適役かと存ずる」

「であろうな」

秀吉は大きくうなずいた。

つなぎ役といっても、ただ連絡を取り次ぐだけではない。迅速に兵が移動できるように兵粮や馬飼料、松明など細かな手配が必要であり、要領が悪い者では全軍の指揮が滞ることにもなりかねない。蜂須賀党を自分の手足のように動かしてきた彦右衛門こそふさわしい役割であった。

「承知つかまつった」

彦右衛門は深々と頭を下げた。

四月十七日の未明、秀吉が美濃へ向けて出発した。加藤作内の三千人を先頭に、一柳市助、前野将右衛門、山岡景隆らのあと秀吉が一万有余を率い、そのあとに蜂須賀彦右衛門、堀尾吉晴、山内一豊が続いた。総勢二万二千の軍勢である。これに西美濃の氏家、稲葉らの五千五百が加わった。

秀吉が関ヶ原を通過するころ、すでに先鋒隊は大垣城に達し、にわかに現れた大軍勢に織田信孝の兵は驚いて岐阜城へ退いた。

秀吉が大垣城に入ったのは深夜であった。賤ケ岳の秀吉の陣のある木之本から大垣城まで約四十五キロを、秀吉の出発を明け方とすると十七時間ほどかけて移動している。ゆっくりとした進軍で、柴田勝家の動向を気にしながらの行軍だったと思われる。

十八日の早朝、秀吉は大垣城を出て美江寺《みえじ》から河渡《ごうど》まで馬を進め、長良川を越えるための舟橋を用意するよう稲葉一鉄に命じて大垣城へ戻った。

そのころ蜂須賀彦右衛門は関ヶ原の街道筋に陣を張っていた。

いずれ大軍が引き返すときのために必要な兵糧、馬飼料などを集め街道筋に積み上げていたが、次第に西から黒雲が流れ、小雨も振ってきた。

「これは大雨になるわい。荷が濡れぬよう運び込め」

空を見上げた彦右衛門が兵らに指示した。

「桶狭間を思い出しますな」

側にいた稲田稙元が笑った。稙元もすでに四十歳になり、蜂須賀家の家老となっている。

「あのときも大雨じゃったな」

彦右衛門が片頬を緩めた。

翌十九日も強風を伴った雨が降り続き、やがて川からあふれた水が田畑を浸した。川近くに駐屯した兵たちは水に追われて陣を移さねばならぬほどであった。

大垣城の秀吉のもとへ稲葉一鉄からの知らせが届いた。長良川に架けつつあった舟橋が大水で流されてしまったという。さらに揖斐川の出水で稲葉勢は戻ることもできず、河渡に取り残されているらしい。

「まあええわ。これでは岐阜殿も動けまい。柴田はどうなっちょる。知らせはないか」

「いまだ何もございませぬ」

大垣城中の秀吉と将右衛門がしびれを切らしているころ、柴田勝家の陣中では軍議が開かれていた。勝家はあくまで慎重な姿勢であったが、秀吉がほぼ半数の軍勢を率いて美濃へ向かった今こそ好機と、佐久間盛政が強く進言した。勝家の姉を母とする盛政は、このとき三十歳。鬼玄蕃《げんば》と恐れられるほど勇猛な武将である。

ついに勝家は盛政の勢いに負け、ひと当たりのあとは必ず退却することを条件に攻撃を許した。

十九日の夜、ひそかに余呉湖の西を迂回した佐久間勢が、夜の明けるのと同時に秀吉方の中段に布陣した大岩山の中川清秀勢に襲いかかった。中川勢も奮戦したが佐久間勢の猛攻を受け清秀は自刃、その北に陣取っていた岩崎山の高山右近は、田上山の秀長のもとへ逃げ込んだ。

両砦を落とした盛政は勝ちに驕《おご》って、勝家の再三の撤収命令にも聞く耳を持たずに、

「叔父上も老いたものじゃ。兵のことは儂に任せて明日は都へ進む支度でもされるがよい」

と豪語した。

二十日の昼過ぎ、この知らせが関ヶ原の彦右衛門を経由して大垣城へと届くと、秀吉は跳び起きた。

「それで佐久間はどうしちょる」

「依然として岩崎山、大岩山を占拠し、賤ケ岳の桑山殿の陣を囲んでおる様子にございまする」

「ようし、近江へ戻るぞ。鬼柴田の首を討ち落としてくれるわ！」

堀尾茂助を大垣に残して、総軍が賤ケ岳へ向けて進発した。

秀吉はあたかも桶狭間の信長のごとく、供の者十名ばかりで真先に飛び出した。関ヶ原の上り坂を駆け登ると、やがて追分口に蜂須賀の陣が見えた。

秀吉の姿を見つけて彦右衛門が走り出た。

「殿、しばし御休息なされませ。馬も替えなされ」

彦右衛門の配下の者たちが、供の者たちにも水や

握り飯を勧めて回った。

「この供廻りでは危のうござる。これより夜の山道になるゆえ何が起こるか判り申さん。それがしが先導してお守りいたす」

「おう、それは心強い。まだまだ達者じゃな、彦右衛門」

「まだまだ馬は殿に劣りませぬぞ」

関ヶ原の陣所は小六家政に任せて、彦右衛門は馬にまたがった。

再び走り出した秀吉の周囲を、彦右衛門をはじめ稲田稙元ら蜂須賀の手の者が取り囲んだ。手に手に松明を持っているために、夜道も明るい。

峠を越え近江の春照《すいじょう》まできて休息したとき、従う蜂須賀党の者は五百になっていた。街道筋を警護していた者たちを、彦右衛門が呼び集めたのである。

「いつの間にこれほどになっておったか。さすがに蜂須賀党は変わらぬのう」

握り飯を食いながら秀吉が感心した。

「急場のこととて帳付けもできぬが、その方らの面体《めんてい》、しかと覚えておくでな」

秀吉の言葉に蜂須賀党の若者たちが頭を垂れた。

「これより六町先の峠より御覧なされ。良き眺めにござる」

彦右衛門がそう言って笑った。

小者に馬の轡《くつわ》を引かせて秀吉が坂道を上ると、目の前に思いも寄らぬ光景が現れた。

峠の下、今荘の村から三田、小谷の方角へ向けて暗闇の中に光の道が出来ていた。街道筋の百姓らに彦右衛門が篝火《かがりび》を焚かせていたのである。無数に揺れて連なる輝きは、まるで天へ続く道のようにも思えた。

「小六、これは」

思わず秀吉は慣れ親しんだ名で彦右衛門を呼んだ。

「さあ、先を急がれよ。天下が待っておりますぞ」

彦右衛門の号令で蜂須賀党の若者たちが走り出した。秀吉もそれに続いて鞭《むち》を入れると、光の道へと駆け出していった。

二十日の夜に木之本に到着した秀吉は、二十一日の未明に賤ケ岳の佐久間勢へ攻撃を仕掛けた。

突然現れた秀吉に驚きながらも佐久間盛政はよく防いだが、次第に押されて退却せざるを得ない。混戦の中で弟の柴田勝政が落命し、さらに背後を守っていた前田利家が戦わずして退却したために潰走《かいそう》が始まった。

柴田勝家は狐塚まで本陣を進めていたが、秀吉方の総攻めを受けて昼過ぎには北へ向かって敗走。越前北ノ庄城で妻のお市の方とともに自刃した。

岐阜の織田信孝もまた、兄の織田信雄に攻められ降伏。知多の野間へ送られ切腹させられた。

滝川一益は七月まで伊勢長島城に籠って抵抗したがついに降伏し、所領を没収された上、越前の丹羽長秀のもとで蟄居した。

織田家中の内紛が決着すると、秀吉は大坂に新たな城を築くことにした。石山本願寺の跡地で、古代には難波京も築かれた場所である。信長もここへ巨城を築こうとしたというが、水運にも便利で西国ににらみを利かすには最適の地である。この築城を秀吉は蜂須賀彦右衛門と前野将右衛門に任せた。千宗易と長岡幽斎を相談役に、石田三成を勘定役とした。

「殿の本城となる城じゃ。古今東西無双の堅城を築かねばのう」

「墨俣の城で満足しておった頃が夢のようじゃな」

彦右衛門と将右衛門は顔を見合わせて笑った。

この大坂城の築城と並行して、彦右衛門は中断していた毛利との和平交渉を再開するように秀吉から命じられた。これは黒田官兵衛とともに毛利方と数年にわたって交渉することになる。

翌、天正十二年（一五八四）三月には、天下を我が物にするような秀吉に疑念を抱いた織田信雄が、徳川家康と結んで兵を挙げた。小牧、長久手の戦いである。

この戦闘には彦右衛門も将右衛門も出陣せず、大坂城の守護を命じられている。家康に協力する紀州の雑賀衆、根来衆が大坂を襲い、それに応戦しなければならなかったこともあるが、どうやらこの頃から彦右衛門は健康を害していたらしい。蜂須賀家の代将として子の小六家政が、前野家からは忠康と明石元知が尾張へ出陣した。

戦いは序盤に秀吉方の池田恒興や森長可が討死するなど、信雄、家康方が優勢に見えたが、後半は信雄の所領である伊勢を秀吉方が攻撃した。これにより信雄は十一月に単独で秀吉と和睦した。

和睦の条件として信雄は伊賀と伊勢半国を手放した上に、娘を養女として秀吉に差し出すこととなった。要は人質である。

この娘は小姫《おひめ》と名が残っていて、年齢は判らないが養女となったときはまだ子供であったらしい。この姫の側衆の一人として小坂雄吉の次男、雄長《かつなが》が大坂へ行くこととなった。

厳冬の十二月、北風の吹きつける中を小姫の一行は伊勢長島から舟で桑名へ渡り大坂へ向かった。桑名まで一行を見送った小坂雄吉や生駒家長らは、中江城の森正成を訪ねた。

森家はもともと中江を所領としていたが、正成の父、正久が織田信秀との戦いに敗れ、命を落とすところを生駒家宗によって助命されて生駒屋敷に移り住んだ。正久は前野家の娘を妻とし、さらに正成は生駒家長の妹を妻にした。前野、生駒両家にとって縁者であり、数々の戦場でともに戦ってきた身内である。

仕えていた織田信雄が信長の死後、北伊勢も領有するようになって、それを機に故地の中江に戻っていた。

「それにしても和議が成ってひとまずは安堵したわい。陸も海も上方勢に取り巻かれて討ち死にも覚悟したがのう」

雄吉らを迎えた正成は、大喜びで歓待して宴となった。

「そなたらとも今生《こんじょう》では会えぬと思うておったが、こうして一族顔を合わせることが出来て、これに勝る喜びはない」

正成、雄吉、家長はほぼ同年代で、子供の頃から一緒に過ごした仲である。正成の弟の正好や、正成の子の雄成らも顔をそろえた。家長の子の善長や、雄吉の従兄弟の前野義康も同道し、戦国の世を生き延びた一族が互いの健勝を喜び、盃を交わした。

「そういえば」

と宴の半ばで、正成が家長に言った。

「この三里先に蜂須賀の息子殿が陣をおいておる。そなたの娘と縁談が調《ととの》ったと聞いたが、婿《むこ》殿に会いに行かれてはどうじゃ。和議が成った上は何の差し障《さわ》りもあるまいに。将右衛門や彦右衛門の消息も聞けよう。この機を逃しては、いつ会えるとも判らぬぞ」

家長と雄吉は躊躇したものの、会いに行くことを決心した。

翌朝、正好が案内して、中江から南西へ三里ほどの桑部《くわべ》へ出かけた。

蜂須賀の陣所は慌ただしく荷造りの作業が行われていた。

「これはわざわざご足労いただき痛み入りまする。孫九郎殿とは昨年の滝川攻めの折にお目にかかり申したが、八右衛門殿とはいつ以来でござりましょうや」

笑顔で二人に頭を下げた蜂須賀小六家政は、このとき二十七歳。父と同じく堂々とした武者ぶりであった。

「此度《こたび》は生駒の姫を妻にもらい受け縁者となること、父も大いに喜んでおりまする」

「なに、こちらこそ恐悦至極じゃ。いまや彦右衛門殿は将右衛門殿とともに筑前様の股肱《ここう》の臣として名を馳せておられる。何とぞよろしゅうお頼み申し上げる」

家長は深々と頭を下げた。

「ご挨拶かたがた、上方のことなどお聞かせ願えればとまかり越し申したが、お忙しそうじゃな」

「近日中に上方へ引き揚げることになり、その支度でござるが構いませぬ。ちょうど良うござった。まずは中へ入って火に当たられよ」

小六は二人を陣中へ招き入れ、囲炉裏の火に当たりつつ上方の情勢や彦右衛門や将右衛門のことなどを語った。陣中にいた稲田稙元や長江半之丞ら尾張以来の家臣も同座した。

「将右衛門様はご健勝そのもので、今は京にあって御所の造営と信長公菩提所の普請を任されておられます。されど我が親父殿はこのところ腹痛が続いて、御奉公もままならず大坂城中に伏しておりまする。時折、筑前守様も御見舞いにお越しなされ薬師なども手配していただくものの、なかなか快方に向かわず」

あの彦右衛門が病に伏していると聞いて、家長と雄吉は驚いて顔を見合わせた。

数刻歓談し、雄吉は大坂へ上がった雄長のことを将右衛門に頼むよう言付けて、蜂須賀の陣所を出た。

彦右衛門の病を聞いて、居ても立ってもいられなくなった家長が大坂へ向かったのは、それから三日後のことである。初めて見る大坂城の壮大さに驚きながら、楼の岸《きし》の蜂須賀屋敷を訪ねた。

通された寝間で彦右衛門は休んでいたが、家長を見ると体を起こした。

「久方ぶりじゃのう、八右衛門。わざわざ大坂まで何をしに参った」

「何をしにではないわ。そなたが病と聞いて見舞いに来たのじゃ。どうじゃ、塩梅《あんばい》は」

「胃の腑《ふ》あたりが痛うてな。じゃが日によって良いときもある。今はまあ気にならぬほどじゃ」

「それは良かった。筑前守様の股肱《ここう》の臣として東奔西走して無理が祟《たた》ったのであろうよ。ゆっくり養生したらええ」

二人はそれぞれの日常のことから、先の尾張伊勢での合戦のこと、縁者の消息など時を忘れて語り合った。

「それにしてもあの藤吉郎殿がここまで上り詰めるとは、思いも寄らなんだのう。我が屋敷で下働きをしておったのが嘘のようじゃ。悪童だった彦右衛門や将右衛門も今や城持ち大名になって、世の移り変わりとは恐ろしいものよ。飛ぶ鳥を落とす勢いじゃった右府様は明智に討たれ、御子たちも見る影もない有様じゃ」

「尾張中将様は亡き類殿の産んだ子。そなたにとっては甥に当たるし、儂も心の痛むところじゃが、残念ながら天下を束ねるほどの御器量はお持ちでない。器量を持つ者に天下は従うでのう。今日《こんにち》のことはやむを得ぬ仕儀じゃ」

彦右衛門はそう言うと眉をしかめた。

「痛むか。つい長話をしてしもうた。儂はこれで尾州へ帰るが、来春には娘を小六殿に輿入れさせるゆえ、よろしゅう頼むぞ」

「ああ、こちらこそよろしゅう頼む。世話になった生駒家と縁者になって感無量じゃ」

彦右衛門と家長は笑顔を交わした。

あるいはこれが今生の別れになるかもしれぬと、二人は互いの顔を見つめ合った。

秀吉は翌、天正十三年（一五八五）三月には紀州の雑賀と根来衆を、六月には四国の長宗我部を攻め降伏させた。

どちらも小牧長久手の陣の折に大坂を襲い、秀吉の背後を脅《おびや》かした者たちで、秀吉はこれを許さず、根来寺を焼き打ちし雑賀、根来衆を根絶やしにした。彦右衛門は病軀《びょうく》を押して出陣し軍監を務めた。この無理が祟《たた》ったのか、病状はさらに進んで床に就くことが多くなった。

秀吉は七月に関白に任じられ、八月には越中の佐々成政を攻めるために出陣した。

成政は小牧長久手の戦で織田信雄方として挙兵し、隣国の前田利家と戦ったが和議となった。再び秀吉包囲網を築こうと、冬山を踏破して浜松まで出かけたが徳川家康は動かず、帰路に立ち寄った清洲でも織田信雄に拒絶され、むなしく越中に戻っていた。

このとき成政に随行して将右衛門の弟、前野小兵衛勝長とその息子の又五郎と嘉兵衛も尾張を訪れ、久しぶりに前野屋敷で兄の雄吉に対面している。先の不安から勝長は十五歳の嘉兵衛を雄吉に託して、又五郎と二人、成政に従って越中へ戻った。

秀吉が十万の軍勢で富山城を囲むと、さすがの成政も降伏せざるを得なかった。織田信雄もこのとき秀吉方の先手として出陣し、富山城近くの安養坊へ布陣した。陣中にあった小坂雄吉は、弟の勝長がすでに四月、新川郷で病死したことを知った。

閏《うるう》八月の末、北陸遠征から秀吉が京へ凱旋し、それを出迎えに彦右衛門も大坂から上洛した。

このころ彦右衛門の病状はいくらか持ち直したようで、将右衛門の京都の屋敷で回復を祝う茶会が開かれた。千宗易、長岡幽斎、堀尾吉晴、藤堂高虎が同席している。

「彦右衛門の病が良うなって、ひと安心じゃ。殿も関白に叙せられ、我らもそれぞれ御加増があった。ますます忠勤を励まねばのう」

将右衛門が皆を見回して笑みを浮かべた。

秀吉は朝廷から関白に叙せられたあと、諸将の加増を行い官位を与えた。前野将右衛門は但馬守となり、但馬一国を与えられた。

蜂須賀彦右衛門には阿波国を与え四国の抑えとしようとしたが、病身のために彦右衛門は辞退し、息子の小六に賜りたいと願い出てこれを許された。彦右衛門には修理大夫、小六には阿波守の官位が与えられた。

「されど将右衛門はこのところ、戦場よりも普請役続きじゃな。大坂城のあと、仙洞御所《せんとうごしょ》の造営と右府公の菩提所、今度は内野《うちの》に新亭を命じられて、もはや戦には用なしと思われておるのではないか」

「なに、これも忠勤の一つじゃて。戦は若い者でできるが、風流の道は年増にならねば判らぬことが多いでな。宗易殿や幽斎殿と知恵を凝らして、世人の耳目を驚かすような普請をすれば、それが殿の威信を高めることになるというものよ」

彦右衛門の言葉に将右衛門が笑うと、その座の者たちも笑って頷《うなず》いた。

「内野の新亭は、また一層面白き造作《ぞうさ》になりましょうに。蜂須賀様もぜひご健勝でご覧くだされ」

茶を勧めつつ宗易が微笑んだ。この内野の新亭は、のちに聚楽第《じゅらくてい》と呼ばれ安土桃山文化の粋《すい》を集めた建造物となる。

残念ながら彦右衛門はその完成を見ることは叶わなかった。

「小兵衛のこと、無念じゃったの」

将右衛門と二人になったとき彦右衛門は、はじめて見舞いを言った。

兄弟ではあっても敵の重臣であるために、将右衛門も人前では小兵衛のことは口に出さない。悼《いた》む気持ちがどう曲解されて秀吉の耳に入るかも判らないためである。

「孫九郎兄とも尾州表では刃を交えることになったし、これも戦国の習いというものよ。我ら三兄弟がそれぞれ主を説き伏せておったなら、平穏な道もあったかもしれぬが、今となっては定めと思うほかはないわ。小兵衛も判っておるじゃろう」

封じ込めていた弟への思いを初めて口にして、将右衛門の目に光る物があった。

天正十四年（一五八六）に入ると、小康を得ていた彦右衛門の病状が再び悪化した。

彦右衛門の家臣から知らせを受けた将右衛門が、大坂へ出向いたのは三月のことであった。

前年の京での茶会のときも、衰えは見られたものの表情には生気があった。しかし今、病床にある彦右衛門は顔の肉も削げ落ちて、衰弱が甚だしかった。

「忙しいというに、見舞いなど無用じゃわい」

将右衛門の顔を見て、彦右衛門は弱々しく笑った。

「ときどきはお主の顔を見んと、儂も寂しいでな。見に来たんじゃ」

将右衛門もそう言って笑った。

「小六殿には知らせたか」

「殿が知らせるなと申されますので未だ」

側に控えていた岩田七左衛門が、申し訳なさそうに答えた。

「阿波を拝領したばかりで領内の仕置きで忙しいはずじゃ。大坂表まで来とる暇はないじゃろう」

「それでも言って聞かせておくことが何ぞあるじゃろう。健勝のうちに一度呼んだらええ」

彦右衛門はそれには答えず、夜具の中から腕を伸ばした。これがあの川並衆の頭領の腕かと信じられぬほど痩せ細っていた。

「小六のこと、未熟者ゆえよろしゅう頼む」

将右衛門は差し出された手を取って、握り返した。

「案ずることはない。今に天下も治まろう。我らも安泰に暮らせるようになるわい」

その言葉に彦右衛門は目をつぶった。

「儂とそなたで旗揚げして、思いもよらず天下人《てんかびと》を担ぐことになったが、そのような微功を頼んでの振舞いは今後は禁物じゃ。乱世も終わりに近づき、すでに上様の周辺には武人よりも有識の才人が増えておる。いささかも油断なきように努めねば…」

そこまで言って彦右衛門は何か考えるように空《くう》を見やった。

「どうした」

将右衛門が顔を覗きこむと、彦右衛門の口がゆっくり動いた。

「こうと、しして、そうく、にらる…」

かすかに聞こえた言葉に将右衛門は顔色を変えた。

「よう判った。小六殿にも、しかと伝えるゆえ安心せい」

彦右衛門は言いたいことを伝えて、気が楽になったように穏やかな表情になった。

「草井長兵衛がな、昔、言いおった。人の一生は川に流されるか、それが嫌なら己が大河になって流れるかじゃとな。結局、儂は流されるままに終わるようじゃ」

「いや、儂らは川の流れを捻《ね》じ曲げたのかもしれんぞ。あのままならば織田の天下じゃった。明智が右府様を討ったあとも、儂らの懸命の働きがあったればこそ、今の殿の天下になったのじゃ。川の流れが変わったのよ」

「そうじゃろうか」

「そうよ。去年暮れの大地震でな、尾張川の流れも変わったそうじゃ。儂らが居った松倉の流れが本流になったそうじゃて」

「松倉か」

そう言って彦右衛門は微かな笑みを浮かべた。

若いころに過ごした尾張川の中洲の光景が、脳裏によみがえった。

「楽しかったのう」

「ああ、楽しかった。卍の旗を舳先《へさき》におっ立ててのう」

川風になびく卍の旗が、彦右衛門には見えるようであった。

いつしか二人の目から涙がこぼれ落ちていた。

阿波から小六家政が大坂へ来たのは、五月の中旬であった。いよいよ病状が進んだために急使によって呼ばれたのである。

彦右衛門は国許のことを油断なく務めるように、さらに来春には九州出兵の噂もあり外様には決して遅れを取ることなく、殿下の御厚恩に報いるように伝えた。


「くれぐれも大恩を忘れぬよう御奉公せよ。阿波十七万石拝領せしは、決してそなたの才覚ではない。粗相《そそう》があれば一朝にしてお取り上げになるものと肝《きも》に銘じよ」

そう伝えると、すぐさま国許へ帰るように命じた。

心残りながらも家政は父の命に従い、阿波へ帰国した。随行した稲田稙元《たねもと》だけがそのまま枕頭に残った。

数日後の五月十六日。前野将右衛門の従兄弟の前野清助義詮《よしまさ》が見舞いに訪れた。

秀吉が在京のため将右衛門は側を離れられず、義詮を名代として遣わした。

枕元に進んだ義詮は、一年前の紀州攻め以来の対面であったが、衰弱した彦右衛門の姿を見て、涙がこみ上げて声もなく平伏するばかりであった。

「但馬守様の御名代で清助殿が参られましたぞ」

稲田稙元の声に、彦右衛門は薄く目を開くと、

「清助殿か、大儀じゃ。将右衛門殿によしなにのう」

そう言ってから、途切れ途切れではあるものの、意外に長く話をした。

「平癒すれば上京して申したいこともある。平時の御奉公は大敵に向かうよりも難し。くれぐれも御身御大切になされよとな」

稙元が義詮を促して退出した。

義詮は彦右衛門の言葉の中に理解できなかった箇所があり、それを稙元に頼んで筆跡にしてもらった。

京に帰ってから将右衛門にその一文を見せると、将右衛門は深く頷いた。

「何でございましょうや」

義詮が尋ねた。

〈狡兎《こうと》死して走狗《そうく》煮らる〉と書いてある。

「兎どもが死に絶えると、狩りに走らせていた犬も不要となり煮て食われるという教えじゃ。儂が見舞ったときにも言うておったが、よほど気がかりと見える」

将右衛門はその書付を懐に仕舞い込むと、縁先へ出て大坂の方角の空に向かい、手を合わせて瞑目《めいもく》した。

義詮が見舞ってから六日後の五月二十二日、蜂須賀彦右衛門はその生涯を閉じた。六十一歳であった。

息子の家政は、父の菩提を弔うために阿波徳島城内に福聚寺を建立し、兄の長存を開山とした。長存は東岳栄俊禅師と号し、藩政にも力を発揮して弟を助けることになる。


前野将右衛門長康は、その後、九州、小田原、朝鮮と出陣し、秀吉の重臣としての務めを粛々とこなした。しかし豊臣秀次が謀反の疑いで高野山へ追放され自害に追い込まれると、側衆であった息子の前野景定も切腹を命じられた。

この責を取って将右衛門もまた切腹して果てた。彦右衛門の死から九年後のことである。

期せずして彦右衛門が言い残した、狡兎死して走狗煮らるという言葉どおりになった。あるいは秀吉の心の内を、早くから彦右衛門は気づいていたのかもしれない。

前野三兄弟のうち、長男雄吉は織田信雄が改易後、前野村に戻るが、文禄の役には信雄に従い肥前まで赴いた。その子、雄善《かつまさ》は松平忠吉に仕えるも清洲城中で喧嘩をして前野村で百姓となった。弟の雄長は福島正則に仕え芸州へ赴くが、やはり改易となって流浪。縁を頼って関東へ下り旗本となった。

次男の将右衛門は息子景定と切腹して果てたが、娘のたえは前野忠勝の子、忠康の妻となった。忠康は藤堂高虎を頼って難を逃れ、後に関ヶ原の役で西軍として奮戦。舞兵庫の名で知られるが、息子の三七郎とともに戦死した。

三男勝長の嫡男、吉康は佐々成政に従い肥後へ下り、成政が切腹したのちは阿波の稲田稙元を頼った。次男の三左衛門も蜂須賀家政を頼って阿波へ。雄吉に託された三男の嘉兵衛は前野村に住みついた。

生駒家は家長の死後、三男の善長が家督を継いだが、のちに五男の利豊に家督を譲ったあと蜂須賀家に招かれて阿波へ渡った。善長の家系は徳島藩の中老家となり、利豊の家系は尾張徳川家に仕え幕末まで続く。

蜂須賀家はこののち、初代藩主となった家政が、九州、小田原、朝鮮でも戦功を挙げた。その後、石田三成らと対立して関ヶ原の役では自身は高野山に謹慎したが、息子の至鎮《よししげ》が東軍として参戦し所領を安堵された。

二代藩主となった至鎮は大坂の陣でも武功を上げ、淡路一国を加増された。至鎮が三十四歳で病死すると、家政は三代忠英《ただてる》の後見として再び藩政を執ることとなる。家政は八十一歳の長寿を全うした。

家政は幼少期を過ごした尾張を忘れず、寛永元年には尾張国宮後村の蜂須賀屋敷の一角に八幡社の本殿を、また寛永九年には幼少時に学んだ飛保村の曼陀羅寺へ本堂を寄進している。

宮後八幡社の社殿が完成した年、参勤明けで江戸より戻る途中だった家政は、熱田で舟を待つ間に三人の使者を宮後村へ派遣した。稲田九郎兵衛、前野伝左衛門、前野兵太夫の三名である。稲田九郎兵衛は稙元の孫で筆頭家老職を務め、伝左衛門と兵太夫は系図によると小兵衛勝長の嫡子、吉康の子と孫にその名が見える。

三名の来村の知らせを聞いて、小坂雄善《かつまさ》の子の雄翟《かつかね》や宮司の三輪若狭《わかさ》、宮後村庄屋の今枝重之右衛門らが大慌てで出迎えた。村人総出で八幡社境内はもとより沿道のすみずみまで掃き清めて待った。

到着した三人は社殿に昇り幣帛《へいはく》を捧げて落成を祝った。三輪若狭宅にて休息した後、生駒屋敷へ寄って熱田へ帰るという。雄翟が、ぜひとも前野屋敷にお立ち寄りいただきたいと懇願すると、急ぎの旅ではあったが三人は了承し前野屋敷を訪れた。

雄善はすでに他界しており三人は残念がったものの、屋敷内をあちこちと案内されて感慨深い様子であった。すでに往時を知る者もなかったが、再び会うことの難しい遠隔の地でもあり、なにとぞ一夜お泊りいただくようにと雄翟は申し出た。しかし熱田で主君が待っているためにそれも叶わず、双方名残惜しさを抱いての別れとなった。

皆で送る途中、稲田屋敷のあった寄木村を訪ねたが、すでに五十有余年の時が過ぎ屋敷は影も形もなかった。ただ村人二人が往還でお目見えを願った。いずれも稲田由縁の者だと雄翟が取り次ぐと、稲田九郎兵衛は両名に丁重な言葉をかけた。

庄内川のたもとの小田井《おたい》まで送って、双方別れた。

蜂須賀、前野、それに生駒の一族が、遠い阿波の地で大きな流れとなって栄えていることを雄翟らは誇らしく思いつつ、川向うに消えていく一行をいつまでも見送った。

（完）

あとがき

前作「赤き奔河の如く」で飛鳥時代の英雄、村国男依を書いた。

あまり知名度の高い人物ではないが、私の住む愛知県江南市や、木曽川を隔てて隣接する岐阜県各務原市に縁のある人物で、そんな親近感もあって、男依を主人公に壬申の乱を描いてみるとまた違った視点の物語になるのではと思ったのである。

嬉しいことに地元の活性化に取り上げようという活動につながって、男依にちなんだ歌や踊りも制作され、徐々に知名度も上がりつつあるようである。

そんなときに、ある親類から蜂須賀小六について書くように要望された。

本文中にも書いたが、小六は海東郡蜂須賀村に生まれたが、子供時代に丹羽郡宮後村に移り住んだ。この宮後村は現在の江南市宮後町で、蜂須賀屋敷跡は我が家から二キロほどの距離である。

やはり日本史で人気があるのは戦国時代と幕末期であり、誰もが判りやすい。前作の村国男依などは、説明するのに大変骨の折れる人物ではある。

私も日本史に興味を持ったのは子供の頃にテレビで見た戦国時代のドラマがきっかけで、大好きな時代ではあるが人気が高い時代だけに小説となった作品も無数にある。私のような者が新たに書く意義というか、余地があるのかと正直なところ躊躇した。

ただ蜂須賀小六にしても、墨俣築城以降、秀吉に臣従して全国制覇のために尽力するという概略は知られているが、前野長康とともに秀吉を天下人に押し上げた股肱の臣だったということは意外に知られていない。ことに墨俣以前の尾張時代をどう過ごしたのかということに至っては、一般に知られる機会はほとんどない。

私はその尾張時代の地元に住む者ということもあって、はたして戦国期のこの地域がどうであったかという興味もあるし、そこを舞台に蜂須賀小六や前野長康、生駒家長、さらには信長、秀吉らが走り回り、汗を流した情景を描いてみる意義はあるように思えた。

また小六を書くように勧めてくれた私の母方の実家は青山姓であり、さかのぼれば川並衆の一人である青山新七郎とも縁があると思われる。狭い地域であるから、この土地に住む人の先祖の多くは、川並衆として蜂須賀党に参加していたのだろう。作中でも書いたが、青山新七郎が再建した村の神社は村国男依とも縁があり、今でも健在である。

微量ながら私にも川並衆の血が流れているとすれば、先人たちの足跡を形にすることは供養にもなるかもしれない。

調べ始めると小六はもちろん、信長や秀吉にしても不明なことが意外に多いのに驚いた。疑問を解きつつ書き進めると、予定を大幅に超える文量になってしまった。

蜂須賀小六が生きた時代は、織田信秀の隆盛のころから、秀吉が関白になるころまでと戦国時代をほぼ覆い、小六の全生涯を書いていくと長大な物語になってしまう。そこまでの長編は私の手に余るので、よく知られている信長の天下統一への過程は省略して、尾張美濃時代に重点を置いて書くことにした。

稲葉山攻略までで筆を置こうと思ったが、名残惜しくて本能寺の変以後から小六の死去まで、余韻として書き足した。

この小説を書くに当たっては前野家文書、いわゆる『武功夜話』を大いに活用させていただいた。様々に議論のある文書だが、結論から言って私は十分に信頼できる史料だと思う。マスメディアのない時代に個人が知りうる情報には限界があって、書かれている内容に齟齬があるのは当然というか、それが自然なことである。

年を経るにしたがって文書が劣化し、それを恐れて書き改めたときに筆耕者の解釈が書き加えられ、それが結果として史料としての価値を損なうことになってしまった可能性が高い。

江南市で発見された文書ということで身びいきになるかもしれないが、仮にこれがフィクションだとしても素晴らしい物語として評価できよう。

さらに牛田義文氏の『史伝蜂須賀小六正勝』も、大変参考にさせていただいた。特に蜂須賀氏の系譜や、小六の血縁関係など教えられたところが多大である。

そのほかにも様々、参考にさせていただいた著書や、ご教授いただいた方々は多いが、すべて書き記すことはできず省略させていただく。大いに感謝する次第である。

徳島県編の『蜂須賀蓬庵』という大正時代の著書の中で、蜂須賀家政の別名の中に「江南」という名があると知った。

愛知県江南市の江南は、戦後に市が誕生したときに、木曽川の南だからということで名づけられたと思うが、思わぬ縁が感じられて面白い。

幼少の家政が学んだ曼陀羅寺は藤で名高い。今年も見事な花が咲いて、多くの人で賑わっている。

平成二十四年五月

著者

著者紹介

倉橋 寛（くらはし・かん）

1961年、愛知県江南市生まれ。南山大学経営学部卒。雑誌編集者などを経て漫画家、イラストレーターに。4コマ漫画作品に「おれたちゃドラゴンズ」（『中日スポーツ』連載。中日新聞社）、「日本史ピンからキリ探訪」（『歴史読本』、新人物往来社）など。

小説では2000年に「飛鳥残照」で第1回飛鳥ロマン文学賞を受賞。2011年「赤き奔河の如く」（風媒社）。

卍曼陀羅

2015年2月19日　第1刷発行　（定価はカバーに表示してあります）

著　者　倉橋　寛

発行者　山口　章

発行所　名古屋市中区上前津2-9-14　久野ビル
振替 00880-5-5616 電話 052-331-0008
http://www.fubaisha.com/
風媒社

印刷・製本／シナノ パブリッシング プレス

ISBN978-4-8331-2084-5　＊乱丁・落丁本はお取り替えいたします。